TERESA MEDEIROS

Unwiderstehliche Küsse

Buch

Seit bereits zehn Jahren reist der legendäre Abenteurer Ashton Burke durch die ganze Welt, um dadurch seine große Liebe zu vergessen. Doch seine Reise findet eine jähe Unterbrechung, als der attraktive Junggeselle sich widerstrebend dazu bereit erklärt, die Verlobte seines Bruders zu retten, die entführt wurde und seitdem in einem indischen Harem festgehalten wird. Zu spät erkennt er, dass es sich bei der betörenden jungen Dame um ebenjene Clarinda Cardew handelt, die Frau, die einst sein Herz stahl.
Clarinda ist genauso überrascht wie Ashton, als sie sich nach so langer Zeit ausgerechnet in Indien wiederbegegnen. Aber sie weiß durchaus, dass er ihre einzige Chance auf Rettung ist. Doch ihr Herz wünscht sich so viel mehr, als nur von ihm beschützt zu werden. Gemeinsam gefangen in einem Palast des sinnlichen Vergnügens, flammt die alte Leidenschaft zwischen ihnen wieder auf. Und beide erkennen, dass die verführerischste Lust von allen die Liebe selbst ist …

Autorin

Teresa Medeiros schrieb mit bereits 21 Jahren ihren ersten Roman. Seitdem ist sie ein absoluter Publikumsliebling, und ihre Bücher stehen regelmäßig auf den Bestsellerlisten. Sie erhielt zahlreiche Preise und wurde von der Zeitschrift *Affaire de Coeur* als eine der »10 besten Romanautorinnen der USA« ausgezeichnet. Teresa Medeiros lebt mit ihrem Mann und vier Katzen in Kentucky.

Von Teresa Medeiros bei Blanvalet lieferbar:

Gefangene der Leidenschaft (37150) · Ungezähmtes Verlangen (37282) · Eine verlockende Braut (37963)

Teresa Medeiros

Unwiderstehliche Küsse

Roman

Aus dem Amerikanischen
von Ute-Christine Geiler

blanvalet

Die Originalausgabe erschien 2012
unter dem Titel »The Pleasure of Your Kiss« bei Pocket Books,
a divison of Simon & Schuster, Inc., New York.

MIX
Papier aus verantwortungsvollen Quellen
FSC® C014496

Verlagsgruppe Random House FSC® N001967
Das FSC®-zertifizierte Papier *Holmen Book Cream*
für dieses Buch liefert Holmen Paper, Hallstavik, Schweden.

1. Auflage
Deutsche Erstausgabe Oktober 2013
bei Blanvalet Verlag, einem Unternehmen der
Verlagsgruppe Random House GmbH, München

Published by Arrangement with Teresa Medeiros
Dieses Werk wurde im Auftrag der Jane Rotrosen Agency LLC
vermittelt durch die Literarische Agentur
Thomas Schlück GmbH, 30827 Garbsen.
Umschlaggestaltung: © Johannes Wiebel | punchdesign, unter
Verwendung von Motiven von Shutterstock.com
und John Ennis via Agentur Schlück GmbH
Redaktion: Regine Kirtschig
LH · Herstellung: cb
Satz: DTP Service Apel, Hannover
Druck und Bindung: GGP Media GmbH, Pößneck
Printed in Germany
ISBN: 978-3-442-38143-2

www.blanvalet.de

Widmung

Für Doris Medeiros – ich bin so froh, dass der Herr dich zusammen mit deinem wunderbaren Sohn in mein Leben gesandt hat.

Du bist immer mehr als eine Schwiegermutter für mich gewesen – du bist mir stets eine Freundin gewesen und wirst es auch immer bleiben.

Für meinen Liebsten, Michael, dessen Küsse auf immer und ewig das größte Glück meines Lebens sein werden.

Kapitel eins

1834

»Oh Clarinda! Hast du die letzte Ausgabe von *Snitch* irgendwo gesehen? Ich habe sie noch rasch an den Docks erstanden, bevor wir abgefahren sind. Es ist ein absolut göttlicher Artikel über Captain Sir Ashton Burke darin!«

Clarinda Cardew spürte, wie ihre Finger sich unwillkürlich verkrampften und sich in den ledernen Einband des Buches krallten, das sie gerade las. Trotz der milden Brise, die vom Meer her wehte und ihre Wangen streichelte, erstarrten ihre Gesichtszüge zu einer Maske kalkulierten Desinteresses, die sie immer aufsetzte, wenn *dieser* Name fiel. Sie benötigte keinen Spiegel, um ihre Miene zu überprüfen. Sie hatte schließlich neun Jahre lang Zeit gehabt zu üben.

»Ach wirklich?«, murmelte sie, ohne ihre Augen von der Seite zu heben.

Unglücklicherweise war Poppy zu sehr von ihrem Gesprächsthema eingenommen, um Clarindas auffälligen Mangel an Interesse zur Kenntnis zu nehmen. Poppy rückte ihre Brille zurecht, die auf ihrer Nasenspitze saß, und lehnte sich auf ihrem Stuhl vor. »Wenn man diesem Artikel hier glauben darf, spricht er mehr als fünfzehn Sprachen fließend, einschließlich Französisch, Italienisch,

Latein, Arabisch und Sanskrit. Das letzte Jahrzehnt hat er angeblich damit verbracht, von einer Ecke der Erde zur anderen zu reisen.«

»Genau genommen«, wandte Clarinda mit leiser Ironie ein, »hat die Erde keine Ecken. Sie ist rund.«

Unbeeindruckt fuhr Poppy fort: »Nachdem er sein Regiment in der Armee der Ostindien-Kompanie im burmesischen Krieg von einem eindrucksvollen Sieg zum nächsten geführt hat, wurde ihm vom König die Ritterwürde verliehen. Wegen seines ungestümen Einsatzes im Nahkampf haben seine Männer ihm den Spitznamen ›Sir Wild‹ gegeben.«

»Das klingt auch gleich viel furchteinflößender als ›Sir Höflich‹.« Clarinda war selbst reichlich wild zumute, während sie in ihrem Buch blätterte und blind auf die Wörter starrte, die genauso gut in Sanskrit hätten geschrieben sein können.

»Gerüchten nach«, las Poppy vor, »soll er während seiner Zeit in Indien eine wunderschöne Hindustani-Prinzessin vor Banditen gerettet haben, die sie aus ihrem Palast entführt hatten. Als ihr Vater ihm als Belohnung ihre Hand zur Ehe antrug und ein Vermögen in Gold und Juwelen bot, unterrichtete Burke ihn, dass er mit einem Kuss schon mehr als genug belohnt sei.«

»Ihr Vater muss ausgezeichnet küssen«, erwiderte Clarinda und hob das Buch, um ihr Gesicht dahinter zu verstecken.

Poppy löste ihren verträumten Blick lang genug von dem Klatschblättchen, um Clarinda erbittert anzusehen. »Doch nicht von ihrem Vater, Dummerchen. Von der Prinzessin. In dem Artikel wird behauptet, seine romantischen Abenteuer seien nahezu ebenso legendär wie seine militärischen. Es heißt hier, nachdem er seine Entlassung aus der Armee beantragt hatte, sei Burke von der Afrikanischen Assoziation eingestellt worden, um eine Expedition tief ins Innere des Kontinents zu leiten. Sein Vertrag mit dem Verein endete vor drei Jahren, als er mit zahlreichen Aufzeichnungen zu Bräuchen – vor allem Bräuchen im Zusammenhang mit der Fortpflanzung – der primitiven Stämme, die er dort entdeckt hatte, aus Afrika zurückkehrte. Selbst die abgebrühtesten Gelehrten waren von der Detailverliebtheit der Beschreibung seiner Funde schockiert. Manche von ihnen sind sogar so weit gegangen anzudeuten, er könnte sich selbst an diesen Fruchtbarkeitsriten beteiligt haben!«

Clarinda verzog bei Poppys schrillem Gelächter unwillkürlich das Gesicht. Das Bild eines Mannes, der sich in die schlanken glatten Arme einer ebenholzfarbenen Schönheit sinken ließ, während Flammen um sie tanzten und die Trommeln der Eingeborenen in einem unwiderstehlichen Rhythmus schlugen, ließ ihre Schläfen unangenehm pochen. Kurz erwog sie, das Klatschblättchen einfach über Bord zu werfen. Vielleicht auch Poppy gleich mit.

Für gewöhnlich war Penelope Montmorency, die Clarinda und ihre früheren Klassenkameradinnen in Miss Bedelia Throckmortons Pensionat für höhere Töchter einfach Poppy nannten, eine angenehme Gesellschaft. Sie hatte zwar eine Schwäche für Klatsch und mit Zuckerguss überzogene Teekuchen sowie die Neigung, alles, was sie sagte, so zu betonen, als stünde am Ende ein Ausrufezeichen, aber sie war auch gutmütig und loyal ohne eine Unze Boshaftigkeit in ihrer kleinen leicht rundlichen Gestalt.

Poppy war meistens zufrieden damit, Clarinda aus den geheiligten Seiten des *Ladies' Fashionable Repository* vorzulesen. Aber offensichtlich konnten sich die üppigen Federn, die ausgestopften Vögel und Unmengen Bänder, mit denen die Französinnen diesen Sommer die Krempen ihrer Hüte überluden, mit den legendären Heldentaten – ob nun romantischer oder anderer Natur – des schneidigen Captain Sir Ashton Burke nicht messen.

Das sanfte Heben und Senken des Schiffsdecks unter ihren Stühlen fühlte sich für Clarinda mit einem Mal nicht mehr beruhigend an. Obwohl sie nie unter Seekrankheit zu leiden hatte, begann sie sich entschieden mulmig zu fühlen. Sie legte ihr Buch beiseite, stand aus dem Liegestuhl auf und ging nach vorn zum Bug des Schiffes, um das Gefühl abzuschütteln. Es gab nichts als See und Himmel, so weit das Auge reichte, und damit auch keinen Ort, an den sie sich zurückziehen konnte, um Poppys Faszination für das Thema des Artikels zu entkommen.

»Seit er seine Verbindung sowohl mit der Ostindien-Kompanie als auch mit der Afrikanischen Assoziation beendet hat«, las ihre Freundin weiter, »ist das Mysterium, das Burke umgibt, noch rätselhafter geworden. Es gibt Leute, die Spekulationen darüber anstellen, wie er nun seine Zeit verbringt, ob er unbezahlbare archäologische Schätze hebt oder ob er am Ende gar als Spion in Diensten einer fremden Regierung steht.«

Clarinda zwang sich zu einem Gähnen. »Er kann nicht sonderlich geschickt in dem Metier sein, wenn irgendjemand den Verdacht hegt, er sei ein Spion.«

»Zu dem Artikel gehört auch eine Zeichnung von ihm.« Fröhliches Blätterrascheln war zu hören, während Poppy das Klatschblättchen erst in die eine, dann in die andere Richtung wendete, um die Zeichnung aus allen möglichen Blickwinkeln zu betrachten, bevor sie voller Überzeugung verkündete: »Ich fürchte, der Künstler hat ihm geschmeichelt. Kein Mann kann *so* gut aussehen, oder?«

Clarinda umklammerte die Reling des Schiffes und bekämpfte den Drang, herumzuwirbeln und Poppy die Zeitung aus den Händen zu reißen. Sie brauchte keine Zeichnung, um sich an die Augen mit der bernsteinfarbenen schwarzgeränderten Iris zu erinnern, in der klare goldene Pünktchen schimmerten. Oder an das unbekümmerte Grübchen in seiner Wange und die wunderschön geschnittenen Lippen, die immer kurz davor zu stehen schienen, sich zu einem spöttischen Lächeln zu verziehen, bevor sie weicher wurden, um einen Kuss zu stehlen … oder ein wehrloses Herz. Vielleicht hätten Michelangelo oder Raphael diesen Details gerecht werden können, aber es war unmöglich, mit ein paar achtlosen Bleistiftstrichen die unbändige Lebenskraft eines solchen Mannes einzufangen.

»Er ist vielleicht viele Jahre lang nicht in England gewesen, aber ihr seid doch auf benachbarten Landsitzen aufgewachsen, nicht wahr?«, erkundigte Poppy sich. »Sicherlich hast du ihn wenigstens flüchtig gekannt, oder?«

»Es ist Jahre her, seit ich ihn das letzte Mal zu Gesicht bekommen habe, und da war er kaum mehr als ein junger Bursche. Meine Erinnerung an ihn ist ein wenig verschwommen«, log Clarinda. »Ich erinnere mich vage an eine lange gebogene Nase, dürre O-Beine und vorstehende Zähne wie bei einem Biber.« Clarinda benötigte einen Moment, um zu erkennen, dass sie damit den unsympathischsten ihrer Tanzlehrer bei Miss Throckmorton beschrieben hatte. Der arme Mr. Tudbury hatte zudem die unselige Neigung, beim Sprechen zu spucken, wenn er ihr und den anderen das Kommando zu einer Pirouette oder zu einem *battement glissé* gab.

Poppy seufzte wehmütig. »Ich frage mich, wohin der Captain wohl dieses Mal verschwunden ist. Denkst du, er ist wieder eine Prinzessin retten gegangen?«

Von dem verräterischen Aufzucken von Sehnsucht in ihrem Herzen getroffen, drehte sich Clarinda zu ihr um und schaute sie an. »Wirklich, Poppy! Es besteht keine Notwendigkeit, den Mann anzuhimmeln, als seien wir beide ein paar alberner Schulmädchen. Er ist nichts als ein habgieriger Glücksritter, der seinen Lebensunterhalt mit Grabräubereien und damit, sein Schwert an den Meistbietenden zu verhökern, bestreitet. Die Presse hat vielleicht beschlossen, ihn zu glorifizieren, aber das macht ihn noch lange nicht zu einem Helden.« Clarinda mahnte sich innerlich zu Geduld. »Die meisten Männer, die sich mit Gerüchten und Geheimnissen umgeben, tun das, weil es in ihrem Leben nichts von echter Substanz gibt. Sie verbreiten all diese Gerüchte, um ihre eigenen … *Unzulänglichkeiten* zu verdecken.«

»Unzulänglichkeiten?« Poppys lavendelblaue Augen weiteten sich hinter den dicken Linsen ihrer Brille. »Sicherlich willst du damit nicht sagen …« Unmengen aprikosenblonder Korkenzieherlocken wippten wie die Ohren eines Spaniels, als sie sich die Hand vor den Mund schlug, um ein schockiertes Kichern zu verbergen. »Himmel, Clarinda, du Schlimme! Du musst wirklich lernen, deine unartige Zunge zu hüten. Schließlich wirst du in weniger als vierzehn Tagen einen Earl heiraten.«

Poppys mahnende Worte erinnerten Clarinda daran, was und wer sie am Ende dieser Reise durch die unruhigen Gewässer des Nordatlantiks erwartete. Sie brauchte Poppy nicht, um sich vor Augen zu führen, dass sie von jeder eifrigen jungen Debütantin glühend beneidet wurde, deren Hoffnungen durch die kürzlich erfolgte Bekanntmachung ihrer Verlobung alle zunichtegemacht worden waren. Irgendwie war es ihr gelungen, sich den begehrtesten Junggesellen von ganz England zu angeln und das im verhältnismäßig fortgeschrittenen Alter von sechsundzwanzig Jahren.

Ihr Verlobter war ein wunderbarer Mann – gut aussehend, intelligent und vornehm sowohl dem Namen als auch dem Wesen nach. Er war alles, was sich eine Frau nur wünschen konnte … und sollte.

Was den hohlen Schmerz in Clarindas Herz nicht erklären konnte, als sie sich wieder zum Meer umdrehte, um Poppys neckendem Blick auszuweichen. Oder dem verzweifelten Verlangen, sich den Hut vom Kopf zu reißen, die Perlmuttkämme aus ihrer Frisur zu ziehen und sich den Wind ungehindert durch die langen weizenblonden Haare wehen zu lassen.

Die Sonne schimmerte auf den Kronen der Wellen in der Ferne, und die unerbittliche Helligkeit blendete sie. »Wenn ich Countess bin«, erklärte sie mit entschlossener Fröhlichkeit, »werde ich nie wieder meine Zunge hüten müssen. Ich erwarte vielmehr, dass alle anderen um mich herum aufpassen, was sie sagen.«

»Und das beginnt bei mir, vermute ich.« Poppy warf das Skandalblättchen zur Seite und erhob sich, um sich neben Clarinda an die Reling zu stellen. »Ich dachte, du seist mehr an Captain Burkes Abenteuern interessiert, da er ja schließlich dein Schwa…«

»Lass uns von etwas anderem reden, ja?«, unterbrach Clarinda sie, bevor Poppy das Unaussprechliche sagen konnte und sie letztlich doch dazu treiben würde, über Bord zu springen. »Beispielsweise darüber, dass du die gefeierte Sensation des Regimentes sein wirst, wenn wir erst einmal in Burma angekommen sind.«

»Glaubst du das wirklich?« Ein erfreutes Strahlen breitete sich auf Poppys Gesicht aus und ließ ihre roten Apfelbäckchen leuchten. »Ich mag Soldaten ja so sehr. Ich war immer schon der Ansicht, dass eine Uniform jeden Mann – und sei er noch so unscheinbar – wie einen Prinzen und Helden aussehen lassen kann!«

»Warte nur ab, und sieh es dir selbst an. Gut aussehende junge Offiziere werden sich Faustkämpfe liefern und sich gegenseitig zum Duell fordern, um sich anstellen zu dürfen und deine Tanzkarte auszufüllen.« Clarinda war fest entschlossen, dafür zu sorgen. Selbst wenn ihr frischgebackener Ehemann die Männer unter seinem Kommando dazu abordnen musste – zur Not unter Androhung drastischster Strafen.

»Was aber, wenn Gerüchte über meine«, Poppy warf einen Blick über die Schulter hinter sich und senkte ihre Stimme zu einem Flüstern, als ob sich irgendwo eine Klatschbase versteckt haben könnte, »Indiskretion bereits einigen der Ehefrauen der Offiziere über Briefe aus England zu Ohren gekommen sind?«

Es war eine unvorstellbare Ironie des Schicksals, dass ein schüchternes liebenswürdiges Geschöpf wie Poppy völlig unbeabsichtigt in *den* Skandal der Saison verwickelt worden war. Ein Skandal, der die Zungen zum Glühen gebracht und von London bis nach Surrey für vor Erstaunen offen stehende Münder gesorgt hatte. Zudem hatte der Skandal ihre letzte Hoffnung zerstört, einen Ehemann zu finden, bevor sie endgültig als alte Jungfer abgestempelt wurde.

Clarinda war selbst sprachlos, als sie das erste Mal gehört hatte, dass Poppy in einer mehr als kompromittierenden Lage mit einem gewissen jungen Herrn aus Berwickshire entdeckt worden war. Sie hatte die abenteuerliche Geschichte als Unsinn abgetan, bis sie erfahren hatte, dass es mehr als ein Dutzend Zeugen für den Vorfall gegeben hatte. Unfähig, den Gedanken daran zu ertragen, dass Poppy für eine Sünde bestraft wurde, die sie gar nicht begangen hatte, hatte sie unverzüglich eine Reisetasche gepackt und war ihrer Freundin zu Hilfe geeilt. Genauso, wie sie es unzählige Male während ihrer gemeinsamen Schulzeit getan hatte, als die reicheren hübscheren Mädchen sich über Poppys schlecht sitzende Kleider oder ihre dicken Brillengläser lustig gemacht oder sie gar Piggy statt Poppy gerufen hatten.

Poppy, die einzige Tochter eines einfachen Squire vom Land, war immer schon übertrieben dankbar für Clarindas Unterstützung gewesen, aber Clarinda war ebenso dankbar für Poppys treue Freundschaft. Clarindas Vater wollte unbedingt, dass seine Tochter eine erstklassige höhere Erziehung genoss. Das Erste, was sie in Miss Throckmortons Mädchenpensionat gelernt hatte, war, dass man mit Geld nicht die Achtung derjenigen kaufen konnte, die sich einbildeten, aufgrund ihrer Abstammung normalen Sterblichen überlegen zu sein. Als die heranwachsenden jungen »Damen« herausfanden, dass Clarindas Vater sein Vermögen im Handel verdient hatte, hatten sie ihre vornehmen Nasen gereckt und sich unverhohlen über ihre Abstammung lustig gemacht … oder den Mangel daran. Indem sie selbst die Nase hoch getragen und so getan hatte, als ob die grausamen Worte sie nicht treffen konnten, hatte sie sich am Ende ihren Respekt erworben und war schließlich sogar eines der beliebtesten jungen Mädchen der Schule gewesen.

Aber sie hatte nie vergessen, dass Poppy ihre erste und treueste Freundin gewesen war, und dass sie sich ursprünglich zueinander hingezogen gefühlt hatten, weil keine von ihnen zu den anderen passte.

Clarinda vertraute darauf, dass der Außenposten in Burma voller einsamer Offiziere wäre, die sich verzweifelt nach weiblicher Gesellschaft sehnten. Frauen von vornehmer Herkunft wären dort nur spärlich gesät, und vergangene Fehltritte würden hier leichter vergeben und vergessen werden, statt dass man sie immer wieder boshaft neu aufleben ließ.

Sie selbst und Poppy flohen beide aus England und vor ihren Erinnerungen, den guten wie den schlechten.

»Jeder Offizier oder Gentleman, der solch müßigem Geschwätz Beachtung schenkt, ist es nicht wert, Miss Poppy Montmorency die Stiefel zu polieren«, beruhigte sie ihre Freundin, »und noch viel weniger, um ihre Hand zur Ehe anzuhalten.«

Poppys Lächeln erstrahlte wieder und brachte die

Grübchen in ihren Wangen zum Vorschein. »Ich hoffe nur, dass ich einen Mann finde, der auch nur halb so leidenschaftlich und mir halb so ergeben ist wie deiner. Ich finde es furchtbar romantisch, dass er eine Passage auf einem seiner Schiffe für dich arrangiert, damit du um die halbe Welt reisen kannst, um seine Braut zu werden.«

Leidenschaft war kein Wort, das Clarinda je mit ihrem Verlobten in Verbindung gebracht hatte. Sicher, er hatte ihr lange Zeit den Hof gemacht, aber sein Heiratsantrag hatte aus einer langen Aufzählung all der Gründe bestanden, weswegen sie so gut zusammenpassten, und nicht aus einer glühenden Liebeserklärung. Doch seine Hartnäckigkeit und Beständigkeit hatten sie am Ende überzeugt, dass er sie nie verlassen und irgendeinem dummen Traum nachjagen würde.

Ihr Achselzucken deutete eine Leichtigkeit um ihr Herz an, die sie nicht wirklich verspürte. »Der Earl ist sowohl mir ergeben als auch praktisch veranlagt. Seine Stellung in der Ostindien-Kompanie bringt unglaubliche Verantwortung mit sich. Ich kann kaum von ihm erwarten, dass er für so etwas Frivoles wie eine Hochzeit seine Verpflichtungen vernachlässigt und nach London zurückkehrt.« Sie hakte sich bei Poppy unter und wandte ihr Gesicht in den Wind, genoss die Verheißung auf Freiheit, selbst wenn es nur eine Illusion war. »Ich kann gar nicht beschreiben, was für eine Freude und ein Trost es für mich ist, dich bei dieser Reise an meiner Seite zu wissen. Ich schlage vor, wir hören jetzt beide auf, uns Sorgen wegen der Vergangenheit oder um die Zukunft zu machen, und fangen stattdessen an, jeden einzelnen Augenblick dieser Reise zu genießen. Es ist gut möglich, dass es unser letztes großes Abenteuer wird, bevor wir uns einem Leben fader Ehrbarkeit widmen müssen.«

Clarinda wurde abrupt unterbrochen, als aus dem klaren blauen Himmel Donner dröhnte. Poppy und ihr blieb kaum genug Zeit, sich umzudrehen und ihre verwunderten Blicke auf das wolkenlose Blau zu richten, bevor etwas mit einem gewaltigen Aufspritzen vor ihnen auf dem Wasser aufschlug und sie beide mit kühlem Salzwasser überschüttete.

»Was, zur Hölle, …?«, stieß Clarinda aus, dankbar dafür, dass sie in Vorbereitung auf ihren neuen Stand im Leben das Fluchen noch nicht aufgegeben hatte.

Ehe sie sich das Wasser aus den Augen wischen konnte, erklang ein neuerlicher Knall, gefolgt von einem ohrenbetäubenden Krachen hinter ihnen. Sie wirbelten herum und sahen gerade noch, wie der hohe Hauptmast des Schiffes einknickte und umfiel wie ein gefällter Baum. Der mächtige Stamm war unter dem tödlichen Gewicht einer Kanonenkugel gebrochen. Clarinda war sich vage bewusst, dass Poppys Fingernägel sich in die zarte Haut ihres Unterarmes bohrten, aber alles, was sie tun konnte, war, in hilflosem Entsetzen zuzuschauen, wie Unmengen von Segeltuch nach unten rauschten und das Deck unter sich begruben.

Sie waren gezwungen, einander loszulassen und die Reling hinter ihnen zu umklammern, als das Schiff sich zur Seite neigte und nach links steuerte, eine Vorwärtsbewegung war ohne Hauptmast nicht mehr möglich. Heisere Schreie drangen an ihre Ohren, untermalt von dem schrillen Schmerzensschrei irgendeiner armen Seele an Bord. Seeleute kamen aus allen Richtungen an Deck geeilt, manche mit Wassereimern bewaffnet, andere fielen auf die Knie, um die glimmenden Flämmchen am Toppsegel mit den bloßen Händen auszuschlagen.

Als das Schiff sich in einem schwindelerregenden Kreis zu drehen begann, kam ein junger Leutnant vom Hinterdeck zu ihnen gerannt. »Bitte, meine Damen, Sie müssen unter Deck. Wir werden angegriffen.«

»Angegriffen?«, wiederholte Clarinda, die wild hervorgestoßenen Worte verwirrten sie noch mehr. Soweit sie wusste, gab es niemanden mehr, der sie angreifen konnte. Seit der endgültigen Niederlage Napoleons waren die meisten von Englands Feinden unterworfen worden, wenn nicht mit Schwertern und Kanonen, dann durch Abkommen und Verträge. Niemand hatte es in den letzten zwei Jahrzehnten gewagt, Englands Vorherrschaft auf den sieben Weltmeeren infrage zu stellen.

Der Seemann blieb stolpernd vor ihnen stehen und riss sich seinen Zweispitz vom Kopf, er erinnerte sich offenbar auch unter solch schwierigen Umständen seiner Manieren. »Ich fürchte, es sind Piraten, Miss.« Sein Adamsapfel hüpfte in seinem Hals auf und nieder, als er sich mannhaft bemühte, seine eigene Angst herunterzuschlucken. »Korsaren.«

Poppy schnappte nach Luft. Man musste dieses Wort nur flüstern, um selbst in den unerschrockensten Seelen Furcht und Entsetzen zu säen. Eltern hatten es benutzt, um Generationen von aufrührerischen Kindern im Zaum zu halten, flüsterten in ihre kleinen Ohren, dass die Piraten kommen und sie aus den Betten stehlen würden, falls sie nicht artig ihr Abendgebet sprachen oder auch den letzten Löffel Haferbrei aufaßen.

Die Korsaren waren berüchtigt dafür, im Mittelmeer ihr Unwesen zu treiben. Sie überfielen jedes Schiff, das ihnen begegnete, auf der Suche nach Beute, keine davon so wertvoll wie die Frauen, die sie gefangen nahmen und auf den Sklavenmärkten der Barbarenküste in Nordafrika und Arabien verkauften.

Und die hatten noch Glück.

»Das verstehe ich nicht.« Clarinda biss die Zähne aufeinander, um ihr plötzliches Klappern zu unterbinden. »Ich dachte, die Franzosen hätten die Korsaren unterworfen, als sie Algerien erobert haben.«

»Die meisten von ihnen haben da wirklich aufgegeben. Das hat jedoch nur dazu geführt, dass die Unverbesserlichen jetzt noch rücksichtsloser und verzweifelter sind.« Der Leutnant warf einen Blick auf das wachsende Chaos hinter sich. »Bitte, Miss, wir haben nicht viel Zeit, Sie beide in Sicherheit zu bringen.« Seine Stimme brach, sie verriet seine Jugend und wie dicht er davor stand, selbst in Panik zu verfallen. »Wenn sie entern …«

Es war nicht nötig, dass er zu Ende sprach. Und Clarinda hatte nicht das Herz, ihn darauf hinzuweisen, dass, wenn die Korsaren tatsächlich enterten, es keinen Ort an Bord des Schiffes gab, an dem sie oder Poppy – oder irgendeine andere Frau, die Ehefrau des Kapitäns und ihre eigenen Zofen eingeschlossen – vor dem brutalem Zugriff der Piraten sicher wären.

Sie schloss ihre Finger um Poppys zitternde Hand und zauberte aus den Resten ihres rasch schwindenden Mutes ein beruhigendes Lächeln auf ihre Lippen. »Komm, meine Liebe. Es sieht ganz so aus, als stünde uns ein viel größeres Abenteuer bevor, als wir geahnt haben.«

Der Leutnant zog seine Pistole und ging zurück übers Deck, er bedeutete ihnen, ihm zu folgen. Hand in Hand wie zwei kleine Mädchen gehorchten sie. Sie waren schon zur Hälfte durch den engen Zwischengang geeilt, über den sie in die notdürftige Sicherheit des Schiffsbauches gelangen würden, als Clarinda jäh stehen blieb.

Mit einem entschuldigenden Blick zu Poppy riss sie ihre Hand los und rannte zurück über das Deck.

»Clarinda!«, schrie Poppy mit vor Entsetzen schriller Stimme. »*Was tust du da?*«

»Ich erweise mich als sentimentale Närrin«, murmelte Clarinda halblaut.

Das Skandalblättchen lag immer noch neben dem Stuhl, wo Poppy es achtlos hingeworfen hatte. Als Clarinda die Seite mit der Zeichnung von Captain Burke darauf aufhob, waren irgendwo an Bord die ersten Pistolenschüsse zu hören, gefolgt von dem Klirren von Stahl auf Stahl.

Sie wirbelte herum, rannte an die Seite ihrer Freundin und zog die atemlose Poppy mit sich; sie beeilten sich nun beide, wie um die verlorene Zeit wieder gutzumachen. Clarinda wollte nicht, dass irgendjemand anders für ihre Dummheit büßen musste. Der Leutnant hatte gerade erst die Klappe geöffnet und winkte sie hastig zu sich und in die schattige Öffnung des Kabinenganges. Sie waren fast am Ziel, als seine Miene sich jäh änderte.

Sein Mund wurde schlaff. Er schaute Clarinda verständnislos an, als hätte jemand auf seine Kosten einen Scherz gemacht, den er nicht ganz begreifen konnte.

Dann senkte er seinen Blick auf seine Brust.

Da erst bemerkte Clarinda die silbrige Spitze der Klinge, die in der Mitte aus seinem Brustkorb ragte.

Poppy stieß einen markerschütternden Schrei aus. Als der Leutnant nach vorn fiel, machte Clarinda unwillkürlich einen Schritt in seine Richtung, um seinen Fall aufzuhalten. Während sie noch die Hände nach ihm ausstreckte, wurde die lange gebogene Klinge von hinten wieder aus seinem Oberkörper gezogen und vor ihnen geschwenkt. Der Leutnant sank in einem blutigen Haufen aufs Deck, sodass sie nun allein einem halben Dutzend Männern gegenüberstanden, die mit Pistolen und Krummsäbeln bewaffnet waren. Ihre Turbane und die wehenden Gewänder waren mit Blutspritzern übersät, von denen nur wenige von ihnen selbst stammten.

Ihr Atem ging immer schneller, Entsetzen und Panik ergriffen von ihr Besitz, als Clarinda sich rückwärtsbewegte, sich von ihnen entfernte und dabei eine vor Schreck stumme Poppy mit sich zog. Sie sandte dem bemitleidenswerten jungen Leutnant einen letzten Blick, aber das Blut, das aus seinem Mund rann, und der Schleier, der sich vor seine Augen legte, zeigte klar, dass ihm nicht mehr zu helfen war. Im Tod wirkte er noch jünger als im Leben. Clarindas heftiges Bedauern, dass es ihr nicht wenigstens vergönnt gewesen war, seinen Kopf auf ihren Schoß zu betten, während er starb, wandelte sich in den wilden Drang, zu beschützen und zu überleben.

Sie schob Poppy hinter sich, griff unter ihren Hut und zückte die einzige Waffe, die ihr zur Verfügung stand. Sie schwenkte die perlenbesetzte Hutnadel in Richtung der näher kommenden Männer. »Bleibt uns vom Leib, ihr elenden Briganten. Oder ich durchbohre euch, das schwöre ich.«

Die Männer verstanden ihre Worte vermutlich nicht,

aber das mörderische Funkeln in ihren Augen entging ihnen nicht. Der Hüne mit dem blutigen Krummsäbel in der Hand blickte von seiner langen geschwungenen Klinge zu der dünnen Nadel in Clarindas weißen Fingern.

Sein olivfarbenes Gesicht verzog sich zu einem breiten Grinsen, wobei mehrere blendend weiße Zähne zum Vorschein kamen und ein goldener, der sich genau in der Mitte seiner Zahnreihe befand. Er warf den Kopf in den Nacken und lachte bellend. Die anderen Männer zögerten nicht, stimmten in sein Gelächter ein und ließen keinen Zweifel daran, dass der Scherz auf Clarindas Kosten ging.

Als der Mann dann sprach, tat er das mit lauter Stimme, aber in so klarem Englisch wie ihr eigenes. »Es wäre eine Schande, ein Geschöpf mit solchem Geist zu töten. Sie wird uns auf dem Markt einen hübschen Gewinn bringen.« Er musterte sie von Kopf bis Fuß, und das Glitzern in seinen Augen gab ihr das Gefühl, als stünde sie bereits nackt und zitternd auf dem Block des Auktionators auf irgendeinem Sklavenmarkt. »Es gibt viele Männer auf der Welt, die ein fürstliches Lösegeld für das Vergnügen zahlen würden, sie zu brechen.«

In dem Augenblick riss eine plötzliche Windböe Clarinda den Hut vom Kopf. Ihr Haar löste sich aus den Kämmen und fiel in einer Wolke weizenblonder Seide auf ihre Schultern.

Die Korsaren stießen bewundernde Ahs und Ohs aus. Ein Mann mit dem Gesicht eines unterernährten Wiesels und zwei abgebrochenen und schwarz angelaufenen Vorderzähnen streckte tatsächlich eine Hand aus, als wollte er ihr Haar berühren; seine Züge und sein Mund wirkten willenlos vor Sehnsucht. Bevor seine schmutzverkrusteten Finger auch nur eine Strähne berühren konnten, stach ihm Clarinda mit der Hutnadel tief in den Handrücken zwischen Daumen und Zeigefinger.

Mit einem lauten Aufheulen zog der Seeräuber seine verwundete Hand zurück und holte aus, als wollte er sie schlagen. Der Hüne versetzte ihm fast beiläufig einen Hieb, sodass er flach auf dem Deck landete, es schien ihn nicht mehr Kraft zu kosten, als ein gewöhnlicher Mann brauchte, um eine Mücke zu erschlagen.

»Behalt deine dreckigen Finger bei dir«, knurrte er. »Ich will keine Flecken auf unserer Ware.«

Das zärtliche Lächeln, das er Clarinda schenkte, war noch Furcht einflößender als sein Brummen. Ihrer notdürftigen Waffe beraubt, begann sie vor ihm zurückzuweichen, wobei sich Poppy immer noch an ihren Rücken klammerte.

Das Schluchzen in der Stimme ihrer Freundin spiegelte ihre eigene wachsende Verzweiflung wider. »Ach, wenn nur Captain Ashton Burke hier wäre!«, stöhnte Poppy. »Ich weiß genau, so ein Mann könnte uns retten.«

Als der Halbkreis aus Korsaren näher rückte, glitzerte auf ihren braunen Gesichtern der Schweiß des Kampfes, und in ihren dunklen Augen glomm eine verstörende Mischung aus Verlangen und Mordlust; genau da kam ein noch heftigerer Wind auf und entriss Captain Burkes Bild Clarindas tauben Fingern. Das Blatt mit der Zeichnung wirbelte über die Schiffsreling und wurde vom Wind davongetragen.

»Das ist das Problem mit Helden, Poppy«, bemerkte Clarinda grimmig. »Es ist nie einer in der Nähe, wenn du einen brauchst.«

Kapitel zwei

Keine Frau ist es wert, für sie zu sterben.

Diese Überzeugung hatte dafür gesorgt, dass Ashton Burke die vergangenen neun Jahre am Leben geblieben war. Sie hatte ihn dazu veranlasst, den tödlichen Spitzen von zahllosen Bajonetten auszuweichen, wenn er im Monsun Burmas, in dem man die Hand vor Augen nicht mehr sehen konnte, für seine Männer und für sein Vaterland England kämpfte. Sie hatte seinen Schritt gefestigt, als er sich mit der Machete einen Weg durch den Dschungel Indiens gebahnt hatte, wo die Luft so schwer und drückend war, dass sie sich einem wie eine Python um den Hals legte, um einem die Atemluft abzuschnüren. Sie hatte ihn endlose Stunden im Sattel gehalten, während er sein Pferd über sengenden Sand durch die Wüste Nordafrikas getrieben hatte, verfolgt von Beduinenstämmen und ihren Kriegerfürsten, die nach seinem Blut lechzten und nach der antiken Kostbarkeit, die er gerade aus ihrem gierigen Zugriff entwendet hatte.

Keine Frau ist es wert, für sie zu sterben.

Unglücklicherweise war das Erschießungskommando, dem er gegenüberstand, anderer Ansicht. Wie übrigens auch der erboste Ehemann, der seine Exekution angeordnet hatte.

Er blickte auf die Dutzend geladenen Musketen, deren Läufe auf ihn gerichtet waren, und musste unwillkürlich an mitternachtsschwarzes Haar denken, das sich über nach Jasmin und Myrrhe duftende Haut ergoss, einladende braune Augen, umrahmt mit Kajal, was ihre exotische Form betonte, volle Lippen in der Farbe von Zimt, die aber nach Honig und reifem Granatapfel schmeckten.

Vielleicht hatten das Erschießungskommando und der Ehemann doch recht. Vielleicht waren es manche Frauen wert, für sie zu sterben.

Als sie kamen, um ihm die Augen zu verbinden, und er die blendende Wüstensonne nicht länger sehen konnte, standen ihm seltsamerweise nicht diese exotischen Augen oder diese vollen Lippen vor Augen. Stattdessen waren es grüne Augen in der Farbe von Klee im Frühling und eine rosafarbene Oberlippe, die fast so voll war wie die Unterlippe, deren köstliche Weichheit einen Mann dazu verlockte, sich vorzubeugen und ganz zart daran zu knabbern.

Als er einen seiner vermutlich letzten Atemzüge tat, war es nicht der verführerische Duft von Jasmin und Myrrhe, sondern ein neckender Anflug von Maiglöckchen, so klar und rein wie Blüten, die vom letzten Schnee des Winters umgeben waren. Es war der Duft all dessen, nach dem zu sehnen er sich in den letzten Jahren verboten hatte, seit er sich in das selbstauferlegte Exil zurückgezogen hatte. Es war der Duft von England, der Duft der Heimat … und *ihr* Duft.

Er hatte fast ein Jahrzehnt lang angestrengt jeden Gedanken an sie vermieden, aber es schien so, als habe sie auf der Lauer gelegen und auf den Moment gewartet, in dem er schutzlos war.

Ein spöttisches Lächeln trat auf seine Lippen, was seine Scharfrichter zu nervösem Gemurmel veranlasste, während sie auf den Schießbefehl warteten. Sein legendärer Ruf, mit knapper Not jeder Gefahr zu entrinnen, war ihm offenbar vorausgeeilt. Das hier war schwerlich das erste Mal, dass er dem sicheren Tod ins Angesicht blickte. Es war noch nicht einmal das erste Erschießungskommando, dem er gegenüberstand.

Was sie nicht wissen konnten, war, dass sein Lächeln sich nicht über sie lustig machte, sondern über ihn selbst. Vielleicht war es nur recht und billig, dass sie ihn in diesen letzten Augenblicken seines Lebens verfolgte. Denn bald genug würde er sie verfolgen. Er wollte verdammt sein – und das war beileibe nicht ausgeschlossen, wenn man die beträchtliche Anzahl Gebote betrachtete, die er allein in den letzten vierzehn Tagen gebrochen hatte –, wenn er sich in die Ewigkeit zurückzog, ohne ihr einen letzten Besuch abzustatten.

Er konnte fast vor sich sehen, wie er sich im Mondschein in Form einer Nebelwolke über ihrem Bett materialisierte. Er konnte ihr weizenblondes seidiges Haar ausgebreitet auf ihrem Kopfkissen erkennen, das sanfte Heben und Senken ihrer Brüste unter dem Oberteil eines albern jungfräulichen Nachthemdes. Er würde über ihr schweben, sich vorbeugen, um einen letzten Kuss von ihren im Schlaf geteilten Lippen zu stehlen, während er alle leeren Stellen in ihr mit sich füllte. Dann würde sie am Morgen voller Sehnsucht erwachen, ohne sich an mehr zu erinnern, als an den Traum von einem Mann, der sie einmal geliebt hatte, nicht nur mit seinem Körper, sondern auch mit seiner ganzen Seele.

Ein kehliges Kommando, gefolgt von dem Geräusch eines Dutzend Musketen, die gleichzeitig entsichert wurden, riss ihn aus seinen Gedanken.

Es schien ganz so, als wollte man ihm noch nicht einmal eine letzte Zigarre zum Rauchen gönnen oder die Gelegenheit, mit seinem Schöpfer seinen Frieden zu machen. Er würde hier in Marokko sterben – ein Fremder in einem Land, in dem niemand ihn betrauerte, niemand über seinem blutigen Leichnam Tränen vergießen würde. Wenn die Nachricht von seinem unrühmlichen Ende nach England gelangte, zweifelte er nicht, dass seine Eltern enttäuscht seufzen würden, während sein älterer Bruder mit gewohnt stoischer Zurückhaltung die Bürde des Skandals schultern würde. Erhobenen Hauptes und all dem anderen Unsinn.

Aber was war mit ihr?

Würde sie ihren Schock zum Ausdruck bringen und ihr Beileid in höflichen Worten übermitteln, dann leise in ihr Taschentuch schluchzen, wenn sie glaubte, dass niemand zuschaute? Würde sie mitten in der Nacht aufwachen, von Bedauern und Reue über vertane Chancen geschüttelt, all die vergeudeten Momente, die Nächte, die sie nun niemals zusammen erleben würden?

Er schnaubte. Es war viel wahrscheinlicher, dass sie einen Freudentanz auf seinem Grab aufführte, als seinetwegen auch nur eine einzige Träne zu vergießen.

Er reckte die Schultern und legte den Kopf in den Nacken, wappnete sich für das, was gleich kommen musste. Tief in seinem Herzen hatte er immer gewusst, dass er eines Tages als Schurke sterben würde, nicht als Held. Aber wenigstens würde er mit der Befriedigung abtreten, dass sie nie erfahren würde, dass ihr Name das letzte Wort gewesen war, das ihm über die Lippen kam.

Ein Trommelwirbel kündigte die letzten Augenblicke seines Lebens an.

Er kniff die Augen unter der Binde zu. Selbst in der Dunkelheit war sie da, lachte ihn mit ihrem übermütigen Lächeln und ihren tanzenden grünen Augen an.

Er hielt den Atem an, wartete darauf, das Kommando zu hören, das dem derben Scherz seines Lebens ein Ende bereiten würde.

Doch was er stattdessen hörte, waren laute Stimmen, ein kurzes, aber heftiges Handgemenge und etwas, das klang, als ob ein ganzes Regiment auf den Hof stürmte, auf dem er erschossen werden sollte.

Er verspannte sich. Es wurde etwas gerufen, das Meiste waren arabische Proteste gegen die Unterbrechung seiner Exekution. Aber es wurde auch in einer Sprache gesprochen, die er schon seit langer Zeit nicht mehr vernommen hatte. Eine Sprache, die an diesem Ort der Welt unmöglich zu hören sein konnte – das Englisch des Königs. Da er spürte, er befand sich nicht länger im Mittelpunkt der Aufmerksamkeit, begann er, sich an den Seilen zu schaffen zu machen, die seine Hände hinter seinem Rücken fesselten. Während die Unruhe zunahm, nahm er etwas in sich wahr, das er eigentlich seit Langem aufgegeben hatte.

Hoffnung.

Das heisere Arabisch gipfelte in einem wüsten Fluch, bevor es in ein mit einem schweren Akzent belastetes Englisch des wütenden Ehemannes überging. »Wer sind Sie, dass Sie mit Ihren ungläubigen Hunden in mein

Heim eindringen und mich auf diese beschämende Weise entehren?«

Endlich gaben die Seile seinen verzweifelten Bemühungen nach, sich zu befreien, und fielen von Ashs Handgelenken. Genau in dem Moment, als er eine Hand hob, um sich die Augenbinde abzunehmen, hörte er eine Stimme, die er überall wiedererkannt hätte. Sie war ebenso entschlossen wie damals, als sie von ihm verlangt hatte, seine Spielzeugkriegsschiffe herzugeben, da er anderenfalls damit rechnen müsse, dass sie im Badezuber versenkt würden.

Ash riss sich die Binde herunter und schaute verblüfft in kühle graue Augen, die ihm so vertraut waren wie seine eigenen bernsteinfarbenen.

Die knappen Worte seines Retters fühlten sich in der schwülen Hitze Marokkos wie scharfkantige Eisscheiben an. »Ich bin sein Bruder!«

»Lord Dravenwood wird Sie bald empfangen.«

»Das hatte ich befürchtet«, murmelte Ash, während er sich von dem Stapel Sandsäcke abstieß, an den er sich gelehnt hatte, um dem jungen Korporal mit den geröteten Wangen zu folgen. Es war unmöglich zu sagen, ob die streng förmliche Art des Mannes an seinem militärischen Training lag oder ein Ausdruck von Missbilligung war. Ash vermutete Letzteres.

Als er sich unter der Klappe des geräumigen Zeltes hindurchduckte und so den Strahlen der gnadenlosen Wüstensonne entkam, kostete es ihn Mühe, sich einen anerkennenden Pfiff zu verkneifen. Das musste der Neid seinem Bruder lassen, es war ihm gelungen, eine Oase makelloser englischer Kultur selbst in der Wildnis der marokkanischen Wüste unmittelbar vor den Mauern Marrakeschs zu erschaffen. Wenn die Zeltwände nicht leicht im Wind wehen würden und nicht eine feine Sandschicht auf sämtlichen Oberflächen läge, hätte Ash ebenso gut gerade in den eleganten Salon in einem Londoner Stadthaus schlendern können.

Ein türkischer Teppich belebte das Zeltinnere mit smaragdgrünen und granatroten Farbtupfern. Der Teppich war zweifellos aufgerollt und den ganzen weiten Weg von England hertransportiert worden, obwohl ein ebenso kostbarer mühelos für ein paar Pfund auf irgendeinem der Basare vor Ort hätte gekauft werden können. Ein einzelnes Platzset aus Porzellan, Bleikristall und Silber zierte einen rechteckigen Tisch mit einer weißen Leinentischdecke. Es gab sogar einen Teewagen auf Rollen mit einem goldgeränderten Worcester-Teeservice, um es seinem Bruder und seinen obersten Kommandanten zu ermöglichen, dem zivilisiertesten Ritual der Engländer zu frönen – dem Nachmittagstee.

Der geschnitzte Fuß einer griechischen Chaiselongue lugte unter einem Paravent hervor, hinter dem sich der zur privaten Nutzung abgetrennte Zeltbereich verbarg. Das Regal aus Mahagoni daneben beherbergte eine ordentliche Reihe ledergebundener Bücher. Dieses Mal konnte Ash ein Schnauben nicht ganz unterdrücken. Vermutlich standen sie auch noch alphabetisch sortiert. Selbst als kleiner Junge hatte sein Bruder als Lektüre immer schon schwere Wälzer mit militärischen Abhandlungen bis ins letzte Detail über irgendwelche Schlachten und die Gedankenspiele griechischer Philosophen bevorzugt, während Ash selbst am liebsten die Heldentaten gelesen hatte, die den Köpfen von Männern mit so fruchtbarer Fantasie wie Sir Walter Scott und Daniel Defoe entsprungen waren. Das heißt natürlich nur, wenn er nicht gerade ein Bändchen mit unartigen Zeichnungen durchblätterte, das einer der keckeren Lakaien seines Vaters ins Haus geschmuggelt hatte.

An der westlichen Wand des Zeltes hing an einem dünnen Strick, der oben an dem Zeltgestänge befestigt war, ein Landschaftsgemälde in goldverziertem Rahmen. Ash betrachtete blinzelnd das Gemälde und erkannte schließlich den romantischen Malstil John Constables. Er war sich fast sicher, ein Original vor sich zu haben.

Er schüttelte verwundert den Kopf, fragte sich, wie viele Wagen, Pferde und Kamele nötig gewesen waren, die Ausstattung seines Bruders hierherzutransportieren. Ash hatte sich immer etwas darauf eingebildet, dass er mit leichtem Gepäck reiste. Er hatte es auf die harte Tour gelernt, einen hastigen Rückzug mit nicht mehr als den Kleidern auf dem Leib anzutreten – und manchmal noch nicht einmal das.

Sein Bruder hatte immer schon der Bequemlichkeit von Heim und Herd den Vorzug gegeben. Leider brachte der Umstand, dass er zu einem Mitglied in dem berühmten Direktorengremium der Ostindien-Kompanie aufgestiegen war, mit sich, dass er viel reiste, mitunter zu den unzivilisiertesten Orten auf der Erde. Sobald er die herausragende Stellung im Viererrat erreicht hatte – was ihm angesichts seines kometenhaften politischen Aufstiegs sicher bald gelänge –, würde er wahrscheinlich seine Geschäfte mehrheitlich von zu Hause aus erledigen, ohne seinen gemütlichen Salon in Dryden Hall zu verlassen, in dem Anwesen der Familie in Surrey.

Sein Bruder wirkte genau so, als gehörte er hinter ebendiesen Schreibtisch aus Mahagoni, an dem er gerade Notizen in eine ledergebundene Kladde machte. Seine Handschrift war immer schon das Einzige an ihm gewesen, was nicht unbedingt perfekt geraten war. Als Ash näher kam, kratzte die Silberspitze des Stiftes weiter über das Papier. Er schaute nicht auf, noch nicht einmal, als Ash direkt vor dem Schreibtisch stehen blieb.

Ash verspürte ein allzu vertrautes Aufflackern von Verärgerung. Die Fähigkeit seines Bruders, sich auf die vor ihm liegende Aufgabe voll und ganz zu konzentrieren, war beinahe legendär. Ash erinnerte es daran, dass er sich früher nicht mit dem Krumen Aufmerksamkeit begnügt hätte, den Max ihm jetzt gnädigerweise zugestand.

Er beugte sich vor und stützte sich mit beiden Händen auf den Schreibtisch, dabei sagte er gedehnt: »Hallo, Max.«

Der Stift verharrte mitten im Wort und hinterließ einen hässlichen Tintenfleck auf der Seite. Das schätzte Max sicher nicht, überlegte Ash mit grimmiger, durchaus boshafter Befriedigung. Sein Bruder hatte für Unzulänglichkeiten noch nie Verständnis aufgebracht. Besonders bei sich selbst nicht.

Max hob langsam den Kopf, um Ash mit einem frostigen Blick zu bedenken, der zu einem Handgemenge geführt hätte, wenn sie beide noch in kurzen Hosen gesteckt hätten. »Du weißt genau, dass ich mir aus diesem Spitznamen nie etwas gemacht habe.«

Er log. Es war sein Vater, der es hasste, wenn sie einander mit etwas anderem ansprachen als ihrem vollen Vornamen. Ihr Vater hatte immer gesagt, Max und Ash seien gewöhnliche Namen, die besser zu Straßenjungen oder Kaminkehrerburschen passten als zu den Söhnen eines Herzogs.

Ash richtete sich auf, zuversichtlich, dass sein spöttisches Lächeln nicht nur seinen Bruder weiter erzürnen würde. »Wäre es dir lieber, wenn ich dich mit ›Lord Dravenwood‹ anspräche?«

»Du kannst mich mit meinem Namen ansprechen – Maximillian.« Max schlug die Kladde vor sich zu und steckte den Stift wieder in das Tintenfass zurück.

Seit fast zehn Jahren hatten sie sich nicht mehr gegenübergestanden. Andere Brüder hätten sich die Hände geschüttelt, sich gegenseitig auf die Schulter geklopft oder gar herzlich umarmt. Aber sie musterten sich nur einen langen stummen Augenblick, in dem sie versuchten einander einzuschätzen.

Trotz ihrer Entfremdung trafen die Veränderungen in seinem Bruder Ash unvorbereitet. Max war nur achtzehn Monate älter als er, aber das dunkle Haar an seinen Schläfen war bereits mit Silber durchsetzt. Die Last der Verantwortung hatte tiefe Furchen neben seine Mundwinkel und einen Kranz feiner Fältchen um seine Augen gegraben. Ash konnte an dem Blick dieser Augen erkennen, dass Max nicht sonderlich erfreut darüber war, was er sah.

Während er darauf gewartet hatte, dass sein Bruder ihn zu sich rief, hatte Ash ein Bad genommen und war in die sauberen Kleider geschlüpft, die ihm zur Verfügung gestellt worden waren. Da sie in dem behelfsmäßigen Lager die beiden einzigen Männer waren, die so breite Schultern hatten und über sechs Fuß groß waren, vermutete er, die Kleider gehörten Max. Das mochte die leichte Abneigung erklären, die Ash verspürt hatte, während er sie sich überstreifte. Er hatte als kleiner Junge genug abgelegte Kleider seines Bruders auftragen müssen.

Er hatte die Kleider leicht verändert, damit sie ihm passten, hatte den steif gestärkten Kragen weggelassen und das weiße Leinenhemd nicht bis oben zugeknöpft. Er hatte sich geweigert, die stoffbezogenen Knöpfe des Rockes zu schließen und gänzlich auf die Weste verzichtet. Reuig strich er sich über das frisch rasierte Kinn. Ihm fehlte der kurz gestutzte Bart ein wenig, den er gewöhnlich trug. Der schützte nicht nur sein Gesicht vor dem scharfen Sand, den der Wind vor sich her wehte, sondern hatte sich auch mehrmals als nützlich erwiesen, wenn es um Leben oder Tod ging, wenn er rasch in einer Menge untertauchen musste. Wenigstens hatte Max keine Zeit gehabt, ihm einen Barbier zu schicken, um ihm die karamellfarbene Haarmähne zu schneiden, die ihm bis auf die Schultern fiel.

»Setz dich«, sagte Max knapp und nickte zu dem Stuhl, der in einem genau bemessenen Winkel vor dem Schreibtisch stand.

Natürlich saß Max selbst auf einem ledernen Polsterstuhl, der vermutlich so viel Pfund gekostet hatte, wie er wog. Ash ließ sich vorsichtig auf das knarzende Gestell aus Holz und Stoff nieder und hoffte, es werde nicht unter seinem Gewicht zusammenbrechen, sodass er auf dem Boden landete.

Er streckte seine langen Beine vor sich aus und zog

eine türkische Zigarre aus seiner Tasche. Er hatte sie von einem liebenswerten jungen Leutnant geschnorrt, während er auf Max' Aufforderung wartete.

An der Sohle seines Stiefels entzündete er ein Streichholz und führte die Flamme zu der Zigarrenspitze. Sie fing mit einem leisen Zischen Feuer und sandte eine aromatische Rauchsäule gen Himmel.

Max' angewiderte Grimasse war nicht misszuverstehen. »Ich finde, Brandy und Zigarren bleiben am besten auf den Empfangssalon nach dem Supper beschränkt.«

Ash nahm einen tiefen Zug von seiner Zigarre, widerstand nur mit Mühe dem kindischen Verlangen, seinem Bruder Rauchringe ins Gesicht zu blasen. »Ich kann nirgends einen Salon entdecken, und ich hatte nicht damit gerechnet, zum Supper geladen zu werden. Obwohl ich natürlich einen Brandy nicht ablehnen würde, wenn du mir einen anbieten willst.«

Ohne ein Wort stand Max auf und marschierte zu der Bleikristallkaraffe auf dem Seitentischchen. Er schenkte genau drei Finger hoch der bernsteinfarbenen Flüssigkeit in ein bauchiges Glas und reichte es Ash, bevor er zu seinem Stuhl zurückkehrte.

Ash nahm einen Schluck von dem teuren Brandy, genoss das weiche Brennen in seiner Kehle, dann senkte er das Glas wieder und seufzte zufrieden. »Meine unvergängliche Dankbarkeit ist dir sicher. Was auch immer du sonst an Charaktermängeln aufzuweisen hast, an deinem Geschmack in Bezug auf Spirituosen gibt es nichts auszusetzen.«

Max lehnte sich in seinem Stuhl zurück und sandte Ash einen tadelnden Blick. »Ich dachte eigentlich, du wärst mir für etwas Wichtigeres dankbar. Wie beispielsweise, dir deine … Haut gerettet zu haben.«

Max' unmerkliches Zögern war an exakt dem Punkt aufgetreten, an dem ihr Vater immer das Wort *wertlos* eingefügt hatte. Trotz seiner kohlschwarzen Haare war Max immer der goldene Sohn gewesen, der Junge, der nichts falsch machen konnte, während Ash auf der anderen Seite nichts richtig machen konnte. Von dem Moment seiner Geburt an hatte ihr Vater keinen Zweifel daran gelassen, dass Max der Erbe war und Ash nur Ersatz. Und ein armseliger Ersatz obendrein. Nachdem Ash erst einmal begriffen hatte, dass es unmöglich war, es ihrem Vater recht zu machen, hatte er alle Versuche aufgegeben.

Er zuckte die Achseln. »Ich habe dich gerade erst meiner unvergänglichen Dankbarkeit versichert. Viel mehr habe ich nicht zu bieten, außer den Kleidern auf meinem Leib. Und ich hege den starken Verdacht, dass es eigentlich deine sind.«

Max schüttelte abgestoßen den Kopf. »Ich nehme an, es hätte mich nicht überraschen dürfen, dass bei deiner letzten Klemme eine Frau im Spiel war.«

»Ist das nicht immer so?« Einen Stiefel über das Knie des anderen Beines legend, schenkte Ash seinem Bruder ein träges Lächeln.

»Würdest du mir vielleicht erklären, was dich dazu getrieben hat, die Ehefrau eines mächtigen – und außergewöhnlich heißblütigen – Mannes zu verführen? Eines mächtigen Stammesführers in einem Teil der Welt, in dem die leiseste eingebildete Beleidigung einen Mann den Kopf kosten kann? Besonders wenn dieser Kopf zufällig zu dem Körper eines Engländers gehört?«

»*Eine* seiner Frauen«, verbesserte Ash ihn milde. »Und was verleitet einen Mann gewöhnlich dazu, eine Frau zu verführen? Ein Seitenblick unter dichten seidigen Wimpern? Weiche Lippen, wie zum Küssen geschaffen? Ein einladender Hüftschwung? Ich bezweifle, dass selbst ein Mann von deiner legendären moralischen Stärke solchen Reizen gegenüber unempfänglich bleiben würde.«

Ash wollte seinen Atem nicht darauf verschwenden, zu erklären, dass Fatima zu ihm gekommen war. Sie hatte verstohlen an die Tür seiner Unterkunft geklopft, nachdem sie sich auf dem Marktplatz begegnet waren. Sie hatte die hauchdünne Seide zurückgezogen, die ihre vollen Brüste bedeckte, nicht um ihn mit ihrer Nacktheit zu verführen, sondern um ihm die frischen blauen Flecken zu zeigen, die ihr Ehemann ihr mit seinen Fäusten zugefügt hatte. Angesichts der verblassten Narben war ihm sofort klar, dass die frischen Prellungen nur die letzten in einer langen Reihe von Verletzungen ihrer perfekten Haut waren. Ebenso wenig erläuterte Ash, dass er sie nicht aus Lust mit den Lippen berührt hatte, sondern um den Schmerz zu lindern. Oder dass, nachdem sie ihm die Arme um den Hals geschlungen hatte und sie beide auf sein Bett gefallen waren, er es gewesen war, der zur Vernunft gekommen war und versucht hatte, sich aus ihrer Umarmung zu lösen. Sie hatte eine erholsame Nacht in seinem Bett verbracht, während er sich schlaflos auf dem harten Fußboden gewälzt und sich die ganze Zeit einen Narren geschimpft hatte.

Er sparte es sich, Max irgendetwas davon zu sagen. Er wusste, sein Bruder würde ihm niemals glauben. Er glaubte es sich ja selbst kaum.

»Als ob dem Mann Hörner aufzusetzen nicht schon schlimm genug wäre«, sagte Max, »musstest du auch noch allem die Krone aufsetzen, indem du sie auf ein Schiff verfrachtet und ihr dabei geholfen hast, ihm wegzulaufen. War das alles Teil deines hirnverbrannten Plans? Sich im nächsten Hafen mit ihr zu treffen und in irgendeinem dreckigen Wirtshaus zu bleiben, bis du ihrer müde geworden bist und dich daran machst, irgendeiner anderen Schönheit nachzusteigen, auf die du ein Auge geworfen hast?«

Genau genommen hatte Ash nicht vorgehabt, Fatima je wiederzusehen. Bevor ihr Schiff abgesegelt war, hatte er ihr eine prall gefüllte Geldbörse in die Hand gedrückt, mit so viel Gold darin, dass sie nie wieder auf die Gnade und das Wohlwollen eines Mannes angewiesen wäre, ihn selbst eingeschlossen. Wenn nicht einer von Mustafas Männern zufällig Zeuge des dankbaren Kusses gewesen wäre, den sie ihm gegeben hatte, bevor sie an Bord des Schiffes gegangen war, hätte sich Ash auf dem nächsten Schiff wiedergefunden, auf dem Weg irgendwohin in die Welt, nur nicht nach Marokko, wo er vor einem Erschießungskommando auf Mustafas Hof gelandet war.

Er schwenkte den restlichen Brandy in seinem Glas, ehe er ihn in einem einzigen Zug austrank. »Es wundert mich, dass du nicht einfach zugelassen hast, dass Mustafas Männer mich erschießen.«

»Denk nur nicht, ich sei nicht in Versuchung gewesen«, bemerkte Max grimmig. »Ich hätte vielleicht sogar genau das getan, wenn ich nicht einen Auftrag für dich hätte.«

Ash beugte sich vor und stellte das leere Glas auf den

Schreibtisch. »Vielleicht ist die Neuigkeit noch nicht bis zu dir vorgedrungen, aber ich habe mein Offizierspatent verkauft. Ich arbeite nicht länger für die Kompanie. Oder für dich. Ich habe mehrere Jahre meiner Jugend im Dienst für König, Vaterland und die Kompanie vergeudet. Jetzt kümmere ich mich nur noch um mich selbst.«

»Ich bin sehr wohl im Bilde über deine Heldentaten als Söldner. Wie unsere Eltern im Übrigen auch. Dein Treiben liefert mehr als genug Futter für die Londoner Klatschpresse und hat unseren Vater oft genug beim Frühstück an den Rande eines Anfalles gebracht.«

»Jetzt versuchst du, mir eine Freude zu machen.«

Der Anflug eines Lächelns zuckte um Max' Lippen, und einen flüchtigen Moment lang waren sie wieder die Brüder, die unter der Decke den Streich ausgeheckt hatten, ihrem Vater einen Frosch in den Badezuber zu legen. Trotz der Bemühungen ihres Vaters, einen Keil zwischen sie zu treiben, indem er Max ununterbrochen überschwänglich lobte und Ash andauernd kritisierte, waren sie wie Pech und Schwefel gewesen.

Das alles hatte sich geändert, nachdem Ash aus Eton heimgekehrt war und der Bruder, den er geliebt und bewundert hatte, verschwunden war, ersetzt durch einen jungen Mann, der ihn so kalt und verächtlich behandelte wie ihr Vater. Ashs Schmerz und seine Verwunderung hatten sich langsam in Zorn verwandelt, dann in Gleichgültigkeit. Da Max sich ihm nicht anvertrauen wollte, konnte Ash nur davon ausgehen, dass Max sich nicht länger mit einem jüngeren Bruder abgeben wollte, dessen Halstuch ständig schief hing und bei dem man sich darauf verlassen konnte, dass er während einer Unterhaltung genau im falschen Moment mit einer sarkastischen Bemerkung herausplatzte.

Selbst jetzt war Max' Belustigung über Ashs Spitze nur von kurzer Dauer. Als müsse er seine Hände irgendwie beschäftigen, begann er, einen bereits tadellos ordentlichen Stapel Papier zu ordnen. »Es geht um meine Verlobte. Vor drei Monaten war sie auf dem Weg nach Burma zu unserer Hochzeit, als ihr Schiff überfallen wurde und sie und ihre Gesellschafterin entführt wurden.« Nicht länger imstande, die Charade sinniger Aktivität aufrechtzuerhalten, hielt er seine Hände still. Er hob den Kopf und schaute Ash in die Augen, zeigte ihm endlich, wie tief seine Verzweiflung reichte. »Von Korsaren.«

Ash konnte sich ein mitleidiges Zusammenzucken kaum verkneifen. Sie wussten beide, eine Frau, die das Pech hatte, in die Hände dieser Barbaren zu fallen, war tot besser dran.

»Hat man dir schon eine Lösegeldforderung geschickt?«, fragte er. Ihre Entführer wären viel weniger geneigt, die Ware zu ruinieren, wenn sie glaubten, dass ihnen ein schöner Profit winkte, wenn sie sie unversehrt ihrem rechtmäßigen Besitzer zurückgaben.

Max schüttelte den Kopf. »Ich habe noch keine Nachricht erhalten, aber ich habe Nachforschungen angestellt. Einer verlässlichen Quelle zufolge ist sie«, er wandte den Blick ab und schluckte, hatte offenbar große Schwierigkeiten, die nächsten Worte auszusprechen, »verkauft worden. An einen mächtigen Sultan in der Provinz El Jadida.«

Jetzt begriff Ash, warum sein Bruder sein Lager in dieser gottverlassenen Wüste aufgeschlagen hatte. El Jadida lag an der Küste, weniger als ein Dreitagesritt von hier entfernt. »Du hast doch eine ganze Armee Männer zur Verfügung. Wozu brauchst du mich?«

»Weil du dich hier auskennst. Du bist mit der Gegend, der Sprache und der Geschichte vertraut, aber du bist nicht an irgendwelche politischen oder diplomatischen Konventionen gebunden. Ich kann es mir nicht leisten, alles zu gefährden, was wir hier in der Gegend zu erreichen versuchen und wofür wir so hart gearbeitet haben, indem ich den Palast irgendeines Sultans stürme. Himmel, ich kann noch nicht einmal diesem Sultan eine Nachricht schicken, ohne befürchten zu müssen, überall Feindseligkeiten zu wecken, nicht nur gegen die Kompanie, sondern auch gegen England.«

»Ah! Das ist wieder der Max, an den ich mich erinnere. Mehr in Sorge um seine eigene Zukunft als um die seiner Braut.«

»Meine Zukunft *ist* ihre Zukunft! Denkst du etwa, es macht mir Spaß, hier zu sitzen und Däumchen zu drehen, während sie weiß der Himmel was für Erniedrigungen in den Händen dieser Barbaren durchleidet? Wenn ich ihr das Leben bieten will, das sie verdient, besonders nach diesem Zwischenfall, dann wird jede Unze meines Einflusses nötig sein, den ich mir in Jahrzehnten harter Arbeit und unter vielen Opfern erworben habe. Ich kann es mir einfach nicht leisten, all das in einem Augenblick unüberlegter Verzweiflung hinzuwerfen, wenn ich eine bessere Lösung direkt vor meiner Nase habe.«

Während Max noch sichtlich damit rang, sein Temperament zu zügeln, nahm Ash einen langen Zug von seiner

Zigarre und dachte über die neue Entwicklung nach, in der er als Lösung statt als Problem betrachtet wurde. Er war dem Einflussbereich seines Bruders vor langer Zeit entkommen, damals hatte er nichts mehr als seinen Stolz, und er hegte nicht die Absicht, sich wieder in Max' Bann ziehen zu lassen. Trotz Max' Behauptung gab es Männer, die wesentlich besser geeignet wären als er, solch ein Unterfangen zu meistern. Ehrenwerte Männer, die es als Privileg ansehen würden, ihr Leben zu riskieren, um die begehrte Anerkennung des Earl of Dravenwood zu erlangen.

»Wie viel?«, fragte Ash kühl.

Wenn sein Bruder erstaunt war, dass er eine Bezahlung verlangen würde, nachdem Max gerade ein Erschießungskommando davon abgehalten hatte, ihm den Kopf wegzuschießen, ließ er sich das durch nichts anmerken. »Nenn deinen Preis.«

Ash hob überrascht eine Augenbraue. Max' Genügsamkeit – außer wenn es um seine Bequemlichkeit ging – war berühmt-berüchtigt. Seine Verwaltung des im Schwinden begriffenen Familienvermögens hatte sie alle vor dem Armenhaus gerettet. Sein steiler Aufstieg in der Ostindien-Kompanie hatte es dem Namen Burke samt den dazugehörigen Titeln gestattet, zu neuem Glanz zu gelangen, während andere ihres Standes gezwungen waren, das Unvorstellbare zu tun. Um zu überleben, verkauften sie ihre Landsitze oder heirateten amerikanische Erbinnen, die keinen Tropfen adliges Blut aufzuweisen hatten.

Ash tat so, als dächte er einen Augenblick über Max' Worte nach, dann nannte er einen Preis, der so lächerlich exorbitant war, dass seinem Bruder nichts anderes übrig bleiben würde, als abzulehnen.

»Abgemacht«, antwortete Max, zog ein Heft mit Schecks zu sich und tauchte seine Feder einmal mehr in das Tintenfass. »Das hier ist nur die Hälfte. Ich verdoppele die Summe, die du verlangt hast, wenn du den Auftrag zu meiner Zufriedenheit erledigt hast.«

Ash blieb der Mund offen stehen. Die brennende Zigarre hing ein paar gefährdete Momente an seiner Unterlippe und drohte, ihm auf den Schoß zu fallen. Die bloße Idee, dass sein Bruder eine Frau über seinen kostbaren Gewinn stellte, war unvorstellbar.

Max unterzeichnete den Scheck mit seinem gewohnt ausholenden Schriftzug, dann schob er ihn ihm über den Schreibtisch zu. Ash nahm ihn und betastete das kostbare Pergament, er musterte die vielen Nullen. »Wäre es nicht billiger, diese Frau einfach zu vergessen und dir eine andere Braut zu suchen?«

Max schlug mit der Faust auf den Tisch, sodass Ash erschrocken zusammenzuckte. Es passte nicht zu seinem Bruder, seine Gefühle derart zum Ausdruck zu bringen. Den größten Teil ihres Lebens als Erwachsene hatte Ash insgeheim den Verdacht gehegt, dass Max gar keine hatte. Aber jetzt hatte sich der graue Rauch in Max' Augen verzogen und den Blick auf die glimmende Glut darunter freigegeben. »Es gibt keine andere Frau, die sich mit ihr vergleichen kann! Ihr Witz, ihre Freundlichkeit, ihr Mut und ihre Leidenschaft fürs Leben übertreffen alle anderen Reize, die die Gesellschaft so hoch schätzt. Sie ist mehr als nur meine Braut, sowohl in meinen Augen als auch in meinem Herzen.«

Das Dröhnen seiner Stimme verhallte, doch seine leidenschaftliche Erklärung hing noch unbehaglich zwischen ihnen in der Luft.

»Also«, begann Ash gedehnt, »wer genau ist denn dieses Musterbeispiel weiblicher Tugenden, das ich aus den Klauen des bösen Sultans retten soll?«

Max versteifte sich und senkte seinen Blick auf den Schreibtisch. »Miss Clarinda Cardew.«

Wortlos warf Ash den Scheck auf die Tischplatte zurück, stand auf und ging zu der Zeltklappe.

Er hörte, wie Max hinter ihm auf die Füße kam. »Bitte, Ash«, sagte er heiser. »Ich brauche dich.«

Ash blieb jäh stehen, er hörte in diesem Flehen das Echo des Bruders, der einmal sein unerschütterlicher Verbündeter gewesen war.

Er hätte sich nie träumen lassen, dass sein stolzer Bruder einmal so etwas zugeben würde.

Max suchte nach Worten. »Ich weiß, du hattest nie eine besondere Vorliebe für die junge Dame, aber sicherlich bist du doch nicht so herzlos, sie einem derart grausamen Schicksal zu überlassen.«

Ash schloss kurz die Augen, ehe er sich wieder zu seinem Bruder umdrehte. »Vorliebe? Du sprichst doch von der Miss Clarinda Cardew, die auf dem Anwesen ihres Vaters, das an unsere Ländereien grenzte, aufgewachsen ist, nicht wahr? Eben die Miss Clarinda Cardew, die ihre gesamte Jugend dem einen Ziel gewidmet hatte, mein Leben elend zu machen? Weil ich die Vorstellung verabscheue, wenn ich den Ruf einer anderen jungen Dame mit der Gehässigkeit und der Verärgerung in den Schmutz ziehe, die nur diese … diese *Kreatur* verdient!«

Max sank auf seinen Stuhl zurück, er seufzte geschlagen. »Genau dieselbe.«

»Nun, das ist eine Erleichterung!«, rief Ash mit einem rauen Lachen aus. »Weil ich eine Minute lang dachte, es könnte unmöglich die gleiche Clarinda Cardew sein, die mir auf Schritt und Tritt gefolgt ist seit der Zeit, da sie alt genug war, über den Zaun zwischen unseren Besitzungen zu klettern. Die gleiche Clarinda Cardew, die mir die Innenseite meiner Handschuhe und Socken mit Schuhwichse eingerieben hat und einen Zweig Giftsumach in mein Bett gelegt hat. Die sich in unsere Stallungen geschlichen hat, um den Sattelgurt zu lockern, nur Minuten bevor ich eine wichtige Reitvorführung für Vater und eine Handvoll seiner einflussreichsten Freunde beginnen sollte.«

Max schüttelte reuig den Kopf. »Man kann nicht abstreiten, dass sie nicht ganz einfach war, als wir beide noch Kinder waren. Besonders, wenn es um dich ging.«

Ash spürte, wie seine Züge sich weiter verhärteten. Sein Bruder hatte ja keine Ahnung. Offenbar hatte Clarinda ihm nie erzählt, dass sich der Funke der Feindseligkeit zwischen ihnen am Ende in etwas so leicht Entflammbares verwandelt hatte, dass sie beide beinahe darin verbrannt wären.

Max sprach weiter: »Es ist ihr Vater, der für ihr ungebärdiges Verhalten als kleines Mädchen verantwortlich zu machen ist. Sie war erst acht Jahre alt, als ihre Mutter starb, und er hat ihr erlaubt, unbeaufsichtigt umherzustreifen, während sie eine sanfte, aber strenge Frauenhand gebraucht hätte.«

»Was sie gebraucht hätte, wäre, übers Knie gelegt zu werden und Bekanntschaft mit einer Kohleschaufel auf ihrem frechen kleinen Hintern zu machen.« Ash schloss kurz die Augen, als ihm ein Bild von dieser verlockenden Kehrseite durch den Kopf schoss, wie er sie beim letzten Mal gesehen hatte. »Ich nehme an, du versuchst nun, mich davon zu überzeugen, dass der kleine Wildfang sich irgendwie in eine vornehme junge Dame verwandelt hat, die es verdient, an der Seite des Earl of Dravenwood zu leben ... und irgendwann einmal seine Herzogin zu werden?«

Einmal mehr schien Max Schwierigkeiten zu haben, Ash in die Augen zu sehen. »Ich denke, ich kann mit einiger Sicherheit sagen, dass sie nicht länger das Mädchen ist, das du früher gekannt hast.«

Da Clarinda eingewilligt hatte, seinen Bruder zu heiraten, und sich so zu einem Leben in strenger Respektabilität verurteilt hatte, konnte Ash dem nur zustimmen. Er drehte sich um, um im Zelt auf und ab zu laufen, als ob die Bewegung ihm helfen könnte, das Durcheinander einzudämmen, das in seinem Verstand und seinem Herzen um sich griff. »Ich hatte gehört, sie wollte vor Jahren schon diesen Dewey ehelichen. Müsste sie nicht längst verheiratet sein und irgendwo auf dem Land mit einer ganzen Schar Kinder leben?«

Sein Bruder runzelte die Stirn. »Ich fürchte, Viscount Darby ist einem Reitunfall zum Opfer gefallen, ehe die Hochzeit stattfinden konnte. Es war ein schwerer Schlag für alle, die ihn kannten. Darby war so ein anständiger Kerl.«

»Vermutlich hat er sein Pferd über eine Klippe springen lassen, damit er nicht an sie gebunden ist«, brummte Ash.

Max' eisiger Blick ließ ihn erstarren. »Das geht aber doch ein bisschen weit, oder? Selbst für deine Verhältnisse. Muss ich dich daran erinnern, dass du über meine zukünftige Ehefrau sprichst?«

Ash grinste seinen Bruder absichtlich beleidigend an. »Was willst du dagegen tun? Mich fordern, weil ich sie beleidigt habe?«

Ash konnte sehen, dass Max im Moment nichts lieber täte als genau das. Aber sie wussten auch beide, dass Ash ein ausgezeichneter Schütze war, der ein angreifendes Nashorn auf hundert Schritt Entfernung mit einem Schuss aufhalten konnte.

Stattdessen entschied sich Max für eine Waffe, die darauf abzielte, noch mehr Schaden in Ashs Herz anzurichten. »Du bist der einzige Mann, den ich kenne, der über die Intelligenz und die Fähigkeiten verfügt, diesen Auftrag erfolgreich abzuschließen. Ich möchte, dass sie gerettet wird, nicht getötet. Wenn ich ein Regiment mit rauchenden Musketen schicke, werden ihre Peiniger ihr als Erstes die Kehle durchschneiden. Wirst du mir helfen, sie zu retten?«

Ash wandte sich vom Schreibtisch ab, fuhr sich mit einer Hand durch sein bereits zerzaustes Haar. Er versuchte verzweifelt, sich *nicht* vorzustellen, wie Clarinda der Gnade eines lüsternen Sultans mit einem Hang zum Sadismus und einer Vorliebe für hübsche grünäugige Blondinen ausgeliefert war. Angesichts ihrer Weigerung, ihre spitze Zunge zu hüten, wäre es ohnehin ein Wunder, wenn ihr reizender kleiner Kopf nicht bereits auf einer Pike auf einem sonnenverbrannten Innenhof schmorte.

Als sich Ash mit grimmig blickenden Augen und ernster Miene wieder zu seinem Bruder umdrehte, hätten nur wenige Männer den unbekümmerten Abenteurer wiedererkannt, als der er allgemein bekannt war. »Hast du die volle Bedeutung dessen begriffen, worum du mich bittest? Selbst wenn ich es schaffe, Clar… Miss Cardew dort herauszuholen, wird sie ruiniert sein. Sie kann immer noch so rein sein wie frisch gefallener Schnee, aber wer wird das schon glauben, nachdem sie mehrere Monate an einem Ort verbracht hat, der in den Augen des Großteils der Gesellschaft kaum besser als ein Bordell ist? Noch nicht einmal deine vielgerühmte Reputation oder dein Ansehen in der Kompanie werden in der Lage sein, sie vor dem boshaften Klatsch der professionellen Gerüchteköche zu bewahren. Wenn du darauf beharrst, sie zu heiraten, wirst du dich in ganz London lächerlich machen. Selbst meine unrühmlichen Heldentaten werden im Vergleich dazu verblassen.«

Max erhob sich von dem Stuhl und stellte sich vor das Landschaftsgemälde von Constable, das von der Decke des Zeltes hing. Zum ersten Mal bemerkte Ash, wie sehr es der Landschaft um Dryden Hall ähnelte. Er konnte gar nicht zählen, wie oft er Clarinda durch so eine Wiese hatte laufen sehen, ihr schmutziges kleines Gesicht zu einem übermütigen Grinsen verzogen, während ihre langen blonden Zöpfe hinter ihr wehten.

»Ich kümmere mich um die Gesellschaft, wenn es so weit ist«, sagte Max schließlich. »Bring sie einfach zu mir nach Hause.«

»Gütiger Himmel«, hauchte Ash, als die Worte seines Bruders seinem bereits getroffenen Herz einen weiteren Schlag versetzten. »Du liebst sie wirklich, nicht wahr?«

Als Max sich umwandte und ihm ins Gesicht schaute, sein Blick so offen und freimütig, wie Ash es nie zuvor gesehen hatte, musste er nichts sagen.

Ash schüttelte den Kopf. »Dann möge Gott dir beistehen.«

Den Blick seines Bruders auf sich spürend, nahm Ash sich den Scheck vom Schreibtisch und steckte ihn sich in die Tasche. Er war bereits fast an der Zeltklappe angekommen, als ihm auffiel, dass sie doch noch nicht fertig waren.

Er sah über seine Schulter zu Max zurück. »Du bist einer der begehrtesten Junggesellen von ganz England. Warum hast du dich ausgerechnet in sie verliebt?«

Da ihm diese Frage seit fast einem Jahrzehnt selbst keine Ruhe ließ, war Ash nicht wirklich überrascht, dass sein Bruder keine Antwort für ihn hatte.

Kapitel drei

»Was zur Hölle treibt der verdammte Narr da nur?«, brummte Ash, der hinter einem Felsen hockte, bevor er das Fernrohr ans Auge hob, um sich den Mann, den er entführen wollte, genauer anzusehen.

Seit beinahe einer dreiviertel Stunde beobachtete er Zin al-Farouk, den Sultan von El Jadida, der auf seinem Pferd immer wieder über den schmalen Weg durch das Tal galoppierte, als folgte ihm etwas auf den Fersen, was nur er sehen konnte.

»Warum steigst du nicht einfach hinunter und fragst ihn das selbst, Captain?«, schlug Ashs Begleiter vor und steckte sich eine weitere Traube in den Mund, ehe er laut schlürfend einen Schluck aus der Feldflasche in seiner Hand nahm.

Ash senkte das Fernrohr lange genug, um Luca einen tadelnden Blick von der Seite zuzuwerfen. Sein Freund und Waffenbruder saß lässig hinter dem Felsen neben Ash, als genieße er es, sich den ganzen Morgen unter den Strahlen der erbarmungslosen marokkanischen Sonne zu bräunen. Luca war das Ergebnis einer kurzen, aber leidenschaftlichen Affäre zwischen einem italienischen Grafen und einer wunderschönen Zigeunerin. Sein gutes Aussehen wurde nur noch durch seine Trägheit überboten. Der vernachlässigbare Aufwand, auf ihren Pferden hoch auf die Anhöhe zu reiten, damit sie die Wüstenstraße unten beobachten konnten, hatte offenbar die wenigen Energiereserven erschöpft, die ihm zur Verfügung standen. Wenn sie nicht bald handelten, würde er sich vermutlich hinter dem Felsen zu einem kleinen Nickerchen ausstrecken.

Ash nahm seinem Freund die Feldflasche aus der Hand und entdeckte zu seinem Missfallen, dass sie fast leer war. »Ich habe dich angeheuert, damit du mir hilfst, den Sultan zu entführen, nicht um schon vor Mittag alle unsere Wasservorräte auszutrinken.«

»*Angeheuert* würde ja bedeuten, dass ich tatsächlich hoffen dürfte, für meine Dienste entlohnt zu werden«, erwiderte Luca gedehnt. »Bislang habe ich noch keine Goldmünze zu Gesicht bekommen.«

Ash steckte die Feldflasche in den Lederbeutel, der quer über seine Brust geschlungen war, und wich dem wissenden Blick seines Freundes aus. »Ich werde dich bezahlen, sobald ich zu einer Bank komme, bei der ich den Scheck einlösen kann. Ich habe dir doch erzählt, dass ich in letzter Zeit finanzielle Rückschläge erlitten habe.«

»Hatten diese *Rückschläge* vielleicht zufällig große braune Augen, langes dunkles Haar und das herrlichste Paar …«

»Sei still!«, fuhr Ash ihn an und richtete sein Fernrohr wieder auf die Straße, als der Sultan gerade sein Pferd am einen Ende des Tales herumriss und über die gesamte Länge zurückpreschte, wobei jeder Hufschlag seines Tieres eine goldene Staubwolke aufwirbelte. »Hier kommt er wieder zurück.«

Dieses Mal rührte Luca sich tatsächlich genug, um über

den Rand des Felsens zu spähen. Mit den von dichten dunklen Wimpern umrahmten ebenholzschwarzen Augen, den wehenden weißen Gewändern und der ungezähmten Mähne schwarzer Locken unter der traditionellen *Kaffiyeh*, die er um die olivfarbene Stirn gebunden trug, hätte Luca ohne Weiteres als gebürtiger Marokkaner durchgehen können.

Nachdem Ashs goldbraune Augen und sein hellbraunes Haar eine solche Verkleidung nicht erlaubten, zielten seine eigene hellbraune Reithose, das elfenbeinfarbene Leinenhemd und der locker geschnittene Rock darauf ab, ihren Träger mit der Umgebung aus endlosem Sand und Sonne verschmelzen zu lassen. Während er ihr Opfer durch das Fernrohr beobachtete, strich er sich geistesabwesend über das Kinn und genoss das vertraute Prickeln von Bartstoppeln unter seiner Hand. Wenigstens fühlte er sich nicht länger wie ein geschorenes Lamm.

»Warum reitet der Mann ohne seine Wachen aus?«, fragte er sich halblaut. »Es ist fast so, als bettelte er darum, überfallen zu werden.«

Selbst ohne Wachen schien der Sultan allerdings ein formidabler Gegner zu sein. Sein karmesinroter Umhang flatterte um die Flanken des schwarzen Hengstes, der mehr an einen Drachen als ein Pferd erinnerte. Ash wäre nicht erstaunt gewesen, wenn Rauchwolken aus den geblähten Nüstern des Tieres aufgestiegen wären. Der Mann saß auf dem reichverzierten silbergewirkten Sattel wie ein Herrscher aus alten Zeiten, er trug nichts als eine weite Hose und eine offene schwarze Weste unter seinem Umhang. Die sich abzeichnenden Muskeln auf der breiten Brust waren klar zu erkennen, als er die Zügel verlängerte, um den Hengst zu schnellerem Tempo anzutreiben.

Ashs Blick wanderte über diese Arme zu den kräftigen Händen, die die Lederzügel hielten. Ein Bild dieser sonnengebräunten Hände auf schneeweißer Haut zuckte durch seinen Kopf und verdunkelte die gelbe Sonne, die ihm jetzt blutrot erschien.

Lucas Stimme schien aus großer Entfernung zu kommen. »Alles in Ordnung, Cap? Du siehst irgendwie ein bisschen … nun … wahnsinnig aus.«

»Sei nicht albern. Das muss die Hitze sein.« Ash nahm seinen Hut mit der breiten Krempe ab und wischte sich den Schweiß von der Stirn, während Luca ihn weiter mit ungewohnter Sorge anschaute. Sie wussten beide, dass Ash noch nie unter der Krankheit gelitten hatte, die so viele seiner Landsleute in diesen Gefilden plagte.

Er setzte sich den Hut wieder auf den Kopf. Wenn seine Gedanken weiter in eine derart gefährliche Richtung abdrifteten, würde er am Ende dem Sultan eine Kugel in den Kopf verpassen, statt ihn zu entführen.

»Was sollen wir eigentlich mit dieser holden Jungfer in Nöten anstellen, wenn wir sie erst einmal gerettet haben?«, wollte Luca wissen.

»Wenn alles so abläuft, wie wir es geplant haben«, erwiderte Ash grimmig und betete dabei insgeheim, dass dem so sein möge, »werden wir sie gar nicht zu Gesicht bekommen. Wir werden einfach den Sultan entführen, schicken eine Botschaft in seinen Palast, in der wir verlangen, ihn gegen … gegen das Mädchen einzutauschen.« In England wäre dieser Plan als barbarisch betrachtet worden, aber Ash war mit der Gegend und den Bräuchen hier hinreichend vertraut, um zu wissen, dass es ein Vorgehen war, das sowohl der Sultan als auch sein Hof respektieren würden. Solche Entführungen und anschließende Verhandlungen gab es häufig genug zwischen den mächtigen Herrschern und Stammesfürsten, die in dieser Region beständig um die Vorherrschaft kämpften. »Sobald sie unsere Forderung annehmen, werden wir die Braut zu meinem Bruder bringen, der sie in seine liebenden Arme schließt.«

Bis er die Worte laut aussprach und den Anflug eines Knurrens in seiner Stimme hörte, war Ash imstande gewesen, so zu tun, als sei Max einfach ein gewöhnlicher Auftraggeber, der ihn angeheuert hatte, eine Fremde zu retten. Aber jetzt konnte Ash vor seinem geistigen Auge sehen, wie sein Bruder mit seiner Hand über Clarindas seidige Haut strich, mit seinen Lippen ihre Wange streifte und ihr all die zärtlichen Worte zuraunte, die Ash zu stolz – oder zu dumm – gewesen war zu sagen.

Die Sonne verdunkelte sich wieder, und die Vergangenheit schimmerte wie eine Fata Morgana vor seinen Augen. Plötzlich hockte er nicht mehr in der Wüstenhitze hinter einem Felsen, sondern stand unter den ausladenden Zweigen einer alten Eiche auf einer nebelverhangenen Wiese, wo er Clarinda zum letzten Mal gesehen und ihr Lebewohl gesagt hatte. Als sie herausgefunden hatte, dass er gehen wollte, hatte sie sich einen Umhang über das Nachthemd geworfen und war aus dem Haus ihres Vaters geschlüpft, um ihn abzufangen. Sie war mit bloßen Füßen über das taufeuchte Gras gelaufen, und ihr offenes blondes Haar wehte wie bei einem kleinen Mädchen hinter ihr.

Sie war stolpernd vor ihm zum Stehen gekommen, ihre großen grünen Augen anklagend verdunkelt, und war mit der Frage herausgeplatzt, die ihn seit dem Moment verfolgt hatte, seit er beschlossen hatte wegzugehen. »Wie kannst du mich verlassen?«

Er hatte dagestanden, die Zügel seines Pferdes in einer Hand, und hatte sich gegen die bittere Anklage in ihren Augen gewappnet. »Du weißt sehr gut, warum ich gehe. Weil ich dir nichts zu bieten habe.«

»Das ist doch gelogen!«, hatte sie gerufen. »Du hast mir alles zu bieten. Alles, was ich mir je wünschen könnte.«

Er schüttelte hilflos den Kopf. »Meine Vorfahren geben seit Jahrhunderten das Vermögen der Familie mit vollen Händen aus. Ich habe keinen Heller, den ich mein Eigen nenne. Und da ich nur der zweitgeborene Sohn bin, kann ich dir noch nicht einmal einen Titel bieten.«

»Ich habe keinen Tropfen adliges Blut in den Adern. Himmel, ich bin so gewöhnlich wie Millie, das Milchmädchen, unten im Dorf.«

Wohl wissend, dass er es in den endlosen Tagen und Nächten, die vor ihm lagen, bereuen würde, streckte er eine Hand aus und strich ihr über das schimmernde flachsblonde Haar, er wunderte sich, wie weich es sich anfühlte. »An dir ist nichts in irgendeiner Weise gewöhnlich.« Seine Hand glitt über ihre zarten Wangen, und sein Daumen geriet dabei gefährlich nah an ihre Lippen. »Sobald ich mein Glück gemacht habe und reich bin, komme ich zu dir zurück, das schwöre ich.«

Ein atemloses Lachen entwich ihr. »Aber begreifst du denn nicht? Es besteht keine Notwendigkeit für dich, reich zu werden. Ich verfüge bereits über ein Vermögen.

Papas Geschäfte machen mich zu einer der reichsten Erbinnen von England.«

»Umso mehr Grund für deinen Vater, ein passenderes Objekt für deine Zuneigung und deine Hand zur Ehe zu finden, wenn ich mich deiner nicht würdig erweise.«

Sie reckte ihr trotziges kleines Kinn in einem Winkel, den er nur zu gut kannte. »Wenn Papa uns seinen Segen nicht gibt, dann brennen wir einfach durch. Du bist gerade einundzwanzig geworden, und ich werde nächsten Monat achtzehn – ich bin alt genug, selbst zu entscheiden, wen ich heiraten möchte. Wir können nach London gehen oder nach Paris und in einer Mansardenwohnung leben. Himmel, wenn es sein muss, kann ich sogar Bügelwäsche übernehmen.«

»Weißt du denn überhaupt, wie man bügelt?«

Ihre glatte Stirn legte sich in Falten. »Nein, aber da ich Bachs Fantasie in a-Moll am Klavier spielen und lateinische Verben konjugieren kann, bin ich sicher, dass ich auch das lernen kann. Wir werden jeden Abend Brot und Käse essen und bei Kerzenschein gemeinsam Byron und Molière lesen.« Ihre Stimme senkte sich eine Oktave tiefer, vergönnte ihm einen verlockenden Blick auf die Frau, die sie bald genug werden würde, die Frau, für die sie sich bereits hielt. »Und nachdem die Kerzen heruntergebrannt sind, kannst du mich verführen, mich wild und leidenschaftlich bis zum Morgengrauen lieben.«

Während ihrer eindringlichen Erklärung hatte sie seinen Arm umklammert und sich auf die Zehenspitzen gestellt, bis ihre Lippen nur noch einen Hauch von seinen entfernt waren. Die leicht geöffneten rosa Bogen waren so verlockend, so verführerisch und so beharrlich in ihrer idyllischen, wenn auch naiven Sicht auf das Leben, das sie nie gemeinsam führen konnten, dass er in Versuchung geführt war, sie genau jetzt wild und leidenschaftlich zu lieben. Aber wenn er der Versuchung erlag, wenn er sie auf das feuchte Gras bettete und sie auf den Falten ihres pelzgefütterten Umhangs nahm, dann würde er nie die Kraft finden, sich aus ihren Armen zu lösen. Er würde den Rest seiner Tage damit verbringen, sich dafür zu hassen, dass er ein selbstsüchtiger Bastard war, der ihr Leben ruiniert hatte.

Er packte sie an den Schultern, worauf Hoffnung in ihren Augen aufloderte, die bei seinen nächsten Worten jäh verblasste. »Wie lange würde es dauern, bis du mich hasst? Dafür, dass ich ich dir das alles weggenommen habe«, er deutete mit einer Hand zu dem gepflegten Park auf dem Anwesen ihres Vaters, die anmutigen Säulen und Kamine des klassizistischen Gebäudes, das über die Anhöhe hinter ihr lugte, »all das hier?«

Sie nahm seine Hand und drückte ihre warmen Lippen fieberhaft darauf. »Ich könnte dich niemals hassen. Ich werde dich immer inbrünstig lieben.«

Sacht zog er seine Hand aus ihrem Griff, fasste sie wieder an den Schultern und schob sie entschlossen von sich weg. »Ich fürchte, es ist ohnehin zu spät. Ich habe mich bereits für die Armee der Ostindien-Kompanie gemeldet. Die Titel der Familie Burke mögen im Augenblick nicht viel mehr wert sein als das Papier, auf dem sie stehen, aber sie verfügen noch über genug Einfluss, um mir ein Offizierspatent zu sichern. Ich werde morgen von Greenwich nach Bombay in See stechen. Wenn du mich nicht zu einem Deserteur machen willst, der am Galgen baumelt, wirst du mich gehen lassen müssen.«

Clarinda stand da und schaute ihn an, als hätte er sie geschlagen, zum ersten Mal in ihrer langen Bekanntschaft war sie sprachlos.

Ash zwang sich, die Zügel seines Pferdes aufzunehmen, ihr den Rücken zu kehren und sie zu verlassen.

Er hatte sie nie eine Träne über irgendetwas vergießen sehen, noch nicht einmal, als sie neun Jahre alt war und er zwölf, und sie bei dem Versuch, ihm über eine Hecke zu folgen, von ihrem Pony gefallen war. Mit einem Fluch, den er nicht einmal hätte kennen dürfen, hatte Ash sich damals gebückt und sie auf die Arme gehoben, um sie zum Haus ihres Vaters zu tragen. Sie hatte sich auf die Unterlippe gebissen, sodass sie blutete, hatte aber nie mehr als ein Wimmern von sich gegeben. Ash war gezwungen gewesen, mit brennenden Augen zuzusehen, wie ihr Vater zwei Lakaien auftrug, sich auf sie zu setzen, damit der herbeigerufene Arzt ihr den gebrochenen Arm richten konnte.

Aber jetzt weinte sie. Große, laute Schluchzer kamen aus ihrer Kehle, bei denen Ash sich fühlte, als werde ihm das Herz aus der Brust gerissen. Als ihre Stimme plötzlich hinter ihm erklang, bebte sie nicht etwa von unendlicher Traurigkeit, sondern vor Wut. »Wenn du gehst, Ashton Burke, dann spar dir die Mühe zurückzukommen! Ich will dich dann nicht mehr. Ich nehme dein kostbares Vermögen und schleudere dir jede einzelne Münze ins unerträglich stolze Gesicht!«

Ash zögerte, war in Versuchung, geradewegs zurückzumarschieren und sie zu schütteln, bis sie Vernunft annahm. Oder sie wenigstens zu küssen, bis sie noch unvernünftiger wurde, als sie es jetzt schon war. Doch er reckte nur die Schultern und zwang sich weiterzugehen.

»Ich werde nicht auf dich warten, lass dir das versichern. Ich heirate den ersten Mann, der mich haben will«, schwor sie. »Himmel, vielleicht heirate ich sogar den Hilfsgeistlichen aus dem Ort oder den Dorfschmied oder gar einen Amerikaner«, fügte sie mit unüberhörbarer Genugtuung hinzu und verlegte sich dann ohne Zögern auf die schlimmste Drohung überhaupt. »Vielleicht heirate ich auch einfach diesen schneidigen jungen Viscount, der mich letzte Woche bei Marjorie Drummonds Abendgesellschaft so angehimmelt hat.«

»Dewey Darby ist so fad wie Spülwasser, das weißt du genau«, warf ihr Ash über seine Schulter zu. »Du würdest binnen einer Woche vor Langeweile sterben.«

Als er keine Anstalten machte, sich umstimmen zu lassen, brach ihre Stimme bei einem neuerlichen Schluchzer. »Ich hoffe nur, du kommst auf deinem Schiff nicht einmal aus dem Hafen, ehe es sinkt. Ich hoffe, ihr werdet von Piraten überfallen, und du wirst gezwungen, bei ihnen Schiffsjunge zu werden, bei dem gemeinsten und fettesten Piratenkapitän, der je über die sieben Meere gesegelt ist. Ich hoffe, du steckst dich in Indien mit Cholera an oder vielleicht auch mit der Franzosenkrankheit, sodass dein Geschlecht ganz welk wird und am Ende abfällt.«

Ash ging weiter, er wusste, dass zu jedem anderen Zeitpunkt ihre wüsten, aber fantasiereichen Wünsche sie beide in schallendes Gelächter hätten ausbrechen lassen.

»Ich könnte auch beschließen, am Ende gar nicht zu heiraten«, rief sie ihm mit einer hochmütigen Kopfbewegung nach, die ihn warnte, dass sie beschlossen hatte, ihre Taktik zu ändern. »Wenn ich den einen Mann nicht haben kann, den ich will, warum sollte ich mich dann überhaupt nur mit einem zufriedengeben? Wie kann ich den Schmerz meines gebrochenen Herzens besser heilen, als überall mein Vergnügen zu suchen?«

Ash blieb jäh stehen, und seine Augen wurden schmal.

Sie seufzte so dramatisch, dass Ash sich gar nicht umdrehen musste, um zu sehen, wie sie eine Hand an ihre Stirn presste. Zu spät erinnerte er sich daran, dass als kleines Mädchen einer ihrer Lieblingszeitvertreibe darin bestanden hatte, Laientheaterstücke aufzuführen, sehr zur Begeisterung ihrer entzückten Eltern. Schon damals war sie eine geschickte Darstellerin gewesen, und er hatte mehr als eine ihrer frühreifen Vorstellungen angeschaut. »Vielleicht ergebe ich mich meinem tragischen Schicksal, indem ich eine der berüchtigtsten Kurtisanen in London werde. Mein Herz wird ganz leer sein, mein Bett jedoch nicht. Männer werden um den Häuserblock Schlange stehen und einander erschießen, um die unwiderstehlichen Reize meines Körpers zu …«

Ash ließ die Zügel fallen, drehte sich auf dem Absatz um und marschierte zu ihr zurück.

Er wirkte so bedrohlich, dass Clarinda unwillkürlich ein paar Schritte zurückwich. Dabei verfing sich ihr Absatz im Saum des gefütterten Umhanges, und dann landeten sie beide auf den warmen Stofffalten.

Ash bedauerte diesen Augenblick am meisten. Wenn er zu dem Zeitpunkt einfach gegangen wäre, wenn er nicht in ihre Arme zurückgekehrt wäre, hätte er seine Besessenheit von ihr als Vernarrtheit abtun können, als die

Schwärmerei eines jungen Mannes für ein hübsches Gesicht. Aber dieser Moment und was darauf gefolgt war, hatten dazu geführt, dass er seine Gefühle für sie nicht mehr abstreiten konnte.

»Captain? Ashton? *Ash*?«

Ash wurde jäh aus dem nebligen Morgengrauen in die sengende Sonne zurückgeholt, wo sein Partner ihn mit wachsender Sorge betrachtete.

»Vielleicht leidest du wirklich unter der Hitze«, bemerkte Luca und streckte eine Hand aus, um mit dem Handrücken die Temperatur von Ashs Stirn zu fühlen. »Ich fürchte, du bekommst Fieber.«

Ash wusste, es war ein spezielles Fieber, das ihn in seinem Griff hielt. Aber er hatte nicht länger das Recht, diesen Erinnerungen nachzuhängen. Egal, wie sehr es ihn störte, Clarinda gehörte nun seinem Bruder. Er hatte versprochen, sie Max zurückzubringen, und genau das wollte er auch tun. Mit etwas Glück würde Max niemals herausfinden, was an jenem Morgen zwischen Ash und Max' Braut auf besagter Wiese geschehen war.

Ungeduldig schob er Lucas Hand beiseite. »Es gibt nur eine Kur für das, was mich plagt. Und das ist, diesen Auftrag zu beenden und dann so schnell wie möglich dieses gottverdammte Land zu verlassen.«

Er stand gerade auf, um ihre Pferde zu holen, als Luca ihn am Ärmel packte und wieder zu Boden riss. »Sieh nur!«

Ash folgte Lucas Blick und richtete sein Fernrohr auf die Anhöhe gegenüber. Fünf Reiter in wehenden schwarzen Gewändern waren soeben aus der Wüste aufgetaucht. Die Männer beobachteten den Sultan mit der Geduld einer Schar Aasgeier dabei, wie er unten im Tal hin und her ritt.

Ash fluchte lautlos. »Offenbar sind wir nicht die Einzigen, die heute auf eine Gelegenheit warten, ungestört mit dem Sultan zu reden.«

»Was sollen wir tun?«, fragte Luca flüsternd.

»Nun, wir können wohl kaum zulassen, dass sie den Mann kaltblütig ermorden, oder? Wenn er stirbt, wird die Verlobte meines Bruders am Ende für ihn verloren sein.«

So wie sie für ihn selbst verloren war.

Er kniff die Augen zusammen, wie er es an jenem Tag auf der Wiese getan hatte, als Clarinda ihn schließlich doch zu weit getrieben hatte. Nachdem er unter seinem Befehl und an seiner Seite mehr als ein Jahrzehnt gekämpft hatte, wusste Luca genau, was dieser Blick bedeutete.

Luca seufzte. »Ich nehme nicht an, dass es irgendetwas nützen würde, darauf aufmerksam zu machen, dass sie zu fünft sind und wir nur zu zweit.«

»Was soll ich deiner Meinung nach tun? Ihnen sagen, dass sie dorthin zurückkehren sollen, wo sie hergekommen sind, und sich zwei Männer zur Verstärkung holen, damit sie uns nicht hoffnungslos unterlegen sind?«

Etwas Unverständliches auf Italienisch vor sich hin murmelnd, das die Worte *folle* und *insano* enthielt, zückte Luca einen Dolch aus der Scheide an seinem Gürtel und nahm ihn zwischen die Zähne, er wappnete sich für den Kampf.

Als die schwarzgewandeten Angreifer von der Anhöhe hinabgestürmt kamen, um den Sultan zu überfallen, waren das Letzte, womit sie rechneten, zwei Reiter, die von dem gegenüberliegenden Abhang auf sie zu galoppierten. Einen Moment lang herrschte Chaos, Pistolenschüsse, das Klirren von Metall und ein heiseres Stöhnen, als einer von Lucas tödlichen Dolchen sein Ziel fand, bildeten eine schauerliche Gräuschkulisse.

Als der Mann fiel, riss einer seiner Begleiter sein Pferd herum und preschte in die Wüste zurück. Während ein dürrer Kerl mit pockenvernarbtem Gesicht und schwarz verfaulten Zähnen mit Luca kämpfte, stürzten sich die beiden verbliebenen Männer von ihren Pferden auf den Sultan, offenkundig in der Absicht, ihren Auftrag zu erfüllen. Die drei Männer landeten in tödlichem Kampf verschlungen im Sand.

Der Sultan wehrte sich tapfer, aber er war zwei Attentätern mit Mordabsichten nicht gewachsen. Der Größere der beiden saß rittlings auf ihm und schickte sich gerade an, ihm mit einem Dolch mit böse aussehender Klinge die Kehle durchzuschneiden, als gleichzeitig zwei Schüsse die Luft zerrissen.

Beide Angreifer sackten wie Marionetten, deren Fäden durchtrennt worden waren, zu Boden. Der Sultan schüttelte den Kopf und rappelte sich auf, stützte sich auf die Ellbogen und entdeckte Ash, der breitbeinig zu seinen Füßen stand, die Augen zu schmalen Schlitzen zusammengekniffen und in jeder Hand eine rauchende Pistole.

Das gut geschnittene Gesicht des Sultans verzog sich zu einem breiten Grinsen, und inmitten seines kurzen dunklen Bartes öffnete sich sein Mund und gab den Blick auf strahlend weiße Zähne frei. »Was für ein gelungener

Schuss!«, rief er, und sein Englisch klang klarer und reiner als das von Ash.

Ash betrachtete ihn aus zusammengekniffenen Augen. Selbst mit dem schief sitzenden *Kaffiyeh*, leicht geschwollener Unterlippe und einem blauen Fleck auf einer Wange, der sich rasch verdunkelte, kam ihm der Mann seltsam vertraut vor. Ash hätte schwören können, dass er dieses gewinnende Grinsen und die glitzernden Obsidianaugen schon einmal gesehen hatte.

Der Sultan schob den Arm des einen leblosen Angreifers mit angewiderter Miene von sich, dann rappelte er sich hoch und klopfte sich den Sand von seiner weit geschnittenen schwarzen Hose. Das war der Moment, als Ash erkannte, dass er ihn wirklich schon gesehen hatte, und zwar, als er sich von den Pflastersteinen im Hof von Eton erhoben und sich nach einer Schulhofschlägerei mit ein paar übermütigen Schülern der oberen Klasse genauso abgeklopft hatte.

Ash blieb vor Erstaunen der Mund offen stehen. »Frankie?«

Der Sultan hob mit einem Ruck den Kopf, und seine Augen wurden groß vor Sorge, er blickte sich rasch um und legte sich dann einen Finger auf die Lippen, als wimmelte es in der Ödnis der Wüste nicht nur von Attentätern, sondern auch von Lauschern. »Frankie existiert hier nicht. Ich bin unter meinen Leuten nur als Farouk bekannt. Auch wenn sie sich meinem Befehl gefügt haben und die englische Sprache gelernt haben, so gibt es in meinem Palast immer noch genug Leute, die die Entscheidung meines Vaters, mich nach England zu schicken und von Ungläubigen erziehen zu lassen, nicht billigen.«

Frankie alias Farouk war während ihrer gemeinsamen Schulzeit in Eton kein muskulöser breitschultriger Mann gewesen, sondern ein dicklicher Junge mit Brille, den man eher dabei zu erwischen erwartete, wie er in die Küche schlich, um Kekse zu stibitzen, als in die Ställe zu den Pferden. Mit seiner dunklen Haut und dem schweren arabischen Akzent war er ein leichtes Opfer für alle gewesen, die nach einem Schwächeren suchten, um ihn zu piesacken. Ash zog eine Braue hoch, während er die beeindruckend breite Brust seines Gegenübers betrachtete, die unter der offenen schwarzen Seidenweste zu sehen war. Die älteren Schüler hätten es heute nicht mehr so leicht, ihn zu überwältigen.

Er machte einen Schritt nach vorn, um Ashs Hand zu fassen, und schüttelte sie herzlich. »Ich dachte doch, dass du mir bekannt vorkommst. Du bist Burke der Jüngere, nicht wahr? Ich erinnere mich noch von der Schule an deinen Bruder.«

»Ja«, erwiderte Ash und löste seine Hand vorsichtig aus Farouks Griff. »Die meisten Leute tun das.«

»Er war so etwas wie ein steifnackiger Idiot, nicht wahr?«

Ash merkte, wie seine Lippen sich zu einem Lächeln verzogen, als ihm mit einem Mal wieder einfiel, warum er Farouks Grinsen so einnehmend fand.

Ein ersticktes Keuchen erklang hinter ihnen. Sie drehten sich beide um und sahen, dass Luca sich immer noch mit einem drahtigen Angreifer im Sand wälzte.

»Tut mir leid, euer … rührendes … Wiedersehen zu stören«, schnaufte er und versuchte dabei, die dreckigen Hände des Mannes von seiner Kehle zu zerren, »aber wenn ihr ... nicht zu beschäftigt seid ... könnte ich ein wenig Hilfe ...« Sein Angreifer drückte fester zu, sodass sein letztes Wort in einem Gurgeln unterging.

Ash hob seine Pistole, aber Farouk hielt ihn mit einem höflichen »Bitte gestatte« auf, ging zu den beiden Gestalten auf dem Boden und trat dann dem Mann, der Luca würgte, mit mehr Wucht gegen den Kopf, als nötig gewesen wäre.

Der Mann sackte bewusstlos zusammen und kippte seitwärts in den Sand, seine Augen rollten nach hinten. Luca richtete sich auf, rieb sich den Hals und sandte Ash einen vorwurfsvollen Blick.

Die Hände in die Hüften gestemmt, blickte Farouk auf den bewusstlosen Mann. »Ich werde veranlassen, dass meine Wachen sich um den Kerl hier kümmern.« Ein gefährliches Lächeln spielte um seine vollen Lippen, was Ashs Verdacht bestärkte, dass er nicht länger ein Gegner war, mit dem man sich anlegen wollte. »Vielleicht können sie ihren Charme spielen lassen, um ihn dazu zu bringen preiszugeben, wer der Schurke ist, der ihn und seine Kumpane beauftragt hat, mich praktisch im Schatten meiner Festung zu überfallen.«

Während Luca mühsam auf die Füße kam und sich den Hals rieb, wandte sich Farouk wieder an Ash. »Du bist weit vom heimatlichen England entfernt, Burke der Jüngere. Was bringt dich zu einem so überaus günstigen Zeitpunkt hierher?«

Bevor Ash Zeit oder Atem darauf verschwenden konnte, eine vermutlich ohnehin unglaubwürdige Antwort zu verfassen, hob Farouk seine Hand und gebot ihm zu schweigen. »Verzeih meine Unhöflichkeit. Wir werden über deine Angelegenheiten später sprechen. Ich ziehe es vor, in solchen Dingen auf Allahs Weisheit zu vertrauen. Es würde mir nichts helfen zu hinterfragen, dass er dich herschickt, um seinen Willen zu tun. Am heutigen Tag hast du mir mein Leben geschenkt. Jetzt musst du mir erlauben, dir im Gegenzug etwas zu geben. Es ist mein aufrichtiger Wunsch, dass ihr beide mich in mein bescheidenes Heim begleitet, wo ihr bitte meine geehrten Gäste sein werdet.«

»Es ist uns allerdings eine Ehre, diese großzügige Einladung anzunehmen«, erwiderte Ash glatt und hoffte, seine formelle Verbeugung konnte verbergen, wie fieberhaft sein Verstand arbeitete.

Er hätte sich nie träumen lassen, dass ihm eine derart günstige Entwicklung mehr oder weniger in den Schoß fallen könnte. Wenn er und Luca in Farouks Palast gelangen konnten, fänden sie vielleicht einen Weg, Clarinda zu retten, ohne den mühsamen Umweg über eine Entführung des Sultans nehmen zu müssen.

Luca erschien neben ihm. »Aber ich dachte, wir hätten vorgehabt ...« Er keuchte vor Schmerz, als ihn Ashs Ellbogen genau im Magen traf und ihn darüber in Kenntnis setzte, dass ihre Pläne sich soeben geändert hatten.

»Ausgezeichnet!« Farouk schlug Luca herzlich auf die Schulter, der unter der Wucht ins Stolpern geriet. »Von heute an werden wir nicht länger Fremde oder Freunde sein, sondern vielmehr Brüder. Wir werden jetzt zu meiner Festung reiten, wo ihr meine Gastfreundschaft und die mannigfaltigen Vergnügungen genießen werdet, die euch dort erwarten.«

Als Farouk sich bewegte, um sein Pferd zu holen, das

sich während des Überfalles ein Stück weit entfernt hatte, zog Ash seinen Hut gerade, sodass die Krempe seine Augen beschattete.

Es gab nur ein *Vergnügen*, das sich im Hause des Sultans befand, das ihn in irgendeiner Weise interessierte.

Das *bescheidene Heim* des Sultans war keine Festung aus grob behauenen Felsen oder eine zusammengewürfelte Zeltstadt, sondern ein echter Palast, der unter sich im Wind wiegenden Palmen stand und mit anmutigen Minaretten verziert war. Die Mauern waren aus großen rechteckigen Steinen erbaut, die unter der Wüstensonne zu einem Goldton gebrannt waren. Das Dach war mit überlappenden Terrakottaschindeln in Rostbraun gedeckt. Jenseits des weitläufigen Geländes lagen in der Ferne wabernd die kobaltblauen Wasser des Atlantiks.

Als sie auf den äußeren Hof ritten, warf Luca Ash einen argwöhnischen Blick zu. Farouk hatte sie den ganzen Ritt über auf die Naturschönheiten seines Geburtslandes hingewiesen und sie mit Schilderungen aus der reichen, aber auch gewalttätigen Geschichte der Gegend ergötzt. Es hatte keine Gelegenheit gegeben, auch nur eine geflüsterte Warnung auszutauschen. Luca würde einfach darauf vertrauen müssen, dass Ash wusste, was er tat.

Ash konnte nur hoffen, dass ihnen dieses Vertrauen nicht zum Verhängnis würde.

Zwei hochgewachsene Wachen mit juwelenbesetztem Turban, bloßer Brust und weiten Pluderhosen erschienen, um ihnen die Pferde abzunehmen. Luca reichte die Zügel seines Pferdes mit sichtlichem Widerstreben weiter. Er wusste, so wie Ash auch, dass sie nicht nur ihre Reittiere abgaben, sondern auch ihre Freiheit. Ohne ein Reittier – sei es nun Kamel oder Pferd – würde ein Mann in der Wüste nicht länger als einen Nachmittag lang überleben.

Farouk hatte darauf bestanden, das Pferd mit seinem Gefangenen hinter sich zu führen, wobei die schlaffe Gestalt des immer noch Bewusstlosen über dem Sattel lag. Jetzt saß er ab, sandte den Mann mit einem verächtlichen Schubs auf die Pflastersteine, wo er als regloser Haufen liegen blieb. Als Farouk ein Kommando auf Arabisch gab, erschienen zwei weitere Wachen, um den Mann fortzuschaffen. Sie schleppten ihn an den Armen weg, ohne sich um sein mitleiderregendes Stöhnen zu kümmern.

Der Blick, den Ash Luca zuwarf, war nicht falsch zu verstehen. Sie mussten sich hier sehr vorsichtig verhalten, damit sie nicht am Ende in den Kerkern des Sultans landeten, wo die Wachen sie *überreden würden*, ihre ursprünglichen Absichten und ihre tiefsten, dunkelsten Geheimnisse zu verraten.

Sie waren zur Hälfte über den Hof gegangen, als ein bärtiger Mann mittleren Alters, kahl bis auf einen Kranz aus grauschwarzem Haar, zu ihnen geeilt kam, wobei seine langen Gewänder bei jedem Schritt raschelten und er einen Wortschwall auf Arabisch von sich gab. Ash setzte eine ausdruckslose, neugierige Miene auf, gerade so, als könnte er kein Wort von dem verstehen, was der Mann da sagte.

»Englisch, Onkel Tarik«, verlangte Farouk und nickte zu Ash und Luca. »Aus Rücksicht auf unsere Gäste.«

Der Mann warf ihnen einen argwöhnischen Blick zu, ehe er den besorgten Blick wieder auf das Gesicht seines

Neffen richtete. »Die Wachen erzählen, du seist von Banditen überfallen worden. Stimmt das, mein Sohn? Bist du verletzt?«

»Keine gewöhnlichen Banditen, fürchte ich«, erwiderte Farouk und berührte mit zwei Fingern vorsichtig die langsam größer werdende Verfärbung auf seiner Wange, »sondern Attentäter.«

Tarik sandte Ash und Luca einen weiteren Blick, dieses Mal offen feindselig. »Und wer sind diese Fremden, die du in unser Heim bringst? Auch Attentäter?«

Farouk warf seinen Kopf in den Nacken und lachte laut. »Eher wohl Engel Allahs. Wenn sie nicht zur rechten Zeit erschienen wären, um einzugreifen, würde nun mein Blut den Wüstensand tränken statt das meiner Feinde.«

»Oh«, bemerkte Tarik steif und sah angesichts dieser Enthüllung noch entsetzter aus. »Nun, in diesem Fall gebührt ihnen meine untertänige Dankbarkeit dafür, dass sie meinen Neffen vor seiner eigenen Dummheit gerettet haben. Habe ich dir nicht oft genug gesagt, wie gefährlich es ist, ohne Wachen aus diesen Mauern zu reiten?«

Farouk legte seinem Onkel einen seiner mächtigen Arme um die Schultern und drückte ihn voller Zuneigung. »Kannst du nicht verstehen, dass ich gelegentlich ein paar kostbare Stunden Einsamkeit suche? Wenn du die Hälfte der Zeit mit mir schimpfst, als sei ich noch ein Schuljunge in kurzer Hose, und ich die andere Hälfte mit dem beständigen Geschwätz meiner Frauen leben muss, wie soll ich da klar denken können?«

Frauen.

War Clarinda inzwischen eine dieser Frauen, fragte

Ash sich und ballte unwillkürlich eine Hand zur Faust. Er konnte sich nur schwer vorstellen, dass das lebhafte und starrköpfige junge Mädchen, das er gekannt hatte, damit zufrieden wäre, die Zuneigung eines Mannes mit einer anderen Frau zu teilen, geschweige denn mit mehreren. Das war beinahe so befremdlich wie die Vorstellung, dass ein Mann nach der Aufmerksamkeit einer anderen Frau verlangte, solange *sie* die Seine war.

»Kommt, meine Freunde«, sagte Farouk und ließ seinen Onkel los, um nun Ash und Luca je einen Arm auf die Schultern zu legen. »Ich habe euch nicht eingeladen, damit ihr wie hungernde Hunde auf meinem Hof herumsteht. Wir werden essen. Wir werden trinken. Und wir werden eine weitere Nacht unseres kostbaren Lebens in den Armen einer schönen Frau feiern.«

Lucas Interesse war sogleich geweckt, aber noch bevor Ash Farouks Worte verarbeitet hatte, wurden sie dem missbilligenden Blick von Farouks Onkel entzogen, über den Hof geführt und von der Welle des guten Willens ihres Gastgebers mitgerissen.

Ein Paar massive Doppeltüren, die mit Intarsien aus Bronze und geschnitzten Darstellungen von Zwillingslöwen verziert waren, schwang auf, um ihnen Zutritt zu einem Innenhof zu gewähren, auf dem es betörend nach arabischem Jasmin und Weihrauch roch. Eine Mischung aus unguten Vorahnungen und Vorfreude ließ Ashs Blut schneller fließen. Er war erfolgreich fast zehn Jahre lang vor seiner Vergangenheit davongelaufen, und jetzt würde sie ihn gleich mit Gewalt einholen.

Was würde Clarinda tun, wenn sie ihn erkannte und begriff, dass er gekommen war, um sie heimzuholen?

Wenn sie sich ihm an den Hals warf und vor Dankbarkeit und Erleichterung schluchzte, würde er sich dann davon abhalten können, seine Arme um sie zu schlingen und sie an sich zu ziehen? Davon, seine Lippen auf ihr Haar zu drücken und tief den reinen Duft nach Maiglöckchen einzuatmen, der ihn immer noch verfolgte, selbst wenn er eine andere Frau in seine Arme schloss?

Wenn es ihr nicht gelang, ihre Reaktion auf sein unerwartetes Erscheinen zu verbergen, war es gut möglich, dass sie es beide mit dem Leben büßen müssten.

Er konnte nur hoffen, dass Zeit genug wäre, irgendeinen gierigen Diener zu bestechen, damit er ihr eine Nachricht in den Harem schicken konnte, um sie zu warnen, dass sie besser Gleichgültigkeit heuchelte, wenn sie einander begegneten.

Ein Tor auf der anderen Seite des Hofes wurde geöffnet. Es hatte ganz den Anschein, als sei Ashs Zeit soeben abgelaufen.

Clarinda Cardew stand dort, umrahmt von den vergoldeten Türflügeln, wie eine colorierte Abbildung aus »Der lüsterne Türke«. Ash erschrak, denn sie war nicht annähernd so hübsch, wie er sich erinnerte.

Sie war wunderschön.

Bis auf das Paar juwelenbesetzte Kämme, die ihr Haar aus dem Gesicht hielten und ihre eleganten Wangenknochen betonten, war ihr Haar offen und ergoss sich in schimmernden weizenblonden Wellen über ihren Rücken. Ein feiner Kajalstrich betonte die katzenhafte Form ihrer kleegrünen Augen. Sie war in mehrere Lagen hauchfeiner bunter Seide gehüllt, die absichtlich so geschnitten waren, dass sie jeden Mann bei ihrem Anblick mit verlockenden Hinweisen auf die Schätze quälten, die darunter verborgen lagen.

Ash musste tief in seiner Kehle ein Geräusch produziert haben, weil Luca sich zu ihm umdrehte, seine Augen vor Sorge ganz groß aufgerissen. Glücklicherweise bemerkte Farouk nichts von Ashs verräterischer Reaktion. Der Sultan schaute quer über den Hof, ebenso gefesselt wie sein Gast von dem Bild weiblicher Sinnlichkeit, das auf der Türschwelle erschienen war.

Oh Himmel, dachte Ash, als er den Ausdruck in ihren Augen sah. Sie würde sie alle das Leben kosten. Aber während er in diesem Blick versank und spürte, wie sie all die vertrockneten Stellen in seinem Herzen mit köstlichem Wasser tränkte, entschied er, dass es das vielleicht wirklich wert war.

Es war alles in ihren Augen. Alles, was er in seinem Leben in den vergangenen neun Jahren vermisst hatte – Zärtlichkeit, Sehnsucht, Verlangen, Leidenschaft, der Wunsch nach mehr als der flüchtigen Befriedigung aus einer Vereinigung von Fremden.

Als sie sich in Bewegung setzte, machte er unwillkürlich einen Schritt auf sie zu, ohne es selbst zu merken.

Sie aber lief an ihm vorbei, warf sich mit einem Freudenschrei in Farouks ausgestreckte Arme. »Oh Farouk, mein Liebling, stimmt es? Bist du wirklich nur knapp dem Tod entronnen?«

Ash stand wie erstarrt vor Schreck, während Farouk den Kopf in den Nacken warf und laut lachte, Clarinda hochhob und sich einmal mit ihr im Kreis drehte. »Keine Angst. Mein Herz war vor den Klingen der Schurken sicher, da ich es ja zur Aufbewahrung hier in den zarten

Händen meiner kleinen englischen Butterblume gelassen habe.«

Als Farouk sie schließlich wieder auf den Boden stellte, drehte sie sich in seinen Armen um und schaute Ash an. Eine Hand besitzerergreifend auf Farouks breite bloße Brust gelegt, reckte sie hochmütig ihr Kinn, und während ihr Lächeln verblasste und in ihre Augen Eiseskälte stieg, verlangte sie zu wissen: »Wo wir gerade von Schurken sprechen, Ihre Majestät, was, um alles in der Welt, hat *er* hier zu suchen?«

Kapitel vier

Er ist meinetwegen gekommen, dachte Clarinda, und ihr verräterisches Herz machte einen hoffnungsvollen Satz, als sie Ashton Burke nach fast zehn Jahren wieder gegenüberstand.

In jenen dunklen Stunden, gleich nachdem er sie verlassen hatte, um seinen Träumen nachzujagen, hatte ihre Fantasie rachsüchtig stundenlang immer neue Szenarien ersonnen, unter welchen Umständen sie sich dereinst einmal wiederbegegnen würden.

Da war eine Szene, in der sie aus einer goldenen Kutsche stieg, die von sechs schneeweißen Pferden gezogen wurde, und ihn als Bettler vor dem Stadthaus ihres Vaters in Mayfair zusammengekauert in der Gosse entdeckte. Ihm ein mitleidvolles Lächeln schenkend, nahm sie eine Münze aus ihrem Geldbeutel und warf sie ihm zu, bevor sie ohne einen weiteren Blick über seine in Lumpen gewickelte Gestalt hinweg ins Haus ging. Wenn ihr besonders gemein zumute war, schneite es auch noch, und sie trat *versehentlich* auf seine Finger, während sie an ihm vorüberging.

Dann gab es die Vorstellung, wie sie sich in einem prächtigen Ballsaal Londons mitten beim Tanz umdrehte und ihm plötzlich gegenüberstand. Während er sie sehnsuchtsvoll anschaute, betrachtete sie ihn aus zusammengekniffenen Augen, als versuchte sie, sich zu erinnern, woher sie ihn kannte. »Ach ja. Jetzt erinnere ich mich an Sie«, sagte sie schließlich und klopfte ihm verspielt mit dem Fächer auf den Arm. »Waren Sie nicht dieser schreckliche Junge, der mir als kleines Mädchen auf Schritt und Tritt nachgelaufen ist?« Dann wandte sie sich wieder ab und bot ihren Arm dem nächsten Tanzpartner, während er ihr hilflos hinterherstarrte und sein Herz in tausend Stücke zerbrach.

Aber am liebsten war ihr stets das Szenario gewesen, in dem sie ins Krankenhaus bestellt wurde, um seine letzte Bitte zu erfüllen, ihr Gesicht noch einmal zu sehen, bevor er der Franzosenkrankheit erlag. In dieser Vorstellung trat sie ganz in Weiß gekleidet an sein Lager, und der Lampenschein fiel milde auf ihr Gesicht und ihr Haar. Sie hielt seine Hand – natürlich ohne die Handschuhe auszuziehen –, während er ihr beteuerte, wie leid ihm alles täte, und sie um Verzeihung bat. In genau dem Augenblick, in dem er seinen letzten Atemzug tat, lehnte sie sich über ihn und flüsterte ihm zärtlich ins Ohr: »Richte dem Teufel meine Grüße aus, Captain Burke.«

Diese rachsüchtigen Fantasien waren die Folgen des gebrochenen Herzens eines jungen Mädchens und standen der reifen jungen Frau, die Clarinda geworden war, nicht gut zu Gesicht. Eine Frau, die viele Jahre lang Zeit gehabt hatte, ihre kleinmütigen Gedanken zu zähmen.

Was das boshafte Aufflackern von Befriedigung nicht verhinderte, die sie empfand, als sie vor den Augen von Ashton Burke von den muskulösen Armen eines verstörend gut aussehenden marokkanischen Sultans gehalten wurde und wenig mehr am Leib trug als mehrere Schichten verlockender Schleier. Selbst ihre rege Fantasie war nicht imstande gewesen, so ein unwahrscheinliches und köstliches Szenario zu ersinnen.

Als ihre Blicke sich trafen, kniff Ash seine goldgefleckten Augen in dem Schatten unter seiner Hutkrempe zusammen, ohne sich auch nur einen Anflug von Bedauern oder Sehnsucht anmerken zu lassen. Ganz im Gegenteil, er sah viel eher so aus, als wollte er über ihren Körper hinwegschreiten, während sie ihren letzten Atemzug keuchend in der Gosse lag. Oder sie in einem überfüllten Ballsaal vor den neugierigen Blicken der Umstehenden einfach schneiden.

Sie musste mehr als einmal blinzeln, um das Bild des wunderschönen Jungen zu vertreiben, an den sie sich aus ihrer Jugend erinnerte. Der abgebrühte Fremde, der jetzt vor ihr stand, war jeder Zoll ein Mann. Ein Mann, der aussah, als sei er eher in einem schmutzigen Saloon im Wilden Westen zu Hause als in einem eleganten Londoner Salon. Wind, Sand und die Zeit hatten alle Spuren von Jugend und Unerfahrenheit weggewischt, sodass er jetzt hart, zäh und unendlich gefährlicher wirkte als der Junge, der vor all den Jahren aus ihrem Leben verschwunden war. Sand klebte auf seiner sonnengebräunten Haut und schimmerte wie Goldstaub auf den Bartstoppeln auf Wangen und Kinn.

Clarinda hatte zwar versucht, Poppy davon zu überzeugen, dass der Zeichner des Skandalblättchens übertrieben und ihm geschmeichelt haben musste, aber insgeheim hatte sie schon befürchtet, dass er ihm nicht hatte gerecht werden können. Eine dünne, schräg verlaufende Narbe, die sie nicht kannte, die aber alt war, störte die Perfektion eines kräftigen Kinns, das weder zu spitz noch zu rechteckig war. Seine Nase war nicht mehr makellos gerade, sondern zeigte nun kaum merklich nach rechts. Es fiel einem nur dann auf, wenn man früher Stunden über Stunden damit verbracht hatte, verliebt alle Linien seiner Züge mit den Fingerspitzen nachzufahren. Die Falten zu beiden Seiten seines Mundes waren tiefer geworden, sodass sie sich fragte, ob sein Grübchen am Ende für immer auf einem Schlachtfeld irgendwo zwischen England und Marokko verschwunden war.

Seltsamerweise machten ihn diese Makel aber höchstens noch anziehender. Sie sah das Gesicht eines Mannes, der ein hartes Leben geführt und hart gekämpft hatte. Mehr als alles andere weckte das in ihr das Verlangen, ihren Mund zärtlich auf die Narbe an seinem Kinn zu pressen, damit ihre Lippen sich auch an dieses Gefühl erinnern konnten.

Sie holte tief Luft, um das Rauschen in ihren Ohren zu vertreiben, das wilde Flattern ihres Pulses an ihrem Hals zu beruhigen. Es stand ihr nicht zu, solche skandalösen Gedanken zu hegen, solange sie einem anderen Mann versprochen war. Besonders wenn dieser Mann auch noch sein Bruder war.

Es war nahezu unmöglich, die perfekte Note Verachtung in ihren Tonfall zu legen, solange sie eisern darum kämpfte, ihr Zittern zu verbergen. »Wo wir gerade von Schurken sprechen, Ihre Majestät«, erkundigte sie sich bei Farouk, »was, um alles in der Welt, hat *er* hier zu suchen?«

»Du kennst diesen Mann?«

Clarinda wagte es nicht, den Kopf zu drehen, um einen Blick auf Farouks Gesicht zu werfen, aber sie hörte den eifersüchtigen Unterton in seiner Stimme. »Ich habe von ihm gelesen und gehört. Wie jede Frau in England, die jemals eines der übleren Skandalblättchen aufgeschlagen hat.«

Farouks granitharte Muskeln entspannten sich unter ihrer Hand, als ein leises Lachen aus seiner Brust aufstieg. »Ah, Burke der Jüngere, es scheint, dein Ruf eilt dir voraus.«

»Das sagt man«, erwiderte Ash glatt. »Allerdings kann ich dir versichern, meine Taten sind von Journalisten, die zu wenige Abenteuer erleben und zu viel Zeit haben, maßlos übertrieben worden. Nur die oberflächlichsten und unbedarftesten Geschöpfe würden darauf etwas geben, was sie schreiben.«

Obwohl sein Ton nett und freundlich klang, wurden Clarindas Augen verärgert schmal.

Ehe sie zu einer Antwort ansetzen konnte, eilte Farouk zu ihrer Verteidigung, seine Stimme klang immer noch amüsiert. »Ich kann dir versichern, der reizende Kopf dieses Geschöpfes ist voller kluger Gedanken. Sehr zu meinem und zum Schaden eines jeden Mannes, der versucht, sich mit ihrem Verstand zu messen, fürchte ich.« Er drehte sie zu sich herum und schaute sie mit gerunzelter Stirn an, was die meisten Männer in ihren Stiefeln hätte erbeben lassen. »Wenn dem nicht so wäre, befände sie sich jetzt nämlich in meinem Harem, statt im Palast herumzuflattern wie ein unartiger kleiner Schmetterling.«

»Als die Frauen darüber zu flüstern begannen, was geschehen ist, musste ich mich einfach davon überzeugen, dass es dir gut geht. Darum habe ich Solomon überredet, mich herauszulassen.« Sich Ashs Musterung überdeutlich bewusst, warf Clarinda Farouk einen besorgten Blick unter ihren langen seidigen Wimpern zu. »Bist du etwa böse auf mich? Ich könnte es nicht ertragen, wenn ich dich geärgert hätte.«

Farouks Stirnrunzeln verschwand und machte einem bewundernden Grinsen Platz. »Siehst du, was ich meine?«, fragte er Ash über ihren Kopf hinweg. »Sie kann sogar einen Eunuchen dazu bringen, ihr einen Gefallen zu tun. Wie soll ihr da ein heißblütiger Mann widerstehen?«

Farouk spreizte seine große warme Hand auf Clarindas Rücken und drängte sie gegen ihren Willen zu Ash. »Es ist mir ein großes Vergnügen, dir Clarinda Cardew vorzustellen. Sie ist meine ...« Er brach ab, als ließe ihn seine makellose Beherrschung der englischen Sprache mit einem Mal im Stich.

War es Clarindas Einbildung, oder hielt Ash wirklich den Atem an?

»... mein Gast«, beendete Farouk schließlich mit mehr als einem Anflug von Bedauern.

»Erfreut, Ihre Bekanntschaft zu machen, Miss Cardew«, erwiderte Ash und zog seinen arg mitgenommenen breitkrempigen Hut, der einen weniger beeindruckenden Mann wie einen gewöhnlichen Kanalgräber hätte aussehen lassen. Dieselbe Sonne, die jeden Zoll seiner bloßen Haut zu einem warmen Honigbraun getönt hatte, hatte auch hie und da Goldsträhnen in seinem kamelbraunen Haar zum Vorschein gebracht.

Clarinda hatte nichts Beunruhigenderes von ihm erwartet als eine höfliche Verneigung, aber als Ash sich verbeugte, nahm er ihre Hand und hob sie mit dem Handrücken an seinen Mund. Die feuchte Hitze seiner geteilten Lippen auf ihrer Haut weckte einen ganzen Reigen von Erinnerungen. Die meisten davon wären besser ungeweckt geblieben.

Ein nur zu vertrautes Funkeln glitzerte in seinen bernsteinfarbenen Augen, als er ihr ins Gesicht sah. »Oder wäre es Ihnen lieber, ich spreche Sie mit ›kleine englische Butterblume‹ an?«

Clarinda versuchte, ihm ihre Hand zu entziehen, aber er gestattete das nicht, sondern weigerte sich, sie loszulassen. »Miss Cardew wird vollkommen reichen, Sir. Und ich kann Ihnen versichern, das Vergnügen liegt ganz auf meiner Seite.«

»Das deckt sich nicht mit meinen Erinnerungen«, bemerkte Ash mit so leiser tiefer Stimme, dass nur sie ihn hören konnte.

Diesmal ließ er sie gewähren, als sie ihm ihre Hand entzog und sich an Farouks Seite stellte. »Da Ihr Kopf noch fest mit Ihrem Hals verbunden ist, nehme ich an, dass Sie nicht zu der Bande Halsabschneider gehörten, die versucht haben, den Sultan zu überfallen, Mr. … Burke, der Geringere, nicht wahr?«

Das spöttische Funkeln in Ashs Augen verwandelte sich in ein gefährliches Blitzen. Sie lächelte ihn unschuldig an.

»Ich verdanke diesem Mann mein Leben«, erklärte Farouk mit seinem dröhnenden Bariton. »Wenn Burke hier nicht das Herz eines Tigers besäße, würde mein Kopf in diesem Moment in der Wüstenhitze verrotten.«

Jemand räusperte sich nachdrücklich, Clarinda merkte da erst, dass Ash nicht allein war. Sie war so bass erstaunt über Ashs wundersames Erscheinen gewesen, dass sie den Mann mit dem traditionellen *Kaffiyeh* und in den wallenden weißen Gewändern an seiner Seite für einen von Farouks Dienern gehalten hatte. Die dunklen Augen des Fremden hatten ihr Gespräch mit unverhohlener Faszination verfolgt.

»Burkes Mann hier gebührt genauso mein Dank«, gestand Farouk ein, was ihm ein breites Grinsen von Ashs Begleiter eintrug. »Er war so klug, seinen Hals einem der Angreifer als Ablenkung anzubieten, während sein Herr den Rest von ihnen erledigte.«

Das Grinsen des Mannes verschwand und trat nun auf Ashs Lippen. »Erlauben Sie mir, Ihnen Mr. Luca D'Arcangelo vorzustellen«, warf Ash glatt ein. »Mein Freund und Waffenbruder in mehr Kämpfen, als ich zu zählen vermag.«

Luca hatte die vollen sinnlichen Lippen und den verschlafenen Blick des geborenen Liebhabers. »Entzückt, Ihre Bekanntschaft zu machen, *cara mia*«, sagte er zu Clarinda. »Die bescheidene Butterblume wird allerdings Ihrer Schönheit nur unzureichend gerecht. Ich würde Ihre Reize viel eher mit denen einer seltenen exotischen Blume vergleichen, einer nachtblühenden Lilie vielleicht, deren Duft bekanntermaßen sogar Männer mit dem eisernsten Willen so weit treiben kann, jegliche Vernunft zu vergessen und sich dem Wahnsinn ungestümen Verlangens zu überlassen.«

Während Luca lässig vortrat, als habe er allen Ernstes vor, Clarinda die Hand zu küssen oder am Ende gar ihre Lippen, fasste Ash ihn an seinem Gewand und riss ihn zurück. Das war nur gut so, denn etwas, das sich verdächtig nach einem Knurren anhörte, hatte begonnen, tief aus Farouks Brust aufzusteigen.

»Du musst meinem Freund verzeihen«, erklärte Ash mit zusammengebissenen Zähnen unter dem verbindlichen Lächeln, als sein Freund ihm einen gekränkten Blick zuwarf. »Der Großteil seiner Englischkenntnisse stammt aus der Lektüre von ›Die lüsternen Abenteuer der vollbusigen Bess‹.«

»Wie überaus großzügig von Ihnen, ihm Ihre Ausgabe zu leihen«, bemerkte Clarinda süßlich.

Farouks Knurren verstummte. »Auch wenn ich niemals hoffen darf, die Schuld zu begleichen, in der ich bei ihnen stehe, werden Burke der Jüngere, und Mr. D'Arcangelo meine Gastfreundschaft genießen, solange sie es wünschen. Ich habe bereits versprochen, sie heute Abend, wenn wir gemeinsam speisen, mit allen möglichen Delikatessen zu verwöhnen, die ich zu bieten habe.«

Dieses Mal war nichts an dem Blick eingebildet, den Ash Clarinda zuwarf. Er tanzte über Clarindas Haut wie eine lebendige Flamme.

»Du darfst dich glücklich schätzen, dass der Captain bereit ist, sich mit deiner Gastfreundschaft als Belohnung für seine edle Tat zu begnügen«, sagte sie, um die Wirkung zu überspielen, die sein Blick auf sie hatte. »Ich habe gehört, er ziehe es vor, in Küssen bezahlt zu werden.«

»Momentan wäre ich schon mit einem heißen Bad zufrieden, um den Staub der Wüste abzuwaschen«, antwortete Ash.

»Ich bin sicher, das lässt sich arrangieren«, erwiderte Clarinda und wünschte sich, dass das Bild von Ash, wie er sich umgeben von einer Schar kichernder Sklavenmädchen in einen dampfenden Badezuber sinken ließ, nicht sofort vor ihrem geistigen Auge erschienen wäre.

»Gefolgt von einem langen Nachmittagsschläfchen vor dem Essen heute Abend?«, schlug Luca hoffnungsvoll vor und gähnte.

Clarinda glaubte schon, die Katastrophe sei abgewendet – oder wenigstens vorerst aufgeschoben –, als Poppy mit wehenden bunten Schleiern auf den Hof gestürzt kam. Da es ihr bislang nicht gelungen war, sich in dieser Art Kleidung angemessen zu bewegen, erinnerte sie immer ein bisschen an jemanden, der gerade in einen plötzlichen Wirbelsturm geraten war.

Sie war so darauf konzentriert, nicht über ihre Röcke zu stolpern, dass sie überhaupt nicht darauf achtete, was sich genau vor ihr befand. »Oh Clarinda, eine der Frauen hat mir gerade erzählt, dass ein Haufen schrecklicher Schurken den Sultan angegriffen hat! Wer würde so etwas nur wagen? Wissen sie denn nicht, dass er der stärkste, der mächtigste, der edelste und mutigste …«

Ihre atemlose Aufzählung der offenbar schier endlosen Liste herrlicher Attribute des Sultans kam zu einem jähen Ende, als sie mit voller Wucht gegen ihn rannte. Farouk stützte sie mit einem Arm, dann gab er ihr einen sanften Schubs und brachte sie in sichere Entfernung von sich.

»Oh, da sind Sie ja!«, rief sie und schaute ihn blinzelnd an. Ihr exotisches Kleid stand in krassem Gegensatz zu der Brille mit Drahtgestell auf ihrer Nasenspitze und den rosa angelaufenen Wangen. »Ich bin ja so froh, Sie zu sehen. Ich meine … ich bin ja so froh, Sie unversehrt und wohlbehalten zu sehen«, verbesserte sie sich, und die Röte in ihren Wangen vertiefte sich, als sie ihre Röcke ausbreitete und vor ihm einen ungelenken Knicks machte. »Als ich hörte, wie zwei Eunuchen sich über den Angriff unterhalten haben, fürchtete ich schon das Schlimmste, m-m-mein Herr … und M-meister«, fügte sie hoffnungsvoll hinzu und klimperte mit ihren Wimpern.

Clarinda verzog wie im Schmerz das Gesicht. Wenn Poppy hoffte, so ihre Schwärmerei für den gut aussehenden Sultan zu verbergen, dann war diesem Vorhaben kein Erfolg beschieden.

Farouk verdrehte die Augen und unternahm keinen Versuch, sein leidgeprüftes Seufzen zu unterdrücken. Sein sonst so müheloser Charme schien ihn im Stich zu lassen, wann immer Poppy in der Nähe war. »Wie ich Ihnen schon mehrmals mitgeteilt habe, Miss Montmorency, bin ich ›Ihre Majestät‹, nicht Ihr Meister. Es scheint, als hätten wir hier eine weitere Entfleuchte aus meinem Harem, meine Herren«, unterrichtete er Ash und Luca. »Bitte gestatten Sie mir, Miss Montmorency vorzustellen. Sie ist Miss Cardews … Gesellschafterin.«

»Und meine liebste Freundin«, fügte Clarinda loyal hinzu, während Poppy einen weiteren Knicks machte, diesmal in Richtung der Neuankömmlinge.

Als sie jedoch Ash erblickte, erstarrte Poppy mitten in der Bewegung, und ihre Augen wurden hinter ihren dicken Brillengläsern noch größer. »Oh! Oje! Ich weiß, wer Sie sind! Sie sind Ashton Burke, der legendäre Abenteurer! Himmel, Sie sehen genauso aus wie auf der Zeichnung, die vor ein paar Monaten im *Snitch* abgebildet war.« Sie sandte Clarinda einen verwirrten Blick. »Ich dachte, du hättest gesagt, er habe eine lange Hakennase, ein Paar dürre O-Beine und vorstehende Zähne wie ein Hase?«

Clarinda versteifte sich, als Ash ihr einen belustigten

Blick sandte. »Da musst du mich falsch verstanden haben, meine Liebe«, erklärte sie. »Oder vielleicht habe ich ihn mit jemand anderem verwechselt, den ich kannte.«

»Nein, nein, ich bin mir ganz sicher, dass ich dich richtig verstanden habe«, beharrte Poppy. »Ich habe ein schreckliches Zahlengedächtnis, aber eine ausgezeichnete Erinnerung für Gespräche. Ich erinnere mich ganz genau an unsere Unterhaltung, weil sie nur Minuten, bevor diese grässlichen Piraten unser Schiff angegriffen haben, stattfand. Du hast auch gesagt, dass Männer wie Captain Burke sich mit Gerüchten und Geheimnissen umgeben, weil sie nichts mit echter Substanz aufzuweisen haben. Dass sie sich in ihren Geschichten größer machen, als sie sind, einfach um über ihre eigenen Unzuläng…«

Clarinda hielt Poppy rasch mit einer Hand den Mund zu, sie wünschte, sie hätte das in dem Moment getan, als Poppy auf den Hof gelaufen kam. Luca schnaubte, und Farouks dunkle Augen funkelten mit kaum verhohlener Belustigung.

Sie vermied es, in Ashs Richtung zu blicken, als sie ihre Hand vorsichtig von Poppys Mund nahm. »Ich kann mich nicht an irgendeine Unterhaltung dieses Inhaltes erinnern. Vielleicht ist deine Erinnerung ein wenig durcheinander geraten wegen der Schrecken des Überfalles.«

Poppy lieferte Clarinda sofort einen guten Grund, zu bereuen, dass sie die Hand von ihrem Mund gezogen hatte, als sie herausplatzte: »Warum sind Sie hier, Captain Burke? Sind Sie gekommen, uns zu retten wie die Hindustani-Prinzessin?«

»Sei nicht albern, Poppy.« Clarinda lachte, um ihre

wachsende Sorge zu verbergen. »Uns retten vor was? Vor Luxus und Sorgenfreiheit? Davor, von vorn und hinten verwöhnt zu werden wie Prinzessin Adelaides geliebte Schoßhunde? Du weißt so gut wie ich, dass der Sultan uns vor den Schrecken des Sklavenmarktes gerettet hat. Wir schulden ihm Dankbarkeit und Treue … und natürlich unser Leben.« Sie unterstrich diese Erklärung, indem sie in Farouks Arme trat und ihm liebevoll die Brust tätschelte.

Er schlang einen Arm um ihre Mitte und lächelte sie an, sodass die weißen Zähne sich von seinem dunklen Gesicht abhoben. »Meine kleine englische Butterblume wählt ihre Worte weise.« Obwohl sein Lächeln nichts von seinem Strahlen verlor, wurden seine Augen schmal, als er sie auf Ashs Gesicht richtete. »Ich bezweifle, dass ein Mann von Captain Burkes Ruf so lange überlebt hätte, wenn er eine Frau zu stehlen versuchte, die einem anderen Mann gehört.«

Selbst wenn sie zuerst ihm gehört hat.

Der Gedanke stieg aus Clarindas Herz mit erschütternder Klarheit auf. Einen Moment lang befand sie sich im Geiste wieder auf dieser nebligen Wiese im Morgengrauen, in der unwiderstehlichen Hitze von Ashs Armen, als sie in die Falten ihres Umhanges sanken.

Als könnte er ihre abschweifenden Gedanken lesen, festigte Farouk seine besitzergreifende Umarmung. »Unter solchen Umständen eine Frau zu stehlen, kann einem Mann gut und gerne nicht nur das Herz brechen, sondern ihn auch den Kopf kosten.« Trotz seines freundlichen Tonfalles war die scharfe Warnung in seinen Worten nicht zu überhören.

So wie auch die spöttische Eleganz in Ashs Verbeugung als Antwort nicht zu übersehen war. »Dann ist es für uns beide ein glücklicher Umstand, dass mir die Frau noch nicht begegnet ist, für die ich bereit wäre, mein Herz oder meinen Kopf zu opfern.«

Kapitel fünf

»Ist das nicht eine wirklich außergewöhnliche Entwicklung?«, bemerkte Poppy, als sie Clarinda über den schwach beleuchteten Flur folgte, der zum Harem führte. »Dass Captain Burke hier zufällig im Palast des Sultans auftaucht! Kurz nachdem wir auf dem Schiff über seine Abenteuer sprechen, entführen uns diese Barbaren, und dann taucht er wie aus dem Nichts auf! Wer hätte geglaubt, dass so ein erstaunlicher Zufall möglich wäre?«

»Niemand, Poppy«, antwortete Clarinda, und fügte dann halblaut hinzu: »Wenigstens niemand außer dir.«

Während sie schneller ging, um mit Clarindas flottem Tempo Schritt zu halten, redete Poppy weiter über die Unwägbarkeiten des Glücks im Allgemeinen und die Launen des Schicksals im Besonderen, bis sie Clarinda auf den Saum ihrer Röcke trat.

Clarinda war gezwungen, abrupt stehen zu bleiben. Ihre rasch schrumpfenden Geduldsvorräte waren mittlerweile ganz erschöpft, sodass sie zu Poppy herumwirbelte und dabei entschlossen ihren Rock losriss. »Poppy, bitte. Es ist schlimm genug, dass ich vor aller Welt in dieser albernen Aufmachung herumlaufen muss. Du kannst sicher verstehen, dass ich es vorziehe, wenn ich den Weg zurück zum Harem nicht nackt zurücklegen muss.«

Poppys argloses Lächeln verschwand, und ihre Unterlippe begann auf eine Weise zu zittern, die Clarinda nur zu gut kannte.

Clarinda seufzte und war sofort zerknirscht. »Es tut mir leid, meine Liebe«, sagte sie und berührte mit zwei Fingerspitzen ihre pochende Schläfe. »Ich wollte dich nicht anfahren. Es ist nur, dass die Ankunft dieser unerwarteten *Besucher* meine Nerven bis zum Zerreißen anspannt.«

Im Augenblick war alles, was sie sich wünschte, ein ungestörter Moment, um ihre wild durcheinanderwirbelnden Gedanken zu ordnen. Sie hatte fast zwei Stunden benötigt, um Farouks Gesellschaft zu entkommen, nachdem er ein paar Diener beauftragt hatte, seine Gäste auf ihre Zimmer zu begleiten. Er hatte darauf bestanden, ihr sein morgendliches Abenteuer in allen Einzelheiten zu beschreiben, jedes Detail seiner Rettung vor den Angreifern, während sie darum kämpfen musste, ihn pflichtschuldig aus großen Augen anzuschauen und auszurufen: »Gütiger Himmel!« und »Ach wirklich?«. Dabei war alles, was sie vor ihrem geistigen Auge sehen konnte, Ash, wie er mit den Zügeln seines Pferdes zwischen den Zähnen einen sandigen Abhang hinabpreschte, während er in jeder Hand eine rauchende Pistole hielt.

Schließlich hatte sie sich entschuldigen können, indem sie Kopfschmerzen vorschob, die sie nicht spielen musste. Aber Poppy hatte auf sie gewartet und sich auf sie gestürzt, sobald sie den Hof verlassen hatte.

Sie hatte kein Recht, Poppy für ihre Unbedarftheit zu schelten, solange ihr eigenes Herz noch zwischen Schreck und Hoffnung schwankte. Schließlich hatte sie davon geträumt, von hier gerettet zu werden, denn ihr Verlobter verfügte über Macht und Einfluss. Sie glaubte nicht, dass Maximillian ihre Entführung und ihr Verschwinden einfach mit einem Achselzucken abtun würde, als sei sie eine unselige Investition, die er an der Börse getätigt habe.

Aber während die Wochen vergangen waren, ohne dass der Palast von einem Regiment seiner Männer gestürmt wurde, war ihre Hoffnung gesunken. Wenn sie am Abend auf ihrem Diwan die Augen schloss und in einen unruhigen Schlaf verfiel, war es nicht länger Max' teures Gesicht mit der hohen Stirn und dem entschlossenen Kinn, das sie erblickte, sondern das eines anderen Mannes – eines Mannes, den sie sich aus ihrem Gedächtnis und ihrem Herz zu löschen so bemüht hatte.

Dass er jetzt nach all den Jahren hier in der Wüste auftauchte wie ein Traum, war unfassbar, sie sollte sich kneifen, um zu überprüfen, ob sie wirklich wach war. In einer trotzigen Ecke ihres Herzens hatte sie nie aufgehört zu glauben, dass er eines Tages zu ihr kommen würde. Sie hatte nie aufgehört zu hoffen, dass die Versprechen, die er ihr gemacht hatte, nachdem sie in ihren Umhang gesunken waren, mehr waren als leere Worte, um ein dummes junges unschuldiges Mädchen zu verführen, das alles getan hätte, um ihn zum Bleiben zu bewegen.

Sie war längst kein dummes junges Ding mehr, und diese naive Ecke ihres Herzens war längst unter den zackigen Scherben des gebrochenen Versprechens verschüttet. Sie hatte an jenem Morgen und in den dunklen Tagen, die darauf folgten, viel mehr als nur ihre Unschuld verloren. Ash sollte niemals erfahren, wie viel sein Fortgehen sie gekostet hatte. Dann wäre wenigstens ihr Stolz gerettet.

Die Frau, zu der sie geworden war, konnte schwerlich glauben, dass Ash aus eigenem Antrieb gekommen war, sie zu retten, doch es war auch unmöglich anzunehmen, dass Maximillian ihn geschickt haben könnte. Anders als sein Bruder spielte Max nur, wenn die Chancen für ihn gut standen. Doch er musste besser als jeder andere wissen, dass sie beide zusammenzutun äußerst riskant wäre.

Clarinda fasste Poppy am Handgelenk und zog sie näher zu sich, sie blickte sich verstohlen um, rechnete fast damit, Farouks Onkel Tarik oder einen der zahllosen Spitzel des Mannes hinter einem bunten Wandteppich oder einer kostbaren Urne zu entdecken. Der alte Palast war voll verborgener Türen und Geheimgänge. Tarik hatte keinen Hehl aus seinem Misstrauen den *englischen* Gästen seines Neffen gegenüber gemacht – und an diesem Ort hatten die Wände tatsächlich Ohren.

Sie senkte die Stimme. »Genau wie du vermutet hast, ist es ganz unmöglich, dass Captain Burkes plötzliches Auftauchen schlicht ein günstiger Zufall ist.«

»Aha!«, erwiderte Poppy in einem lauten Flüstern, das sogar ein taubes Kamel noch gehört hätte. »Also ist er gekommen, um uns zu retten, nicht wahr? Ich wusste es doch!« Sie fuhr sich nervös mit der Hand übers Haar und befeuchtete ihre Lippen mit ihrer Zungenspitze. »Wenn er Erfolg hat, denkst du, er wird damit rechnen, dass ihn eine von uns als Belohnung küsst? Oder vielleicht sogar wir beide?«

»Ich wäre liebend gerne bereit, dir die Ehre zu überlassen«, versicherte Clarinda ihr, während vor ihrem geistigen Auge das Bild eines wesentlich jüngeren Ash erschien, der den Kopf senkte, um sacht mit seinen Lippen über die ihren zu streichen. Sie schüttelte den Kopf, um es zu vertreiben. »Aber bis ich Gelegenheit habe herauszufinden, wie genau die Pläne des Captain aussehen, ist es unverzichtbar, dass wir so weitermachen, als sei nichts geschehen. Wenn wir beim Sultan oder seinen Wachen Verdacht erregen, kann es unser aller Leben in große Gefahr bringen.«

»Aber Farouk würde dir kein Haar krümmen«, wies Poppy sie mit einem wehmütigen Seufzen zurecht. »Er betet dich an.«

»Er betet mich momentan an. Aber ich versichere dir, dass die Zuneigung von Männern unsteter ist, als du dir vorstellen kannst. Glaub mir, ich muss es schließlich wissen. Wenn er herausfindet, dass ich einen Verlobten habe und dass der Bruder meines Verlobten in ebendiesem Moment unter seinem Dach weilt, will ich gar nicht wissen, wie er reagiert. Er darf auf keinen Fall ahnen, dass wir auch nur daran denken, mit Captain Burke davonzulaufen, bis wir weit, weit weg von hier sind.«

Poppy nickte verständnisinnig. »Mach dir keine Sorgen. Ich bin für meine Verschwiegenheit bekannt.«

Als Poppy sich mit einer Hand über den Mund fuhr und so tat, als verschlösse sie ihn und werfe den Schlüssel über ihre Schulter, musste Clarinda unwillkürlich an einen ähnlichen Moment denken, als sie Poppy die Neuigkeit anvertraut hatte, dass ihr Monatsfluss zum allerersten Mal aufgetreten sei. Am Nachmittag desselben Tages hatte die ganze Schule Bescheid gewusst, und wann immer Clarinda einen Raum betrat, hatten ihre Mitschülerinnen so getan, als wüschen sie sich die Hände.

Es lag nicht daran, dass Poppy boshaft war. Sie platzte

nur leider mit allem heraus, was ihr gerade in den Sinn kam, selbst wenn es alles andere als passend war.

»Ich könnte mir genauso gut selbst den Kopf abhauen und dem Sultan reichen«, murmelte Clarinda vor sich hin, während sie ihre Röcke raffte und weiter den Korridor entlangging.

»Was wird nur aus ihm werden, wenn wir fort sind?«, erkundigte sich Poppy klagend und folgte ihr. »Machst du dir keine Sorgen, dass er einsam sein könnte?«

»Einsam? Bist du verrückt? Der Mann hat mindestens ein Dutzend Frauen und doppelt so viele Konkubinen.«

»Man muss nicht allein sein, um einsam zu sein.« Poppy klang, als spräche sie aus Erfahrung. »Was, wenn du ihm das Herz brichst?«

»Ich kann dir versichern, es besteht nicht die geringste Gefahr, dass das passiert. Der Mann ist vielleicht in mich vernarrt, aber er liebt mich nicht. Ich bin nur ein neues Schmuckstück in seiner Sammlung.«

Während sie die Worte aussprach, überlegte Clarinda, ob sie ihrer eigenen Einschätzung vertrauen durfte, wenn es um Herzensangelegenheiten ging. Es gab eine Zeit, da hätte sie geschworen, Ash liebte sie mehr als das Leben. Dass er sie nie verlassen und die Tore der Hölle stürmen würde, um sie zurückzubekommen, sollten sie je getrennt werden.

Zwei hünenhafte Eunuchen standen mit verschränkten Armen zu beiden Seiten der hohen, reich mit Schnitzereien verzierten Türen, die den Harem von der Außenwelt abschirmten. Clarinda hatte die Namen der meisten gelernt, aber besonders mochte sie Solomon mit seinen weisen dunklen Augen und seinem traurigen Lächeln.

Obwohl der riesige Äthiopier eindeutig die Kraft besaß, den Schädel eines ausgewachsenen Mannes mit bloßen Händen zu zerquetschen, war er sanft wie eine Amme, wenn es um die Frauen ging, die seinem Schutz anvertraut waren. Er schwang die Tür für sie auf und nickte Clarinda zu, als sie an ihm vorbeiging und eintrat, während sein mit Öl eingeriebener Kopf wie Mahagoni schimmerte. Da sie ihn nie ein einziges Wort hatte sagen hören, nahm sie an, dass er stumm war.

Manchmal fragte sie sich, ob er wohl immer schon Sklave und Eunuch gewesen war. Oder hatte er selbst einmal eine Frau gehabt? Eine Familie? Eine Stimme?

Als sie den Harem betraten, schlug ihnen helles Stimmengewirr entgegen. Clarinda fasste Poppy am Arm und drängte sie zu der gegenüberliegenden Wand, sie hoffte, von den beiden Frauen, die in dem durch Vorhänge abgetrennten Alkoven neben der Tür saßen, unentdeckt zu bleiben. Durch den hauchfeinen purpurfarbenen Seidenstoff mit den eingewirkten Goldfäden konnte sie ihre Silhouetten ausmachen.

»Und? Hast du diesen geheimnisvollen Engländer schon gesehen, der unserem Herrn das Leben gerettet hat?«, fragte eine der beiden gerade.

»Nein«, antwortete ihre Gefährtin. »Aber Serafina ist es gelungen, einen Blick auf ihn zu erhaschen, als sie auf dem Rückweg aus dem Gewürzkeller war. Wie du weißt, sind die meisten Engländer ganz teigig, weiß und weich und sehen so aus, als könne ein heftiger Wüstenwind sie fortwehen. Aber Serafina schwört, dass er anders ist. Er ist gut aussehend und stark. Und hart.«

Die erste Frau legte eine Hand trichterförmig um das

Ohr der anderen und flüsterte etwas, das beide laut auflachen ließ.

»Serafina behauptet, er hat die goldenen Augen eines Löwen.« Die erste Frau seufzte. »Ich hatte gehofft, ich würde gerufen, um ihm beim Bad behilflich zu sein, aber Solomon hat Zenobia und Salome geschickt. Sie sind kurz darauf zurückgekommen und haben gesagt, er habe sie weggeschickt und darauf bestanden, dass er keine Hilfe beim Baden brauche. Kannst du dir das vorstellen? Ein Mann, der sich ganz allein wäscht und badet? Die dummen Dinger müssen ihn irgendwie verärgert haben.«

Clarinda schloss von verräterischer Erleichterung erfüllt kurz die Augen. Da sie nicht länger irgendwelche Rechte auf Ash hatte, konnte sie ihre Empfindungen nur nostalgischen Gefühlen zuschreiben. Während die Frauen zu diskutieren begannen, wie genau sie dem gut aussehenden goldäugigen Engländer bei seinem Bad *gefällig* sein wollten, zog sie Poppy mit sich an dem Alkoven vorbei, wieder einmal dankbar, dass ihre Schuhe aus buntem Stoff waren und lautloses Bewegen ermöglichten.

Als sie unter dem anmutig geschwungenen Türbogen am Ende des langen Flures in den Hauptraum des Harems gelangten, empfing sie eine schier erstickende Wolke Weihrauch und der Duft von Dutzenden Frauen, die alle von Kopf bis Fuß mit parfümierten Ölen eingerieben waren.

Der Reichtum des Sultans war in jedem sorgsam ausgewählten Detail des geräumigen achteckigen Raumes zu erkennen. Die kuppelförmige Decke war mit Blattgold verziert, und jede Fläche war kunstvoll bemalt, nicht wenige davon mit erotischen Motiven. Die obere Hälfte der Wände bestand aus einem Teakholzgitter, was die luftige Atmosphäre im Saal noch verstärkte – oder den Eindruck, in einem übergroßen Vogelkäfig eingesperrt zu sein. Anmutig geformte Säulen aus kostbarem Marmor und mit Kapitellen in Form von Papyrusblättern verziert standen an verschiedenen Stellen im Raum. Der Boden war mit Mosaiken in satten Tönen in allen Farben des Regenbogens ausgelegt.

Die Pracht des Raumes hätte den elegantesten Londoner Ballsaal in den Schatten gestellt. Aber für Farouk war es nicht mehr als eine passende Umgebung für seine kostbarsten Schmuckstücke – die wunderschönen Frauen, die auf Kissen und Sofas in allen möglichen Posen und in den verschiedensten Stadien der Bekleidung ruhten.

Gewöhnlich gönnten sich die Haremsdamen am frühen Nachmittag ein Nickerchen, während die Eunuchen und die Sklavenmädchen die schwüle Luft um sie herum mit den riesigen Fächern bewegten, die sich reich mit Edelsteinen und Pfauenfedern verziert an verschiedenen Stellen befanden. Aber diesen Nachmittag war eine gewisse Unruhe zu spüren, die Frauen sahen sich mit großen Augen um, wirkten auf der Hut und unterhielten sich flüsternd. Da sie wenig zu tun hatten, um sich die Zeit zu vertreiben, außer Klatsch, Tratsch und Intrigen, erstaunte es Clarinda nicht, dass die Ankunft von Farouks exotischen Gästen für solche Aufregung sorgte.

In gewisser Weise unterschied sich das Leben im Harem gar nicht so sehr von dem in Miss Throckmortons Mädchenpensionat. Nur dass die Frauen hier, statt im Tanzen und in Handarbeit unterwiesen zu werden, lernten, wie sie am effektvollsten Juwelen in ihre kunstvoll geflochtenen Zöpfe woben und wie man die sexuellen Fantasien eines Mannes am besten verwirklichte.

Auf den ersten Blick konnte man sogar den Eindruck gewinnen, als genössen die Frauen des Sultans mehr Freiheiten als ihre englischen Geschlechtsgenossinnen. Sie standen auf, wann immer sie wollten, und ihnen wurde von ergebenen Sklaven jeder Wunsch von den Augen abgelesen, jede Laune erfüllt. Man erwartete von ihnen nicht, dass sie sich in enge Korsetts schnürten, bis sie keine Luft mehr bekamen, oder dass sie ihre Füße in Schuhe zwängten, die an den Zehen drückten, sondern sie durften flatternde Gewänder oder lose sitzende Pluderhosen tragen.

Sie verbrachten nicht Stunden über Stunden mit lästigen und langweiligen Pflichten wie Sticken, Klavierüben und dem Verfassen von Antworten auf stapelweise erhaltene Briefe oder dem Erlernen der hohen Kunst des perfekten Teeeinschenkens. Stattdessen konnten sie den ganzen Vormittag faulenzen, sich im von Mauern abgeschotteten Garten des Harems sonnen und sich den Nachmittag über mit einem Gedichtband auf ein Sofa zurückziehen oder sich die verspannten Muskeln von den fähigen Händen eines Eunuchen durchkneten lassen. Es war nicht schwer zu verstehen, dass sie alle auf Farouks Befehl hin Englisch lernen konnten. Mit so viel Zeit hätte Clarinda mehrere Sprachen erlernen können.

Sie hätte sie vielleicht um ihre angenehme Lebensweise beneidet, aber sobald die Türen des Harems sich schlossen, wurde rasch offensichtlich, dass ihre Freiheit nur eine Illusion war. Sie wurden verwöhnt und litten keine Not, aber sie waren genauso Gefangene und den Launen des Sultans ausgeliefert wie die Sklaven, die ihm dienten.

Manche von Farouks Frauen waren seine Ehefrauen, andere Konkubinen. Wie auch immer ihr Stand war, sie hatten alle nur einen Lebenszweck. Sie lebten, um dem Sultan zu dienen. Sich um seine Bedürfnisse zu kümmern und ihm Lust zu schenken. Ihm Erleichterung zu verschaffen – entweder sexuell oder einfach, indem sie seinen Kopf in ihren Schoß betteten und ihm die Stirn streichelten, während er ihnen sein Herz ausschüttete.

Clarinda hatte sich bereits den Kopf darüber zerbrochen, wie sie aus dem Harem fliehen konnte, bevor Ash heute so völlig unerwartet erschienen war. Doch sie hatte schon zu fürchten begonnen, dass es nur eine Frage der Zeit sei, bis sie ihren Platz in den Reihen der anderen Frauen einnahm. Dann würde sie auch noch die wenigen Freiheiten verlieren, die sie als Farouks *Gast* genoss, und wäre dazu verdammt, den Rest ihres Lebens verzweifelt gegen die Gitterstäbe dieses vergoldeten Käfigs zu schlagen.

Sie hatte sich sogar schon gefragt, wie lange es dauern würde, bis sie wie die anderen wurde. Bis sie ebenfalls für die Hoffnung lebte, sie werde diejenige sein, die der Sultan nachts zu sich kommen ließ, und sei es nur wegen der Unterbrechung der seelenzehrenden Monotonie im Harem.

Abgesehen von den verschlossenen Türen und den hünenhaften Eunuchen, die sie bewachten, fiel im Harem noch etwas befremdlich auf. Es gab keine Kinder. Keine kleinen Füße liefen über den gefliesten Boden, kein fröhliches Kinderlachen hallte von dem Kuppeldach wider.

Wenn sie Farouk einen Sohn oder eine Tochter schenkte, würde ihr das Kind nach der Geburt weggenommen werden, einer Amme gegeben und Fremden anvertraut, damit es in einem anderen Teil des Palastes aufwuchs.

Clarinda spürte, wie ihre Züge sich verhärteten. Das würde sie niemals zulassen. Sie würde persönlich über die Palastmauern klettern und barfuß durch den heißen Wüstensand marschieren, bevor sie zuließe, dass irgendjemand ihr das eigene Kind aus den Armen riss.

Als sie und Poppy durch den Raum gingen, warfen mehrere Frauen ihnen unter ihren Wimpern verstohlene Blicke zu. Andere starrten sie offen an, gaben sich keine Mühe, die Abneigung gegen sie in ihren mit Kajal umrandeten Augen zu verbergen.

Clarinda wusste, sie hassten alles an ihr, besonders ihre blasse Haut, ihre grünen Augen und ihr langes blondes Haar, das eine stete Quelle der Verachtung und des Neides war. Mit ihren langen schwarzen Haaren, mandelförmigen Augen und vollen Rundungen waren die meisten von ihnen viel schöner, als sie je hoffen durfte zu sein. Aber sie wussten schon lange, was Clarinda erst in den Monaten nach ihrer Entführung gelernt hatte.

Männer verlangten nicht nach Schönheit. Sie verlangten nach Abwechslung und Neuem.

Noch mehr als ihre hellen englischen Farben aber missgönnten sie ihr die Freiheit, zu kommen und zu gehen, wie es ihr beliebte, ohne Anweisungen zu erhalten oder darauf warten zu müssen, gerufen zu werden. Sie durfte sich uneingeschränkt auf den Fluren des Palastes bewegen, ohne Wache und auch ohne Schleier, die sie vor Männeraugen schützten. Dieses Vorrecht verriet mehr als jedes andere, welch besonderen Platz sie im Herzen ihres Herrn einnahm.

Und das trug ihr unüberwindbare Feindseligkeit ein.

Clarinda hatte ihre Abneigung, ihre Spitzen und Bosheiten die letzten drei Monate überlebt, indem sie sich gesagt hatte, dass sie unter anderen, weniger unglücklichen Umständen vielleicht sogar Freundinnen unter den Frauen gefunden hätte. Das ermöglichte es ihr, hoch erhobenen Hauptes zu gehen, während sie den Raum durchquerte; so wie in der ersten Zeit in Miss Throckmortons Pensionat tat sie so, als ob ihre Bemerkungen sie nicht treffen konnten.

Doch dann stand eine Frau mit der Anmut einer jungen Raubkatze von ihrem Platz auf dem lila Sofa auf und schlenderte zu ihr, sie baute sich vor ihr auf, sodass Clarinda stehen bleiben musste. Poppy versteckte sich hinter ihr, sie fühlte sich ohne Zweifel an die vielen Male erinnert, wenn Clarinda sie vor den anderen Mädchen in der Schule beschützt hatte.

Clarinda musterte die Frau kühl und abschätzend. Es war Yasmin mit den Rehaugen, die sich zu Clarindas Hauptgegnerin und Peinigerin aufgeschwungen hatte.

Den wenigen Gerüchten nach, die Poppy beim Belauschen anderer Frauen hatte aufschnappen können, hatte Yasmin kurz davor gestanden, eine der Hauptfrauen des Sultans zu werden, als herauskam, dass sie nicht die Unschuld war, als die sie sich ausgegeben hatte. Wenn man bedachte, wie stolz und besitzergreifend marokkanische Männer waren, konnte sie von Glück reden, dass sie mit dem Leben davongekommen war. Manche flüsterten, es sei ihr außerordentliches Können auf dem Bettlager gewesen, das Farouk davon überzeugt hatte, ihr Leben zu verschonen und sie als Konkubine zu behalten, nachdem er von ihrer Täuschung bemerkt hatte.

Mit ihren vollen dunklen Lippen, ihren hüftlangen mitternachtsschwarzen Haaren und den dunklen Augen war sie die Schönste im Harem. Ihre Nase war ein klein wenig zu lang für ihr herzförmiges Gesicht, aber das verlieh ihrer Schönheit nur einen exotischeren Anstrich. Ihre üppigen Kurven wurden nur von ein paar Streifen halbdurchsichtiger Seide bedeckt, die so geschnitten und drapiert war, dass der Blick eines Mannes unwillkürlich von den dunklen Schatten ihrer Brustspitzen und dem Anflug eines Schattens zwischen ihren Schenkeln angezogen wurde.

Von dem Tag an, da Clarinda und Poppy in den Harem gekommen waren, hatte Yasmin keinen Hehl aus ihrer Verachtung für sie gemacht. Clarinda vermutete, es war nur der Respekt für ihren geliebten Herrn und Meister – und die Furcht vor ihm –, die Yasmin davon abgehalten hatten, Clarindas Wein zu vergiften oder ihr einen juwelenbesetzten Dolch zwischen die Rippen zu stoßen, während sie schlief. Wenigstens hatte sie sich bei Miss Throckmorton nur mit spitzen Bemerkungen und giftiger Nachrede herumschlagen müssen.

Die Frau stemmte ihre Hände in die wohlgeformten Hüften und hob ihr Kinn hochmütig, während sie Clarinda mit unverhohlener Verachtung musterte. Ihre Haremsschwestern setzten sich aufrechter hin und beugten sich vor, wie Haie, die im Wasser frisches Blut rochen.

»Wir haben gehört, dass einer von deiner Art im Palast eingetroffen ist«, verkündete Yasmin.

»Wirklich?«, erwiderte Clarinda freundlich und weigerte sich, die Frau dadurch zu befriedigen, dass sie Unsicherheit zeigte.

»Wir haben darüber gesprochen, was einen schneidigen jungen Engländer wohl zu uns führen könnte. Wir sind zu dem Schluss gekommen, dass er es vielleicht leid ist, eingebildete dürre englische Eisprinzessinnen zu begatten und stattdessen einmal Lust auf eine echte Frau im Bett hat.« Yasmin warf einen Blick über ihre Schulter, um sich zu vergewissern, dass ihre Zuhörerinnen noch gespannt lauschten. »Oder auch mehrere Frauen.«

Als die Frauen hinter ihr kichernd zurücksanken, verzogen sich Yasmins Lippen zu einem triumphierenden Lächeln.

Clarinda behielt eine sorgsam unbeteiligte Miene bei. »Anders als marokkanische Männer benötigen Engländer nicht eine größere Anzahl Frauen, um ihren Appetit zu befriedigen. Sie brauchen nur eine. Solange es die *richtige* Frau ist.«

Obwohl ihre sinnliche Stimme immer noch klar im Raum zu hören war, trat Yasmin näher, als wollte sie ihr etwas anvertrauen. »Hätte Solomon mich geschickt, um dem Engländer das Bad zu bereiten, hätte er mich nicht fortgeschickt. Ich wäre die richtige Frau gewesen, ihm jeden Wunsch von den Lippen abzulesen und ihn restlos zu befriedigen.«

Clarinda hatte in den vergangenen drei Monaten im Harem weitaus mehr gelernt als nur, wie man sich am besten Juwelen in die Haare steckte, sodass vor ihrem geistigen Auge ein erschreckend deutliches Bild aufschien, wie die andere Frau vor Ash kniete. Sie musste die Hände zu

Fäusten ballen, um ihrem Gegenüber das selbstzufriedene Lächeln nicht aus dem Gesicht zu ohrfeigen.

Clarinda beugte sich dichter zu Yasmin und senkte ihre Stimme zu einem echten Flüstern, das nur für Yasmins Ohren bestimmt war. »Wenn du in der Lage wärst, einem Mann jeden Wunsch von den Lippen abzulesen und ihn jedes einzelne Mal restlos zu befriedigen, wärst du doch mit Sicherheit Farouks Frau statt nur seine Konkubine, oder etwa nicht?«

Clarinda war nicht die Einzige, die dicht genug bei ihr stand, um das Aufflackern von Schmerz in Yasmins dunklen Augen zu sehen. Sie verspürte ein Aufwallen von Reue. Es musste überaus unbefriedigend und ärgerlich sein, wie eine Sklavin zu leben, wenn man eindeutig zur Königin geboren war.

Da sie instinktiv wusste, dass der leiseste Anflug von Mitleid ihr als Schwäche ausgelegt würde, zwang sie sich, Yasmin geschickt auszuweichen und hoch erhobenen Hauptes den Rest des Weges durch den Raum zu marschieren.

Während sie sich den Luxus nicht leisten konnte, über ihre Schulter zu sehen, um ihren Triumph auszukosten, unterlag Poppy derartigen Einschränkungen nicht. »Was, um alles in der Welt, hast du zu dem hassenswerten Geschöpf gesagt? Sie sieht aus, als würde sie dich am liebsten im Schlaf umbringen.«

Clarinda warf ihren Kopf in den Nacken und achtete darauf, ihre Stimme unbeteiligt klingen zu lassen. »Ich habe ihr nur gesagt, dass der geheimnisvolle Engländer – und sein Verlangen – mir vollkommen egal sind.«

Clarinda lief rastlos in dem mit Vorhängen abgetrennten Alkoven, der ihr als Schlafzimmer diente, auf und ab, während sie darauf wartete, gerufen zu werden, um dem Sultan beim Dinner Gesellschaft zu leisten. Da sie immer noch als Farouks geschätzter Gast behandelt wurde, war sie nicht gezwungen, mit den anderen Frauen in der Halle zu schlafen, sondern hatte dieses Turmzimmer am Ende einer schmalen steinernen Wendeltreppe als Rückzugsort erhalten. Poppy schlief in einem noch kleineren Alkoven, der direkt an die Halle grenzte.

Clarindas kleines Zimmer enthielt wenig mehr als einen luxuriösen Schlafdiwan mit Unmengen Kissen und Polstern in lebhaften erdfarbenen Mustern, aber wenigstens gehörte der Raum ihr allein. Heute Abend war sie noch mehr als an anderen Tagen dankbar für die Ungestörtheit, die er ihr bot, selbst wenn diese bevorzugte Behandlung Farouks Frauen und Konkubinen einen weiteren Grund lieferte, sie abzulehnen.

Die älteren Frauen, die den Bewohnerinnen des Harems dienten und von denen viele früher einmal hochgeschätzte Konkubinen von Farouks Vater gewesen waren, waren bereits wieder gegangen, nachdem sie mit ihren Lotionen und Tränken hantiert hatten. Obwohl man ihnen nie den Vorwurf machen konnte, bei der Erfüllung ihrer Pflichten lax zu sein, schienen sie heute besonders viel Aufmerksamkeit darauf verwandt zu haben, sie für die Nacht herzurichten. Sie mussten unterrichtet worden sein, dass sie heute nicht nur für den Sultan zur Schau gestellt werden sollte, sondern auch für seine fremdländischen Gäste.

Clarinda hatte aufgehört, die Bürstenstriche zu zählen,

mit denen sie ihr Haar verwöhnt hatten, bis es schimmerte und im rauchigen Lampenschein wie gesponnener Flachs glänzte. Im Mittelpunkt solch konzentrierter Aufmerksamkeit zu stehen, war unbestreitbar verführerisch, besonders wenn diese Aufmerksamkeit auf die Freuden des Fleisches zielte. Es wäre nur zu leicht für sie gewesen, die Augen zu schließen und sich den langen, glatten Bürstenstrichen zu überlassen, dem Gefühl, als sei jeder Zoll ihres Körpers nach einem langen erholsamen Schlaf prickelnd erwacht.

Nachdem sie sich um ihr Haar gekümmert hatten, hatten sie ihre klirrende Sammlung aus Flakons, Döschen und Fläschchen ausgepackt und ihre Wangenknochen mit echtem Goldstaub gepudert, waren den ausgeprägten Amorbogen an ihrer Oberlippe mit Rouge nachgefahren und hatten eine feine schwarze Linie um ihre Augen gezogen.

Eine der Frauen hatte den Glasstöpsel aus einem Flakon mit kostbarer Myrrhe gezogen und den Duft hinter ihre Ohren und in die Kuhle an ihrem Hals getupft. Sie hätten das Parfüm auch an anderen Stellen aufgetragen, Stellen, die wesentlich intimer waren, wenn Clarinda ihnen nicht Einhalt geboten und ihre Hände weggeschoben hätte. Schließlich hatte sie die Frauen aus dem Alkoven gescheucht, ohne sich um ihre verletzten Mienen und ihre auf Arabisch gemurmelten Proteste zu kümmern.

Sie wäre gut beraten, nicht zu vergessen, dass die Frauen nicht für sie und ihr Wohlbefinden zuständig waren, sondern sie für die Männer verlockender erscheinen lassen wollten.

In jeder anderen Nacht hätte Clarinda ihre Fürsorge

vielleicht als angenehme Abwechslung angesehen, aber heute waren ihre Nerven so gespannt, dass sie fürchtete, sie würde schreien, wenn sie ein weiteres Paar Hände aushalten müsste, das sie unpersönlich berührte. Ohne Vorwarnung beschwor ihr Verstand ein Bild von anderen Händen herauf, die ihre Haut streichelten. Hände mit von der Sonne gebräuntem Handrücken, leicht gesprenkelt mit drahtigen braunen Härchen, deren Berührung alles andere als unpersönlich war.

Sie wünschte ihre ungebärdige Fantasie zum Teufel und lief noch einmal auf und ab, wobei die smaragdgrünen und pfauenblauen Stoffe dessen, was bei den Marokkanern als Rock zählte, um ihre Knöchel wehten. Daheim in England war sie in ein Korsett geschnürt gewesen und nie auf den Gedanken gekommen, über den Körper nachzudenken, der sich darunter befand. Hier wurde sie nicht nur ständig dazu ermutigt, über ihren Körper nachzudenken, sondern absichtlich in einem Zustand praktisch durchgehender Bewusstheit seiner Bedürfnisse und Sehnsüchte gehalten. Als eine Frau, die sich darum bemüht hatte, diese mächtigen Bedürfnisse und Sehnsüchte fast ein Jahrzehnt lang zu beherrschen, begann Clarinda zu fürchten, dass sie selbst für sich eine wesentlich größere Gefahr darstellte als Farouk es je sein konnte.

Die feine Seide ihrer Röcke war so dünn, dass sie aus Mondstrahlen gewebt sein könnte. Das Einzige, was verhinderte, dass sie darin restlos unanständig aussah, war der Umstand, dass sorgfältig darauf geachtet worden war, die durchsichtigen Stoffe in mehreren Lagen über alle heikleren Stellen zu drapieren. Diese Technik machte es unmöglich zu entscheiden, ob jemand tatsächlich etwas sah, das er besser nicht sehen sollte, oder einer Täuschung des Lichts zum Opfer fiel.

Clarindas Verlegenheit, in etwas herumzulaufen, das in England bestenfalls als gewagtes Dessous durchgegangen wäre, hatte nach den ersten Wochen hier nachgelassen. Verglichen mit dem, was Yasmin gewöhnlich trug – oder auch nicht trug – wenn sie im Harem herumstolzierte, war Clarindas Aufmachung praktisch jungfräulich.

Aber heute Abend wäre es Ashs Blick, der versuchte, die flatternden Lagen Seide zu durchdringen, und seine Bernsteinaugen, die ihren elfenbeinfarbenen Busen liebkosten, der in dem tiefen Ausschnitt entblößt war. Sie berührte mit einer Hand ihren Hals, da der Gedanke bewirkte, dass ihr ganz heiß wurde und sie innerlich bebte, fast als habe sie sich mit einem seltenen Wüstenfieber angesteckt, gegen das es keine Medizin gab.

Trotz ihrer lang anhaltenden Zuneigung für Max hatte sie sich so nicht mehr gefühlt, seit sie siebzehn Jahre alt war. Sie hatte gewollt, dass Ash sich umdrehte und sie ansah, als es schließlich geschehen war, war ihr das ordentlich zu Kopfe gestiegen. Sie war übermütig vor Triumph gewesen und trunken von Macht.

Sie konnte sich noch gut daran erinnern, wie sie die Wirkung genossen hatte, die ihre kleinste Berührung auf ihn gehabt hatte. Wie in seinen Augen ein Hunger aufgelodert war, wie seine Stimme rau vor Leidenschaft geworden war. Wie er sie dicht an sich gezogen hatte, sodass sie sein Verlangen an ihrem Bauch deutlich hatte fühlen können. Sie hatte ihre Macht über ihn genossen, wie ein meisterlicher Reiter die Beherrschung eines preisgekrönten Hengstes genoss. Bis zu dem Morgen, an dem sie entdeckt hatte, dass diese ihre Macht nur eine Illusion war und dass sie sich so sehr wie er gewünscht hatte, dass er die Beherrschung verlor.

Sie zupfte nervös an ihrem Oberteil und fragte sich unwillkürlich, welches Kleid aus ihren gut gefüllten Schränken in England sie wohl für einen solch bedeutenden Moment gewählt hätte. Das rosafarbene aus Moiréseide mit den gekrausten Ärmeln, dem Stufenrock und dem schulterfreien Spitzenkragen? Oder vielleicht das bronzefarbene Seidentaftkleid, das das Grün ihrer Augen so vorteilhaft betonte? Nach dem unregelmäßigen Schlag ihres Herzens zu schließen, wäre sie besser beraten gewesen, etwas zu wählen, was sie züchtig vom Hals bis zu den Zehen bedeckte – grauer Flanell vielleicht oder etwas, was sie sich aus einem Kloster in der Nähe geborgt hatte.

Der Funke, der in Ashs Augen aufgeglommen war, als er sie vorhin gesehen hatte, war nicht zu leugnen, aber sie könnte schwören, es sei ein feindseliger Funke gewesen, kein verlangender. Lief er etwa genau jetzt in seinem Zimmer auf und ab und glaubte das Schlimmste von ihr? Hatte er sich etwa eingeredet, sie habe sich aus freien Stücken in dieses Leben gefügt? Dass sie sich Farouk ergeben hatte und bereitwillig zahllose Nächte das Lager des Sultans geteilt hatte?

Sie zog verstört über die Richtung ihrer Gedanken die Brauen zusammen. Warum sollte es sie interessieren, was Ashton Burke oder irgendein anderer Mann über sie dachte? Sie hatte getan, was sie tun musste, um zu überleben, und Ash sollte denken, was immer er wollte.

Sie spürte die Gegenwart eines anderen hinter sich und wandte sich um; Solomon stand auf der Schwelle des Torbogens. Der Eunuch senkte sein glänzendes Haupt zum Flur, er gab ihr zu verstehen, dass der Herr nach ihr geschickt habe.

Clarinda wünschte, dass Poppy in dieser Nacht als seelische Unterstützung bei ihr sein könnte, aber aus einem unerfindlichen Grund machte ihre Freundin Farouk nervös. Daher reckte sie jetzt die Schultern und zwang ihre Nerven zur Ruhe. Das hier war nichts anderes, als als Gastgeberin bei einer der Dinnergesellschaften ihres Vaters zu fungieren, oder etwa nicht? Hatte sie diese Rolle in all den Jahren nicht Dutzende Male überaus erfolgreich übernommen?

Sie setzte ein fröhliches Lächeln auf, trat zu Solomon und fasste seinen Arm, sie war einmal mehr für seine tröstliche Gegenwart dankbar. »Kommen Sie, mein Herr. Wir wollen schließlich nicht den Sultan oder seine Gäste warten lassen.«

Während Ash darauf wartete, dass Clarinda eintraf, nahm er einen vorsichtigen Schluck von dem gewürzten Wein, den ihr Gastgeber hatte auftragen lassen. Die kräftige Mischung aus Nelken und vergorenen roten Trauben war wesentlich stärker als die Weine, die in englischen Speisesalons serviert wurden. Da Farouk keinen Alkohol trank, hatte Ash nicht vor, den Wein seine Sinne umnebeln zu lassen. Wenn er hoffen wollte, Clarinda dem Mann unter der Nase weg zu entführen, musste er bei klarem Verstand sein.

Luca hingegen schien jede Vorsicht aufgegeben zu haben. »Komm, *Belleza*!«, sang er laut mit bereits gerötetem Gesicht und leicht glasigen Augen, während er eine der Tänzerinnen am Handgelenk packte und sie auf seinen Schoß zog.

Sie kicherte, als er Wein in das Tal zwischen ihren vollen Brüsten tropfte und dann versuchte, unter den dünnen Schleier zu blicken, den sie über Mund und Nase trug. Als sie den Kopf senkte, um an seinem Hals zu knabbern, grinste er Ash entzückt an, als wolle er ihm sagen, er persönlich habe keine Einwände dagegen, für immer in diesem Palast zu bleiben.

Lucas Treiben trug ihm ein missbilligendes Stirnrunzeln von Farouks Onkel Tarik ein. Offenbar hieß der Mann es immer noch nicht gut, dass sein Neffe sein Heim ungläubigen Engländern geöffnet hatte. Obwohl Ash wusste, dass es vermutlich nicht das diplomatischste Vorgehen war, konnte er nicht widerstehen, seinen juwelenbesetzten Kelch in Richtung des Mannes zu einem spöttischen Toast zu heben. Tariks Stirnrunzeln vertiefte sich zu einer unverhohlen strafenden Miene, und er wandte sich betont von Ash ab, um sich mit einem hakennasigen Mann zu besprechen, der neben ihm saß.

Ohne etwas von den kleinen Dramen um sich herum zu bemerken, saß Farouk Ash mit einem breiten Lächeln auf seinem gut geschnittenen Gesicht gegenüber, während er im Takt zu der Musik von Trommel, Flöte und Lyra in die Hände klatschte.

Ash lehnte auf einem Ellbogen in den Kissen hinter sich. Ein oberflächlicher Beobachter hätte vermutlich geschworen, dass es keinen Anflug von Anspannung in seinem schlanken Körper gab. Diesen Eindruck zu erwecken, hatte er jahrelang geübt und perfektioniert. Während er den Tänzerinnen ein träges Lächeln schenkte, suchte er mit seinen Augen den Raum ab, registrierte jede mögliche Gefahr und infrage kommende Fluchtwege.

Nachdem er Clarinda traulich in Farouks Arm geschmiegt gesehen hatte, war er nicht mehr sicher, ob sie überhaupt gerettet werden wollte. In seinen Jahren mit der Kompanie in Burma hatte er erlebt, dass der Geist selbst von gestandenen Männern mit starkem Willen in Gefangenschaft gebrochen worden war. Sie hatten Folter und unaussprechliche Härten erduldet, bis sie am Ende erbärmliche Speichellecker des Feindes geworden waren, der ihnen ursprünglich verhasst gewesen war.

Clarinda war eine Frau mit dem stursten und unbeugsamsten Geist, der ihm je untergekommen war, aber er wusste nicht, was sie vielleicht in Farouks Händen oder in den Händen der Korsaren hatte erleiden müssen.

Als er Max' Geld angenommen hatte, hatte er sich geschworen, dieses Unterfangen als einen Auftrag wie jeden anderen zu betrachten. Aber der Gedanke, dass Clarinda in den groben Händen irgendeines Mannes litt, weckte in ihm den Wunsch, sie in seine Arme zu reißen und sie an einen Ort zu bringen, wo ihr nie wieder ein Leid geschehen konnte, natürlich nachdem er denjenigen vernichtet hatte, der dafür verantwortlich war.

Doch dazu hatte sein Bruder ihn nicht angeheuert, ermahnte er sich grimmig. Max hatte ihn beauftragt, sie zurückzubringen, Max war es, der sie am Schluss in die Arme schließen würde und sie zärtlich pflegen würde, bis sie sich erholt hatte. Ashs Aufgabe bestand lediglich darin, sie aus diesem fürstlichen Gefängnis zu schaffen, und nichts anderes hatte er zu tun vor – mit oder ohne ihre Hilfe.

Das Bankett fand in einem Raum im oberen Stockwerk eines der quadratischen Türme statt, die an den Ecken des Palastes standen. Statt auf Stühlen an einem Tisch zu sitzen, lehnten der Sultan und seine etwa Dutzend Gäste auf weichen Seidenpolstern und mit Quasten verzierten Kissen in den lebhaften Farben Smaragdgrün, Saphir und Zinnoberrot. Niedrige Bänke, voll beladen mit allen möglichen Gerichten, waren im Rechteck vor ihnen so aufgestellt worden, dass in der freien Mitte noch ausreichend Platz für die Tänzerinnen blieb.

Breite Fenster säumten jede Wand des geräumigen Zimmers. Ihre Holzläden waren weit geöffnet, um die milde Abendbrise hineinzulassen, deren jasmingeschwängerter Duft sich mit den Aromen der Speisen auf den Tellern und Schüsseln mischte, die ein nicht abreißen wollender Strom von Dienern brachte.

Wie er es versprochen hatte, gab sich Farouk große Mühe, den Gaumen seiner Gäste mit all den exotischen Köstlichkeiten zu verwöhnen, die ihm zur Verfügung standen. Die Teller waren mit prallen Weintrauben, frischen Feigen und getrockneten und mit Zucker überzogenen Datteln voll bestückt. Tönerne Schalen randvoll mit gebratenem Lamm und Hammel in einem See aus goldfarbenem Olivenöl standen neben Hügeln aus Couscous, der mit Kurkuma und Kreuzkümmel stark gewürzt war, sowie dampfenden *Khobz*-Laiben, einem flachen, runden Brot, das die Marokkaner anstelle von Löffel oder Gabel verwendeten.

Von all den angebotenen Köstlichkeiten war keine exotischer oder verlockender als die dunkeläugigen Schönheiten, die sich zu der Flötenmusik und dem dumpfen

Klang der Trommeln wiegten und umherwirbelten. Ash hob geistesabwesend seinen Kelch an die Lippen, während er den geschmeidigen Hüftschwung einer Tänzerin betrachtete, gegen seinen Willen war er von der anzüglichen Bewegung wie hypnotisiert.

Der Rock der Tänzerin – wenn man den zarten Stoff so bezeichnen wollte – hing ganz knapp auf ihren wohlgeformten Hüften, er erweckte den Eindruck, dass eine Bewegung ausreichen würde, um ihn zu Boden gleiten zu lassen. Ein Schlitz weit oben in dem Kleidungsstück entblößte jedes Mal, wenn sie sich drehte, ein langes schlankes Bein. Eine dünne Rubinkette lag um ihre schmale Taille, passend zu dem größeren Edelstein, der ihren Nabel schmückte.

Das enge Oberteil bedeckte wenig mehr als ihren üppigen Busen. Und selbst dem wurde erlaubt, sich auffordernd darunter abzuzeichnen, als ersehnte er die flüchtige Berührung einer Männerhand, um ihn aus dem Stoff zu befreien. Ash nahm einen weiteren Schluck Wein und überlegte belustigt, dass die meisten Engländer im Verlauf ihrer ganzen Ehe nicht so viel nackte Haut zu sehen bekamen.

Sie tanzte näher zu ihm heran und begab sich absichtlich in Reichweite seiner Arme. Ihre Nase und ihr Mund waren zwar verhüllt, aber die Einladung in ihren sinnlichen schwarzen Augen war so unmissverständlich wie das rhythmische Zucken ihrer Hüften.

Ihre Kühnheit erinnerte ihn vor allem daran, dass er in eine Welt geraten war, in der Männer noch mehr Privilegien besaßen als in der Welt, die er vor all den Jahren zurückgelassen hatte. Hier war das Wort eines Mannes buchstäblich Gesetz, und Frauen wurden als hübsches Spielzeug angesehen, das benutzt und wieder beiseitegelegt wurde, wenn die Aufmerksamkeit des Mannes sich verlockenderen Vergnügungen zuwandte.

Unseligerweise erschien dieses für ihn verlockendere Vergnügen auf der Schwelle, gerade als die Tänzerin ihm mit einer Hand durchs Haar fuhr und sich vorbeugte, um ihre Lippen hinter dem Schleier ganz dicht vor seine zu bringen.

Die Flöte verweilte auf einem schrillen Ton. Der Trommelschlag steigerte sich zu einem dröhnenden Höhepunkt und erlaubte es Clarindas süßer Stimme, wie ein heller Glockenton durch das Zimmer zu klingen. »Captain Burke, wie schön, dass Sie die großzügige Gastfreundschaft des Sultans in vollen Zügen auskosten.«

Kapitel sechs

Clarinda stand auf der Schwelle des Turmzimmers, sie wirkte weit weniger wie eine Gefangene als vielmehr wie eine hochmütige junge Königin, die über das Herz eines jeden Mannes im Zimmer herrschte, wenn nicht sogar über das Königreich. Sie trug ein eng anliegendes Oberteil, das mit glitzernden Perlen verziert war, und wehende Röcke in lebhaften Smaragd- und Saphirtönen. Ihre Kleidung war wesentlich züchtiger als die Seidenfetzen, die die Tänzerinnen anhatten, aber die schimmernden Hüllen verstärkten die geheimnisvolle Aura, die sie umgab.

Ihr Haar hing ihr lose auf die Schultern, und der einzige Schmuck darin war ein dünnes Goldband auf ihrer Stirn. Ein tränenförmiger Smaragd, der einen Hauch dunkler als ihre Augen strahlte, hing von einer Goldkette, die so dick war wie ihr kleiner Finger. Ihre Haut schien zu glühen, als sei sie mit dem einen Zweck, sie zum Strahlen zu bringen, von zahllosen Händen massiert worden. Ash fand es nur zu leicht, sich vorzustellen, wie seine eigenen Hände über ihre seidige Haut strichen und Myrrhe- oder Sandelholzöl in jede verlockende Pore rieben.

Er verlagerte sein Gewicht, dankbar, dass Farouk so nett gewesen war, ihn und Luca für den Abend mit ortsüblicher Kleidung auszustatten. Hätte er die hautenge Reithose getragen, in der er angekommen war, wäre es unmöglich gewesen, die Tatsache zu verbergen, dass Clarinda ihn immer noch auf eine Weise erregen konnte, wie es die anonymen Tänzerinnen nicht vermochten.

Die Tänzerin, die kurz davor gestanden hatte, sich ihm geradewegs auf den Schoß zu tanzen, bemerkte, dass seine Aufmerksamkeit nicht mehr ihr galt, und richtete sich auf, sie verriet mit jeder Geste ihr Missfallen. Als sie sich von ihm entfernte, musste Ash das Schmollen unter ihrem Schleier nicht sehen, um zu wissen, dass es dort war.

Es schien, als habe er die Gunst von mehr als einer Frau im Raum verloren. Trotz der Süße von Clarindas Lächeln, war in ihren Augen ein mörderisches Glitzern, das Ash nur zu gut wiedererkannte. »Ich hoffe, die Herren verzeihen mir. Es war nicht meine Absicht, die Festlichkeiten zu stören, noch bevor sie«, sie ließ ihre Wimpern auf und nieder flattern, »ihren Höhepunkt erreicht haben.«

Farouk klopfte auf das quastenverzierte Kissen neben sich, und sein bewunderndes Grinsen bewies, dass er ihr liebend gern jeden Wunsch erfüllen würde – ihr Ashs Haupt auf einem silbernen Tablett zu präsentieren eingeschlossen, sollte sie darum bitten. »Es besteht keine Notwendigkeit für Entschuldigungen von so reizenden Lippen wie deinen, meine Kleine. Nicht solange mein Herz allein deine strahlende Schönheit feiern will.«

Es kostete Ash einige Mühe, nicht die Augen zu verdrehen. Die Zunge dieses Teufels konnte zweifelsohne schmeicheln.

Farouk klatschte kurz in die Hände, um sowohl die Musiker als auch die Tänzerinnen zu entlassen. Sie gingen aus dem Raum und ließen Luca enttäuscht zurück, sodass er Trost in einem weiteren Glas Wein suchte.

Während Clarinda zu Farouk ging, wäre Ash aus alter Gewohnheit fast aufgestanden, bis ihm gerade noch einfiel, dass derartige Höflichkeiten den Frauen hier nicht erwiesen wurden. Er war gezwungen, sich mit einem müden Nicken zu begnügen, das sie nicht erwiderte.

Sie sank auf das Kissen neben Farouk und zog ihre wohlgeformten Beine unter sich wie eine gelenkige kleine Katze. Erst da fiel Ash das dicke Perlenband auf, das ihren schlanken Knöchel umschloss. Ein weiteres kostbares Geschenk des Sultans, keine Frage, aber eines, das eindeutig die Besitzverhältnisse klärte. Farouk hätte ihr genauso gut ein Halsband umlegen lassen und es mit einer Eisenkette an seinem Gürtel befestigen können.

Ash stieß sein Messer mit dem Elfenbeingriff in eine Scheibe mit Honig besprenkelter Birne und hob sie an die Lippen. Er musste sich immer noch anstrengen, nicht daran zu denken, dass Clarinda gezwungen war, das Bett des Sultans zu teilen. Wenn er das täte, fürchtete er, er könne sich über die Schüssel Rosinen in dampfender Sahne hinweg auf seinen Gastgeber stürzen und ihm das Messer in den Hals rammen.

»Nun, Burke«, sagte der Sultan und nahm sich mit einer Hand eine reife Feige, während er mit der anderen geistesabwesend Clarindas Nacken streichelte, »du bist weit gereist, um bis zu uns zu kommen. Vielleicht ist jetzt die rechte Zeit, uns zu sagen, was dich in unser herrliches Land führt.«

Ehe Ash antworten konnte, schnappte sich Clarinda eine dicke Traube, steckte sie sich zwischen die Lippen und erklärte mit übermütig funkelnden Augen: »Sie sollten Ihre Schätze besser gut hüten, Majestät. Nach allem, was ich gehört habe, ist Captain Burke ein berühmt-berüchtigter Dieb.«

Ash schaute sie aus zusammengekniffenen Augen an, er fragte sich, was sie damit bezweckte, wenn sie solchen Verdacht auf ihn lenkte. Dann erkannte er, dass Farouk vermutlich nicht auf die Idee kommen würde, dass sie in Wahrheit Clarinda auf der Spur waren, wenn er glaubte, sie seien auf der Suche nach Gold und Silber.

Kluges Mädchen.

»Ich will nicht abstreiten, dass mein Steckenpferd Antiquitäten sind«, gestand er.

»Anderer Leute Antiquitäten, um genau zu sein«, fügte Clarinda hinzu, was ihn zu der Frage brachte, ob sie ihm wirklich helfen wollte oder es eher darauf anlegte, dass er von Farouks Wachen aus dem Zimmer gezerrt und in den Kerker geworfen wurde.

»In der Vergangenheit bin ich einige Male damit beauftragt worden, wertvolle Gegenstände … zu *beschaffen*«, sagte Ash. »Aber ich habe sie eigentlich nicht wirklich gestohlen, sondern eher ihren rechtmäßigen Besitzern zurückgegeben.«

Farouk stützte sich mit einem Ellbogen auf sein Knie und beugte sich vor, er wirkte ehrlich interessiert. »Was für Gegenstände sind das, über die wir hier reden?«

Ash zuckte die Achseln. »Kunstgegenstände. Uralte Götterbilder. Seltene Edelsteine. Als ich hörte, hier gäbe es viele solcher Schätze, fand ich, es sei nicht verkehrt, die Möglichkeiten vor Ort genauer zu erforschen.«

»Es ist meine Erfahrung«, sagte Farouk, »dass ein Schatz nur das wert ist, was ein Mann dafür zu zahlen bereit ist.«

»Genau«, pflichtete Ash ihm bei. »Was der Grund ist, weshalb ich meine Unternehmungen immer sorgfältig plane. Wenn man zu gierig wird, dann übersteigen am Ende die Kosten den Gewinn, den man zu erzielen hofft.« Wider besseres Wissen gestattete er es sich, seinen Blick kurz zu Clarinda schweifen zu lassen. »Nur selten stolpert man über einen Schatz, der so kostbar ist, dass sein Preis unermesslich ist.«

»Wenn ein Mann so unvorsichtig ist, einen solchen Schatz zu verlieren, dann hat er ihn vielleicht überhaupt nicht verdient«, bemerkte Farouk.

Während Ash zusehen musste, wie die bronzefarbenen Finger des Mannes über Clarindas zartes Schlüsselbein strichen, zwang er sich, seine Finger von dem Messerheft zu lösen und das Utensil zur Seite zu legen. »Ich fürchte, da hast du recht.«

Mit einem neckenden Blick zu Ash duckte sich Clarinda unter dem Vorwand, sich eine Schüssel Datteln zu nehmen, unter Farouks Hand weg. »Wenn Captain Burke den schwer fassbaren Schatz, den er sucht, erst noch finden muss, Ihre Majestät, dann würde ich an Ihrer Stelle auf jeden Fall meine Schatzkisten unter Schloss und Riegel lassen.«

»Ohne Burke und seine Unerschrockenheit wäre ich heute Abend nicht hier«, erklärte Farouk und breitete seine Hände mit einer großmütigen Handbewegung aus. »Wenn er etwas begehrt, das mir gehört, muss er nur fragen, und es ist sein!«

Ash wagte nicht, Clarinda anzusehen aus Angst, seinen sehnlichsten Wunsch zu verraten, stattdessen nahm er seinen Kelch. »Alles, was ich für heute Nacht begehre, ist edler Wein, gutes Essen und angenehme Gesellschaft.«

»Ich auch«, pflichtete Luca ihm bei und hob seinen Kelch, damit ein Diener ihn füllen konnte.

Sichtlich erfreut von Ashs Antwort stieß Farouk mit Clarinda an, bevor er einen großen Schluck von dem unvergorenen Traubensaft nahm.

Farouks Onkel Tarik warf Ash weiterhin finstere Blicke zu, und seine missbilligend gerunzelte Stirn erinnerte an eine Gewitterwolke. »Wie lange genau haben Sie und Ihr Begleiter eigentlich vor, die Großzügigkeit meines Neffen auszunutzen, Captain Burke?«

»Vermutlich nicht mehr als ein paar Tage«, antwortete Ash in genau demselben Moment, in dem Luca erklärte: »Ach, wenigstens zwei Wochen, vielleicht auch länger.«

»Captain Burke ist nicht dafür bekannt, lange an einem Ort zu verweilen«, bemerkte Clarinda. »Er hat die rastlosen Füße eines Vagabunden, die Seele eines Wanderers und das Herz …« Sie zögerte und rümpfte die zierliche Nase. »Nun, den Skandalblättchen nach zu schließen, bin ich nicht sicher, ob er überhaupt ein Herz besitzt.«

Ash stützte sich auf einen Ellbogen und musterte sie kühn. »Jetzt, da wir in Erfahrung gebracht haben, was mich und meinen Freund nach El Jadida geführt hat, Miss Cardew, würde ich liebend gern erfahren, wie genau es dazu kam, dass Sie hier im Palast des Sultans als sein«, Ashs Zunge spielte mit dem Wort und verlieh ihm eine Anzüglichkeit, die es nicht verdiente, »Ehrengast weilen.«

Farouk legte Clarinda seine Hand schützend auf die Schulter. »Wenn es dich zu sehr aufregt, musst du nicht darüber sprechen, meine Liebe.«

Bei dieser Zurschaustellung zärtlicher Sorge des Sultans bereute Ash sogleich seine Grobheit. Er hätte sich von Clarinda nicht dazu verleiten lassen sollen, etwas Unüberlegtes zu sagen oder zu tun. Es interessierte ihn zwar brennend, was sie seit ihrer Entführung durchgemacht hatte, aber nicht um den Preis ihres Stolzes.

Obwohl ihr Blick mehrere Grade kühler geworden war, winkte sie Farouks Sorge beiseite. »Man kann Captain Burke keinen Vorwurf aus seiner Neugier machen. Ich bin sicher, das Letzte, was er hier zu finden erwartete, waren zwei anständige englische Damen, die die Gastfreundschaft eines mächtigen Sultans genießen.« Sie hob spöttisch eine Braue und schaute Ash an. Sie wussten beide, dass er ganz sicher gewesen war, genau das hier zu finden.

»Es hat ganz den Anschein, als ob die Gastfreundschaft meines Neffen bei Engländern derzeit hoch im Kurs steht«, warf Tarik ein. »Ich nehme an, wenn König William mit seiner gesamten Armee im Schlepptau käme, würdest du die Tore weit aufreißen und ihn einladen, deine Schätze zu plündern und deine Frauen zu schänden.«

»He! Ich hatte nicht vor, das Mädchen zu schänden«, widersprach Luca. »Ich bin sogar ziemlich sicher, dass sie kurz davor stand, mich zu schänden.«

»Es reicht«, wies Farouk seinen Onkel scharf zurecht. »Wir sind keine Barbaren, und ich dulde kein ungebührliches Verhalten meinen Gästen gegenüber.«

Tarik sprang mit rot angelaufenem Gesicht auf. »Wenn dein Vater noch am Leben wäre, würdest du dafür ausgepeitscht, dass du es wagst, so respektlos mit mir zu reden.«

Als habe er nur auf solch eine Gelegenheit gewartet, stürmte der Mann mit wehenden Gewändern und seinem hakennasigen Freund auf den Fersen aus dem Raum. Die anderen Gäste verfolgten seinen dramatischen Abgang mit mildem Interesse, ehe sie sich achselzuckend wieder ihren Speisen und ihren Gesprächen zuwandten. Offenbar waren solche Ausbrüche von Tarik nicht ungewöhnlich.

Farouk schüttelte den Kopf und seufzte. »Kümmer dich nicht um meinen Onkel. Seine Füße stecken noch im Sand der Vergangenheit fest, statt sich der Zukunft zuzuwenden.« Er drehte sich wieder zu Clarinda um, als habe der hässliche Zwischenfall nie stattgefunden. »Sprich weiter, meine Teure.«

Clarinda räusperte sich umständlich, dann begann sie: »Nun … Miss Montmorency und ich waren auf der Reise nach Indien, um an der Hochzeit einer … einer lieben Freundin teilzunehmen, als unser Schiff von Korsaren angegriffen wurde. Viele Mitglieder der Schiffsbesatzung verloren bei dem Kampf ihr Leben, aber wir wurden gefangen genommen. Danach mussten wir mehrere Tage im Bauch des Piratenschiffes ausharren, während es Kurs auf die Küste nahm. Man hat uns von Anfang an gesagt, dass es beabsichtigt sei, uns auf dem Sklavenmarkt in Algier an den Meistbietenden zu verkaufen. Unsere Zofen und die Gattin des Kapitäns hatten leider nicht so viel Glück.«

Seltsamerweise verriet ausgerechnet das vollständige Fehlen von Ausdruck in ihrer Stimme, was für ein furchtbares Schicksal diese armen Frauen ereilt haben musste. Ein Schicksal, das sie geteilt hätte, wenn die Habgier der Piraten nicht größer gewesen wäre als ihre Wollust. Luca sah nahezu so entsetzt aus, wie Ash sich fühlte.

»Sobald wir in Algier angekommen waren«, fuhr sie fort, »zerrten sie uns in Ketten zum Sklavenmarkt in der Altstadt. Sie zogen uns die Kleider vom Leib, sodass wir nur noch in Unterwäsche dort standen.«

Obwohl seine Miene so ausdruckslos blieb wie ihre, war Ashs Brust vor Bestürzung und Wut so eng geworden, dass er kaum noch Luft bekam. Schon als kleines Mädchen hatte Clarinda einen nicht zu brechenden Stolz. Er konnte sie sich kaum in Ketten vorstellen und noch viel weniger nackt auf einem Sklavenmarkt. Die Erniedrigung, die sie in den Händen ihrer Peiniger erfahren haben musste, während sie ihr die Kleider fortrissen und sie den lasziven Blicken Dutzender lüsterner Männer aussetzten, musste entsetzlich gewesen sein.

Und er saß hier Wein trinkend, als befände er sich in einer luxuriösen Loge im Theatre Royal und verfolgte eine Aufführung. Er nötigte sie quasi, die Erniedrigung dieses Augenblicks noch einmal zu erleben. *Was für ein Mistkerl ich bin*, dachte er.

»Bitte, Miss Cardew …«, begann er brummig und hob eine Hand in der Hoffnung, sie am Weitersprechen zu hindern. »Der Sultan hat recht. Es besteht keine Notwendigkeit für Sie, meinetwegen oder wegen eines anderen solch schmerzhafte Erinnerungen heraufzubeschwören.«

Aber Clarinda hatte noch nie eine Herausforderung gescheut, und er konnte an ihren Augen ablesen, dass sie fest entschlossen war, zu Ende zu bringen, was er begonnen hatte.

Sie hatte gelitten. Jetzt war er an der Reihe.

Als sie weitersprach, sah er albtraumhaft in seinem

Kopf, wie sich jeder elende Augenblick ihres Martyriums entfaltete. »Der Sklavenhändler hat mich auf den ersten Auktionsblock geschubst. Als die Männer zu rufen begannen, sie wollten mehr von seiner *Ware* sehen, befahl er mir, mein Unterhemd auszuziehen – was zu dem Zeitpunkt praktisch kaum mehr als ein Fetzen war – und vor allen splitterfasernackt zu stehen. Ich habe gehört, wie er mehreren der reicher aussehenden Männer versprochen hat, sie könnten auf den Block kommen und mich gründlicher betrachten, nachdem ich mich ganz ausgezogen hatte. Als ich mich weigerte, hob er die Peitsche, um mich zu schlagen. In dem Moment trat Farouk aus der Menge. Er riss dem Sklavenhändler die Peitsche aus der Hand und benutzte sie gegen ihn. Während der Mann zu seinen Füßen kauerte, hob Farouk mich vom Block und wickelte mich in seinen Umhang.«

Ash schloss kurz die Augen, er wünschte sich verzweifelt, dass es seine Hand gewesen wäre, die dem Sklavenhändler die Haut vom Leib gepeitscht hätte, und seine Arme, die die zitternde Clarinda trösteten. Er hätte sie von dort fortgetragen und zärtlich jede Träne von ihren Wangen geküsst, jeden blauen Fleck und jede Abschürfung von den Ketten auf ihrer zarten Haut.

Als er die Augen wieder öffnete, sah er Farouk mit aufrichtiger, wenn auch widerstrebender Dankbarkeit an. »Wie überaus glücklich für Miss Cardew, dass du an jenem Tag dort warst, um einzuschreiten.«

Farouk legte sich eine Hand aufs Herz. »Ich ziehe es vor zu glauben, dass es Allahs gütiger Wille war – und natürlich mein persönliches Glück.«

»Farouk hat an Ort und Stelle darauf bestanden, mich

zu kaufen«, sagte Clarinda. »Der Sklavenhändler versuchte, ihn davon zu überzeugen, dass er sich zuerst die Zeit nimmt, meine Haare und meine Zähne sowie all meine anderen … *Vorzüge* zu untersuchen, aber Farouk hat darauf bestanden, dass er alles gesehen habe, was er sehen müsse.«

»Selbst mit ihrem Haar, das in schmutzigen Strähnen um ihr Gesicht hing, und ihren Kleidern, die in Fetzen gerissen waren, war nicht zu übersehen, dass sie von höchster Güte ist.« Farouk streichelte Clarinda zärtlich über den Kopf. »Du hättest sehen sollen, wie sie sich diesem Hundesohn von Sklavenhändler widersetzt hat. Einfach großartig.«

Ash verfolgte, wie Farouk mit seinen Fingern durch Clarindas weizenblondes seidiges Haar fuhr, so wie es sich seine eigenen Finger zu tun sehnten, und konnte darauf nichts erwidern.

»Erst wollte er nur mich kaufen«, erklärte sie. »Aber nachdem ich ihn inständig darum gebeten hatte, hat er sich einverstanden erklärt, auch Poppy zu erstehen.«

»Eine Entscheidung, die zu bereuen ich schon viele Anlässe hatte«, räumte Farouk ein, was ihm einen spielerischen Klaps von Clarinda eintrug.

Sie wurde wieder ernst, als sie auf Ash anblickte. »Wie Sie sehen können, Captain Burke, schulde ich dem Sultan mehr als nur Dankbarkeit. Ich schulde ihm mein Leben.«

Ash war sich sicher, dass er der Einzige im Raum war, der die Verzweiflung in ihrem Blick erkennen konnte. Bis zu diesem Augenblick hatte er versucht zu vergessen, wie viel Zeit sie früher damit verbracht hatten, mittels wortloser Blicke miteinander zu kommunizieren.

Das hier war eine Komplikation, die er nicht vorhergesehen hatte. Sie aus den Armen eines rücksichtslosen und räuberischen Despoten zu reißen, war eine Herausforderung gewesen. Sie einem anständigen Mann zu stehlen, der echte Gefühle für sie hegte, mochte sich als schwieriger erweisen und nach einem wesentlich raffinierteren Plan verlangen. Es war nur gut, dass sein Bruder sich für diesen Auftrag nicht nur die Dienste seiner Muskeln, sondern auch seines Verstandes gesichert hatte.

»Zerbrich dir nicht deinen hübschen kleinen Kopf, meine Gazelle«, versicherte Farouk ihr. »Ich werde dir mehr als genug Gelegenheit geben, die Schuld zurückzuzahlen, sobald deine Ausbildung abgeschlossen ist.«

»Ausbildung?«, wiederholte Ash und verspürte eine ungute Vorahnung in Form eines Prickelns auf seinem Rücken. »Was für eine Ausbildung?«

Clarinda neigte den Kopf, sodass ihr Gesicht zur Hälfte hinter dem seidigen Vorhang ihres Haares verborgen war.

Farouk lächelte wie ein stolzer Vater. »Meine Clarinda ist die letzten Monate im Harem von ein paar der Frauen, die früher einmal meinem Vater gedient haben, unterwiesen worden.«

»Unterwiesen?« Das ungute Gefühl in Ash wuchs, während er zu Luca schaute, der an Farouks Lippen hing, als sei es das Letzte, was er je hören würde. »In welcher Kunst, wenn ich fragen darf?«

Ehe Farouk antworten konnte, hob Clarinda ihren Kopf und schaute Ash geradewegs in die Augen, sie erklärte kühl: »Lust, Captain Burke. Wie man sie bereitet … und im Gegenzug empfängt.«

Kapitel sieben

Einfach nur zuzusehen, wie Clarindas volle Lippen das Wort »Lust« formten, übte eine eigenartige machtvolle Wirkung auf Ash aus, der sich kaum zu blinzeln traute. Sein Blick hing an diesen Lippen, während schockierend detailgetreue Bilder, wie sie ihm damit Lust bereiten könnte, ihm durch den Sinn schossen. Binnen Sekunden war die Temperatur im Zimmer von milder Wärme zu drückender Schwüle angestiegen. Aus dem Augenwinkel sah Ash Luca mit weit aufgerissenen Augen nach einer Seidenserviette greifen, um sich die schweißfeuchte Stirn zu betupfen.

Während er sich größte Mühe gab, seine Fassung zu bewahren, musste Ash sich räuspern, bevor er sprechen konnte. »Ist das ein Brauch hier bei deinem Volk?«, erkundigte er sich und erkaufte sich etwas Zeit, indem er seinen Blick auf Farouk richtete. »Erhalten alle deine weiblichen Gäste solch … interessante Unterweisung?«

Farouk brach in Gelächter aus. »Es ist schon so lange her, dass wir gemeinsam in Eton waren. Ich hatte ganz vergessen, wie prüde ihr Engländer seid.«

»Nach allem, was ich in den Zeitungen gelesen habe«, sagte Clarinda, »sollte es nicht leicht sein, Captain Burke zu schockieren. Während seiner Reisen durch Afrika hat er eingehende Studien der Bräuche der Eingeborenen gemacht«, sie zögerte einen genau bemessenen Moment, und als sie weitersprach, wirkten ihre Augen noch grüner als sonst, »sowohl der Alltagssitten als auch der Bräuche rund um die Fortpflanzung.«

»Ich habe ihm dabei geholfen, wissen Sie«, warf Luca ein. »Ich war der Ansicht, das sei meine Christenpflicht als sein engster Freund.«

Ash sandte Luca einen Blick, der ihn warnte, es sei auch seine Pflicht, seine Zunge zu hüten, wollte er nicht riskieren, von einer Gabel durchbohrt zu werden.

Farouk beugte sich vor, er genoss das Thema sichtlich. »Das hier ist nicht England. Hier scheuen wir uns nicht, offen über das zu reden, was zwischen Mann und Frau geschieht, wir nehmen es als eines von Allahs größten Geschenken an. Wir fühlen uns frei, über Sachen zu sprechen, bei denen selbst der abgebrühteste Wüstling in Europa einen Anfall bekäme.«

»Captain Burke sieht momentan ein wenig blass aus, nicht wahr?«, bemerkte Clarinda und blinzelte unschuldig, während sie ihren Kopf neigte, um ihn zu mustern.

Farouk bedeckte ihre Hand mit seiner. »Im Gegensatz zu dem, was ihr Europäer von uns glaubt, sind wir keine Barbaren. Es bereitet uns keine Freude, Frauen unserem Willen zu unterwerfen. Es war sogar Clarindas Idee, dass sie in der Liebeskunst unterwiesen wird. Als sie hier vor drei Monaten eintraf, brachte sie den Wunsch vor, alles darüber zu lernen, wie eine Frau einen Mann glücklich machen kann.«

»Vielleicht solltest du ihr mehr Zeit gewähren«, erwiderte Ash aalglatt. »Immerhin geht es darum, sich zu unterwerfen, was ihrem Wesen vollkommen zuwider ist.«

Clarindas spöttische Miene verhärtete sich zu einem finsteren Starren. Die Finger ihrer freien Hand schlossen sich krampfhaft um den Stiel ihres Kelches, sodass Ash sich unwillkürlich fragte, ob ihm der Inhalt wohl ins Gesicht geschleudert werden würde.

Farouk hob Clarindas Handrücken an seine Lippen, er hauchte einen zärtlichen Kuss darauf. »Sie sagt, sie wolle mich auf keinen Fall enttäuschen, wenn sie das erste Mal in mein Bett kommt.«

Ash wandte seinen Blick von Clarindas Hand ab, die von den Lippen des Sultans liebkost wurde, und sah ihr direkt in die Augen, seine Erleichterung konnte er nur mit Mühe verbergen. Er war doch nicht zu spät gekommen. Clarinda hatte mit dem Sultan noch nicht das Bett geteilt. Er benötigte einen Moment, um sich wieder daran zu erinnern, dass nicht er, sondern sein Bruder sich darüber freuen konnte – und natürlich Clarinda.

»Wie überaus großherzig von ihr«, murmelte er.

»Ich bin kein geduldiger Mann«, sagte Farouk. »Und ich bin sicher, du kannst dir gut vorstellen, dass ich nicht darauf warten wollte, die Genüsse, die ihr Anblick verspricht, zu kosten. Welcher Mann, der noch ganz bei Sinnen ist, würde das? Aber wie sollte ich ihr die Vorbereitung verweigern, wenn sie mir freiwillig und sogar voller Eifer anbot, mir ihre Unschuld zu schenken?«

Ash versteifte sich, ihm stockte der Atem. Plötzlich war es Clarinda, die ihm nicht in die Augen sehen konnte. Clarinda, die etwas so unglaublich Faszinierendes auf dem Grund ihres Weinkelches entdeckte, dass sie ihren Blick gar nicht davon losreißen zu können schien. Der oberflächliche Beobachter hätte die Röte in ihren Wangen mit einem Zeichen von Bescheidenheit verwechseln können.

Während Ash ihr nach unten gewandtes Gesicht und ihre wohlgeformten Wangen betrachtete, sagte er leise: »Ich kann verstehen, dass ein Mann dafür jedes Opfer zu bringen bereit ist.«

Ihr Blick flog nach oben und traf seinen; unterdessen nickte Farouk zustimmend. »Ihre Lehrmeisterinnen haben mir versichert, dass sie eine fähige und lernwillige Schülerin ist, bald schon wird sie bereit sein, meine Aufmerksamkeiten zu empfangen und meine Frau zu werden.«

Ash war noch dabei, diesen neuen Schlag zu verkraften, als Luca sich zu Wort meldete. »Sie meinen eine Ihrer Frauen, nicht wahr? Es ist doch Sitte bei Ihnen, mehr als eine Frau zu haben und zusätzlich noch Konkubinen, oder?«

»Das stimmt, aber Clarinda weiß, sie wird immer die Erste für mich sein, sowohl in meinem Harem, als auch in meinem Herzen.«

Für wie lange, fragte Ash sich zynisch, während Farouk Clarinda anbetend anschaute. Bis Farouk eine andere junge Schönheit von einem Sklavenmarkt rettete? »Und wann soll dieses bedeutsame Ereignis stattfinden?«

»In weniger als zwei Wochen«, antwortete Farouk. »Es war Clarindas Idee, dass wir unsere Hochzeit aufschieben, bis sie ihren einundzwanzigsten Geburtstag gefeiert hat.«

Ash geriet sein Schluck Wein geradewegs in die Luftröhre. Als er einen Hustenanfall bekam, sprang einer der

Diener vor und klopfte ihm auf den Rücken. In Clarindas Augen flackerte eine Warnung, dann kniff sie sie zu smaragdgrünen Schlitzen zusammen. Ash winkte den Diener fort, er hoffte, Farouk würde die Tränen in seinen Augen dem Verschlucken zuschreiben, nicht der Belustigung.

»Vielleicht könnt ihr, du und Mr. D'Arcangelo, eure Abreise bis nach der Hochzeit aufschieben?«, schlug Farouk ganz ernst vor. »Es wäre mir und meiner Braut eine große Ehre, wenn ihr unserer Feier beiwohnt.«

Ash hob seinen Kelch zu einem spontanen Toast. Seine Worte waren vielleicht an Farouk gerichtet, aber sein Blick galt allein Clarinda. »Sie ehren Ihre unwürdigen Gäste weit mehr, als wir es verdienen, Majestät. Ich möchte die Feier um nichts in der Welt versäumen.«

Kapitel acht

Farouk schlüpfte kurz nach Sonnenaufgang in die Gärten in seinem Palast in der Hoffnung, den wachsamen Augen seiner Leibwächter zu entkommen. Sie neigten dazu, ihm auf Schritt und Tritt zu folgen. Nach dem Überfall von gestern Morgen blieb ihm wohl nichts anderes übrig, als sich dem Rat seines Onkels zu fügen und auf seinen geliebten Morgenritt zu verzichten. Wenn er auf dem Rücken seines Pferdes über den Wüstenboden preschte, der Sand ihm in den Augen brannte und der heiße Wind ihm an den Haaren zerrte, dann konnte er so tun, als sei er ein freier Mann, ein Mann, der nicht an jahrhundertelanges Blutvergießen und Traditionen gefesselt war.

In letzter Zeit wurden die Augenblicke der Freiheit immer seltener und kostbarer. Wenn die Frauen in seinem Harem nicht seine Aufmerksamkeit erforderten, dann bearbeitete Tarik ihn, dass er mehr Geld dafür ausgeben sollte, die Palastmauern weiter zu befestigen und die bereits beachtlichen Verteidigungsanlagen zu erweitern. Oder seinen Herrschaftsanspruch unter Beweis zu stellen, indem er einem rivalisierenden Sultan oder Stamm den Krieg erklärte. Sein Onkel hatte immer schon Frieden mit Feigheit gleichgesetzt und war der Überzeugung, jeder Krieger sollte mit einem Schwert in der Hand und Kriegsgeschrei auf den Lippen von dieser Welt abtreten.

Die größte Schande für seinen Onkel war der Umstand, dass sein eigener Bruder, Farouks Vater, tot bei einem Festmahl zusammengebrochen war, das zur Feier des Waffenstillstandspaktes zwischen ihm und einem von El Jadidas ältesten Feinden stattfand. Er hatte zudem noch nicht einmal den Anstand besessen, wenigstens einem Giftanschlag zum Opfer zu fallen. In seinem Volk hieß es, dass Farouks Vater das Herz eines Löwen besäße, aber am Ende hatte ihn dieses starke Herz im Stich gelassen. Sein unerwarteter Tod hatte dazu geführt, dass Farouk nach Marokko zurückgerufen worden war, um die schwere Bürde der Sultanswürde zu übernehmen, nachdem er nur ein Jahr in Cambridge gewesen war.

Manchmal fühlte sich Farouk so sehr als Gefangener wie die Sklaven, die seiner Familie seit Generationen dienten. Er war dankbar für die Ablenkung, die Captain Burkes Ankunft ihm bot, und konnte nur hoffen und beten, dass seine Hochzeit mit Clarinda und die Nacht mit ihr die grässliche Rastlosigkeit zu lindern vermochten, die jeden seiner Schritte dieser Tage zu plagen schien.

Er folgte dem gewundenen Steinweg, der zu seinem liebsten Zufluchtsort führte.

Der kleine Garten lag auf einer niedrigen Anhöhe, deren Rand in Form einer steilen Klippe eine Mauer an dieser Stelle überflüssig machte, sodass man von hier einen ungehinderten Blick auf die Küste hatte. An windigen Tagen wie heute trug die steife Brise den schwefeligen Geruch des Meeres hierher und erlaubte es ihm, von fremden Gestaden zu träumen, anderen Leben, die er hätte leben können.

Plötzlich hielt Farouk enttäuscht am Eingang zu dem

Garten inne. Es schien, er hätte an diesem schönen Morgen noch früher aufstehen sollen. Jemand hatte sein Refugium bereits mit Beschlag belegt. In Augenblicken wie diesen fürchtete er, er sei doch mit dem Temperament seines Onkels verflucht, denn plötzlich wollte er vor Wut schreien und den Kopf des unseligen Eindringlings fordern.

Aber als er erkannte, wer es war, machte er auf dem Absatz kehrt und hoffte, es gelänge ihm, unentdeckt den Rückzug anzutreten, bevor sie ihn bemerkte.

»Oh Majestät, sind Sie das?«, rief sie. »Sie müssen doch nicht gehen! Warum kommen Sie nicht und setzen sich eine Weile zu mir?«

Farouk blieb jäh stehen und verzog angesichts der unverhohlenen Freude in ihrer Stimme das Gesicht. Er würde lieber einer Horde blutrünstiger Plünderer gegenübertreten, die seine Palastmauern mit Dolchen zwischen den Zähnen erklommen, als auch nur einen Moment in Miss Penelope Montmorencys Gesellschaft zu verweilen.

Er konnte nicht sagen, was ihn an Clarindas Freundin so störte. Da war etwas an der Art und Weise, wie sie ihn anschaute, ihre ernsten blauen Augen, die durch die dicken Linsen ihrer Brille vergrößert wurden.

Die Wünsche und Ansprüche von Frauen waren ihm beileibe nicht fremd. Aber er hatte von klein auf gelernt, dass man die meisten von ihnen durch hübsche Worte, mit denen man ihre Reize lobte, durch kostbare Juwelen, die zu der Farbe ihrer Augen passten, oder das Versprechen auf eine zusätzliche Nacht in seinem Bett beschwichtigen konnte. Das Problem mit Miss Montmorency war, dass er nie wusste, was genau sie von ihm wollte, was ihn mit einem Gefühl umfassender Hilflosigkeit zurückließ. Er hatte sich lange genug in seinem Leben hilflos gefühlt, wie beispielsweise als er der Gnade der Schläger in Eton ausgeliefert war.

Langsam drehte er sich zu ihr um, und sein übliches Lächeln ließ ihn dieses Mal im Stich. Alles, was er ihr bieten konnte, war ein knappes Nicken. »Miss Montmorency.«

Unbeeindruckt von dem Mangel an Enthusiasmus auf seiner Seite klopfte sie einladend auf den Platz neben sich auf der Steinbank. »Wollen Sie sich nicht zu mir setzen? Es ist ein so reizender Morgen! Ich genieße die früh noch so frische Luft, bevor die Tageshitze einsetzt. Ich habe diese Ecke des Gartens erst gestern entdeckt, und ich glaube fast, es wird rasch mein Lieblingsplatz werden.«

Wunderbar, dachte Farouk und runzelte die Stirn, während er beobachtete, wie eine leichte Windböe eine rotblonde Strähne aus dem lockigen Knoten auf ihrem Kopf löste. Obwohl sie in wenigstens ein Dutzend Lagen durchsichtiger Seide gekleidet war, sah sie immer noch wie eine kleine plumpe englische Rose aus, die unerwartet in der Wüste erblühte.

Er ließ sich steif auf der Steinbank nieder und brummte zustimmend. Die charmanten Belanglosigkeiten, die ihm gewöhnlich so mühelos über die Zunge kamen, schienen ihn zusammen mit seinem Lächeln verlassen zu haben.

Seine Unfähigkeit, einen Part des Gespräches zu übernehmen, schien Miss Montmorencys unerschütterlich gute Laune nicht zu dämpfen. Sie nahm den Weidenkorb, der zu ihren Füßen auf dem Boden stand und stellte ihn sich auf den Schoß. »Einer Ihrer Köche war so freundlich, mir diesen Korb zu packen, damit ich frühstücken kann, während ich aufs Meer schaue.« Sie zog ein Stück roten Stoff zurück, sodass die frisch gebackenen *Ktefa* darunter zum Vorschein kamen. Das traditionelle Gebäck war mit Zucker bestreut und mit warmem Honig beträufelt. »Möchten Sie auch etwas?«

Zu Farouks Verlegenheit knurrte sein Magen, bevor er antworten konnte. Er blickte auf die angebotene Speise, als handele es sich um ein Nest Schlangen, und er hielt den Atem an, damit ihn nicht der köstliche Duft, der ihm von den Küchlein verlockend in die Nase stieg, verführen konnte. Als er von Cambridge heimgekehrt war, hatte er fast ein Jahr ohne größere Unterbrechungen unter dem gestrengen Blick und der gnadenlosen Anleitung seines Onkels trainieren müssen, um die Fülle um seine Mitte loszuwerden und seinen Körper in steinharte Muskeln zu verwandeln.

Diese Leistung war ihm nur deswegen gelungen, weil er konsequent auf jedwede Schwelgerei verzichtet hatte. Obwohl nahezu jeden Abend ein Festmahl vor ihm ausgebreitet wurde, war er stolz darauf, sich nur die frischesten Früchte und die magersten Fleischstücke zu nehmen, um seinen Hunger zu stillen. Er befürchtete, wenn er sich nur einen Bissen von etwas Süßem gönnte, könnte er am Ende gar nicht mehr aufhören zu essen, bis er sich derart vollgestopft hatte, dass er wieder die dickliche Memme war, die seine Klassenkameraden in Eton so erbarmungslos verspottet hatten.

Wie sein Onkel ihn seit seiner Heimkehr nach Marokko Hunderte Male erinnert hatte, wäre ein solcher Mann nie würdig, den Titel Sultan zu tragen.

»Ich habe bereits gefrühstückt«, sagte er daher nur, obwohl die Handvoll Granatäpfel, Nüsse und Datteln, die er nach dem Aufstehen verzehrt hatte, nur Appetit auf Herzhafteres geweckt hatte.

»Wie Sie wollen«, erwiderte sie in dem Singsang einer schamlosen Verführerin, und in ihren vollen Wangen zeigten sich zwei reizende Grübchen, als sie neckend lächelte. »Aber ich wette, es wird Ihnen leidtun.«

Während er zuschaute, wie sie ihre Zähne in eines der luftigen Gebäckstücke grub, war das bereits der Fall. Sie aß mit der ungetrübten Freude einer Frau, die das Essen aufrichtig genoss und sich nicht scheute, das zu zeigen. Es veränderte die einfache Kost in ein Festmahl für die Sinne. Ihre rosa Zunge zuckte vor, um einen Tropfen cremige Sahne aus dem Mundwinkel zu lecken, und Farouk erkannte erschrocken, dass unter seinen weiten Kleidern in seinem Körper eine andere Sorte Hunger erwachte.

Er war es gewohnt, dass atemberaubend schöne Frauen ihn umwarben, verführten und ihm Lust bereiteten, Frauen, denen man erotische Tricks beigebracht hatte, die selbst die Verfasser des *Kama Sutra* nicht kannten. Es hatte ihn bisher nie sonderlich erregt, einer Frau nur auf den Mund zu sehen.

Zutiefst beunruhigt berührte er mit einer Hand seine Stirn. Vielleicht war der Hunger schuld, dass ihm schwindelig war. Das war eine wesentlich angenehmere Vorstellung als zuzugeben, dass all das Blut, das eigentlich durch seinen Kopf fließen sollte, sich jetzt in anderen Regionen seines Körpers sammelte.

In der Hoffnung, seine Verwirrung zu überspielen, fragte er: »Hat man sich bemüht, Ihren Aufenthalt in meinem Palast angenehm zu gestalten, Miss Montmorency?«

»Oh, gewiss. Aber wir müssen doch nicht so förmlich sein!« Sie stellte den Korb wieder nach unten zu ihren Füßen und leckte sich die letzten Zuckerkrümel von den Lippen. »Alle haben mich immer Poppy genannt. Nun«, räumte sie entschuldigend ein, »alle außer diesen grässlichen Mädchen in Miss Throckmortons Pensionat für höhere Töchter, die darauf bestanden haben, mich Piggy zu rufen.«

»Die anderen Jungs in Eton haben mich immer Frankie genannt«, platzte er heraus, was ihn selbst wunderte. »Oder Schlimmeres«, fügte er leise hinzu. »Sie hießen alle James, Edward oder Charles, so wie ihre Väter. Niemand dort hatte je einen Namen wie Farouk gehört.« Er zuckte die Achseln. »Nach einer Weile habe ich alle einfach in dem Glauben belassen, ich hieße Frankie. Das war leichter. Einmal haben sie einem Pony zwei Säcke Kartoffeln auf den Rücken gebunden, das sollte aussehen wie die Höcker eines Kamels, dann haben sie das arme Vieh in mein Zimmer geschafft, damit ich es finde, wenn ich vom Unterricht zurückkomme. Nachdem der Direktor mich dabei erwischt hatte, wie ich versucht habe, es ins Freie zu schaffen, bekam ich vor der ganzen Klasse Stockschläge.«

Halb rechnete er damit, dass sie über die absurde Geschichte lachte, aber stattdessen streckte sie eine Hand aus und tätschelte seine, Mitgefühl stand in ihren lavendelblauen Augen. »Manchmal können Mitmenschen sehr unfreundlich sein, nicht wahr? Besonders wenn sie mit etwas zu tun haben, was sie nicht kennen und nicht verstehen und es daher unwillkürlich fürchten. Es muss schwer für Sie gewesen sein. Wie kam es eigentlich, dass Sie auf der anderen Seite der Welt zur Schule gegangen sind?«

Sie hatte ihre Hand auf seiner liegen lassen. Er schaute darauf, fasziniert von dem Kontrast zwischen seiner groben sonnenverbrannten Haut und ihrer weichen blassen.

»Hoheit?«, fragte sie leise.

Jäh aus seinen Gedanken gerissen, zog er rasch seine Hand unter ihrer weg. »Mein Vater war ein vorausdenkender Mann. Er war entschlossen, dass sein einziger Sohn sowohl nach den Maßstäben der östlichen als auch der westlichen Welt ausgebildet wird.«

»Also haben Sie keine Brüder?«

»Nein, nur siebzehn Schwestern.« Er seufzte. »Es gibt Zeiten, da wünschte ich, mein Vater sei mit einem Dutzend Söhnen gesegnet gewesen. Allerdings hätten sie sich in dem Fall vermutlich gegenseitig umgebracht, um am Ende Sultan zu werden.«

»Was ist mit Ihren Schwestern?«

»Ich habe für alle gute Ehemänner gefunden. Sie führen ihren eigenen Haushalt und haben Kinder.«

»Sie haben auch Kinder, nicht wahr? Ich meine, mit all diesen Frauen, da muss man davon ausgehen …« Poppy brach ab und blickte auf ihren Schoß, sie wurde noch röter.

»Ja.«

»Wie viele?«

Farouk blinzelte, überschlug kurz im Geiste. »Zwölf Mädchen und sieben Jungen. Oder sind es sieben Mädchen und zwölf Jungen? Oder vier Jungen und fünfzehn

Mädchen?« Er schüttelte hoffnungslos den Kopf. »Ich kann es mir einfach nicht merken. Sie leben in einem anderen Teil des Palastes, so wie ich, bis mein Vater beschloss, mich nach England auf die Schule zu schicken.«

»Ich liebe Kinder«, gestand sie. »Ich habe immer gehofft, ich würde wenigstens ein Dutzend eigene haben.«

»Das geht nicht. Dafür brauchen Sie doch einen Mann.«

Obwohl Farouk die Komik der Bemerkung nicht erkennen konnte, brach sie in Gelächter aus. Als er sie schief anschaute, lachte sie noch lauter, und ihre Heiterkeit war so ansteckend, dass er spürte, wie seine Mundwinkel zu zucken begannen.

»Ich bin vielleicht ein naives Dummchen, aber *das* weiß sogar *ich*«, versicherte sie ihm. »Ich dachte, ich hätte genau den richtigen Kandidaten in Mr. Huntingdon-Smythe aus Berwickshire gefunden. Aber wie es sich herausstellte, waren die Absichten des Herren alles andere als ehrenwert.«

Farouk runzelte finster die Stirn. »Er hat versucht, Sie zu verführen, ohne Sie zuerst zu seiner Ehefrau oder Konkubine zu machen?«

Ein reuiges Lachen entfuhr ihr. »Ich fürchte, alles, woran er interessiert war, war mich lächerlich zu machen. Er scheint eine Wette mit seinen Freunden gemacht zu haben, dass er mich dazu überreden kann, das Spalier vor meinem Schlafzimmerfenster auf Lady Ellerbees Hausgesellschaft hinunterzuklettern, um mich mit ihm zu einem Mondscheinrendezvous zu treffen.«

»Und, hat er seine Wette gewonnen?«

»Ich fürchte ja. Aber das Spalier hatte nicht so viel

Glück wie er. Es ist zerbrochen, als ich zur Hälfte unten war.«

»Haben Sie sich wehgetan?«

»Nein, gar nicht. Mr. Huntingdon-Smythe hat meinen Sturz gedämpft, aber ich habe ihm dabei das Bein gebrochen. Als der Rest der Gäste aus dem Haus gelaufen kam, von seinen Schreien angelockt, die – wie ich anfügen muss – ziemlich schrill und unmännlich für einen Kerl mit seinem Ruf waren, lag ich in meinem Morgenrock auf ihm. Wie Sie sich sicher gut vorstellen können, hat der Vorfall einen ganz schönen Skandal verursacht, und zudem jeglicher Hoffnung ein Ende gesetzt, dass ich einen Ehemann und damit einen Vater für meine zukünftigen Kinder finden könnte.«

Ein Schatten sehnsüchtiger Trauer glitt über ihr Gesicht, und in dem Augenblick beherrschte nur ein Wunsch Farouk: Den Schuft mit seinen Fäusten zur Rechenschaft zu ziehen, der dafür verantwortlich war, dass die übermütigen Grübchen verschwunden waren. »Dieser Huntingdon-Smythe war ein ehrloser Hund! Nur ein Mann ganz ohne Ehre würde eine Frau so schäbig behandeln. Wäre ich dabei gewesen, ich hätte ihm einen verdammt guten Grund gegeben zu schreien und hätte ihn mit meinem Säbel durchbohrt.«

Poppy klatschte sichtlich entzückt von Farouks Blutrünstigkeit in die Hände. »Wie überaus ritterlich von Ihnen. Obwohl ich annehme, dass das einen noch größeren Skandal zur Folge gehabt hätte, und was es Lady Ellerbees Rasen angetan hätte, davon will ich gar nicht reden. Ich gehöre nicht zu der Sorte Frau, die in Männern Gewaltbereitschaft weckt. Kein Mann hat jemals einen anderen meinetwegen zum Duell gefordert.« Sie tat es schon wieder, schaute ihn an, als läge ihr eine Frage auf der Zunge, die nur er beantworten konnte.

Er verspürte den albernen Drang, die Hand auszustrecken und ihr die Brille abzunehmen. Um zu sehen, ob ihre Augen ohne sie noch blauer wären. »Warum sehen Sie mich immer so an?«, fragte er, und seine Stimme klang barscher, als er es vorgehabt hatte.

Er hatte damit gerechnet, dass sie erröten und stammeln würde, um abzustreiten, dass sie den Hang hatte, ihn anzustarren, aber sie überraschte ihn, indem sie seinen Blick ungerührt erwiderte. »Ich dachte, Sie seien es gewohnt, dass Frauen Sie anstarren. Sie sind ein sehr gut aussehender Mann.«

»Ja, das bin ich.«

Ihr Lächeln wurde weicher. »Ich habe hier Grübchen.« Sie berührte mit den Fingern die Stellen in ihren Wangen, dann hob sie eine Hand und legte eine Fingerspitze auf die Spalte in dem Bart auf seinem Kinn. »Und Sie haben eines hier.«

»Ja, habe ich«, flüsterte er, während ihr Finger auf seinem Kinn verweilte.

Sie war in diesem Augenblick ganz nah bei ihm. Nah genug, dass er sein eigenes Spiegelbild in den Linsen Ihrer Brille erkennen konnte. Er war entsetzt, als ihm auffiel, dass sein Gesichtsausdruck ihren widerspiegelte. Seine dunklen Augen mussten genauso ausgesehen haben, als sie ihm einen Blick auf die verbotenen Kuchen in ihrem Korb gewährt hatte.

Dabei hätte er gar nicht sagen können, worauf er im Moment Appetit hatte. Alles, was er wusste, war, dass ihn diese Frau mit ihrer Fülle anzog – ihr volles Lachen … ihre vollen Wangen … ihre vollen Lippen …

Als er sich zu ihr vorbeugte, teilten sich diese Lippen ganz leicht. Er atmete ihr leises Seufzen ein, das noch süßer war als Honig und Zucker. Seltsamerweise brachte ihn dieses gehauchte kleine Seufzen der Hingabe jäh wieder zu Sinnen.

Er sprang auf. »Sie müssen Ihren Traum auf eigene Kinder nicht aufgeben. Wenn Clarinda erst einmal meine Frau ist, werde ich Ihnen unter den Männern meiner Wache einen Ehemann suchen. Einen, der Ihnen viele kräftige Söhne schenkt und ein halbes Dutzend Töchter, die mindestens so liebreizend wie ihre Mutter sind.« Farouk verspürte einen seltsamen kleinen Stich, als ihm dieses Versprechen über die Lippen kam. Er war immer stolz darauf gewesen, ein Mann zu sein, dessen Wort etwas galt, aber das hier war ein Versprechen, das er nicht freudig erfüllen würde.

Endlich gelang es ihm, sich von der Last ihres Blickes zu befreien. Sie schaute auf ihren Schoß, weigerte sich, ihn überhaupt anzusehen. Ihre Grübchen waren längst verschwunden, zusammen mit ihrem offenen Blick. »Wie ich schon zuvor sagte, Majestät, Sie sind überaus galant.«

Wenn das stimmt, dachte Farouk, als er auf dem Absatz kehrtmachte und Miss Montmorency auf dem Aussichtspunkt über dem Meer zurückließ, während die Brise mit ihren rotgoldenen Locken spielte, *warum fühle ich mich dann wie der schlimmste Schurke?*

Schlimmer noch als der widerwärtige Mr. Huntingdon-Smythe.

Kapitel neun

Das Letzte, wozu Clarinda am Morgen nach dem Bankett zu Ehren Captain Burkes Lust verspürte, war, an einem Wasserbecken im Haremsgarten umgeben von einem Dutzend schwatzender, kichernder Frauen zu ruhen. Aber sie fürchtete, jegliche Abweichung von ihrer gewohnten Routine könnte auffallen und am Ende den Eunuchen oder gar Farouk selbst berichtet werden. Yasmin hielt neben dem Springbrunnen am anderen Ende des Wasserbeckens Hof. Clarinda war sich deutlich bewusst, dass die Konkubine und ihre Busenfreundinnen jede ihrer Bewegungen verfolgten, in der Hoffnung, dass ihr ein Fehler unterlaufen und sie damit eine unverzeihliche Sünde begehen würde, die sie die Gunst des Sultans kosten könnte.

Und vielleicht auch ihren Kopf.

Sie rollte sich auf der sonnengewärmten Steinplatte auf den Bauch und bettete ihren Kopf auf die verschränkten Arme. Obwohl sie den Großteil der Nacht damit verbracht hatte, in ihrem Alkoven auf und ab zu laufen, statt zu schlafen, war sie dennoch zu angespannt, um sich ein Schläfchen zu gönnen. Sie hatte einen einzigen Blick auf Ash gewagt, als sie das Bankett verließ, nur um festzustellen, dass sein Blick ihr folgte, während seine Miene unergründlich blieb – wie damals, als er sie zum ersten

Mal nach ihrer Rückkehr von Miss Throckmortons Mädchenpensionat gesehen hatte. Sie musste sich die Erleichterung, die in seinen Augen aufgeflammt war, als sich herausstellte, dass sie noch nicht das Bett mit dem Sultan geteilt hatte, eingebildet haben.

Solange jedes Wort, jede Geste zwischen ihnen unter Farouks wachsamer Beobachtung stattfand, konnte sie nicht herausfinden, ob Maximillian ihn geschickt hatte oder ob er aus eigenen Stücken gekommen war. *Nicht dass es einen Unterschied machen würde,* ermahnte sie sich streng. Selbst wenn er gekommen war, ohne von Maximillian dazu gedrängt worden zu sein, kam er mehr als neun Jahre zu spät.

Rastlos drehte sie sich wieder auf den Rücken. Ein mondrundes Gesicht, das mit einer dünnen Schlammschicht bedeckt war, die nur die Augen aussparte, hing über ihr und sperrte die Sonne aus. Erschrocken schnappte sie nach Luft.

Die Brille auf Poppys schlammüberzogener Nasenspitze sah noch mehr fehl am Platz aus als sonst. Von ihrem Gesicht war praktisch nichts zu sehen, nur ihre großen blauen Augen und ihr rosa Mund. »Oh, ich wollte dich nicht erschrecken«, sagte sie. »Die nette Frau hat behauptet, der Schlamm würde meine Haut zum Strahlen bringen und zart machen wie einen Babypopo.«

Eine Hand auf ihr immer noch rasendes Herz legend, setzte Clarinda sich auf. »Es ist nicht deine Schuld. Meine Nerven sind derart angespannt, dass ich halb damit gerechnet habe, Farouk stünde mit einem Krummsäbel in der Hand über mir. Aber was tust du hier?« Clarinda schaute sich rasch verstohlen um und sah, dass einige der anderen Frauen sie mit einer Mischung aus Verachtung und Belustigung ansahen. »Es war Teil meiner Abmachung mit Farouk, dass du nicht an diesen Lektionen teilnehmen oder die albernen Schönheitsbehandlungen über dich ergehen lassen musst.«

Poppy ließ sich neben ihr nieder und steckte ihre bloßen Füße in das Wasserbecken. Nicht einmal die Schlammmaske konnte ihre wehmütige Miene verdecken. »Kannst du dir nicht vorstellen, dass ich auch schön sein möchte?«

»Das bist du doch schon. Und das hier ist kein passender Aufenthaltsort für eine anständige junge Dame.« Clarinda beugte sich vor und senkte ihre Stimme zu einem Flüstern. »Ich würde es vorziehen, wenn wir beide in der Lage wären, zurückzukehren und unseren Platz in der Gesellschaft wieder einzunehmen, ohne zuvor unsere Unschuld einzubüßen.«

Poppy seufzte theatralisch. »Den Platz in der englischen Gesellschaft wirst du allein einnehmen müssen, fürchte ich, denn, falls du es vergessen hast, ich habe England als gefallene Frau verlassen.«

Clarinda schüttelte den Kopf und wunderte sich erneut über die Ungerechtigkeit des Lebens. Mit einem Finger wischte sie etwas Schlamm von der Nase ihrer Freundin und lachte reuevoll. »Du siehst genauso aus wie ich, als ich im Alter von acht Jahren im Haus des Kuraten den Kohlenschacht hinabgerutscht bin.«

»Wie, um alles in der Welt, ist dir das denn gelungen?«

»Ich habe auf der geöffneten Türklappe balanciert, weil ich eine Fleischpastete stehlen wollte, die auf dem Fensterbrett zum Abkühlen stand. Seine Frau war eine ausgezeichnete Köchin.« Clarindas Lächeln verblasste, als ihr wieder einfiel, dass es Ash gewesen war, der ihr verängstigtes Rufen gehört hatte und gekommen war, um sie an den Knöcheln herauszuziehen. Wenn sie jetzt daran dachte, wurde ihr bewusst, dass er immer in der Nähe gewesen war, um sie zu retten, wenn es nötig war.

Außer das eine Mal, als sie ihn am meisten gebraucht hatte.

Sie war beinahe dankbar, als ein markerschütternder Schrei sie aus ihren Gedanken riss. Kurz vorher war eine von Farouks Konkubinen mit zwei der älteren Frauen hinter einem lackierten Wandschirm am anderen Ende des Gartens verschwunden.

Poppy warf einen beunruhigten Blick zu dem Wandschirm, und das Weiß in ihren Augen schien inmitten des Schlamms auf ihrem Gesicht sogar noch größer. »Die Arme. Foltern sie sie?«

»In gewisser Weise«, antwortete Clarinda.

Während es sie nicht störte, wenn ihr jeden Tag das Haar mit tausend Strichen gebürstet wurde, hatte sie nicht vor zuzulassen, dass eine von Farouks Helfershelferinnen Hand an irgendeine andere behaarte Stelle an ihrem Körper legte. Wann immer die alten Frauen sie hoffnungsvoll zu umkreisen begannen, während sie Töpfe mit erhitztem Wachs in den Händen trugen, überkreuzte Clarinda ihre Beine und warf den Alten finstere Blicke zu. In England würden nur Frauen mit lockerster Moral darauf verfallen, sich die feinen Härchen von den Beinen zu entfernen – oder sonst irgendwo.

Sie hatte bereits aus den neugierigen Blicken und dem

Geflüster der Konkubinen geschlossen, dass ihre Schambehaarung die anderen Frauen hier endlos faszinierte. Ihr selbst war bisher gar nicht aufgefallen, dass deren Farbe perfekt zu der ihrer Haare auf dem Kopf passte.

Poppy biss sich auf die Lippe und schaute sich auf dem Hof interessiert um. »Wird einem denn hier beigebracht, wie … wie man einem Mann Lust bereitet?«

Clarinda verstand die Neugier ihrer Freundin nur zu gut. Clarinda hatte sich nie für zimperlich oder gar prüde gehalten, aber als sie ihre Lektionen mit den älteren Frauen begonnen hatte, die früher in Diensten von Farouks Vater gestanden hatten, hatte sie sich gefragt, ob es am Ende doch möglich wäre, vor Verlegenheit zu sterben.

Nachdem sie ein paar Tage lang darin unterwiesen worden war, wie verschiedene Körperteile auf Englisch und Arabisch hießen, deren Vorhandensein eine anständige Frau noch nicht einmal zugeben sollte, nachdem sie erotische Radierungen betrachtet hatte, deren Besitz einen in England ins Gefängnis bringen konnte, hatte Clarinda begonnen, den sachlichen Erklärungen der Frauen ihre guten Seiten abzugewinnen. Sie war immer schon praktisch veranlagt und vernünftig gewesen und hatte den gesunden Menschenverstand respektiert. Was war schließlich vernünftiger, als einer Frau zu erläutern, was genau sie in ihrer Hochzeitsnacht erwartete … und all den Nächten, die darauf folgten?

»Wenn man bedenkt, wie behütet wir Frauen zu Hause gehalten werden, weiß ich, dass das alles hier ziemlich verdorben klingen muss«, sagte sie. »Aber wenn du die Wahrheit wissen willst, ich halte es für eine Schande, dass nicht jede junge Braut eine solch gründliche Einführung bekommt. Wenn das nämlich der Fall wäre, gäbe es mehr glückliche Ehen. Und glücklichere Ehemänner. Die Freudenhäuser würden einen Rückgang ihrer Geschäfte verzeichnen, weil die Frauen ihren Männern allen Grund gäben, in der Nacht zu Hause zu bleiben. Ich habe keinen Zweifel, dass auch die betreffenden Ehemänner von einer solchen Unterweisung profitieren würden.«

Clarinda konnte sich nur zu gut vorstellen, wie entsetzt Maximillian wäre, wenn sie ihm in ihrer Hochzeitsnacht einen der exotischeren Tricks zeigte, die sie hier gelernt hatte. Er war immer so zurückhaltend und höflich gewesen, wenn es um sie ging, hatte sie mit äußerstem Anstand behandelt, auch wenn sie den neugierigen Augen ihrer Familien und Freunde entkommen waren. Es war fast so, als versuchte er, eine Sünde wieder gutzumachen, die er nie begangen hatte.

Ash war genau das Gegenteil. Selbst wenn sie unter der wachsamen Beobachtung anderer standen, hatte er jeden Vorwand genutzt, sie anzufassen, selbst wenn es nur ein Streifen ihrer Finger war, wenn sie ihm eine Tasse Tee reichte oder wenn er ein verrutschtes Band an ihrem Hut gerade zupfte. In den seltenen Momenten, wenn es ihnen gelang, sich davonzustehlen, um allein zu sein …

Beunruhigt von der Richtung, die ihre Gedanken nahmen, rief Clarinda sich zur Ordnung und zwang sich, an ihren Verlobten zu denken. Maximillian wäre schockiert von dem, was sie gelernt hatte, aber würde es ihm nicht auch gefallen? Sie schloss die Augen und versuchte, sich das vorzustellen, aber es war nicht Max' Gesicht, das sie über ihrem sah, sondern das seines Bruders.

Und dem gefiel es eindeutig sehr.

Clarinda schlug schuldbewusst die Augen wieder auf.

»Wo sind eigentlich die Männer?«, fragte Poppy, als erwartete sie, dass jeden Augenblick ein halbes Dutzend muskulöser Sklaven, nur mit Lendenschurz bekleidet, in den Garten geführt würden.

»Ach Poppy, dafür nehmen sie doch keine echten Männer! Bis auf den Sultan und seine Eunuchen würde jeder Mann, der es wagte, sich innerhalb der Mauern um den Harem zu zeigen, sogleich hingerichtet.«

»Nun, wie unterweisen sie dich und die anderen dann … oh Himmel, es muss Zeit zum Mittagessen sein!«, rief Poppy, die dankenswerterweise durch Solomon abgelenkt wurde, der das hohe eiserne Tor aufschwang, das den Haremshof von dem Rest der weitläufigen Gärten des Sultanpalastes trennte, und ein Bronzetablett in einer seiner riesigen Hände balancierte.

Eine buckelige alte Frau kam vor, um ihm das Tablett abzunehmen, und der Eunuch zog sich wieder auf seinen Wachposten am Tor zurück, er stellte sich breitbeinig davor und schaute geradeaus. Man konnte ihn leicht mit einer großartigen Statue verwechseln, die aus ebenholzschwarzem Marmor gehauen war.

»Ah, frische Gurken«, sagte Poppy, während die Alte das Tablett auf einer niedrigen Säule neben dem Wasserbecken abstellte. »Was für eine Delikatesse!«

Clarinda seufzte. »Die sind doch nicht zum Essen, Poppy. Wenigstens nicht wirklich.«

»Kein Mann wäre bei der englischen Kuh in Sicherheit.« Yasmin sorgte dafür, dass ihre heisere Stimme bis in jede Ecke des Hofes zu hören war. »Für sie ist alles zum Essen.« Von dem Gelächter angestachelt, in das die anderen Frauen ausbrachen, fügte sie hinzu: »Sie sollten ihr unbedingt beibringen, wie man sich selbst Lust verschafft, da ich bezweifle, dass je ein Mann für diese Aufgabe gewonnen werden kann.«

Poppy senkte den Kopf. Sie hatte vermutlich vergessen, dass die Schlammmaske ihr verlegenes Erröten verbarg.

»Kümmer dich nicht weiter um Yasmin, Poppy«, sagte Clarinda laut, sie war um ihrer Freundin willen verärgert. »Nach allem, was ich gehört habe, braucht sie morgens zum Frühstück nicht mehr als ein Kännchen voll Gift und Galle.«

Bildete sie es sich nur ein, oder zuckten Solomons Lippen tatsächlich ein wenig?

Die anderen Frauen verfielen in respektvolles Schweigen, als die faltige Alte eine Gurke von beeindruckender Größe von dem Tablett wählte und hochhielt. Mit belustigt funkelnden Augen erklärte sie: »Die Tradition unserer Vorfahren besagt, dass Männer stark und Frauen schwach sind. Aber wenn eine Frau sogar den mächtigsten Mann in die Knie zwingen will, muss sie nur lernen, was sie tun muss, wenn sie selbst kniet.«

Clarinda warf Poppy einen besorgten Blick zu. Wenn die Augen ihrer Freundin noch größer wurden, dann würden sie ihr geradewegs aus den Höhlen springen.

»Hat jemand Lust, es vorzumachen?«, fragte die Frau und ließ ihren Blick über die im Hof Versammelten gleiten.

»Lass mich das tun.« Yasmin erhob sich, schlenderte nach vorn und schüttelte ihre Mähne schimmernden mitternachtsschwarzen Haares aus.

Sie nahm der alten Frau die Gurke ab und schob das eine Ende zwischen ihre vollen Lippen.

Clarinda konnte den Blick nicht abwenden, ebenso wenig wie die anderen Frauen, als die Gurke immer weiter in ihrem Mund verschwand. Eine Minute lang dachte sie, Yasmin wolle sie im Ganzen verschlingen so wie eine Python eine Ratte. Aber nachdem sie gestöhnt hatte, als verzehrte sie die allerköstlichste Schokolade der Welt, zog sie schließlich die Gurke wieder aus dem Mund, schwenkte sie und lächelte.

Clarinda hob eine Augenbraue, sie war wider Willen beeindruckt. Kein Wunder, dass Farouk bereit war, die Launen und die Gehässigkeit der Frau zu dulden.

Während sie die Gurke wieder auf das Tablett zurücklegte, sandte Yasmin Clarinda einen triumphierenden Blick. »Das ist nur eine kleine Kostprobe dessen, was den gut aussehenden Engländer erwartet, wenn *ich* gerufen werde, ihm bei seinem Bad behilflich zu sein.«

Als die anderen Frauen kichernd auszuprobieren begannen, ob eine von ihnen Yasmins beeindruckende Vorstellung nachmachen konnte, musste Clarinda Gleichgültigkeit heucheln. Sie hatte nicht das geringste Recht, eifersüchtig zu sein. Vor allem nicht, solange sie sowohl mit dem Sultan als auch mit dem ebenso gut aussehenden Bruder des gut aussehenden Engländers verlobt war.

Sie kehrte zum Wasserbecken zurück und merkte, dass Poppy verschwunden war. Verwundert schaute sie sich um und entdeckte sie schließlich in der Nähe der Säule. Als niemand ihr zuschaute, nahm sich Poppy ein eher kümmerliches Exemplar von dem Teller mit den Gurken und schob sich das eine Ende zwischen die Lippen.

»Poppy!«, rief Clarinda, gleichermaßen schockiert und belustigt von der unerwarteten Kühnheit ihrer Freundin.

Poppy musste würgen. Mit einem reuigen Lächeln in Clarindas Richtung steckte sie sich die Gurke wieder in den Mund und biss unbekümmert die Spitze ab.

Diesmal war Solomons Zusammenzucken nicht zu übersehen.

Ash verbrachte den ganzen Tag damit, Farouks Palast zu erkunden, er tat so, als sei er an der Schönheit und Pracht der Anlage interessiert, während er im Geist eine Karte anfertigte, sich jede Mauer, jede Tür und jeden Korridor einprägte, wo vielleicht eine bewaffnete Wache stationiert sein könnte. Er suchte nach einer Schwachstelle in der Befestigung, nach irgendeiner Delle in Farouks beeindruckender Rüstung, die es ihm erlauben würde, Clarinda in Sicherheit zu bringen, nachdem er sie aus dem Harem geschmuggelt hatte.

Unseligerweise fand er keine Lücke im System. Seine Erbitterung verstärkte sich noch, als Clarinda nicht zum Supper erschien und er gezwungen war, Farouks gutmütiges Geplauder zu ertragen, während er die ganze Zeit innerlich mit den Zähnen knirschte.

Als seine rastlosen Wanderungen ihn schließlich spät abends in einen der ummauerten Gärten des Sultans führten, erstaunte es ihn nicht wirklich, Luca dort genüsslich in einem Becken mit warmem Wasser liegen zu sehen. Duftende Lotusblüten schwammen auf der Wasseroberfläche, trieben wie Wolken über das diesige Spiegelbild des Mondes. Eine rehäuige Schönheit kniete auf den Steinplatten hinter Luca und massierte ihm die breiten Schultern. Er saß mit dem Kopf gegen die steinerne Umrandung gelehnt und stöhnte jedes Mal genüsslich, wenn die zarten Daumen der Sklavin tiefer in die empfindlichen Muskeln zu beiden Seiten seiner Schulterblätter gerieten.

Er öffnete seine Augen, um Ash einen verschlafenen Blick zuzuwerfen. »Hättest du Lust, dich zu mir zu gesellen? Ich bin sicher, sie hat eine Schwester – oder vielleicht sogar eine Zwillingsschwester – irgendwo hier.«

»Nein, danke.« Lucas Trägheit stand in scharfem Gegensatz zu der Anspannung, die Ashs gesamten Körper in ihrem Griff hielt. »Und es wäre vielleicht am besten, wenn sie verschwindet, damit wir uns unter vier Augen unterhalten können.«

Ash machte mit dem Kopf eine Bewegung in Richtung Palast, um die Frau fortzuschicken, aber bevor sie sich erheben konnte, umfing Luca ihr schmales Handgelenk mit einer Hand. »Dazu besteht keine Notwendigkeit. Farouks Anweisung, Englisch zu lernen und im Palast zu sprechen, gilt nicht für seine Sklaven. Sie spricht kein Wort Englisch oder Italienisch. Das macht ja gerade einen Teil ihres Reizes aus.« Er hob die Hand der Frau an seine Lippen, küsste der Reihe nach ihre Fingerspitzen und entlockte ihr damit ein Kichern, ehe sie sich wieder der Massage seiner Schultern widmete.

Ash begann am Becken auf und ab zu laufen, er rieb sich den Nacken. Es schien, als habe er nur eine Art von Mauern gegen andere eingetauscht. Wohin auch immer er sich hier wandte, er traf auf Mauern.

Mauern, die ihn von der Frau fernhielten, die zu retten er gekommen war.

Für weniger erfahrene Augen wirkten die Gärten des Sultans vermutlich nicht wie ein Gefängnis, sondern viel mehr wie ein sinnliches Paradies. Sich im Wind wiegende Palmen standen am Rand des Gartens wie riesige Wachen und blickten auf die mondbeschienene See. Eine üppig blühende Bougainvillea erklomm die Steinmauern, während Unmengen verschiedenster tropischer Pflanzen in großen Tontöpfen an jeder verfügbaren Stelle gediehen. Ihre glänzenden grünen Blätter waren mit auffallend gefärbten exotischen Blüten durchsetzt, die einen betörenden Duft verströmten, der vom Herrgott mit dem einen Zweck geschaffen war, die Sinne eines Mannes zu verwirren. Breite flache Steine waren in den Sand gebettet worden, sodass schmale gewundene Gartenwege entstanden waren, die Männer wie Frauen dazu verlockten, sich schattige und ungestörte Ecken im Garten zu suchen.

Zu jedem anderen Zeitpunkt hätte Ash die Mühe sicher anerkannt, die dazu nötig gewesen war, eine derart himmlische Oase am Rand der Hölle anzulegen. Aber heute Nacht vermochte die warme sinnliche Brise, die durch die Palmwedel strich, die Rastlosigkeit in ihm nicht zu beschwichtigen, und das melodische Plätschern eines Springbrunnens zerrte an seinen bereits überstrapazierten Nerven.

Nachdem er mehrere Minuten lang verfolgt hatte, wie Ash auf und ab lief, räusperte Luca sich vorsichtig. »Die Verlobte deines Bruders ist eine echte Schönheit. Ich verstehe jetzt, warum er bereit ist, so viel Geld dafür zu zahlen, sie zurückzubekommen.«

Ash wirbelte herum und schaute ihn an. »Eine Aufgabe, die sich als schwierig erweisen wird – wenn nicht gar als unmöglich. Ich habe bisher keinen Weg gefunden, zu ihr durchzudringen, und keine Idee für einen Plan zu ihrer Rettung.«

Luca schien seine Worte sehr sorgfältig zu wählen. »Bist du dir denn ganz sicher, dass Miss Cardew überhaupt gerettet werden will? Nach dem, was ich beobachte, scheint sie restlos zufrieden damit, die Rolle der verwöhnten Gefährtin des Sultans zu spielen. Nicht dass ich ihr daraus einen Vorwurf machen könnte.« Er stöhnte neuerlich, als die geschickten Hände der Sklavin über seine Schultern glitten und durch die schwarzen Locken auf seiner Brust. »Wenn Farouk mich einladen würde, wäre ich ehrlich in Versuchung geführt, selbst in den Harem einzuziehen.«

»Ich bin mir ziemlich sicher, dass du dafür ein Eunuch sein musst«, erwiderte Ash freundlich und tigerte weiter am Beckenrand auf und ab. »Wenn man bedenkt, wie viele Wachen hier mit unglaublich scharfen Säbeln überall herumstehen, ließe sich das allerdings sicher arrangieren.«

Mit einem schmerzhaften Verziehen seines Gesichtes ließ sich Luca tiefer ins Wasser sinken. »Was ich sagen will, ist, dass sie sich vielleicht in den Mann verliebt hat.«

Ash erstarrte mitten in der Bewegung. Wenn er ehrlich war, so hatte er sich nicht gestattet, das auch nur in Betracht zu ziehen. Aber er erinnerte sich noch an die stille Resignation und Dankbarkeit in Clarindas Augen, als sie davon gesprochen hatte, dass sie Farouk ihr Leben schuldete.

»Nein«, antwortete er vollkommen sicher, als er sich wieder zu Luca umdrehte. »Das ist nicht möglich. Was genau der Grund ist, warum sie in noch größerer Gefahr schwebt, als wir zunächst befürchtet haben.«

Lucas Stirn legte sich in Falten. »Wovon sprichst du? Der Sultan betet sie förmlich an.«

»Natürlich betet er sie an! Welcher Mann, der noch alle seine Sinne beieinander hat, würde das nicht? Aber begreifst du nicht? Es ist seine Wertschätzung für sie, die ihn so gefährlich macht. Sein Stolz wird am Boden zerstört sein, wenn er sie in ihrer Hochzeitsnacht in sein Bett nimmt und entdeckt, dass sie ihn all die Monate an der Nase herumgeführt hat.«

»Was willst du damit sagen? Dass ihr ganzes ›Ich muss tausendundeine Nacht lang lernen, wie man einem Mann Lust schenkt‹ ein Vorwand ist, ihn hinzuhalten?«

»Genau.« Ash schüttelte den Kopf mit widerwilliger Bewunderung. »Ich hätte eigentlich wissen müssen, dass sie einen Weg findet, ihren Verstand zu benutzen statt ihres Körpers, um zu überleben. Sie ist immer schon ein kluges kleines Ding gewesen, so geistesgegenwärtig wie schlagfertig. Es wäre ein brillanter Plan, wenn ihr nicht die Zeit davonliefe. Sobald der Sultan erkennt, dass sie ihn hereingelegt hat und sie nicht mehr unschuldig ist, wird er sie umbringen.«

Luca setzte sich jäh aufrecht hin, sodass ihm das Wasser in Strömen aus den Spitzen seiner schwarzen Haare lief. »Warte mal. Woher willst du wissen, dass sie nicht mehr unschuldig ist? Hat dein Bruder dir das anvertraut?«

Ash schaute ihn nur an.

Luca war kein Mann, den man leicht schockieren konnte, aber Ash war es schließlich doch gelungen. »*Du*? Mit der Verlobten deines eigenen Bruders?«

»Damals gehörte sie nicht ihm, sondern mir.« Ash wusste, es war falsch, aber er verspürte tiefe Befriedigung, als er diese Worte aussprach. Er hatte sie schon viel zu lange in sich verschließen müssen.

»Aber wenn du dich mit ihr eingelassen hast, bevor du dich bei der Kompanie verpflichtet hast, kann sie ja höchstens …« Luca sprach nicht weiter, schaute ihn mit wachsendem Entsetzen an.

»Gütiger Himmel, Mann, für wie verderbt hältst du mich?«

Luca öffnete den Mund, aber ehe er sich selbst belasten konnte, hielt Ash warnend eine Hand hoch. »Miss Cardew ist sechsundzwanzig, nicht zwanzig. Sie hat auch geschwindelt, was ihr Alter angeht, damit ihre Unschuld für den Sultan glaubhafter erscheint.«

Luca hob bewundernd eine Augenbraue. »Beeindruckend. Sie ist beinahe so geschickt im Lügen wie du. Vielleicht ist es dein Bruder, dem ich wegen seiner Moral – oder dem Mangel daran – Vorhaltungen machen sollte. Selbst unter den Mitgliedern der Roma-Stämme meiner Mutter wird es als unschicklich angesehen, seinen Verwandten die Liebhaberinnen auszuspannen.«

»Max weiß nichts von uns beiden. Das wusste bisher niemand.« Ash ließ sich auf die Steinbank sinken und fuhr sich mit einer Hand übers Haar. »Ich kenne Clarinda, seit ich ein kleiner Junge in kurzen Hosen war. Das Anwesen ihres Vaters grenzte an das Land meiner Familie. Sie war drei Jahre jünger als ich und ständig im Weg, schien wild entschlossen, mich bei jeder Gelegenheit in Verlegenheit zu bringen oder mich zu quälen.«

»Und wie jeder junge Bursche mit dem typisch für das

Alter aufgeblähten Selbstbewusstsein hast du jeden Versuch der armen Kleinen ignoriert, deine Aufmerksamkeit und deine Zuneigung zu gewinnen.«

»Selbstverständlich.« Ash erinnerte sich gut daran, wie er als Vierzehnjähriger versucht hatte, einer vollbusigen Gänsemagd seinen ersten Kuss zu stehlen, und Clarinda, noch bevor ihre Lippen sich treffen konnten, eine Schar Gänse in den Stall gescheucht hatte. Sein Gesicht verfärbte sich dunkel. »Allerdings gab es schon Zeiten, in denen ich nichts lieber gehabt hätte, als ihr den dürren Hals umzudrehen. Aber dann bin ich nach Eton gegangen, und sie wurde auf Miss Throckmortons Schule für höhere Töchter geschickt. Als wir beide heimkehrten, war sie nicht mehr dasselbe Mädchen.«

»Hatte sie einen Busen bekommen?«, warf Luca hilfreich ein.

»Nein!«, rief Ash, ehe er leicht verlegen zugab: »Nun ja, sicher. Sogar einen ziemlich beeindruckenden Busen, wenn du es genau wissen willst. Aber es war mehr als das. Sie schien mich nicht mehr zu brauchen. Wann immer ich ein Zimmer betrat, reckte sie hochmütig ihre kleine Nase und fand einen Vorwand, den Raum zu verlassen, gewöhnlich am Arm des nächstbesten heiratsfähigen Junggesellen.«

»Aha! Und natürlich fandest du ihre Verachtung absolut unwiderstehlich.« Luca seufzte, und seine dunklen Augen wurden feucht von lang vergessenen Erinnerungen. »Es gibt doch nichts Fesselnderes als eine Frau, die deinen bloßen Anblick verabscheut.«

»Du musst es ja wissen, was?« Ashs Bemerkung trug ihm einen tadelnden Blick von seinem Freund ein. »Aber vielleicht hast du ja recht. Nachdem sie also keinen Zweifel daran ließ, dass sie nichts, aber auch gar nichts mehr mit mir zu tun haben wollte, habe ich herausgefunden, dass ich einfach nicht aufhören konnte, an sie zu denken. Sie hat mich jede wache Sekunde verfolgt – und bis in meine Träume.« Ein selbstironisches Lächeln zuckte um seine Mundwinkel, als er daran dachte, wie er ein ums andere Mal von einem schmerzhaften Verlangen nach ihr getrieben, verschwitzt und in seine Laken verheddert, aufgewacht war. »In einer heißen Juninacht fand bei uns auf Beschluss meines Vaters ein weiterer Ball statt, den wir uns eigentlich nicht leisten konnten. Ich streifte unwirsch durch die Gärten und paffte eine Zigarre, die ich aus dem Arbeitszimmer meines Vaters stibitzt hatte, als ich jemanden im Stall weinen hörte. Ich stieß die Tür auf und fand Clarinda in einer der leeren Boxen zusammengekauert. Sie schluchzte, als sei ihr das Herz gebrochen.

Ihr Ballkleid war zerrissen, ihr Haar wirr und ihr wunderschönes Gesicht tränenüberströmt. Zuerst glaubte ich das Schlimmste.« Ashs Hände ballten sich zur Faust, als er sich erinnerte. »Ich war entsetzt über das Ausmaß meiner Wut. Alles, was ich in dem Moment tun wollte, war demjenigen Gewalt anzutun, der es gewagt hatte, Hand an sie zu legen.

Dann schaute sie zu mir auf und sagte mit Tränen in den großen grünen Augen: ›Was gaffst du so? Bist du etwa gekommen, dich auch über mich lustig zu machen?‹ So habe ich herausgefunden, dass sie zufällig mit angehört hatte, was die anderen Mädchen auf dem Ball hinter ihrem Rücken über sie geredet hatten, Mädchen, die alle aus vornehmen Familien stammten. Sie haben sich über sie lustig gemacht, weil sie nur eine reiche Erbin sei mit einem vulgären Vater, der Geld verdient. Sie hatten ihr auch unterstellt, sie suchte die Nähe zu meiner Familie, weil sie ein Auge auf meinen Bruder geworfen habe, aber dass ein Burke niemals einen zweiten Blick auf ein so gewöhnliches junges Ding wie sie werfen würde. Bevor sie sie beim Lauschen ertappen konnten, entwischte sie durch ein französisches Fenster und ist davongerannt. Dabei ist sie sich auf den Saum getreten und gestolpert und hat sich das Kleid zerrissen.«

»So hat eure Romanze begonnen?« Luca war ganz gerührt, wie es immer der Fall war, wenn über Liebe gesprochen wurde. »Hast du sie in deine Arme geschlossen, ihr zärtlich mit deinem Taschentuch die Tränen getrocknet und sie mit deinen Küssen getröstet?«

»Ich habe an der Zigarre gezogen und sie gefragt, warum sie den Mädchen nicht einfach gesagt habe, sie sollten sich zum Teufel scheren. Das hätte sie ja schließlich auch gemacht, wenn ich es gewesen wäre.«

»Und was hat sie dann getan?«

»Sie hat mit einem Hufeisen nach mir geworfen und mir gesagt, ich solle mich zum Teufel scheren.« Ash grinste. »So, mein Freund, hat unsere Romanze tatsächlich begonnen.«

»Keiner von deiner Familie, dein Bruder eingeschlossen, wusste davon?«

»Keine Seele.« Ash spürte, wie sein Grinsen verblasste. »Ihr Vater hätte es nicht gebilligt, weil ich nur der zweite Sohn, er selbst aber reicher als Midas war und immer noch die Hoffnung hegte, für seine geliebte kleine Prinzessin einen Titel zu erringen. Meine Eltern, zwischen denen und dem Schuldgefängnis damals ironischerweise immer nur ein wütender Gläubiger stand, hätten sie als unter meiner Würde betrachtet, weil kein König ihren Vorfahren jemals ein wertloses Stück Papier für irgendeine Stiefelleckerei oder die Einnahme eines halbverfallenen Steinhaufens an der schottischen Grenze überlassen hatte. Daher haben wir in der Öffentlichkeit die Scharade aufrechterhalten, dass wir einander nicht ausstehen können, und so bei unseren Familien erfolgreich jeden Verdacht erstickt, während wir im Geheimen …«

Ash brach ab, er erinnerte sich daran, dass es gereicht hatte, ihn schmerzlich zu erregen, wenn Clarinda ihm nur einen Blick von der Seite unter ihren seidigen Wimpern zugeworfen hatte oder ihm unter dem Tisch mit der Zehenspitze über das Bein gestrichen hatte. Ihm fiel ihr übermütiges Lächeln wieder ein, wenn es ihr gelungen war, unbemerkt aus dem Haus zu schleichen und sich mit ihm im Wald zu treffen. Sie verbrachten ganze Nachmittage damit, im Gras auf der Wiese zu liegen, Händchen zu halten und sich über den besten Namen für das erstgeborene ihrer Dutzend Kinder zu streiten, die sie bekommen würden, nachdem sie geheiratet hatten. Er hatte Clarence den Vorzug gegeben, während sie darauf beharrte, Ashtina sei ein ausgezeichneter Name, da ihr erstes Kind zweifellos ein Mädchen wäre. Nachdem sie sich eine Weile gezankt hatten, um sich danach mit leidenschaftlichen Küssen wieder zu versöhnen, die sein Verlangen nach ihr weiter angeheizt hatten, hatten sie sich schließlich auf Charlotte für ein Mädchen und Charles für einen Jungen geeinigt.

Aus jetziger Sicht wirkte das alles so unschuldig. Sie

waren Kinder gewesen, die Liebe spielten, sich mit sehnsüchtigen Blicken und verstohlenen Zärtlichkeiten begnügten, selbst dann noch, als gefährlichere und leichter entflammbare Funken zwischen ihnen zu sprühen begannen, wann immer ihre Lippen oder Hände sich zufällig berührten.

»Ich nehme an, wir haben gedacht, es sei alles ein albernes, aber kluges Spielchen«, bemerkte Ash, »ohne dass uns je aufgefallen wäre, dass wir es nie gewinnen konnten.«

»Was ist passiert?«

»Ich habe sie verlassen.« Ash spreizte seine Hände, hob die Schultern, schaute seinen Freund an, und in den vier schlichten Worten lag unendliches Bedauern. »Im Gegensatz dazu, was alle Welt glaubt, war es keine Abenteuerlust, die mich aus England und in die Dienste der Ostindien-Kompanie getrieben hat, sondern etwas ganz anderes.« Er schüttelte den Kopf, unfähig der Versuchung zu widerstehen, seine Gefühlsduselei von damals zu verspotten. »Ich wollte mich des Mädchens wert erweisen, das ich liebte. Ich wollte in der Lage sein, zurückzukehren und ihr nicht nur mein Herz, sondern gleich die ganze Welt zu Füßen zu legen.«

»Warum hast du das nicht getan?«

Wenn Ash die Absicht hatte, diese Frage zu beantworten, hätte er das schon längst getan.

Als er sich von der Bank erhob und damit klar machte, dass die Fragestunde vorüber war, schlug Luca mit der offenen Hand aufs Wasser. »Verdammt, Captain. Du kannst mich doch nicht so in der Luft hängen lassen. Deine Geschichte besitzt alles, was ich an einer Geschichte liebe. Gefährliche Geheimnisse, eine großartige Liebe, die unter einem schlechten Stern steht, ein Liebespaar, das vom Schicksal getrennt wird. Alles, was noch fehlt, ist ein glückliches Ende.«

»Das einzig glückliche Ende für diese Geschichte wird sich an dem Tag ergeben, an dem ich Miss Cardew sicher in den Armen meines Bruders abliefere.«

Luca wirkte betroffen. »Du hast immer noch vor, sie deinem Bruder zu bringen?«

»Natürlich. Das ist es doch, wozu er mich angeheuert hat.«

»Ich kenne den Mann nicht, aber ich vermute, er wird nicht glücklicher sein als der Sultan, wenn er herausfindet, dass seine Braut schon … vernascht worden ist. Noch dazu von seinem kleinen Bruder.«

»Das ist nicht mein Problem, oder?«, erwiderte Ash grimmig. »Mein Problem besteht doch vielmehr darin, einen Weg zu finden, diese Mauern zu überwinden und zu Clarinda zu gelangen.«

»Clar-Inda?« Mit einem fragenden Blick zu Ash berührte die Sklavin ihr Haar, zeigte dann auf die helle Mondscheibe am Nachthimmel.

Seltsamerweise wusste Ash sofort, was sie meinte – das Mädchen mit Haaren so hell wie der Mond.

Er nickte, wiederholte leise »Clarinda.«

Eine Idee hob vorsichtig ihr Haupt in ihm, und er lächelte mit allem Charme, den er aufbringen konnte, er winkte sie mit gekrümmtem Zeigefinger zu sich. Sie erhob sich ohne Zögern und kam zu ihm.

Luca verdrehte empört die Augen. »Ich habe dir doch angeboten, dir deine eigene Sklavin zu rufen. Es besteht keine Notwendigkeit, mir meine zu stehlen. Außerdem habe ich dir ja schon gesagt – sie versteht kein Wort Englisch.«

»Es mag sein, dass sie meine Sprache nicht spricht, aber ich kann ihre.« Er legte dem Mädchen brüderlich einen Arm um die Schultern und führte es zu der Bank, in melodischem Arabisch begann er auf es einzureden.

Kapitel zehn

Clarinda lag bäuchlings auf einer hohen gepolsterten Liege, die Wange auf die gefalteten Hände gebettet. Wenn jemand ihr vor ein paar Monaten gesagt hätte, dass sie eines Tages mit nichts bekleidet als einem Seidenhandtuch über ihrem Po in Marokko in einem Zimmer liegen würde und darauf wartete, dass ein Eunuch kam und sie von Kopf bis Fuß mit duftendem Öl einrieb, hätte sie einen Konstabler gerufen und denjenigen ins Tollhaus einweisen lassen.

Sie musste zugeben, die tägliche Massage war eine der weniger lästigen Pflichten, die man von ihr als der Braut des Sultans erwartete. In England galt solch ein Luxus als unerhört und fand allenfalls hinter verschlossenen Türen von gewissen berühmt-berüchtigten Herrenklubs statt. Eine Dame würde bestenfalls mit ihren Gefährtinnen über solche Orte flüstern und kichern, doch sie würde nie öffentlich zugeben, dass sie von ihrer Existenz wusste.

Der Raum war düster wie eine Höhle, erhellt wurde er von einer einzigen Öllampe, die sich hinter Flechtwerk in der Wand verbarg. Exotischer Weihrauch, dessen Geruch Clarinda unweigerlich an Weihnachten erinnerte, glomm in einer Messingschale auf einem Teakholztisch. Wolken aus duftendem Rauch wehten ihr um die Nase und sorgten dafür, dass ihr leicht schwindelig war. Von der gemütlichen Atmosphäre verführt, spürte sie, wie ihr allmählich die Augen zufielen. Sie hatte eine weitere Nacht nur mit Unterbrechungen und rastlos geschlafen, ihre Träume plagten sie mit Bildern aus der Vergangenheit. Dass sie keine Aufforderung erhalten hatte, zum Abendessen zu erscheinen, hatte ihre Anspannung noch erhöht.

Sie begann gerade, in ein Nickerchen zu sinken, als sie das gedämpfte Knarren einer Tür hörte, die erst geöffnet und dann wieder geschlossen wurde, gefolgt von dem Geräusch nackter Füße, die über den gefliesten Boden näherkamen.

Sie freute sich bereits auf die Entspannung, die die fähige Berührung des Eunuchen ihr bereiten würde, und seufzte zufrieden. »Oh Solomon, ich bin ja so froh, dass du da bist. Ich glaube nicht, dass ich dich je nötiger gebraucht habe, als gerade jetzt.«

Etwas an der bloßen Gegenwart des Eunuchen war beschwichtigend. Er verschaffte ihr dringend benötigte Ruhepausen von Farouks höflichen, aber dennoch erschöpfenden Aufmerksamkeiten, Poppys Geplauder und dem unablässigen Geschwätz der Frauen im Harem.

Als keine Schritte mehr zu hören waren, spürte sie, dass er neben ihr stand, seine Gegenwart war beinahe so greifbar wie eine Berührung.

»Du kannst das Handtuch gerne noch ein Stück weiter hinabziehen, wenn das nötig ist«, teilte sie ihm mit.

Sie dachte, sie habe ihn scharf einatmen gehört, tat das aber gleich als Einbildung ab.

Sie fühlte, wie das Tuch einen Zoll weiter nach unten glitt, wie von unsichtbarer Hand gezogen. Ein verirrter

Luftzug strich über den Ansatz der Spalte mit dem kleinen Grübchen am Ende ihres Rückens und sandte einen Schauer über ihre nackte Haut.

Sie war immer noch erstaunt, wie rasch einen in dieser Umgebung jegliches Schamgefühl im Stich ließ, besonders in Gegenwart der anderen Frauen und der Eunuchen, die über sie wachten. Zu Hause in England reichte ein Stückchen Unterrock, um einen Skandal zu verursachen und eine Frau zu einer ungewollten Ehe zu verdammen. Hier liefen die Frauen manchmal mit kaum mehr als Sandalen und einem Lächeln im Harem umher.

Sie musste selbst lächeln, als Solomon ihr angewärmtes Öl auf den Rücken goss, dicht unter ihrem Nacken beginnend und dann an ihrem Rückgrat hinab bis zu ihrem Poansatz. Sie wackelte ein bisschen mit den Hüften, als ein wenig Öl unter das Handtuch geriet und an Stellen, an die es nicht gehörte. Das betörende Aroma von Sandelholz stieg ihr in die Nase.

Beruhigend legte er seine Hände auf sie.

Obwohl sie es nicht für möglich gehalten hätte, waren seine Hände noch wärmer als das Öl. Seine Fingerspitzen glitten in einer Bewegung, die mehr an eine Liebkosung als eine Massage erinnerte, über die glatte Haut an ihrem Rücken.

»Mmm …«, stöhnte sie, der federleichte Druck ließ sie unwillkürlich nach mehr verlangen. »Es ist nicht nötig, mich wie ein Stück edles Porzellan zu behandeln, Solomon. Du weißt doch, ich mag es fest und tief.«

Die Hände erstarrten einen Moment, dann begannen sie wieder mit der erlesenen Folter, kneteten die Muskeln an ihren Schultern und dem oberen Teil des Rückens mit solchem Geschick, dass sie fürchtete, sich gleich gänzlich vor Seligkeit aufzulösen. Dass diese kräftigen Finger geschickt jede verspannte Sehne, jeden schmerzenden Muskel fanden, der sich insgeheim nach Aufmerksamkeit gesehnt hatte, war unbeschreiblicher Luxus.

Sie hatte sich ihr Haar zu einem lockeren Knoten aufgesteckt, sodass es ihr lose auf die Schultern fallen konnte. Ein neuerlicher Schauer durchlief sie, als seine Hand unter die weichen Strähnen zu ihrem Nacken glitt. Etwas so Zerbrechliches der brutalen Kraft dieser Hände anzuvertrauen war unglaublich erregend.

Er fuhr mit seiner anderen Hand über den anmutig geschwungenen Hals, bis seine Fingerspitzen auf dem Puls am Ansatz ruhten, seine Daumen vorsichtig die Sehnen zu beiden Seiten drückten. Der sanfte Druck bewirkte, dass sich ihr gesamter Körper entspannte. Auch ihre Zunge blieb von dieser Wirkung nicht verschont.

Mit dem Gesicht in der Armbeuge sagte sie: »Ich nehme nicht an, dass du bislang das Glück hattest, den Ehrengast des Sultans zu treffen?« Nach all diesen Jahren, in denen sie sich gezwungen hatte, auf keinen Fall an Ashton Burke zu denken, war es eine Erleichterung, endlich über ihn sprechen zu können. Besonders mit jemandem, der niemals würde wiederholen können, was sie gesagt hatte. »Captain Burke mag dieser Tage als so etwas wie ein Held gelten, aber als Kind war er ein grässlicher und eingebildeter Junge.«

Einen unmerklichen Moment schienen sich Solomons Hände um ihren Hals zu verspannen.

Sie lachte leise. »Wenigstens wollte er das alle glauben machen.«

Die Hände entspannten sich und glitten höher bis in die seidigen Haarsträhnen, bis die Haarnadeln, die sie verwendet hatte, um sie festzustecken, herausfielen und mit einem melodischen Klirren auf dem Boden landeten. Mit seinen Fingerspitzen massierte er ihre Kopfhaut mit kreisenden und immer enger werdenden Bewegungen, die eine dekadente Welle der Wonne durch sie sandten und in ihr Erinnerungen an ihre Mutter weckten, wie sie ihr als kleines Mädchen das Haar bürstete. Die unpersönlichen Hände der Kindermädchen und Zofen, die ihr Vater angestellt hatte, nachdem ihre Mutter an einer tödlichen Krankheit gestorben war, waren nie in der Lage gewesen, diese liebevolle Berührung zu ersetzen.

Ein neuerliches Stöhnen entfuhr Clarinda. »Mein Kompliment, Solomon. Heute machst du deine Arbeit besonders sorgfältig.«

Wie um das zu bekräftigen, begann er, mit seinen Händen wieder ihren Rücken abwärts zu kneten und zu reiben. Sie reckte sich wie eine zufriedene Katze, überließ sich der schamlosen Sinnlichkeit, die einem dort, wo sie herkam, nicht nur restlos aberzogen wurde, sondern offen in Abrede gestellt wurde. Jedes langgezogene Streichen seiner Hände wärmte das Öl noch ein wenig, bis ihr am ganzen Körper ganz warm zu werden begann – was sie seltsamerweise wieder an Ash denken ließ.

»Captain Burke und ich sind auf benachbarten Landsitzen aufgewachsen, und nachdem meine Mutter gestorben war, als ich acht war, habe ich mehr Zeit in seinem Zuhause verbracht als in meinem. Mein Vater hat mich restlos verwöhnt, aber sein Geschäft erforderte es, dass er häufig nach London reiste, sodass ich oft genug mir selbst überlassen war. Manchmal bin ich sogar aus meinem Fenster gestiegen, wenn meine Gouvernanten mich sicher in meinem Bett glaubten, und auf einen Baum geklettert, von dem aus man in den Salon der Burkes sehen konnte.«

Sie seufzte. »Ich nehme an, ich wollte einfach nur wieder Teil einer Familie sein. Eines Nachts dann, als ich oben im Baum saß, habe ich mich zu weit vorgelehnt, sodass der Ast, auf dem ich saß, brach und ich in den Rosenbüschen direkt vor den französischen Fenstern landete. Der Herzog und die Herzogin waren tief in ein Gespräch vertieft und Captain Burkes Bruder Maximillian hatte seine Nase in irgendein Buch gesteckt. Max war immer schon ernst, sogar damals schon.

Aber Ash lehnte gelangweilt auf einem Sessel am Fenster, er hatte seine langen Beine über die Lehne gelegt. Er drehte sich um und schaute mir durch das Glas geradewegs in die Augen, und ich wusste, um mich war es geschehen. Ich hatte schon genug Angst vor der Gardinenpredigt meines Vaters, die ich mir ganz sicher anhören müsste, wenn er aus London zurückkam. Obwohl er mich schamlos verwöhnte, hatte er die fixe Idee, dass ich unbedingt lernen müsse, wie man sich mit Anstand und Würde benimmt, damit ich eines Tages den mir seiner Meinung nach zustehenden Platz in der Gesellschaft einnehmen könnte. Es hätte ihn entsetzt zu erfahren, dass ich nicht nur dabei erwischt worden war, unerlaubt ein fremdes Grundstück zu betreten, sondern noch dazu dabei, unseren vornehmen Nachbarn nachzuspionieren.

Ich habe den Atem angehalten und darauf gewartet, dass Ash lacht, die Hunde auf mich hetzt oder etwas tut, das seine Familie auf meine missliche Lage aufmerksam macht. Aber er stand einfach nur auf und nickte mir zu, zog die Vorhänge vor die Fenster, sodass ich vor den Blicken seiner Familie geschützt war und ungesehen davonschleichen konnte.

Am nächsten Tag kam ein Lakai und klopfte an unsere Tür, er hatte eine Nachricht für mich, eine Einladung der Herzogin zum Dinner mit der Familie. Ich glaube, das war der Moment, in dem ich erkannte …«

Sie brach ab. Was erkannte? Dass ihr Leben nie wieder dasselbe wäre? Dass sie nie wieder einen Augenblick erleben würde, der frei von Sehnsucht wäre?

Trotz der geschickten Behandlung durch Solomons Hände versteifte sie sich, wappnete ihr Herz gegen den wehmütigen Schmerz, den die Erinnerung geweckt hatte.

»Das war vermutlich seine letzte ritterliche Tat«, fuhr sie knapp fort. »Captain Burke mag jetzt zum Ritter geschlagen sein, aber es ist mehr nötig als ein Schlag vom König auf die Schulter, um diesen Mann zum Helden zu machen … oder zu einem Gentleman. Himmel, sein Bruder hat mehr Ehre in seinem kleinen Finger als Captain Burke in seinem ganzen – *au!*«, schrie sie auf, als Solomons Hand ihr einen schmerzhaften Klaps auf die rechte Pobacke versetzte. »Was um alles in der Welt soll das?«

Ehe sie zu Ende sprechen konnte, versetzte er auch ihrer anderen Pobacke einen etwas leichteren Klaps. Dann verfielen seine Hände in einen schnellen aber sanfteren Rhythmus, sodass das Trommeln seltsam beruhigend wirkte.

Sie entspannte sich wieder, und als er schließlich mit

den leichten Schlägen aufhörte und wieder zu kneten begann, mit seinem kräftigen Daumen seinen eigenen Zauber wob und sich ihrem seidenbedeckten Po zuwandte, war sie bereit, ihm alles zu verzeihen.

Sie konnte die Hitze seiner Hände durch die Seide spüren, fast so, als übertrüge er ein Fieber von seiner auf ihre Haut. Während seine Daumen über die innere Rundung ihrer Pobacken fuhren und dabei gefährlich dicht an die Spalte gerieten, begann sich eine andere Art von Spannung in ihr aufzubauen. Sie erhielt diese Massagen jetzt schon Monate, aber sie war sich nie so bewusst gewesen, dass es nur wenige Zoll waren, die diese Hände von dem trennte, was sich unter der Seide befand.

Als die betörende Reibung von Solomons Daumen ein köstliches kleines Pochen durch die empfindsamste Stelle an ihrem Körper sandte, widerstand sie der Versuchung, ihre Schenkel weiter zu spreizen und zog stattdessen ihren Arm dichter an ihr Gesicht, um ihre brennenden Wangen zu verbergen. Verlor sie den Verstand? Um Himmels willen, der Mann war ein Eunuch! Weilte sie am Ende mittlerweile schon zu lange in diesem Sündenpfuhl, oder war es Ashs Auftauchen, das so alberne, schlimme Gefühle in ihr geweckt hatte?

In der Hoffnung, sich von ihren peinlichen Gefühlen abzulenken, rümpfte Clarinda die Nase und spitzte verächtlich die Lippen. Da ihr Gesicht immer noch auf ihren verschränkten Armen ruhte, erzeugte sie ein unpassendes Schnauben. »Ich frage mich, ob Captain Burke das hier einfach nur als ein weiteres seiner Abenteuer betrachtet. Denkst du, er hat vor, einen Artikel für die Geographische Gesellschaft in London über die Sitten und

Bräuche der Frauen in einem marokkanischen Harem zu verfassen?«

Sie atmete erleichtert auf, als die Hände ihre sinnliche Folter beendeten und ihren Rücken wieder hinaufglitten. Schließlich kamen sie auf ihren Schultern zu ruhen und hielten sie mit sanftem Druck auf der Liege. Der Eunuch lehnte sich über sie, so dicht, dass sie die Hitze seines Körpers spüren konnte.

Sein warmer nach Zimt duftender Atem strich über die babyfeinen Haare in ihrem Nacken, während er mit einer heiseren Stimme, die sie überall wiedererkannt hätte, sagte: »Das weiß ich nicht, meine kleine Gazelle. Warum fragst du ihn nicht selbst?«

Kapitel elf

Clarinda riss erschrocken die Augen auf. Sie rollte sich von der Liege und sprang auf, dabei raffte sie das Seidentuch an sich und wickelte es um sich.

Ashton Burke stand mitten im Raum und grinste sie in dem rosigen Schein der Lampe an. Er hatte das frisch gewaschene Leinenhemd und die hellbraune Reithose an, die er getragen hatte, als er im Palast angekommen war. Ein Blick auf seinen Schritt in der eng sitzenden Hose bewies, dass er nicht so unbeeindruckt von der Situation war, wie er zu sein vorgab.

Sie riss ihren Blick zurück zu seinem Gesicht und hielt sich das zusammengeraffte Handtuch so verkrampft vor den Busen, dass die Knöchel ganz weiß schimmerten. »Sie, mein Herr, sind kein Eunuch!«

Sein Grinsen verstärkte sich, bis ein nur allzu vertrautes sorgloses Grübchen in seiner linken Wange erschien.

»Und du, mein Fräulein, bist keine zwanzigjährige Jungfrau.«

»Und wessen Schuld ist das, wenn ich fragen darf?«

»Deine, nehme ich an, da du es warst, die mich verführt hat.«

Sie schnappte empört nach Luft. »Ich soll dich verführt haben?«

»Soweit ich mich entsinne, hatte ich die Wahl zwischen

dir und dem Schicksal als Kabinenjunge bei einem fetten gemeinen Piratenkapitän.« Er hob eine Schulter zu einem nachlässigen Achselzucken, und seine Miene war so unschuldig wie die eines Chorknaben. »Was blieb mir schon anderes übrig?«

Clarinda wusste nicht, ob sie beunruhigt oder geschmeichelt sein sollte, dass er sich so klar und deutlich wie sie selbst an jedes Wort und alle Zwischentöne ihres letzten Zusammentreffens erinnerte. »Du kannst das gerne so in Erinnerung behalten, wenn du willst, aber ich habe dich ganz gewiss *nicht* verführt.«

»Du hast recht.« Sie mit diesem Eingeständnis entwaffnend, lehnte er sich vor und flüsterte: »Du bist praktisch über mich hergefallen.«

Mit einem unverständlichen Wutschnauben wirbelte Clarinda herum und entfernte sich von ihm, entschlossen, Abstand zwischen sie beide zu bringen. Sie hätte beinahe vor Wut geschrien, als sie mit dem Zeh im Saum des Handtuches hängen blieb, sodass sie jäh stockte und ihm ein flüchtiger Blick auf ihren nackten Körper gewährt wurde. Sie zerrte den glatten Stoff wieder hoch und wickelte sich darin ein, ihre Wangen brannten vor Verlegenheit und einem anderen Gefühl, das zu beunruhigend war, um es zu benennen.

Wann immer sie sich den Luxus gegönnt hatte, sich diesen Augenblick auszumalen, trug sie gewöhnlich mehr als ein Handtuch – manchmal allerdings auch weniger, wenn sie ganz ehrlich war. Es hatte etwas gefährlich Erregendes, in der Gegenwart eines Mannes zu sein, der so männlich wie Ash war, während er vollständig bekleidet war und sie ... nun ... genau das nicht war.

Sie blieb vor dem Teakholztischchen stehen, blickte auf die feinen Rauchfäden, die von der Messingschale aufstiegen, als könnten sie darin sowohl die Zukunft als auch die Vergangenheit lesen. Wie hatte sie ihn nur je mit Solomon verwechseln können? Wie konnte sie die Macht dieser Hände auf ihrer Haut vergessen?

»Wenn du auch nur ansatzweise ein Gentleman wärst«, erklärte sie, »würdest du gar nicht davon sprechen.«

»Warst du es nicht, die eben erst gesagt hat, es sei mehr nötig als ein Schlag auf die Schulter vom König, um aus mir einen Helden zu machen … oder hast du gesagt Gentleman?«

Clarinda verzog das Gesicht, bemüht, sich zu erinnern, was für belastende Äußerungen sie eben von sich gegeben hatte, während sie sich unter dem Einfluss dieser teuflischen Hände befand. »Ich habe gar nicht mit dir geredet, sondern mit Solomon.« Sie wirbelte herum und schaute ihn an, als ihr ein schrecklicher Gedanke kam. »Oh, gütiger Himmel, was hast du mit Solomon gemacht? Hast du ihn umgebracht?«

Ash hielt den Kopf schief und warf ihr einen tadelnden Blick zu. »Trotz der Geschichten, die du vielleicht über mich in den Skandalblättchen gelesen hast und die du so gerne zitierst, ist es nicht meine Art, Eunuchen zu erschlagen. Ich finde, die armen Teufel haben bereits genug gelitten. Mach dir keine Sorgen. Dein treuer Solomon ist bloß mit einem vorgeschobenen Botengang zum Markt geschickt worden.« Eine besorgte Falte erschien zwischen seinen Brauen. »Allerdings muss ich zugeben, was ich über ihn in Erfahrung bringen konnte, lässt ihn in meinen Augen ganz sicher nicht als Narren erscheinen.«

»Was ist mit den anderen Haremswachen? Hast du sie alle zum Markt geschickt?«

»Nein, die habe ich vergiftet.« Als sie ihn entsetzt anschaute, verdrehte er die Augen. »Es war nicht nötig, zu so drastischen Maßnahmen zu greifen. Dank des zweifelhaften romantischen Charmes eines gewissen italienischen Zigeuners meiner Bekanntschaft war ich in der Lage, eine reizende junge Dame dazu zu überreden, mir einen Geheimzugang in den Harem zu verraten.«

Als ihre Blicke sich trafen, erkannte Clarinda, dass sie zum ersten Mal seit jenem verhängnisvollen Morgen auf der Wiese allein waren. Sie hatte sich größte Mühe gegeben, ihn aus ihren Gedanken zu verbannen, aber es war seitdem kein einziger Tag vergangen, an dem er nicht wie ein Phantom in ihrem Herzen aufgetaucht war. Jetzt stand er wieder in Fleisch und Blut, aber irgendwie überlebensgroß, vor ihr.

Nachdem sie diese Erkenntnis verdaut hatte, wandelte sich ihr Zorn in Beunruhigung. Sie warf einen verzweifelten Blick zur Tür und ging auf ihn zu. »Ist dir eigentlich klar, was für ein Risiko du hier eingehst? Wenn irgendein Mann außer dem Sultan und seinen Eunuchen im Harem entdeckt wird, steht darauf die Todesstrafe. Du könntest deinen Kopf verlieren.«

Ashs Blick wanderte gemächlich über sie, verweilte auf den wohlgeformten weißen Schenkeln, die das wenig hilfreiche Handtuch unbedeckt ließ, dem sich mit jedem bebenden Atemzug unregelmäßig hebenden und senkenden Busen, ihrem wirren Haar und der verräterischen Röte auf ihren Wangen.

Als seine Augen wieder bei ihren ankamen, stand kein

Anflug von Spott darin. »Ich fürchte, dafür ist es zu spät. Den habe ich vermutlich längst verloren.«

Einen schmerzlichen Moment hörte Clarinda ganz auf zu atmen. Sie hatte völlig vergessen, wie sie sich dabei fühlte, wenn er sie so ansah. Sein Blick weckte in ihr die Frage, was er wohl tun würde, wenn sie ihren krampfhaften Griff um das Handtuch lockerte und es zu Boden fallen ließ.

Sie umklammerte den dünnen Stoff fester, als ob es den letzten verbliebenen Rest ihres gesunden Menschenverstandes enthielte. Hatte sie nicht bereits auf die harte Tour gelernt, dass eine momentane Unbesonnenheit lebenslanges Bedauern nach sich ziehen konnte? Wenn sie zuließe, dass er ihre Entschlusskraft mit einem Blick ins Wanken brachte, wie sollte sie ihm da je beweisen, dass sie nicht mehr das liebeskranke Mädchen war, das er verlassen hatte, sondern eine erwachsene Frau?

Wie sollte sie das je sich selbst beweisen? Oder Max?

Also stellte sie sich vor, sie sei in ihr strengstes Vormittagskleid gewandet statt in einen dünnen Streifen Seide gewickelt und reckte das Kinn. »Wenn du gekommen bist, um eine deiner berühmt-berüchtigten Rettungsaktionen durchzuführen, Captain Burke, dann sollten wir uns besser beeilen. Ich bin zwar im Augenblick das Lieblingsspielzeug des Sultans, aber er hält mich an reichlich kurzer Leine.«

Das böswillige Funkeln war in seine Augen zurückgekehrt. »Warum die plötzliche Eile? Nach allem, was ich beobachten konnte, steht deine Hochzeit nicht vor dem sechsten Jahrestag deines einundzwanzigsten Geburtstag an.«

Sie kniff die Augen zu schmalen Schlitzen zusammen. »Sie haben sich überhaupt nicht für mein Alter interessiert, als ich im Palast eintraf. Sie waren alle zu sehr damit beschäftigt, mein Haar zu begaffen.«

Er streckte eine Hand aus und nahm eine Strähne von ihrer nackten Schulter. Während er das silberblonde Haar durch seine Finger gleiten ließ, sandte seine fast ehrfürchtige Berührung einen unerwünschten Schauer der Sehnsucht durch sie. »Du musst zugeben, es ist dein hervorstechendstes Merkmal.« Er ließ seinen Blick nochmals über sie wandern. »Oder immerhin eines von ihnen.«

Sie schlug seine Hand weg. »Ich kann nicht glauben, dass ich vergessen hatte, wie unerträglich du bist.«

Er beugte sich vor. »Ich habe jedenfalls nicht vergessen, wie sehr du es immer genossen hast, mich leiden zu lassen. Weißt du noch, wie du mich über den Felsvorsprung in die Disteln geschubst hast, während wir Blinde Kuh gespielt haben?«

»Ich hätte eine höhere Klippe aussuchen sollen.«

Und schon standen sie sich wieder gegenüber, Nase an Nase, starrten sich an, als seien sie noch Kinder, er zwölf und sie neun Jahre alt. Es war genau diese knisternde Spannung, die sie schließlich einander in die Arme getrieben hatte, in jener lang zurückliegenden Nacht in dem Stall seines Vaters, als er sie zum ersten Mal geküsst hatte.

Clarinda wusste nicht, ob sie enttäuscht oder erleichtert war, als Ash den unsichtbaren Faden durchtrennte. Er entfernte sich und lehnte sich gegen das verschnörkelte Ende des Diwans, überkreuzte seine Füße in den Stiefeln und verschränkte die Arme über seinem Herzen wie zum

Schutz. »Nachdem wir mitansehen durften, wie der Sultan dich anschmachtet, ist Luca nicht restlos überzeugt, dass du überhaupt gerettet werden willst. So traulich wie ihr beide zusammensaßt, dachte er, du hättest dich vielleicht in den Mann verliebt.« Ashs sachlich trockenem Ton nach zu schließen, war ihre Antwort für ihn nicht sonderlich wichtig.

»Farouk ist ein von Grund auf netter Mann mit einem guten Herzen. Zwar hat er die unselige Neigung, Frauen als Besitz zu betrachten, aber ich sehe nicht, dass ihn das von den meisten anderen Männern meiner Bekanntschaft unterscheidet. Gehen unsere englischen Gesetze nicht von demselben Grundsatz aus – besonders nachdem ein Mann eine Frau in Besitz nimmt, indem er sie heiratet? Sobald sie eingewilligt hat, seinen Namen anzunehmen, hat sie nicht mehr Rechte als ein preisgekrönter Jagdhund oder eine Zuchtstute.«

»Wenn du mich davon überzeugen willst, dass du damit zufrieden bist, die Zuchtstute eines Mannes zu werden, dann muss ich dich enttäuschen. Ich weiß, dass du dich nicht so sehr verändert hast. Das Mädchen, das du früher warst und das ich sehr gut kannte, sehe ich noch deutlich vor mir.«

»Du hast recht«, räumte sie mit einem Seufzen ein. Sie legte sich das herabhängende Ende ihres Handtuches über den Arm, als sei es die Schleppe eines eleganten Ballkleides. Dann begann sie vor ihm auf und ab zu laufen, und die Worte brachen in einem erleichterten Sturzbach hervor: »Alles, was ich seit dem Tag getan habe, an dem Farouk mich gekauft hat, jedes Wort, das ich gesprochen, jedes Versprechen, das ich gegeben habe, war ein verzweifelter Versuch, das Unvermeidliche hinauszuschieben. Ich habe ihm geschmeichelt und ihn überredet, ich habe gesungen und getanzt, ich habe mit den Wimpern geklimpert und mir die Lippen geleckt, ich habe mir Strähnen von meinem Haar um die Finger gewickelt und jeden albernen Witz, jede spannende Geschichte erzählt, an die ich mich erinnern kann. Ich habe Farouk beigepflichtet, wenn es ihm gefiel, und mit ihm gestritten, wenn ihm das besser gefiel. Ich bin vor Fremden in wenig mehr als seidenen Fähnchen herumstolziert. Ich bin gekämmt, gestupst und betastet, gebadet und massiert, mit Öl eingerieben und mit Parfüm bestäubt worden, bis ich am liebsten geschrien hätte. Und ich habe mit jedem Atemzug durch meine frisch polierten Zähne dreist gelogen.« Sie blieb vor Ash stehen, warf ihre Hände erbittert in die Höhe. »Weißt du, wie grässlich erschöpfend es ist, jede verfluchte Sekunde eines jeden Tages charmant und reizend zu sein?«

Obwohl Ash eine ausdruckslose Miene wie ein Totengräber bewahrte, zuckte ein Muskel in seiner Wange. »Für dich ist das, da bin ich sicher, eine unglaubliche Herausforderung.«

Mit einem bösen Blick in seine Richtung ließ sie sich gegen die Wand sinken, das Handtuch hielt sie immer noch vor sich. »Dein Freund irrt sich. Ich verspüre nicht das Verlangen, hierzubleiben und den Rest meiner Tage als des Sultans Schoßhund zu verbringen, obwohl ich nach Strich und Faden verwöhnt werde.«

»Ich bin sicher, mein Bruder wird erleichtert sein, das zu hören.«

Clarinda hob langsam den Kopf. »Du hast mit Maximillian gesprochen?«

»Selbstverständlich. Warum sonst sollte ich hier sein?«

Seine Worte waren von so beiläufiger Grausamkeit, dass sie ihr den Atem raubten. Um diese verheerende Wirkung zu überspielen, würgte sie ein sprödes Lachen hervor. »Also liegt Maximillian nicht genug an mir, selbst herzukommen, aber genug, um dich zu schicken? Was für einen Reim soll ich mir darauf machen?«

»Das bleibt ganz allein dir überlassen. Mein Bruder hat nie zugelassen, dass sein Herz über seinen Verstand herrscht. Und sein Verstand weiß, dass ich der Mann bin, der dich hier am ehesten lebendig wieder herausholen kann. Außerdem steht die Hingabe meines Bruders für dich nicht infrage, soweit ich das beurteilen kann. Lass mich sehen … wie hat er es ausgedrückt? Nachdem er wortreich deine Güte, deine Tapferkeit und deine Leidenschaft fürs Leben gepriesen hatte, hat er erklärt: ›Sie ist mehr als bloß meine Braut, sowohl in meinen Augen als auch in meinem Herzen.‹ Es war wirklich rührend, wenn auch ein bisschen schwülstig.«

Clarinda senkte den Blick in der Hoffnung, ihre Verwunderung über Max' leidenschaftliche Erklärungen zu verbergen. Er hatte ihr gegenüber niemals etwas auch nur annähernd so Romantisches gesagt. Seit Jahren hatte er versucht, sie dazu zu überreden, ihn zu heiraten, aber er hatte seine Absichten immer in praktische Gründe gekleidet – wie gut sie zusammenpassten, wie vorteilhaft ihre Verbindung für beide Familien sein werde, wie sehr sie eine zweite Chance auf Glück verdiente, solange noch Zeit für sie war, selbst Kinder zu bekommen.

Er musste gewusst haben, dass Kinder das zugkräftigste Argument von allen waren.

Vielleicht versuchte Max immer noch, sie zu beschützen. Wenn Ash glaubte, ihre und Max' Verbindung beruhte auf Leidenschaft statt auf tiefer beständiger Freundschaft und gegenseitiger Achtung, dann vermutete Ash sicher nicht, wie tief sein Fortgang sie damals verletzt hatte.

»Ich bin nicht überrascht, dass du dich deswegen über ihn lustig machst«, erklärte sie, hob den Kopf und schaute Ash kühl an. »Der Unterschied zwischen dir und deinem Bruder besteht doch darin, dass Max nicht einfach nur nette Worte benutzt, um eine Frau in sein Bett zu locken. Er spricht aus seinem Herzen.«

»Faszinierend. Mir war gar nicht bewusst, dass er überhaupt eines besitzt.« Ash betrachtete sie durch zusammengekniffene Augen. »Dir liegt wirklich etwas an ihm, nicht wahr?«

»Selbstverständlich.« Obwohl die Worte nicht so überzeugend klangen, wie Clarinda es beabsichtigt hatte, stimmten sie doch. In seiner eigenen beständigen, schweigsamen Art hatte Maximillian ihr das Leben so sicher gerettet wie Farouk. Ash mochte es nie erfahren, aber als er ihr das Herz gebrochen hatte, war Max dagewesen, um die Scherben aufzulesen. »Ich habe eingewilligt, ihn zu heiraten.«

»Du hast auch eingewilligt, Dewey Darby zu heiraten, nicht wahr?«

Sie atmete scharf ein, dass Ash von ihrer kurzen unseligen Verlobung wusste, überraschte sie. »Wie hast du davon erfahren?«

Er zuckte die Achseln, und seine Miene verriet nichts. »Die Leute reden. Wie ich gehört habe, war ich kaum auf der Gangway meines Schiffes angekommen, als du auch schon seinen Antrag angenommen hattest.«

»Nun, der Schmied wollte mich nicht, und ich konnte keinen Amerikaner finden«, erwiderte sie, von der Ungerechtigkeit seiner Anschuldigung trotz allem getroffen.

»Daher musstest du dich mit einem Viscount begnügen. Nicht dass ich dir einen Vorwurf mache. Ich bin sicher, du wärst eine ausgezeichnete Viscountess geworden.«

»Nun, das werden wir nie erfahren.«

»Es tut mir leid«, sagte Ash leise, er sah aus, als sei es ihm ernst. »Max hat mir von Darbys Unfall erzählt. Es muss für dich sehr schwer gewesen sein.«

Clarinda bereute ihren Ausbruch bereits, sie schloss kurz die Augen. Er sollte nie erfahren, wie schwer die Zeit damals für sie war. »Ich habe es überstanden.«

»Das überrascht mich nicht. Nicht viele Frauen würden eine Entführung durch Korsaren und die folgende Versteigerung auf dem Sklavenmarkt so klaglos hinnehmen.« Dieses Mal war die widerwillige Bewunderung in seinem Ton nicht zu überhören. »Jetzt misst du deine Geistesgegenwart und deinen Witz mit einem Sultan wie eine moderne Version von Scheherazade aus *Tausendundeiner Nacht*. Vielleicht ist es gar nicht so rätselhaft, dass mein Bruder bereit ist, eine hübsche Summe dafür zu zahlen, dich zurückzubekommen.«

Ungläubig richtete Clarinda sich auf. »Maximillian *bezahlt* dich? Du nimmst von deinem Bruder Geld an, um mich zu retten?«

Ashs Achselzucken war noch nachlässiger als sonst. »Wenn er so dumm ist, mir welches zu bieten, bin ich nicht so dumm, es abzulehnen. Du solltest nicht zu hart mit ihm ins Gericht gehen. Seit es ihm gelungen ist, den Reichtum der Familie wiederherzustellen, löst er jedes Problem mit Geld – mich eingeschlossen.«

Eine Minute lang fühlte Clarinda sich, als stünde sie wieder auf dem Auktionsblock des Sklavenhändlers, als sei ihr erneut die Kontrolle über ihr Schicksal entrissen worden, wieder lag es in den Händen von Männern. »Wie viel? Wie viel zahlt er dir?«

»Nach dem Ausdruck in deinen Augen zu urteilen nicht annähernd genug.« Ash deutete mit einem Finger auf sie. »Ich kenne den Blick. Du stehst kurz davor, mich zum Teufel zu jagen, richtig?«

»Schmeichel dir nicht, Captain Burke. Ich bezweifle, dass der Teufel dich haben will.« Sie machte einen Schritt auf ihn zu, dann noch einen, kümmerte sich nicht darum, dass das Handtuch ihr von der Schulter gerutscht war und den Ansatz ihrer sahnig weißen Brüste enthüllte. »Aber was du tun kannst, ist geradewegs zu deinem Bruder zurückzugehen und ihm zu sagen, er solle zur Hölle gehen. Ich werde einen Weg finden, wie ich ohne deine Hilfe hier herauskomme. Vielleicht entscheide ich am Ende doch noch, mein Glück mit Farouk zu versuchen. Wenigstens vertuscht er es nicht, wenn er eine Frau kauft und für sie zahlt, er kleidet die gesamte Transaktion nicht in Gefühlsduselei!«

Sie wirbelte herum, um aus dem Raum zu stürmen, aber Ash fasste sie am Unterarm und hielt sie auf. »Ich dachte, du wolltest gerettet werden.«

»Das will ich auch. Aber nicht von dir!« Sie biss vor Erbitterung die Zähne zusammen und zerrte an ihrem

Handgelenk in einem vergeblichen Versuch, sich aus seinem harten Griff zu befreien.

Er gebot ihren Bemühungen Einhalt, indem er ihren Arm gegen seine Brust presste, eine Bewegung, durch die ihre Lippen sich gefährlich nah kamen. »Was willst du tun? Nach einer Wache rufen?«

»Führ mich bloß nicht in Versuchung!«

Es war lange Zeit her, seit sie ihm so nah gewesen war. Nah genug, um zu sehen, wie die Schwärze in seinen Pupillen das Gold seiner Iris verschlang. Nah genug, um jede einzelne Bartstoppel auf seinem Kinn zu zählen. Nah genug, um den Moment genau zu erkennen, als sein Blick sich auf ihren Mund senkte.

Obwohl es ihn keinen besonderen Kraftaufwand kostete, sie festzuhalten, ging sein Atem so unruhig wie ihrer. Sie konnte unter ihrem Arm spüren, wie sein Brustkasten sich ungleichmäßig hob und senkte, wie sein Herz in seiner Brust unregelmäßig hämmerte.

Mit sichtlicher Anstrengung löste er seinen Blick von ihren Lippen und sah ihr wieder in die Augen. »Es könnte mir kaum unwichtiger sein, was du von mir hältst.« Seine Stimme war bar jeder Leidenschaft, sodass sie so kalt und gnadenlos klang wie die eines Fremden. »Oder von meinem Bruder. Das Einzige, was wirklich zählt, ist, dass du hier herauskommst, bevor Farouk bemerkt, dass du ihn die ganze Zeit belogen und mit deiner angeblichen Unschuld getäuscht hast, und dich am Ende in seinem Bett erwürgt.«

»Mir blieb doch keine andere Wahl, als zu lügen. Wenn Farouk gemerkt hätte, dass ich nicht mehr unschuldig bin, hätte er mich in der ersten Nacht nach meiner Ankunft hier zu seiner Konkubine gemacht. Ich wäre in seinem Harem eingesperrt, könnte dessen Mauern nie wieder verlassen, es sei denn in den Nächten, in denen er mich in sein Bett kommen lässt. Aber du musst dir keine Sorgen machen, dass Farouk mir etwas antun könnte. Er verehrt den Boden, auf dem ich wandele. Er würde niemals …«

»Ich kenne diese Männer«, erklärte Ash und schnitt ihr rücksichtslos das Wort ab. »Ich lebe seit Jahren unter ihnen. Sie leben in einer Welt, in der nichts wichtiger ist als Ehre und Stolz, und auf niemanden können sie leichter verzichten, als auf eine Frau. Wenn Farouk dahinterkommt, dass du gelogen hast, tötet er dich. Es wird ihm vermutlich sogar leidtun und schwerfallen, aber er wird das Gefühl haben, dass ihm keine andere Wahl bleibt.« Ash hob seine freie Hand und umfing ihr Gesicht. Trotz seines barschen Tonfalles strich sein rauer Daumen mit unwiderstehlicher Zärtlichkeit über ihre Wange. »Ich bin derjenige, der dich in diese Lage gebracht hat. Und, Himmel, ich werde auch der sein, der dich wieder herausholt.«

Als Clarinda ihm tief in die Augen blickte und seine Entschlossenheit sah, glaubte sie fast, dass seine Sorge um sie etwas anderem entsprang als schlichter Habgier. Womöglich empfand er doch etwas für sie und konnte ihrem Herzen gefährlich werden. »Himmel, Captain Burke, das hört sich ja ganz so an, als ob dir etwas daran läge, was aus mir wird.«

»Wenn ich dich nicht lebendig zu meinem Bruder zurückbringe«, erklärte er, und seine Stimme war wieder aalglatt, »werde ich den Rest meines Lohns nicht bekommen.«

Als sie dieses Mal versuchte, ihm ihr Handgelenk zu entziehen, unternahm er keinen Versuch, sie daran zu hindern. Obwohl es sie ärgerte, das zuzugeben, wusste sie, dass er recht hatte. Sie war es leid, von Männern wie eine Schachfigur hin und her geschoben zu werden, aber sie konnte es sich nicht leisten, Farouk zu unterschätzen oder Ashs Hilfe in einem kindischen Wutanfall auszuschlagen.

Sie starrte ihn an und massierte sich das Handgelenk. »Ich kann dir gar nicht sagen, wie erleichtert ich bin zu wissen, dass Maximillian die Rechnung für meine Rettung zahlen wird. Wenigstens wird dann nicht von mir erwartet, dich mit einem Kuss zu entlohnen.«

»Das ist ein Preis, auf den ich in deinem Fall gerne verzichte.« Weil er erkannte, dass er diese Runde eindeutig gewonnen hatte, sagte Ash: »Jetzt, da ich den geheimen Zugang zum Harem kenne, muss ich nur noch einen Weg aus dem Palast finden. Es mag ein paar Tage dauern, bis ich Farouk so weit habe, dass er sich in Sicherheit wiegt. In der Zwischenzeit musst du weiter die Rolle der verliebten Verlobten spielen. Wir müssen uns große Mühe geben, keinen Verdacht zu erregen. Wenn ich komme, um dich zu holen, musst du zur Reise bereit sein, und du musst dich darauf einstellen, dass wir schnell reisen.« Er machte eine Pause, als müsse er seine nächsten Worte sehr sorgfältig wählen. »Du wirst mir vertrauen müssen.«

Sie schüttelte den Kopf, und ein reuiges Lächeln spielte um ihre Lippen. »Du hattest immer schon die Angewohnheit, das Unmögliche zu verlangen.«

Er war schon auf dem Weg zur Tür, als sie sagte: »Ich werde nicht ohne Poppy von hier weggehen.«

Er nahm ihre Worte mit einem knappen Nicken zur Kenntnis. »Das hatte ich mir schon gedacht.«

An der Tür drehte er sich noch einmal um und musterte sie nachdenklich. »Hast du noch mehr Verlobte, von denen ich wissen sollte? Du scheinst eine stattliche Zahl gesammelt zu haben, seit ich dich das letzte Mal gesehen habe.«

»Ich bin sicher, es überrascht dich zu erfahren, dass es Männer gibt, die angesichts der Aussicht, mich zu heiraten, nicht den Drang verspüren, bis ans andere Ende der Welt zu fliehen.«

Er schüttelte in spöttischem Mitleid den Kopf, und das teuflische Grübchen erschien wieder auf seiner Wange. »Der Himmel steh den armen Teufeln bei.«

Sie kniff die Augen zu schmalen Schlitzen zusammen. »Wenn ich jetzt ein Hufeisen hätte, Captain Burke, ich würde es dir an den Kopf werfen. Und dieses Mal würde ich auch treffen.«

»Du musst mir kein Hufeisen an den Kopf werfen, Miss Cardew, um meine Aufmerksamkeit zu erregen. Das war nie der Fall.« Damit schlüpfte er aus der Tür und schloss sie geräuschlos hinter sich.

Kapitel zwölf

Clarinda lag auf dem Rücken auf einer Wiese mit duftenden Wildblumen unter den schützenden Zweigen einer alten Eiche. Sie schloss die Augen, genoss die warmen Sonnenstrahlen auf ihrem Gesicht, die durch das Blätterdach fielen, und öffnete sie erst wieder, als sie spürte, dass jemand neben ihr stand. Obwohl die Züge des Jungen, der sie anschaute, im Schatten lagen, würde sie seine schlanke großgewachsene Gestalt überall erkennen. Sie streckte ihm die Arme entgegen, und ein schläfriges, einladendes Lächeln spielte um ihre Lippen.

Er nahm die Einladung an, kam, ohne zu zögern, zu ihr, ließ sich zwischen ihren Beinen auf ein Knie nieder und zog sie in seine Arme. Als sein Mund mit ihrem verschmolz, schienen ihre Kleider sich in Luft aufzulösen. Sie hatte gedacht, die Sonne sei warm, aber ihre Strahlkraft verblasste im Vergleich mit der fiebrigen Hitze seiner Haut auf ihrer. Er verschlang sie mit seinem Mund und drückte sie an sein Herz, als versuchte er, sie durch seine Poren in sich aufzusaugen, allen Raum zwischen ihnen auszufüllen, sodass sie eins werden konnten, nicht nur mit ihren Körpern, sondern auch mit ihren Seelen.

In der einen Minute war er über ihr, in der nächsten befand er sich in ihr, füllte sie mit einem einzigen festen Stoß, der ihr ein lautes Keuchen entlockte. Als sie ihm ihre

Hüften entgegenhob, dem primitiven Drang gehorchend, ihn immer tiefer in sich aufzunehmen, wusste Clarinda, sie würde nie wieder sich selbst gehören. Sie würde immer diesem wunderschönen Jungen gehören, der heiser ihren Namen stöhnte, als sei sie die Antwort auf jedes seiner Gebete.

Ihr Unterleib begann vor Wonne zu pochen, strebte nach Erfüllung. Sie schlug die Augen auf. Es war nicht länger, Ash, der Junge, der sich über ihr und in ihr bewegte, sondern Ash, der Mann. Sein Kinn war mit Bartstoppeln überzogen, und seine Schultern waren breit genug, die Sonne zu verdecken. Seine Augen waren geschlossen, seine Züge von Lust verzerrt. Er griff unter sie und spreizte ihre Schenkel noch weiter, während seine Hüften sich in gnadenlosem Rhythmus bewegten, er machtvoll in sie eindrang, wieder und wieder, bis sie atemlos war und keinen klaren Gedanken mehr fassen konnte.

Als die Schauer der Lust sich verstärkten, zu einem Sturm der Empfindungen anschwollen, grub sie ihre Fingernägel in seinen Rücken und öffnete den Mund, um ihr Entzücken hinauszuschreien …

Clarinda fuhr auf, setzte sich auf ihrem Schlafdiwan auf, lag in ihre schweißfeuchten Laken verheddert. Sie schlug sich eine Hand vor den Mund, denn sie fürchtete, sie hätte wirklich laut aufgeschrien.

Mit angehaltenem Atem wartete sie, den Blick auf den Vorhang gerichtet, der den Alkoven von den Frauen im Harem trennte, die am Fuß der Stufen schliefen. Als sie keine Schritte die Treppe hinaufeilen hörte, seufzte sie auf. Wenn sie geschrien hätte, wäre eine von Farouks Wachen mit einem Säbel in der Hand herbeigestürzt.

Sie strich sich mit zitternder Hand ihr wirres Haar aus dem Gesicht. Da sie den zweiten Abend in Folge nicht eingeladen worden war, den Männern beim Dinner Gesellschaft zu leisten, hatte sie gehofft, alle Gedanken an Ash verbannt zu haben, bevor sie ihren Kopf auf das Kissen legte und die Augen schloss. Sie hätte vielleicht sogar Erfolg gehabt, wenn er sie in ihren Träumen nicht eingeholt hätte.

Dieser skandalöse Traum hätte dazu führen sollen, dass sie entspannt und befriedigt einschlief. Stattdessen fühlte sie sich frustriert und irgendwie verstimmt, denn ihr Höhepunkt war ebenso ein Phantom gewesen wie der Mann, der ihn ihr geschenkt hatte. Ihr Busen fühlte sich schwer an, und zwischen ihren Schenkeln war ein quälender Schmerz, der in ihr den Wunsch weckte, ihre Hand dorthin zu legen; sie wusste aber, es wäre ein vergeblicher Versuch, die Sehnsucht zu lindern.

Schon vor ihrer Entführung hatte sie die Vorstellung gefürchtet, nach einem solchen Traum neben ihrem Ehemann aufzuwachen. Wie sollte sie Max je erklären, warum sie im Schlaf aufgeschrien hatte? Noch schlimmer war die Vorstellung, sie müsste gar nichts erklären. Max war immer imstande gewesen, ihre Gedanken zu lesen, wahrscheinlich müsste er ihr nur in die Augen schauen und wüsste, dass sie von einem anderen Mann geträumt hatte. Einem Mann, der zufällig sein Bruder war.

Sie trat die Laken weg und glitt von dem Diwan, ging zu dem Fenster, das tief in die Mauer aus in der Sonne gebackenen Steinen eingelassen war. Die meisten Frauen im Harem schliefen nackt, aber sie bestand darauf, ein kurzes Seidenhemd zu tragen. Das Kleidungsstück war so hauchdünn, dass sie genauso gut hätte nackt sein können, so jedoch fühlte sie sich hier etwas weniger verletzlich, wo von Frauen gemeinhin erwartet wurde, zu jeder Tages- und Nachtzeit zur Verfügung zu stehen, um einem Mann jeden Wunsch zu erfüllen.

Eine warme Brise strich über ihre erhitzte Haut, als sie ihre Finger um das kunstvoll gearbeitete Eisengitter schloss, das zwischen ihr und der Nacht lag. Farouk nannte sie gerne seine »Butterblume«, während Luca sie als nachtblühende Lilie bezeichnet hatte. Aber sie fühlte sich mehr wie eine Gewächshausorchidee, die in einem feuchtwarmen Glashaus eingeschlossen war. Alles, wonach sie sich sehnte, war in die Wildnis zu entkommen, wo sie endlich frei wäre zu erblühen.

Sie hatte in jener Nacht im Stall auf Dryden Hall versucht zu fliehen, als Ash sie gefunden hatte und sie wegen der Gehässigkeit der Mädchen, die sie für ihre Freundinnen gehalten hatte, geweint hatte. Nachdem sie mit dem Hufeisen nach ihm geworfen hatte, hatte sie sich hastig aufgerichtet, sie fürchtete, ihr Wutanfall hätte ihn am Ende getötet.

Doch als er langsam aufstand und leise einen anerkennenden Pfiff ausstieß, hatte sie erkannt, dass sie ihn verfehlt hatte. »Die Mädchen haben recht, weißt du? Keine echte Dame kann so werfen. Wenn ich nicht so gute Reflexe hätte, hättest du mir das Hirn zerschmettert.«

Sie schniefte. »Ich glaube, dazu müsstest du erst einmal ein Hirn haben.«

»Dem kann ich nicht widersprechen. Wenn ich auch nur ein halbes Hirn hätte, wäre ich jetzt im Haus oben und würde mit einer der Schlangen tanzen, die du Freundinnen nennst, statt mein Leben und meine Gesundheit hier bei dir aufs Spiel zu setzen.«

Clarinda wischte sich die Nasenspitze mit dem Handrücken, sie wünschte, das Mondlicht, das durch den Heuboden in den Stall schien, wäre nicht so hell. Sie musste grässlich aussehen. Sie hatte noch nie weinen und dabei hübsch aussehen können.

Es war das erste Mal, dass sie und Ash allein waren seit seiner Rückkehr von Eton. Er war immer noch schlank, aber jetzt waren seine Schultern wesentlich beeindruckender, seine Brust in der gestreiften Weste und dem gestärkten weißen Hemd wesentlich breiter. Ein Mädchen fragte sich unwillkürlich, wie es sich wohl anfühlte, die Wange daran zu schmiegen und dem Herzschlag darunter zu lauschen.

Sie riss ihren Blick zurück zu seinem Gesicht und sah, dass er an seiner Zigarre zog und sie dabei betrachtete, als sei sie ein Rätsel, das er lösen musste.

»Du solltest vermutlich gehen«, riet sie ihm. »Sie glauben schon, dass ich versuche, mir deinen Bruder zu angeln, und wenn sie uns hier finden, werden sie mir vermutlich vorwerfen, ich wollte auch dich in eine Falle locken, damit du mich am Ende heiraten musst.« Sie strich die zerrissenen und schlammbespritzten Röcke ihres prächtigen Ballkleides glatt und fragte sich, wie sie ihren Zustand ihrem Vater erklären sollte. »Oder etwas Schlimmeres.«

»Mach dir keine Sorgen«, erwiderte Ash unbekümmert. »Wenn wir entdeckt werden, werde ich ihnen einfach sagen, wir hätten uns in den Stall geschlichen, um gemeinsam eine Zigarre zu rauchen.«

Clarinda spürte, wie ihre Lippen sich zögernd zu

einem Lächeln verzogen. »Dann werden alle mit absoluter Sicherheit wissen, dass ich ein hoffnungsloser gewöhnlicher Wildfang bin.«

Er drückte die Zigarre an einem Pfosten aus und schnippte den Rest fort. »Das hätte ich ihnen schon vor langer Zeit sagen können.«

Sie hätte es nicht für möglich gehalten, aber seine Worte verletzten sie tiefer als die spitzen Bemerkungen, die sie heute Abend hatte erdulden müssen. Sie warf den Kopf in den Nacken, sodass ihr Haar, das sich schon bei ihrer wilden Flucht aus dem Haus halb aus ihrer Hochsteckfrisur gelöst hatte, ihr über den Rücken fiel, und sagte: »Warum gehst du dann nicht einfach dahin zurück, wo du hingehörst?«

»Weil ich zufällig hoffnungslose gewöhnliche Wildfänge mag.« Er kam lässig auf sie zu, sein träger Gang wurde durch die Eindringlichkeit in seinen goldfarbenen Augen Lügen gestraft. »Sie sind so viel interessanter als Damen.«

Da Clarinda praktisch schon alle Hoffnung aufgegeben hatte, dass dieser Augenblick je kommen würde, konnte sie ihn nur mit vor Überraschung weit aufgerissenen Augen ansehen, als er sie in seine Arme schloss und seinen Kopf zu ihrem senkte.

Zu ihrer Überraschung war es nicht ihr Mund, den er küsste, sondern ihre Wange. Er strich mit seinen Lippen über jede Tränenspur, linderte ihren Schmerz mit einer Beredsamkeit, die Worte niemals haben konnten.

Als seine Lippen sich schließlich über ihren schlossen, schien es wie die natürlichste Sache auf der Welt. Clarinda hatte schon jede Menge junger Männer in ihre Schranken verwiesen, die versucht hatten, ihr einen Kuss zu stehlen. Aber Ash stahl nichts. Er belegte mit Beschlag, was ihm rechtmäßig zustand.

Sein Mund glitt mit beinahe ehrfürchtiger Zärtlichkeit über ihren, er schmeckte ganz leicht nach Tabak und Brandy. Offenbar war die Zigarre nicht das Einzige, was er aus dem Arbeitszimmer seines Vaters stibitzt hatte. In dem Augenblick war es, als ob alles an ihnen eins wurde – ihre Münder, ihr Atem, der Rhythmus ihrer Herzen. Ihr eigenes klopfte so laut, dass Clarinda kaum das Knarren der Stalltür hörte, als sie geöffnet wurde, bis Ashs Arme sich fester um sie schlossen und er sie mit sich in den Schatten an der Wand zog.

»Wer ist das?«, flüsterte sie und schlang ihm unwillkürlich die Arme um die Mitte.

Ash runzelte die Stirn. »Vermutlich einer von den Stallburschen meines Vaters.«

»Clarinda? Bist du hier, Kleines? Einer der Lakaien hat gesagt, er glaube, er habe dich herlaufen sehen. Der Sohn des Earls of Cheatham ist gerade eingetroffen und möchte dich sehr gerne kennenlernen.«

Clarinda drückte ihr Gesicht gegen Ashs Weste, um ihr Stöhnen zu ersticken. »Oh nein! Es ist Papa! Seit ich von Miss Throckmortons College zurück bin, hat er einen stetigen Strom aus Verehrern mit Titel vor mir aufmarschieren lassen, weil er hofft, ich würde für einen von ihnen eine Vorliebe entwickeln.«

Ash hob ihr Gesicht an und zwang sie so, ihn anzusehen. »Du wirst die Giftschlangen für immer verstummen lassen, wenn sie erst einmal gezwungen sind, dich eines Tages mit ›Lady Cheatham‹ anzusprechen.«

Sie biss sich auf die Unterlippe, dann lächelte sie spitzbübisch. »Was, wenn ich lieber ›Lady Wildfang‹ sein möchte?«

»Dann bin ich nur zu gerne bereit, diesen Wunsch zu erfüllen.« Er drückte einen weiteren kurzen, aber festen Kuss auf ihre Lippen, nahm ihre Hand in seine und zog sie weiter in den Stall.

Dort schob er ein lockeres Brett in der Wand zur Seite und bedeutete ihr, durch das so entstandene Loch zu schlüpfen, er half ihr, ihren Rocksaum zu befreien, als er an einem Nagel hängen blieb. Dann rannten sie gemeinsam Hand in Hand durch die warme windige Nacht und lachten dabei übermütig.

Diese Erinnerung an das Gefühl grenzenloser Freiheit ließ den Turm nur noch mehr wie einen Käfig erscheinen. Clarinda konnte den Schatten des Meeres über den Spitzen der Palmen ausmachen, und die Schaumkronen des leichten Wellengangs glitzerten im Mondschein silbrig. Wie konnte das Schicksal nur so grausam sein, sie den ganzen Weg übers Meer zu tragen, nur um sie wieder in den Armen von Ashton Burke landen zu lassen?

Sie lehnte ihre Stirn gegen das Flechtwerk. Sie täte gut daran, sich daran zu erinnern, dass sie sich nur in ihren Träumen in diesen Armen wiederfand. Es war nicht das erste Mal, dass sie diese sonnenbeschienene Wiese in den einsamen dunklen Stunden der Nacht besuchte, und sie fürchtete, es werde auch nicht das letzte Mal sein.

Ihre eigenwillige Fantasie schien die Kälte, die Feuchtigkeit und die klammen Finger des Nebels, die sie eingehüllt hatten, als Ash sie an jenem lang vergessenen Morgen auf den Stoff ihres Umhanges gebettet hatte, immer zu verdrängen. Vielleicht war es einfach zu schmerzlich, sich daran zu erinnern, wie seine Hände unter den machtvollen Gefühlen gezittert hatten. Wie sie ihn in die Schulter gebissen hatte, als er ihr Jungfernhäutchen durchstoßen und sie mit seinem Glied ausgefüllt hatte. Seine unaussprechliche Zärtlichkeit, als er ein mit seinem Monogramm besticktes Taschentuch benutzte, um nachher die Spuren ihres Tuns von ihr zu beseitigen.

Sie hatte damals gewusst, sie sollte sich für das, was sie getan hatten, schämen. Aber jegliche Scham war in dem Wunder dessen, was sie gemeinsam erlebt hatten, untergegangen. Die Scham war erst später gekommen, nachdem er gegangen war und sie sich allein mit den Folgen dieses viel zu kurzen Idylls konfrontiert gefunden hatte.

Während die Wochen ohne Nachricht von ihm vergingen, hatte es ihr schmerzendes Herz fast getröstet, wenn sie sich vorstellte, dass er tot war oder irgendwo in der Fremde in einer Zelle eingesperrt war, wo er sein Dasein damit fristete, von Tagen im Sonnenschein und Nächten mit ihr zu träumen. Sie war noch jung und unbedarft genug gewesen zu glauben, dass ganz bestimmt nur Ketten oder der Tod ihn davon abhalten konnten, zu ihr zu kommen.

Aber als aus Wochen Monate wurden und Nachrichten von seinen wagemutigen Heldentaten in der Ostindien-Kompanie sowohl in den Klatschblättchen als auch in den Zeitungen auftauchten, hatte sie erkannt, dass er nicht vorhatte zurückzukommen.

Das hatte er vielleicht auch nie vorgehabt.

Soweit sie wusste, hatte sie ihm nie mehr bedeutet als ein dummes Mädchen, das er einmal verführt hatte – die

Erste in einer langen Reihe von Eroberungen, die darauf folgte. Und jetzt war sie einfach nur ein Auftrag für ihn – ein Geschäft zwischen zwei Männern, das damit enden würde, dass sie gegen eine größere Geldsumme eingetauscht würde, fast wie ein hochgezüchtetes Fohlen.

Sie nahm an, sie sollte Maximillian dafür dankbar sein, dass er sie letztlich von der vielleicht noch nicht ganz ausgemerzten Vorstellung befreit hatte, dass Ash auf einem weißen Pferd herangestürmt käme und seine unsterbliche Liebe für sie erklärte. Es war viel wahrscheinlicher, dass Max mit seinem Kutscher in einem vernünftigen Gefährt vorgefahren kam, als dass er ein weißes Pferd reiten würde. Dennoch hatte er sich in jeder Beziehung, auf die es ankam, als ihr Held erwiesen. Er verdiente Besseres als eine Braut, die sich nach einem anderen Mann verzehrte.

Sie wandte sich gerade vom Fenster ab, um zu dem zweifelhaften Komfort ihres Schlafdiwans zurückzukehren, als eine Bewegung unten im Garten ihre Aufmerksamkeit erregte. Zuerst dachte sie, es sei nur der Schatten einer Wolke, die sich vor den Mond schob. Als sie aber genauer hinsah, konnte sie die Umrisse eines Mannes auf dem Gartenweg unten ausmachen. Während sie ihn beobachtete, zog er an seiner dünnen Zigarre, sodass durch das Aufglimmen ein Lichtschein auf sein Gesicht fiel.

Sie musste zugeben, es bereitete ihr gemeine Befriedigung zu sehen, dass Ash durch die Gärten streifte und offenbar ebenso wenig schlafen konnte wie sie. Vielleicht war er durch einen ähnlich erregenden Traum von seinem Lager vertrieben worden wie sie, und sein Körper sehnte sich nach einer Erfüllung, die ihm für immer versagt bliebe.

Ihr Lächeln verblasste jäh, als er direkt unter ihrem Fenster an einer Weggabelung stehen blieb und zu dem Turm hochblickte, genau zu der Fensteröffnung, hinter der sie stand, als wüsste er, wo sie zu finden war.

Sie machte hastig einen Schritt nach hinten und suchte Schutz im Schatten. Obwohl es unmöglich war, konnte sie das Gefühl nicht abschütteln, dass er sie trotzdem sehen konnte. Dass er sich des hungrigen Ausdrucks in ihren Augen bewusst war, dem ungleichmäßigen Heben und Senken ihres Busens, ja sogar ihrer Brustspitzen, die sich unter der sengenden Hitze seines Blickes aufgerichtet hatten.

Erst als er sich mit einer Schulter gegen den Stamm einer Palme lehnte und einen langen Zug von seiner Zigarre nahm, erkannte sie, dass er nirgends hingehen würde.

Langsam wich sie weiter ins Zimmer zurück, während sich die verräterische Wärme des Triumphs in ihr ausbreitete. Ashs Mund mochte lügen, aber seine Augen konnten das nicht.

Er liebte sie vielleicht nicht, aber er begehrte sie.

Erstaunlicherweise schlief Clarinda den Rest der Nacht tief und traumlos. Das Wissen, dass Ash über sie wachte, sorgte dafür, dass sie sich sicherer und behüteter fühlte, als wenn sie von einer ganzen Armee mit Säbeln bewaffneter Eunuchen bewacht würde.

Als sie am nächsten Morgen aus ihrem Schlafalkoven trat und die Stufen hinunterstieg, waren ihre Schritte beschwingter und leichter, als sie es lange Zeit gewesen waren. Sie ertappte sich sogar beim Summen einer fröhlichen Melodie.

Sie hatte ihre mehrlagigen Röcke gegen eine der exotischen Hosen eingetauscht, die so viele Frauen im Palast trugen. Sie schmiegte sich eng an ihren Po und lief dann über ihre Beine weiter aus, um am Knöchel wieder gerafft zu werden. Die dünne Seide war in verschiedenen satten Korallen- und Saphirtönen gefärbt. Es war ein bisschen, als liefe man in Unaussprechlichen herum, aber es war nicht zu bestreiten, dass sie sehr bequem war.

Die Hose wurde durch ein Oberteil ergänzt, das oben tief genug ausgeschnitten war, um einen großzügigen Blick auf ihr Dekolleté zu gewähren, und unten kurz genug war, dass man ein schmales Stück ihres Bauches sehen konnte. Clarinda lächelte, als sie sich vorstellte, welches Verkehrschaos sie auf Londons Straßen verursachen würde, wenn sie dort so gewagt gewandet herumliefe.

Es war so früh, dass die meisten Frauen im Harem noch auf den Diwanen in der Halle schliefen. Clarinda suchte sich vorsichtig einen Weg durch den Raum, sie nahm im Vorbeigehen eine Handvoll Nüsse und frische Datteln von einem Teller. Sie war erleichtert, dass Poppy sich nicht unter den Frauen befand. Angesichts der Angewohnheit ihrer Freundin, das Erstbeste auszusprechen, das ihr in den Sinn kam, wagte Clarinda es nicht, ihr gegenüber zu erwähnen, dass Ash sich gestern in den Harem geschlichen hatte oder auch nur ein Wort über ihr Gespräch. Wenn die Zeit zur Flucht kam, blieb ihr keine Wahl, als Poppy in alles einzuweihen, aber bis zu dem Tag würde Clarinda ihr keine Geheimnisse anvertrauen.

Was sie jetzt vorhatte, war zu Farouk zu gehen und ihm eine Einladung zum heutigen Abendessen abzuschmeicheln. Sie glaubte nicht, dass sie noch eine weitere ruhelose Nacht ertragen konnte, in der sie in ihrem Alkoven auf und ab lief, während ihr Schicksal in den unzuverlässigen Händen von irgendwelchen Männern lag.

Erleichtert sah sie, dass Solomon einer der Eunuchen war, die am Haremstor Wache hielten. Als sie ihm erklärte, sie wolle den Sultan sprechen, nickte er nur und öffnete ihr die Tür.

Sie schritt gerade über einen langgezogenen Gang, der an einer Seite offen war und einen spektakulären Ausblick auf die Gärten bot, als ihr Yasmin entgegenkam, deren Arme mit Handtüchern beladen waren. Clarinda hätte am liebsten gestöhnt, aber stattdessen reckte sie ihr Kinn noch ein Stück, entschlossen, sich nicht durch einen verächtlichen Blick oder eine gehässige Bemerkung die gute Laune verderben zu lassen.

Yasmin erfüllte ihre Erwartungen. »Aus dem Weg, du unbeholfene Kuh«, fuhr sie sie an, als sie beinahe auf gleicher Höhe waren.

Clarinda öffnete gerade den Mund, um eine angemessene Antwort zu geben, als sie bemerkte, dass Yasmin unter ihrem durchsichtigen lila Schleier nicht die gewohnt missmutige Miene zeigte, sondern ein selbstzufriedenes Lächeln. Die Härchen in Clarindas Nacken stellten sich auf. »Was tust du zu dieser frühen Stunde außerhalb des Harems? Sonst muss man dich doch praktisch an den Haaren aus dem Bett ziehen.«

Yasmin wich ihr geschickt aus, ohne langsamer zu werden. »Solomon hat mir aufgetragen, dem Engländer bei seinem Bad behilflich zu sein.«

Clarinda erstarrte, wie gelähmt von der Vorstellung, wie Yasmin die Gurke fast im Ganzen verschlungen hatte. Sie wirbelte herum und ging der anderen Frau eilig nach, um sie einzuholen, bevor sie die Tür erreichte, die in die Bäder führte.

»Ich fürchte, es hat eine Änderung im Plan gegeben«, sagte sie und zwang Yasmin, stehen zu bleiben, indem sie ihr einfach den Weg versperrte. »Ich werde Captain Burke heute Morgen bei seinem Bad zur Hand gehen.«

Unter ihrem Schleier verschwand Yasmins Lächeln. »Das glaube ich nicht. Wenn das so wäre, hätte Solomon es mir doch gesagt.«

»Solomon weiß nichts davon.« Nun, das immerhin entsprach der Wahrheit. »Der Sultan selbst hat beschlossen, dass dem Captain jemand behilflich sein soll, der aus seinem Heimatland kommt.«

Yasmin kniff die Augen zusammen, bis sie nur noch glitzernde Striche waren. »Ich glaube dir nicht. Seine Majestät würde niemals eine Jungfrau schicken, dass sie einem Mann beim Bade hilft.« Sie spie das Wort *Jungfrau* aus wie manche Frauen *Hure* sagen würden. »Ich werde sofort eine Audienz bei ihm verlangen, und dann werde ich beweisen, dass du nichts bist als eine elende lügnerische kleine …«

»Ich würde das an deiner Stelle nicht tun.« Obwohl sie innerlich dabei zusammenzuckte, wusste Clarinda, dass ihr keine andere Wahl blieb, als jede Skrupellosigkeit zu nutzen, die sie in sieben langen Jahren auf dem Internat unter heranwachsenden jungen Mädchen gelernt hatte. »Du bist eine Konkubine. Ich bin bald schon Farouks Ehefrau. Und sobald ich das bin, werde ich auch darüber bestimmen, welche Konkubinen weiterhin seine Gunst genießen.« In der Hoffnung, dass Yasmin es nicht darauf ankommen lassen würde, beugte Clarinda sich näher zu ihr. »Und welche für immer aus seiner Nähe verbannt werden.«

Yasmin erdolchte sie weiterhin mit Blicken, aber als sie sich mit der Zungenspitze die geröteten Lippen befeuchtete, wusste Clarinda, dass sie gewonnen hatte. Mit einem kehligen Fluch auf Arabisch drückte Yasmin ihr die Handtücher in den Arm und wirbelte herum, sie marschierte in die Gärten, wo sie zweifellos den Rest des Morgens damit verbringen würde, nach einer giftigen Schlange zu suchen, die sie Clarinda ins Bett legen konnte.

Clarinda blickte ein wenig ratlos auf die Handtücher in ihren Armen, sie fragte sich, was sie nun tun sollte. Aber dann erinnerte sie sich wieder daran, wie selbstzufrieden Ash gestern ausgesehen hatte, als sie von der Liege aufgesprungen war, nachdem er zugelassen hatte, dass sie ihn für Solomon gehalten hatte.

Ein boshaftes Lächeln trat langsam auf ihre Lippen. Captain Burke war so freundlich gewesen, ihr eine Massage zu geben, warum also sollte sie ihm nicht den Gefallen erwidern? Rache war bekanntermaßen süß.

Clarinda öffnete vorsichtig die schwere Bronzetür und schlüpfte in den Hammam, die verschwenderisch ausgestatteten Bäder des Sultans. Der Harem verfügte über einen eigenen Hammam, aber der war immer voller kichernder Frauen. Jedes Mal, wenn Clarinda sich darin entkleidete, zeigten sie mit dem Finger auf sie und starrten sie an, als sei sie eine Art Albino-Affe. Schließlich hatte sie es sich zur Gewohnheit gemacht, ihr Bad in dem Alkoven zu nehmen oder schon ganz früh am Morgen, wenn die anderen Frauen noch schliefen, in den Hammam zu gehen.

Mit einem kurzen Stoßgebet, dass Ash momentan der einzige Besucher des geräumigen Bades mit dem Kuppeldach war, ging Clarinda barfuß und lautlos über die feuchten Mosaikfliesen.

Wenigstens hatte Clarinda geglaubt, sie bewege sich lautlos, bis Ashs rauchiger Bariton aus den Wolken wohlriechenden Dampfes erklang, die den Raum ausfüllten. »Ich bin ein erwachsener Mann. Ich brauche kein Kindermädchen, das mich badet. Ich weiß die Gastfreundschaft deines Herrn zu schätzen, aber du kannst gehen.«

Clarinda spürte, wie ihre Lippen sich erbittert aufeinanderpressten. Selbst als Kind hatte sie sich nie unbemerkt an ihn heranschleichen können. Seine Wachsamkeit hatte ihm sicherlich im Kampf gute Dienste geleistet, aber sie war in höchstem Maße ärgerlich für eine Achtjährige, die versuchte, ihm eine lebendige Grille in den Kragen zu stecken.

Sie besann sich auf ihre Schauspielkünste, die sie beim Theaterspielen daheim und in Miss Throckmortons Schule weiterentwickelt hatte, um Yasmins schweren Akzent nachzuahmen. Mit einer leicht heiseren Note in der Stimme sagte sie: »Oh bitte, gütiger Herr, wollen Sie mir nicht wenigstens gestatten, Ihnen Ihre Handtücher zu bringen? Wenn Sie mich fortschicken, wird am Ende mein Herr unzufrieden mit mir sein und mich strafen.«

Nach einer winzigen Pause gab er nach: »Ich nehme nicht an, dass es irgendwie schaden kann. Ich möchte jedenfalls nicht dafür verantwortlich sein, dass du … bestraft wirst.«

»Sie sind einer schlichten Magd gegenüber viel zu großzügig«, antwortete Clarinda, und ihre Stimme troff vor genau der richtigen Menge unterwürfigem Charme.

Ehe sie zu ihm in den Hammam gekommen war, war sie kurz in den Harem zurückgegangen, um sich ein paar Schleier zu holen. Sie hatte einen vor Mund und Nase befestigt und dann ihr Haar zu einem festen Knoten auf dem Kopf aufgesteckt und mit einem weiteren Schleier bedeckt. Sie verließ sich darauf, dass der duftende Dampf ihre Verkleidung komplett machte.

Langsam näherte sie sich dem Schmuckstück des Hammam – einem achteckigen Wasserbecken, das genau unter der Kuppel in den Boden eingelassen war. Diamantförmige Stücke aus buntem Glas waren in die Kuppel eingesetzt, sodass die Strahlen der Morgensonne in verschiedenen Farben auf das Wasser fielen. Da Farouks Vorfahren die Umsicht besessen hatten, ihren Palast über einer natürlichen warmen Quelle zu errichten, wurde das sonst typische römische Holzofenheizsystem nicht benötigt, um das Wasser zu erhitzen. Die Quelle versorgte das Bad mit frischem, heißem Wasser, um den müden Badegast zu erquicken.

Das Becken war groß genug, um zwei Dutzend Männern Platz zu bieten, aber zu Clarindas Glück war der Einzige, der sich momentan darin befand, ein besonders aufreizender Engländer.

Ihre Schritte stockten, als Ash in ihr Blickfeld kam. Er saß im Becken, und die Wasserlinie schwappte gegen seinen muskelüberzogenen Bauch. Seine Arme hatte er zu beiden Seiten ausgestreckt, er lehnte sich entspannt gegen die Fliesenwand in seinem Rücken, eine Haltung, die die ausgeprägten Muskeln in seinen Armen und seine breiten Schultern betonte. Clarinda wurde einmal mehr daran erinnert, dass er nicht länger der Junge war, den sie von früher kannte, sondern ein völlig anderes Wesen von wilder Männlichkeit und möglicherweise gefährlich.

Es gab Leute, die meinten, der Teufel persönlich lebe im Hammam, und in diesem Augenblick war Clarinda in Versuchung geführt, ihnen zu glauben.

Während die Dampfschwaden um ihn waberten, sah Ash aus wie ein Herrscher der Unterwelt, der sich müßig Zeit ließ, während er auf eine hilflose Frauenseele wartete, um sie zu verschlingen.

Das war alles, was nötig war, Clarinda davon zu überzeugen, dass sie einen schweren Fehler begangen hatte. Sie hatte gehofft, ihm den Streich heimzuzahlen, den er ihr gestern gespielt hatte, aber da es um so viel ging, war jetzt nicht die richtige Zeit für Spielchen. Noch dazu ein Spiel, bei dem sie so geringe Chancen hatte zu gewinnen. Glücklicherweise war bislang nichts passiert.

»Sie können die Handtücher dort drüben auf die Bank legen«, sagte er und verfolgte jede ihrer Bewegungen.

»Wie Sie wünschen, Mylord.« Sie hielt die Augen züchtig gesenkt, als sie zu einer der Marmorbänke ging, die zu beiden Seiten des Beckens standen. Wenn er ihre Augen sah, konnte sie nicht mehr unerkannt und mit intaktem Stolz entkommen.

Sie ließ die Handtücher praktisch auf die Bank fallen und wandte sich ab, um zu gehen.

»Warte.« Ashs tiefe herrische Stimme sandte ihr einen Schauer über den Rücken. »Ich habe entschieden, dass ein wenig Hilfe bei meinem Bad doch nicht schaden kann.«

Kapitel dreizehn

Clarinda erstarrte. Sie schluckte den Kloß böser Vorahnung in ihrer Kehle hinunter und antwortete: »Wenn es Ihr Wunsch ist, Ihr Bad allein und in Ruhe zu genießen, mein Herr, möchte ich keinesfalls stören.«

»Es gibt nur wenige Männer, die gegen ein solches *Stören* etwas einzuwenden hätten. Vielleicht kannst du damit anfangen, mir den Rücken zu waschen.«

Clarinda runzelte die Stirn, als das Bild einer nassen, nackten Yasmin, die sich wie eine Schlange um seinen Körper wickelte, ihr durch den Sinn schoss.

»Nun gut, Mylord«, erwiderte sie steif und kehrte zum Becken zurück.

Obwohl sie den Blick gesenkt hielt, konnte sie Ashs Blick auf sich spüren, als sie zögernd um das Wasserbecken herum zu ihm ging. Sie blieb unsicher hinter ihm stehen, absurd dankbar dafür, dass die im Wasser aufsteigenden Blasen vor ihrem Blick verbargen, was sich darunter befand. Verlegen entdeckte sie, dass sie zwar keine Jungfrau mehr war, aber dennoch wie eine erröten konnte.

Sie nahm sich ein Stück von der braunen Olivenölseife aus der flachen Schale am Rand des Beckens. »Gibt es hier keinen Schwamm?«

»Den brauchen wir nicht. Du kannst deine Hände

nehmen.« Er stützte seine Hände auf seine muskulösen Oberschenkel, lehnte sich vor und ließ ihr keine Wahl, als seine unausgesprochene Einladung anzunehmen, sich hinter ihn zu knien.

Als sie seinen nackten Rücken zum ersten Mal klar sehen konnte, gelang es ihr kaum, sich ein unwillkürlich erschrockenes Aufkeuchen zu verkneifen.

Der Rücken, an den sie sich erinnerte, war unter der neugierigen Liebkosung ihrer Hände so glatt wie Marmor gewesen. Jetzt aber glich er einer zerknitterten Landkarte des Lebens, das er in den vergangenen drei Jahren geführt hatte. Von der Zahl der Narben her zu schließen, die ihn zierten, war mehr als einmal auf ihn eingestochen und vermutlich auch geschossen worden.

»Sie scheinen ein Mann zu sein, der auf dieser Welt mehr Feinde als Freunde hat«, bemerkte sie leise, unfähig, der Versuchung zu widerstehen, mit der Fingerspitze die gezackten Ränder der Bajonettnarbe nachzufahren, die sich von seinem Rückgrat oben quer über sein rechtes Schulterblatt zog.

»Überrascht dich das? Nicht jeder Mann kann zu seinem Schutz eine eigene Armee befehligen, so wie dein Herr es vermag. Manche Männer müssen ihre Schlachten selbst schlagen.«

Durch seine Worte daran erinnert, dass er gar nicht mit ihr, sondern mit Yasmin oder irgendeiner anderen blöden Konkubine sprach, nahm Clarinda ihre Hand von der Narbe. Sie tunkte die Seife in das warme Wasser, dann rieb sie ihm damit über den Rücken und seifte ihn ein, bis seine Haut sich unter ihren Fingern so glatt wie Seide anfühlte.

Der Dampf, der um sie herum aufstieg, begann seine Wirkung zu entfalten. Während Clarinda den Seifenschaum auf den kräftigen Muskeln an Ashs Schulterpartie verrieb, begannen Schweißperlen ihr in den Spalt zwischen den Brüsten zu rinnen. Eine erschlaffte Haarsträhne rutschte unter ihrem Schleier hervor und blieb an ihrer feuchten Wange kleben. Sie konnte fühlen, wie ihre eigenen Muskeln sich entspannten, mit jedem Streichen ihrer Hände lockerer und träger wurden.

»Mmmm …« Ashs wohliges Stöhnen schien durch ihren ganzen Körper zu vibrieren. Sie konnte die an einen Löwen erinnernden Bewegungen seiner Muskeln unter ihren Händen spüren, als er die Schultern kreisen ließ und sich reckte. »Marokkanische Frauen sind so auf die Bedürfnisse von Männern eingestellt. Sie sind ganz anders als die englischen Zankteufel.«

Clarindas Hand verkrampfte sich, sodass die Seife in hohem Bogen durch die Luft flog.

Ash fing sie blitzschnell auf, bevor sie ins Wasser fiel. »Was ist denn los? Stimmt etwas nicht?«

»Nein, Mylord«, antwortete sie rasch und fand es nun viel schwieriger, ihren gespielten Akzent beizubehalten, weil sie durch zusammengebissene Zähne sprach. »Ich spüle Ihnen jetzt den Rücken ab.«

Als sie einen Krug holen ging, und ihn in das Wasser tauchte, um ihn zu füllen, fuhr er unbekümmert fort: »Nehmen Sie zum Beispiel diese Miss Cardew. Ich kann mir nicht vorstellen, warum der Sultan auf die Idee kommt, eine solche Xanthippe heiraten zu wollen, obwohl er doch einen ganzen Stall voll schöner, fügsamer Frauen wie dich zur stetigen Verfügung hat.«

Clarinda hob den Krug langsam an, und ihr Griff um den Henkel war so fest, dass ihre Knöchel weiß schimmerten. Sie brauchte ihre ganze Selbstbeherrschung, ihm das Wasser über den Rücken zu gießen, statt ihm mit dem Krug auf den arroganten Schädel zu schlagen.

»Vielleicht gehen Sie mit dieser Miss Cardew zu hart ins Gericht. Ich habe sagen hören, dass eine starke Frau das Rückgrat eines Mannes sein kann.«

»Ha! Nicht diese Frau. Es ist viel wahrscheinlicher, dass sie ein Dorn in seinem Fleisch ist, meinetwegen auch in seinem Rücken. Wenn Farouk an seinem hirnrissigen Plan festhält, sie zu heiraten, dann kann ich Ihnen versprechen, dass er nichts bekommt, worauf er sich freuen kann, sondern stattdessen ein Leben in Elend. Und stetiges Gemecker. Himmel, diese Frau kann einem Mann mit ihrer Zunge die Haut in Streifen vom Rücken ziehen!« Ash schüttelte den Kopf. »Mir graut, wenn ich daran denke, wie dicht ich davor stand, mich an genau so eine Frau zu fes… *He! Was zur Hölle soll das denn*?«, rief er, als ihn der leere Krug am Kopf traf und dann ins Wasser fiel.

Er rieb sich die schmerzende Stelle und sandte ihr über die Schulter einen gekränkten Blick.

»Verzeiht mir, Mylord.« Clarinda senkte den Blick in der Hoffnung, er würde das Zittern ihrer Hände Angst und Scham zuschreiben, und nicht der Wut, die in ihr tobte. »Die Seife muss meine Hände glitschiger gemacht haben, als ich dachte. Ihr Rücken ist jetzt sauber. Darf ich nun gehen?«

»Nein, noch nicht.« Er lehnte sich wieder gegen den Beckenrand und setzte eine leicht beleidigte Miene auf. »Ich fürchte, meine Vorderseite fühlt sich vernachlässigt.«

Alle ihre Rachepläne waren jäh vergessen. Clarinda riss den Kopf hoch und starrte ihn entsetzt an, aber er hatte seine Augen bereits wieder geschlossen.

Nach den Aussagen der alten Frauen, die Clarinda in der Kunst der Liebe unterwiesen hatten, waren Frauen in den Augen von Männern austauschbar. Alles, was Männer begehrten, war ein warmer feuchter Ort, um ihren Samen zu verströmen, und soweit es sie anging, war ein Schoß dafür so gut wie jeder andere. Das war der Grund, warum eine Frau sich anstrengen musste, attraktiver, charmanter und unwiderstehlicher als alle anderen Frauen um sie herum zu sein, wenn sie darauf hoffen wollte, die Aufmerksamkeit des Sultans für länger als eine Nacht zu fesseln.

Trotz der warnenden Worte ihrer Lehrerinnen nahm Clarinda an, ein Teil von ihr habe weiter glauben wollen, dass Ash anders war als andere Männer. Dass er nicht so rasch bei der Hand wäre, seine Lust mit irgendeinem namenlosen – und sogar gesichtslosen Haremsmädchen zu stillen.

Sie senkte den Kopf erneut und verabscheute sich dafür, dass es ihr die Kehle zuschnürte. »Vielleicht wäre es am besten, Sie kümmern sich selbst um Ihre Vorderseite.«

Sie war schon halb aufgestanden, als seine Hand vorschnellte und sie am Handgelenk packte, er hielt sie fest. Obwohl sie ihr Gesicht abgewandt hielt, konnte sie dennoch seinen Blick spüren. »Dein Herr hat mir versichert, dass jede Frau, die er mir schickt, um mir beim Bad behilflich zu sein, meinem Befehl zu folgen hat.« Seine Stimme klang nicht länger freundlich, es schwang vielmehr eine sinnliche Drohung mit. »Hast du etwa vor, ihn Lügen zu strafen?«

Clarinda verharrte zwischen Flucht und Ergeben gefangen. Jeder Instinkt in ihr drängte sie zur Flucht, aber sie war nie vor einer Herausforderung zurückgeschreckt, besonders wenn sie von ihm kam. Vielleicht war es doch noch nicht zu spät für sie, sich an ihm zu rächen.

»Natürlich nicht«, antwortete sie leise. »Es ist mein einziger Wunsch, meinem Herrn … und Ihnen zu Gefallen zu sein.«

Mit diesem Versprechen auf den Lippen kniete sie sich wieder hin und nahm ihm die Seife aus der Hand. Als Ash sich erneut gegen den Beckenrand sinken ließ und erfreut seufzte, legte sie von hinten ihre Arme um ihn.

Einen langen Augenblick atmete er überhaupt nicht. Dann spürte sie seine Brust sich unter ihren Händen heben, als er tief Luft holte. Sie fuhr ihm mit den Fingern durch die Haare auf der Brust, dann begann sie mit kreisenden Bewegungen, seinen Oberkörper einzuseifen, dabei streifte sie immer wieder auch seine flachen Brustwarzen.

Sie lehnte sich vor, bis ihr Mund dicht an seinem Ohr war, dann flüsterte sie: »Gefällt Ihnen das, Mylord?«

»Mehr als du dir vorstellen kannst«, erwiderte er mit einer Stimme, die kaum lauter war als ein Knurren.

Die Seife glitt ihr aus der Hand und verschwand im Wasser. Sie rieb ihre Hände flach aneinander, um cremigen Schaum zu erzeugen, dann verteilte sie ihn auf seiner Haut, sie wagte sich immer näher an gefährlichere Regionen seines Bauches.

Um ihr Gleichgewicht zu halten, war sie gezwungen,

sich weiter nach vorn zu beugen, bis die Spitzen ihrer Brüste ihn am Rücken berührten. Wenn man bedachte, wie heiß seine Haut war, hätte es sie nicht überrascht, wenn es gezischt hätte oder Dampf von den Kontaktstellen aufgestiegen wäre. Das Wasser auf seiner Haut drang durch die Seide ihres Oberteils, sodass die Tatsache unmöglich zu verbergen war, dass ihre Brustspitzen sich zusammengezogen hatten und fest geworden waren.

Als eine ihrer Hände noch tiefer glitt und unter die Wasseroberfläche geriet, fühlte sie die steinharten Muskeln auf seinem Bauch zucken.

Er steckte seine Hand ins Wasser und fasste sie am Handgelenk, hielt sie in ihrer eigenen Falle gefangen. Die Bewegung brachte sie aus dem Gleichgewicht, und sie stolperte vorwärts, sodass ihr weicher Busen sich von hinten gegen ihn drückte.

Jetzt wird er mich gleich fortschicken, dachte sie, hin und her gerissen zwischen Freude und Enttäuschung, wobei sie beide Gefühle besser nicht genauer betrachtete. Sie hatte in Bezug auf ihn recht gehabt. Er war kein Mann, der sich mit den verführerischen Reizen einer Frau begnügte, die sich vor jeden Mann knien würde, um ihrem Herrn zu Gefallen zu sein.

Aber statt sie wegzuschieben, bedeckte er ihre Hand mit seiner viel größeren und drückte sie flach auf seinen Bauch. Er wandte den Kopf, sodass seine warmen Lippen ganz dicht an ihrem Ohr waren, und flüsterte: »Du hast unglaublich geschickte kleine Hände. Wenn wir uns beide Mühe geben, müsste uns doch gemeinsam eine noch bessere Verwendung für sie einfallen, oder?«

Sie keuchte nach Luft, als er ihr Ohrläppchen zwischen die Zähne nahm und sacht hineinbiss, während seine Hand sanften Druck auf ihre ausübte, sie nach unten … tiefer …

Sie stand kurz davor, ihren Plan zu vergessen, ihn zu erregen, bis er schier den Verstand verlor, um ihn dann sich selbst zu überlassen, als ihr wieder einfiel, dass es gar nicht ihre Hand war, die er da hielt.

Es war Yasmins Hand.

Sie lehnte sich zurück und entriss ihm ihre Hand. »Oh, ich habe bereits eine Verwendung für meine Hände«, erklärte sie zuckersüß. »Ich denke, sie sind perfekt dafür, Ihnen den Kopf zu waschen.«

»Aber ich habe doch schon …«

Ehe er zu Ende sprechen konnte, stützte sie beide Hände auf seine Schultern und drückte ihn mit aller Kraft nach unten. Wenn er geahnt hätte, was kommen würde, hätte sie keine Chance gehabt, ihn unter Wasser zu drücken. Aber ihr unerwarteter Angriff erwischte ihn unvorbereitet, sodass er ohne Gegenwehr unter die Oberfläche tauchte.

Er kam spuckend und fluchend wieder hoch, und das Wasser lief ihm in Strömen aus dem Haar. Er griff hinter sich, schloss seine Hände um ihre Taille und zog sie mit einer mühelosen Drehung über seine Schulter in das Becken; Wasser spritzte in einem Schwall auf.

Alles geschah unglaublich schnell. In der einen Minute kniete Clarinda am Rand des Wasserbeckens und genoss ihren Triumph, im nächsten befand sie sich im Wasser und lag auf Ashs Schoß.

Sie rang noch um Atem, als er ihr bereits den Schleier vom Gesicht riss und flatternd aufs Wasser fallen ließ.

»Da ist ja meine liebe kleine englische Xanthippe!« Ein breites Grinsen, das an einen Wolf erinnerte, breitete sich auf seinem Gesicht aus, wobei seine Zähne sich ganz weiß von dem sonnengebräunten Kupferton seiner Haut abhoben. »Ich habe mich schon gefragt, wie lange es noch dauern wird, bis du deine Krallen zeigst.«

Kapitel vierzehn

Clarinda blickte Ash finster in das feixende Gesicht. »Du elender Schuft! Du hast mich die ganze Zeit zum Narren gehalten, nicht wahr?« Wütend, wieder einmal den Kürzeren im Duell mit ihm gezogen zu haben, schlug sie ihm mit beiden Händen auf die Brust. »Wie weit genau wolltest du mich eigentlich gehen lassen, bevor du verhinderst, dass ich mich vollends lächerlich mache?«

»Fern sei es mir, deinem Wunsch im Weg zu stehen, um – wie hast du es so eloquent ausgedrückt?« Er schaute sie an und wackelte dazu mit den Augenbrauen. »Deinem Herr und mir zu Gefallen zu sein.«

Sie wischte sich eine nasse Haarsträhne aus den Augen. »Wie lange weißt du schon, dass ich es bin?«

»Von dem Moment an, als du die Tür geöffnet hast. Und deinen Mund.«

»Darum also hast du all diese grässlichen Sachen über mich gesagt! Um mich zu ärgern!«

»Oh nein. Ich habe jedes einzelne Wort so gemeint«, erwiderte er unbeeindruckt. »Du hast eine scharfe Zunge und ein Temperament wie die echte Xanthippe. Und ich habe noch keine andere Frau getroffen, die so dazu geschaffen ist, der Dorn im Fleische eines jeden Mannes …«

»Ich weiß, ich war furchtbar lästig und wie die Pest, als

ich ein kleines Mädchen war, aber alles, was ich von dir wollte, war, dass du mich ansiehst. Dass du mich wirklich siehst.«

»Oh, ich habe dich gesehen«, sagte er, und seine Stimme wurde weich. Die Art und Weise, wie er sie anschaute, weckte in ihr das Gefühl, als sei sie die einzige Frau auf der Welt. »Ich habe gesehen, wie tapfer du sein wolltest, als deine Mutter gestorben war, wie du deinem Vater am Grab die Hand gehalten hast und versucht hast, ihn zu trösten. Ich habe gesehen, wie verzweifelt du versucht hast, ihm eine Freude zu machen, obwohl es eine echte Herausforderung für dich war, eine perfekte kleine Dame zu sein. Ich habe gesehen, wie sehr du Ungerechtigkeit gehasst hast und immer als Erste für alle eingetreten bist, die kleiner oder weniger klug waren als du.« Er steckte ihr eine Haarsträhne hinters Ohr, und seine Berührung hatte eine verheerende Wirkung auf ihren Puls. »Ich habe dich immer gesehen. Ich habe nur eine Weile benötigt herauszufinden, was ich mit dir anfangen soll.«

In der Hoffnung zu überspielen, wie atemlos sein Geständnis und seine Berührung sie gemacht hatten, krauste sie die Nase und erklärte züchtig: »Nun, ich denke immer noch, dass ich das Mädchen aus dem Harem recht glaubwürdig gespielt habe.«

»Da werde ich dir nicht widersprechen. Einmal abgesehen davon, dass du mir fast mit dem Krug den Schädel eingeschlagen hast, habe ich die ganze Zeit mit angehaltenem Atem darauf gewartet, was wohl als Nächstes bei deiner Vorstellung kommen würde.«

»Woher wusstest du, dass ich es war?«

»Hast du etwa vergessen, dass ich dich kenne, seit du

kaum alt genug warst, mir auf kleinen dicken und noch wackeligen Beinen auf Schritt und Tritt zu folgen? Das erste Mal, als ich dich gesehen habe, bist du auf den Schultern deines Vaters geritten und hast die Ohren des Armen als Zügel genommen. Ich kenne jeden Tonfall in deiner Stimme, jeden Schwung deiner Hüften.« Das fröhliche Glitzern in seinen Augen verblasste, sodass sie nun seltsam ernst blickten. »Ich weiß, wie deine Hände sich auf meiner Haut anfühlen, ich kenne den Rhythmus deines Atems …« Sie hörte ganz auf zu atmen, als er seinen Kopf senkte und ihr mit der Nase ganz zart über den feuchten Hals strich. »Ich erkenne deinen Geruch, selbst unter all dem albernen Parfüm und Duftöl.«

Ihr Sturz in das Wasser hatte sie in eine noch gefährlichere Lage gebracht als zuvor. Das warme Wasser hatte nicht geholfen, die keck gezeigte Begeisterung ihrer Brustspitzen zu dämpfen. Ganz im Gegenteil, das seidene Oberteil schmiegte sich jetzt wie eine zweite Haut an sie, sodass es herausfordernder wirkte als nackte Haut. Alles, was nötig war, war ein kurzes Flackern von Ashs Blick nach unten, und schon erschien in ihrem Kopf ungebeten ein Bild von ihm, wie er zärtlich durch die Seide daran knabberte, so ähnlich wie er es mit ihrem Ohrläppchen getan hatte.

Er hob den Kopf, sodass ihre Münder wieder gefährlich nah beieinander waren. »Und ich kenne deinen Geschmack …«

Wie um seine Behauptung zu beweisen, streifte er mit seinen Lippen ihre in einer federleichten Berührung und stürzte damit ihre bereits taumelnden Sinne in einen Strudel. Es war, als seien ihre Lippen nie getrennt gewesen.

Als ob die Zeit stehen geblieben wäre und alles zwischen ihrem letzten Kuss und diesem nur glitzernde Sandkörner in einem erstarrten Stundenglas seien.

Clarinda konnte sich gegen solch verheerende Zärtlichkeit nicht verteidigen. Als er den Kuss vertiefte, mit seiner Zunge ihre streichelte, musste sie ihm eine Hand in den Nacken legen und ihre Finger in sein lockiges Haar schieben, um nicht ins Wasser zurückzurutschen. Wenn sie dieses Mal unterging, könnte sie sich nicht selbst retten.

Sie erwiderte die Liebkosung seiner Zunge, von dem Wunsch beherrscht, alles zu kosten, was ihr viel zu lange verwehrt gewesen war. Kein exotisches Gewürz oder Gericht konnte sich mit seinem Geschmack messen, nicht einmal der kräftigste dunkle arabische Kaffee oder das luftigste, dick mit goldenem Honig beträufelte *Ktefa*. Er war die fleischgewordene Schwelgerei, und alles, was sie wollte, war ihre hungernden Sinne an ihm satt zu essen, und das, obwohl sie aus bitterer Erfahrung wusste, dass es für sie nicht möglich war, jemals genug von ihm zu bekommen.

Der Dampf umgab sie in dichten Schwaden, so wie der Nebel an jenem Morgen auf der Wiese, erleichterte ihnen die Illusion, sie seien das einzige Liebespaar auf der Welt. Ihre Körper waren feucht von Wasser und Schweiß, und nichts als der dünne Stoff ihrer Seidenhose trennte sie von der harten hungrigen Hitze seines Schoßes. Es wäre so leicht, mit ihm zu verschmelzen.

Und er mit ihr.

Er schlang seine Arme um sie und nahm ihren Hinterkopf in seine Hand, drehte ihren Kopf zurück, damit er besseren Zugang zu den verbotenen Genüssen ihres Mundes erhielt.

Seine Zunge wurde mit jedem Vordringen kühner, machte sie mehr zu der Seinen mit jeder besitzergreifenden Bewegung, trug sie in eine Zeit und an einen Ort zurück, wo es keinen Maximillian gab, keinen Dewey und keinen Farouk, keinen Mann auf der Welt als ihn.

Genau das war der Grund, warum es so lange dauerte, bis das gedämpfte Öffnen und Schließen einer schweren Tür, gefolgt von einer Männerstimme, die schief ein Liedchen trällerte, sie in die Gegenwart zurückholte.

Ich liebt' meine kleine Jenny
sie war eine Jungfer hold und fein.
Wenigstens glaubt ich das
bis ich sie fand in den Armen dein.

Es stellt sich heraus, sie war Jungfer nicht
nur Lügnerin und Dirne sehr.
Doch als sie mir zeigt', was du sie gelehrt
da liebt ich sie nur mehr!

Clarinda und Ash fuhren auseinander und blickten einander entsetzt an. Der dröhnende Bass ließ sich nicht verwechseln.

»Gütiger Himmel, es ist Farouk!«, flüsterte Clarinda, wie gelähmt.

»Wir haben das Liedchen immer in Eton gesungen.« Ash runzelte die Stirn. »Verdammt. Wenn wir schon von einem deiner Verlobten *in flagranti* erwischt werden, warum muss es dann ausgerechnet der mit dem großen scharfen Schwert sein? Mein Bruder hätte mich nur entlassen oder zu einem Duell gefordert, bei dem ich ihn am Arm anschießen und mich dann wortreich hätte entschuldigen können.«

»Wir sind nicht *in flagranti*!«, protestierte Clarinda.

Mit seinen Fingern strich er kurz über die empfindsame Stelle an ihrem Nacken, dicht unter ihrem Haaransatz, bei deren Berührung sie immer von einem unbeschreiblichen Sehnen erfüllt wurde, das sie in Versuchung führte, ihm viel mehr zu erlauben als nur heimliche Küsse. Sein heiseres Flüstern sandte ihr einen Schauer über den Rücken. »Noch nicht.«

Sie erbebte, und ihr stockte der Atem. Nach Jahren, in denen sie die Rolle der feinen Dame mit großem Erfolg gespielt hatte, hatte sie da tatsächlich kurz davor gestanden, sich ihm nach nur ein paar geschickten Zärtlichkeiten und einer Handvoll Küsse hinzugeben?

Es war keine Zeit, ihre moralische Standhaftigkeit – oder besser das besorgniserregende Fehlen davon – zu bedenken. Farouk kam rasch näher, das verrieten die Geräusche seiner Füße auf den feuchten Fliesen.

»Geh!«, befahl Ash, hob sie widerstrebend von seinem Schoß und versetzte ihr einen Schubs in Richtung einer durch einen Vorhang abgetrennten Nische. Trotz ihrer verzweifelten Lage war er nicht imstande, sich einen liebevollen Klaps auf ihren Hintern zu versagen, als sie aus dem Becken krabbelte.

Mit einem empörten Blick über ihre Schulter in seine Richtung lief sie zu der Nische und schlüpfte hinter den Vorhang. Sie kauerte sich hin und schlang die Arme um ihre Knie, um sich so klein wie möglich zu machen, und sandte ein Stoßgebet zum Himmel, dass Farouk nicht die Wasserspur bemerkte, die vom Becken geradewegs zu ihrem Versteck führte.

»Majestät«, sagte Ash glatt und warnte sie damit, dass Farouk das Becken erreicht hatte.

»Guten Tag, Burke«, erwiderte Farouk mit seiner gewohnten Höflichkeit. »Es freut mich zu sehen, dass du die Annehmlichkeiten meines Hammam genießt.«

Clarinda bezweifelte, dass Farouk so dankbar wäre, wenn er ahnte, welche Annehmlichkeiten sein Gast soeben hatte genießen wollen. Sie hob ganz vorsichtig den Vorhang an, damit sie die beiden Männer sehen konnte. Unseligerweise tat sie das genau in dem Augenblick, als Farouk das weiße Tuch von seinen Hüften nahm, bevor er in das Wasser stieg. Das tat er völlig ohne jede Verlegenheit, warf das Tuch zur Seite und reckte sich, sodass nichts seiner Statur der Fantasie überlassen war und alle Zweifel beseitigt wurden, wie es ihm gelang, einen ganzen Harem voller Frauen zufriedenzustellen.

Clarinda hatte gar nicht gemerkt, dass sie laut nach Luft geschnappt hatte, bis Ash einen mörderischen Blick in ihre Richtung sandte. Sie duckte sich wieder hinter den Vorhang und hielt sich mit einer Hand den Mund zu, sie widerstand nur knapp dem Drang, wie ein Schulmädchen zu kichern.

Wasser plätscherte, als Farouk sich ins Bad gleiten ließ, er seufzte so laut, dass sie es vernehmen konnte.

»Du scheinst an diesem schönen Tag von Sorgen geplagt, mein Freund«, erklärte Ash. »Kann ich dir mit einem Rat helfen, um die Last auf deinem Herzen zu lindern?«

Clarinda war sogleich wieder ernst, sie erinnerte sich, dass es Ashs Ziel war, Farouks Vertrauen zu gewinnen, damit sie ihn beide am Ende verraten konnten.

»Mein Herz ist von demselben Leiden befallen, das alle Männer seit dem Anbeginn der Zeiten plagt. Frauen! Sie können einen wirklich wahnsinnig machen, nicht wahr?«

»Allerdings«, pflichtete Ash ihm aus tiefster Seele bei. »Aufreizende, vertrackte Geschöpfe, die einen schier zur Verzweiflung treiben. Stur. Nicht vertrauenswürdig. Launisch. Treulos. Leicht zu beeindrucken«, fügte er betont hinzu.

Clarinda biss die Zähne zusammen, sie wusste, dass seine Aufzählung für ihre Ohren bestimmt war, nicht für Farouks. Sie hätte seinen Kopf noch etwas länger unter Wasser halten sollen.

Ashs Begeisterung für das Thema schien nicht nachzulassen. »Flatterhaft. Rachsüchtig. Unbeständig. Eitel. Unlogisch …«

»Genau!«, rief Farouk, ehe Ash noch mehr dieser wenig schmeichelhaften Adjektive einfallen konnten. »Ihnen fehlt es an jeglicher Logik, und sie sind einfach nicht zu verstehen, aber trotzdem gestatten wir es ihnen, uns die Stimmung, unsere Hoffnungen und unser Verlangen zu diktieren.«

»Das mag wohl sein«, musste Ash ihm recht geben. »Sie sind die eine Schwäche von dem stärkeren, intelligenteren und insgesamt überlegenen Geschlecht.«

Dieses Mal gab sich Clarinda keine Mühe, ihr abfälliges Schnauben zu unterdrücken.

»Plötzlich hinterfrage ich die Weisheit meiner Vorfahren bezüglich dieses Themas«, räumte Farouk ein. »Vielleicht kannst du etwas Licht auf die Dunkelheit meiner Gedanken werfen.«

»Es wäre mir eine Ehre, das zu versuchen.«

Farouk schien seine nächsten Worte mit größter Bedachtsamkeit zu wählen. »Hier wird uns von der Wiege an beigebracht, dass ein Mann der Ehegatte von mehr als einer Frau sein kann, ein Glauben, der uns in den Augen vieler aus deinem Kulturkreis zu so etwas wie Barbaren macht.«

»Du wärst erstaunt, wie viele Männer in London nach der gleichen Philosophie leben«, erwiderte Ash mit einem zynischen Lachen. »Sie nennen diese Frauen nur nicht Konkubinen, sondern Mätressen.«

»Aber in deiner Welt gibt es doch auch Menschen, die glauben, es gebe nur einen wahren Seelengefährten für jeden Mann und jede Frau, oder? Dass ein Mann, der die Richtige findet und zur Frau nimmt, sein Schicksal erfüllt?«

»Die gibt es«, antwortete Ash. »Wir haben auch eine Bezeichnung für sie: *Bedauernswerte Narren.*«

»Also teilst du diese Überzeugung nicht?«

Ash schwieg einen langen Augenblick. Clarinda fiel auf, dass sie den Atem anhielt. Als er schließlich sprach, geschah das nur zögernd. »Nach meiner Erfahrung gibt es viele Frauen, die einen Mann erregen können.«

Clarinda schloss die Augen, sie war dankbar, dass er die Enttäuschung darin nicht sehen konnte.

»Aber nur eine, die sein Herz rühren kann.«

Ihre Augen öffneten sich. Jetzt hätte sie gerne sein Gesicht gesehen. Vielleicht versuchte er nur wieder, sie aufzuziehen. Er sprach vielleicht auch gar nicht von ihr, sondern von irgendeiner anderen Frau, die er auf einer seiner vielen Reisen kennengelernt hatte.

»Du bist ein weiser Mann, Burke«, erklärte Farouk. Aber seine Stimme war einen Hauch zu laut. »Und wenn ich ebenso weise bin, dann kann ich nur den Schluss ziehen, dass Clarinda diese Frau für mich sein muss. *Sie* ist das Schicksal, das ich annehmen muss.«

Ash erwiderte darauf so lange nichts, dass Clarinda fürchtete, er würde sie beide verraten und jegliche Chance auf eine Flucht vereiteln. Als er schließlich sprach, war seine Stimme so weich wie Samt, aber mit einem stählernen Unterton, den hoffentlich nur sie heraushören konnte. »Es ist allerdings ein weiser Mann, der sich nicht fürchtet, sein Schicksal anzunehmen. Nur ein Narr würde zulassen, dass es ihm durch die Finger schlüpft.«

Kapitel fünfzehn

Er kam nicht wieder.

Poppy nahm ihre Brille ab und blickte über das Meer, sie seufzte sehnsüchtig. Manchmal war die Welt ein angenehmerer Ort, wenn man sie nur leicht verschwommen sah. Dann wirkten die scharfen Kanten weicher, an denen sich ein empfindliches Herz leicht verletzen konnte.

Fünf Tage waren vergangen, seit Farouk sie an ihrem Zufluchtsort im Garten angetroffen hatte. Obwohl sie ihn seither nicht mehr im Garten gesehen hatte, war sie jeden Morgen gewissenhaft zu der Bank gegangen, sie hatte sich große Mühe gegeben, immer zur gleichen Zeit mit einem Korb voller frischer *Ktefa* am Arm zu erscheinen. Das Benehmen des Sultans ihr gegenüber mochte rätselhaft sein, aber an dem Blick, mit dem er das Backwerk angesehen hatte, war nichts missverständlich gewesen.

Eine sanfte Brise strich durch die Locken, die sie über den Ohren aufgesteckt hatte, aber der erbarmungslose goldene Sonnenball erklomm schon den Himmel im Osten. Bald würde die Hitze in schimmernden Schwaden über der Wüste wabern, sodass es selbst an den schattigsten Stellen im Garten bis zum Einbruch der Nacht unerträglich heiß war – besonders für eine Frau mit Poppys großzügigen Rundungen.

Trotz der drückenden Hitze begann sie sich in dieser Oase immer wohler zu fühlen. Auch für ihre Kleidung hegte sie mittlerweile eine entschiedene Vorliebe. Es gab keine Korsetts mit kneifenden Fischbeinstangen, nicht mehrere Lagen Unterröcke, keine zu engen Schuhe, die sie an den Zehen drückten. Ohne die Bänder, Knöpfe und Häkchen fühlte sie sich nicht mehr wie eine Weihnachtsgans verschnürt. Es stand ihr frei, tief Luft zu holen, ihre Beine zu strecken, mit den Zehen zu wackeln und solch albernen mädchenhaften Träumen nachzuhängen, dass der Sultan kurz davor gestanden hatte, sie zu küssen.

Leider war es nur ein alberner Traum – auch die Zuneigung von Mr. Huntingdon-Smythewar war ein Wunschtraum gewesen, er hatte ihr damals lediglich den Sonnenschirm zurückgebracht, den ein heftiger Windstoß umgeklappt und ihr aus der Hand gerissen hatte. Warum sollte so ein wunderbarer mächtiger Mann wie Farouk einem schlichten vollschlanken Mädchen wie ihr auch nur einen zweiten Blick gönnen, ganz zu schweigen davon, sie küssen zu wollen, zumal wenn eine ganze Schar exotischer Schönheiten ihn umschwärmte. Himmel, er lag jetzt gerade vermutlich mit einer davon noch ermattet in seinem Bett.

Sie schluckte ihre Enttäuschung hinunter, schob ihre Brille wieder zurück auf die Nase und schlug das Buch in ihrem Schoß auf. Es war völlig sinnlos, wenn sie zuließ, dass ihre schwermütigen Überlegungen einen sonst wunderschönen Morgen ruinierten.

Sie hatte gerade zu lesen begonnen, als ein Schatten bedrohlich auf die Seiten im Buch fiel.

Sie schaute auf und entdeckte Farouk, der sie unter

finster zusammengezogenen Brauen betrachtete, wobei sein gestrenges Gesicht die Sonne so wirkungsvoll wie eine Gewitterwolke verdeckte.

Sie konnte nicht verhindern, dass sich ein entzücktes Lächeln auf ihrem Gesicht ausbreitete. »Oh, einen schönen guten Morgen, Majestät. Was für eine wundervolle Überraschung, Sie hier zu sehen!«

»Das ist mein Garten, wissen Sie?«

»Natürlich weiß ich das. Der ganze Palast gehört Ihnen. Himmel, man könnte sogar so weit gehen zu behaupten, die gesamte Provinz gehöre Ihnen.«

Er starrte sie weiter unfreundlich unter seinen dichten dunklen Brauen an, er blinzelte nicht einmal. Poppy wusste, dass der Mann lächeln konnte. Er verströmte einen unglaublichen Charme, sobald er Clarinda anschaute. Oder irgendeine andere Frau.

Jede andere Frau außer ihr.

Das unbehagliche Schweigen dehnte sich aus, bis er sagte: »Das hier ist immer einer meiner Lieblingsplätze im Garten gewesen.«

»Von mir auch«, antwortete sie eifrig.

»Ich komme hier gerne früh am Morgen her. Um allein zu sein«, fügte er betont hinzu.

»Oh!« Poppys Lächeln verschwand. Sie griff nach dem Henkel des Korbes neben sich auf der Bank. »Ich wollte Sie nicht stören. Vielleicht sollte ich gehen.«

»Nein!«, entgegnete Farouk so scharf, dass sie ein bisschen zusammenzuckte. Das Buch rutschte ihr vom Schoß auf die Erde. »Was lesen Sie da?«, wollte er wissen, als sie sich beeilte, es wieder aufzuheben.

Ihre Verwirrung wuchs, aber sie hielt ihm das Buch

mit der Vorderseite hin, damit er den in Goldlettern gedruckten Titel lesen konnte. Als er mit zusammengekniffenen Augen darauf schaute und dabei noch unzugänglicher aussah als zuvor, stieg ihm langsam verlegene Röte über den Hals ins Gesicht.

»Oje!«, rief Poppy, und ihre eigenen Wangen verfärbten sich, als ihr die Erkenntnis dämmerte. »Sie können nicht Englisch lesen! Es tut mir leid. Ich habe angenommen, da Sie in Eton waren …«

»Ich kann lesen. Ich kann nur nicht sehen.«

»Wie bitte?«

Zu ihrer Überraschung streckte er eine Hand aus und stieß mit dem Finger ganz leicht gegen das Drahtgestell ihrer Brille. »Als ich in England war, hatte ich auch so etwas, damit ich meinen Studien nachgehen konnte. Aber als ich nach El Jadida zurückkehrte, um Sultan zu werden, hat mein Onkel behauptet, wenn ich mich damit sehen ließe, würde es mir von meinen Feinden als Schwäche ausgelegt.«

Poppy konnte sich nicht vorstellen, wie sie ohne ihre geliebten Bücher und die Klatschzeitungen leben sollte, nur weil sie nicht scharf genug sehen konnte. Sie hätte Miss Throckmortons Institut nicht überlebt, wenn sie nicht imstande gewesen wäre, sich ein paar kostbare Stunden jeden Abend, nachdem die anderen Mädchen eingeschlafen waren, in den Seiten eines Buches zu verlieren und alles Unschöne um sich herum zu vergessen. Mehr als einmal hätte sie fast die Schule in Brand gesetzt, weil sie eine Lampe unter ihre Decke geschmuggelt hatte.

»Es klingt für mich ganz so, als sei Ihr Onkel der Kurzsichtige von Ihnen beiden. Ich finde, nicht in der Lage zu sein, Ihre Feinde zu sehen, wenn sie sich an Sie heranschleichen, wäre ein viel größeres Zeichen von Schwäche.« Um seinetwillen verärgert, nahm sie sich die Brille von der Nase und hielt sie ihm hin.

Er blickte sie einen Moment an, ehe er die Brille zögernd ergriff. Ihre Finger berührten sich, als er das tat, und die Hitze seiner Haut hob sich scharf von der Kälte des Metallrahmens der Brille ab.

Als er sich die Bügel hinter die Ohren steckte, verkniff sich Poppy ein Lächeln. Er sah viel zu gut aus, um irgendeinem Professor ähnlich zu sehen, aber es war nicht zu leugnen, dass die Brille ihm eine würdevolle Ausstrahlung verlieh, die eher zu einem Anwalt oder einem Parlamentsmitglied passte als zu einem marokkanischen Sultan.

Sie wusste, es war falsch, ihn anzustarren, aber sie konnte nicht widerstehen. Wenn es nach Captain Burke ging, würden sie diesen Ort bald genug verlassen, und sie würde Farouk nie wiedersehen.

»Hier«, sagte sie und hielt ihm das Buch hin.

Aber er schaute gar nicht auf das Buch. Er schaute sie an.

»Was ist?«, fragte sie leise, sie fürchtete insgeheim, sein wiedererlangtes Sehvermögen hätte irgendetwas Schlimmes an ihr zu Tage gefördert. Hatte sie vielleicht heute Morgen vergessen, Reispuder auf ihre Nase aufzutragen? Trug sie ihr Oberteil links herum? Oder erkannte er jetzt erst, dass sie keine schlanke Nymphe wie Clarinda war, sondern eine Frau, die immer Schwierigkeiten gehabt hatte, einen Nachschlag beim Dessert abzulehnen?

»Ihre Augen.«

Blinzelnd blickte sie zu ihm hoch. »Ja?«

»Sie sind lavendelblau.«

Erleichtert nahm sie zur Kenntnis, dass sie offenbar keine Speisereste zwischen den Vorderzähnen hatte, und tat seine Beobachtung mit einem Winken ab. »Seien Sie nicht albern. Es ist ein ganz gewöhnliches Hellblau wie bei Immergrün. Meine Großmutter in den Cotswolds hat in ihrem Garten Immergrün gepflanzt, daher weiß ich das.«

Als sie ihm erneut das Buch hinhielt, nahm er es und überflog die Vorderseite mit unverhohlenem Interesse. »Coleridge?«

Sie nickte. »Ich liebe *Christabel*, aber hier scheint mir *Kubla Khan* irgendwie passender. Ihr Garten erinnerte mich an Xanadu. Und man kann Ihren Palast sicherlich in gewisser Weise als ›Lustschloss, stolz und kuppelschwer‹ beschreiben«, fügte sie hinzu, ohne sich ein spitzbübisches Lächeln für ihn zu verkneifen.

Er hob eine Augenbraue und warnte sie damit, dass ihm ihr Spott nicht entgangen war. »Dann verraten Sie mir doch bitte, meine liebe Miss Montmorency – sehen Sie sich als ›Mädchen hold mit Saitenspiel‹ oder eher als ›Weib im fahlen Mond allein, um den Dämonen-Liebsten klagend‹?«

Allein schon das Wort *Liebster* von seinen herrlich geformten Lippen zu hören, war für sie gefährlich herausfordernd. Sie lachte, um seine Wirkung auf sie zu verbergen. »Ich bin lediglich die Tochter eines einfachen Landedelmanns, und ich fürchte, ich habe überhaupt keinen Liebsten, weder einen dämonischen noch sterblichen.«

Farouk nahm die Brille sorgsam wieder ab, er fasste

sie an, als sei sie aus Gold statt aus Draht und einfachem Glas, dann reichte er ihr beides, Brille und Buch. »Lesen Sie mir vor.«

»Ach, das wird nicht nötig sein. Wenn Sie sich die Brille für eine Weile leihen wollen, können Sie selbst lesen.«

»Ich ziehe den Klang Ihrer Stimme vor.«

Poppy war von seinen Worten erschüttert. Wegen ihrer Neigung unentwegt drauflos zu schwätzen, besonders wenn sie eigentlich ihre Schüchternheit verbergen wollte, war sie es eher gewohnt, dass Gesprächspartner sich entschuldigten und unter Vorschub von Kopfschmerzen aus ihrer Nähe zurückzogen.

Sie war fast entsetzt, als Farouk sich auf der Bank niederließ, seine langen Beine in der weiten Hose ausstreckte, sie an den Knöcheln überkreuzte und schließlich seinen Kopf auf ihren Schoß bettete. Einen Moment konnte sie keine Luft bekommen, und noch weniger war sie imstande zu lesen.

»Sie dürfen anfangen«, verlangte er mit einer hochmütigen Handbewegung.

Sie räusperte sich. Vielleicht war das hier die übliche Position, in der man einem Sultan vorlas. Sie umklammerte das Buch aus Angst, eine ihrer Hände könnte versehentlich auf Abwege geraten und ihm die dicken ebenholzschwarzen Locken aus der Stirn streichen.

Aus irgendeinem Grund schlug sie das Buch an der Stelle auf, wo die letzten beiden Zeilen von Coleridges Gedicht standen:

Denn ihn hat Honigtau gespeist.
Er trank die Milch vom Paradies.

Ihr Blick zuckte nervös zu dem Korb mit dem Gebäck an ihrer Seite. »Würden Sie gerne ein *Ktefa* probieren, während ich vorlese, Ihre Majestät? Ich glaube, sie sind noch ein wenig warm.«

Farouk runzelte die Stirn, er dachte über die Frage nach, als habe sie ihn aufgefordert, eine unvorstellbar komplizierte Gleichung zu lösen, von der das Schicksal des gesamten Universums abhing. »Ja, ich glaube, das würde ich gerne.«

Sie griff unter das rote Tuch, mit dem der Korb zugedeckt war, brach ein großzügiges Stück von dem duftenden Gebäck ab und hielt es ihm hin. Er nahm es ihr aus den klebrigen Fingern und steckte es sich in den Mund, dann kaute er genüsslich. Schließlich tat er etwas, womit sie nie gerechnet hätte.

Er lächelte sie an.

Am Nachmittag darauf ruhte Clarinda auf einer Chaiselongue in einem der großzügigen Zimmer, die von dem Hauptraum des Harems abgingen, während eine alte Frau, die mehr Haare am Kinn hatte als Farouk, ihr die Zehennägel polierte, bis sie wie Perlmutt schimmerten, als Poppy hereingeschlendert kam.

Statt um den niedrigen Tisch in ihrem Weg herumzugehen, lief Poppy direkt dagegen und stieß sich so heftig ihr Schienbein daran, dass Clarinda unwillkürlich vor Mitleid zusammenzuckte. Sich die schmerzende Stelle reibend, humpelte Poppy zu der mit farbenfroh gemustertem Brokat bezogenen Ottomane neben Clarinda. Statt sich in der Mitte niederzulassen, setzte sie sich ganz an den Rand, sodass die Liege sich unter ihrem Gewicht am anderen Ende hob und sie beinahe mitsamt dem Möbelstück umgefallen wäre.

Clarinda wunderte sich über das ungeschickte Verhalten und den benommenen Gesichtsausdruck ihrer Freundin, bis ihr auffiel, dass noch etwas nicht stimmte. »Poppy, wo, um alles in der Welt, ist deine Brille?«

Noch verlegener als sonst berührte Poppy mit einem Finger ihre Nase, als rechnete sie damit, sie dort zu finden. »Ich bin nicht sicher. Ich muss sie verlegt haben. Du weißt doch, was für ein gedankenloses Gänschen ich sein kann. Heute Morgen habe ich beinahe meine Dose Reispuder in Brand gesetzt, weil ich sie für eine Lampe gehalten habe.«

»Vermutlich weil du deine Brille nicht aufhattest.« Den Protest der alten Frau ignorierend, begann Clarinda sich aufzurichten und ihre Beine über den Rand der Chaiselongue zu schwingen. »Ich komme noch vor Langeweile um. Warum lässt du dir nicht von mir helfen, sie zu finden?«

»Nein!«

Erschrocken über Poppys heftigen Widerspruch, schaute Clarinda ihre Freundin fragend an.

Poppys entsetzte Miene wich sogleich einem versöhnlichen Lächeln. »Du musst dir keine Umstände machen. Ich bin sicher, sie taucht wieder auf. Das ist immer so.« Wie um das Thema rasch zu wechseln, beugte Poppy sich vor. »Sag mal – hast du schon Nachricht von Captain Burke wegen seiner Pläne zu unserer Rettung?«

Clarinda lehnte sich auf der Chaiselongue zurück, was ihr ein zahnloses Lächeln von der alten Frau eintrug. Da Farouk von seinen Sklaven nicht verlangte, dass sie Englisch lernten, wusste Clarinda, dass sie vor ihr offen reden konnten.

Während die Frau sich wieder dem Polieren ihrer Zehennägel zuwandte, schüttelte Clarinda den Kopf. »Es ist mir gelungen, Farouk dazu zu überreden, dass ich ihm und seinen Gästen jeden Abend beim Supper Gesellschaft leisten darf, aber wir stehen unter dauernder Beobachtung durch diesen Geier, diesen Onkel von Farouk. Burke hatte keine einzige Gelegenheit, mir eine Nachricht zuzustecken oder etwas anderes als belanglose Höflichkeiten mit mir auszutauschen.«

Sie und Ash waren seit dem Morgen in dem Hammam nicht mehr allein gewesen. Und nach dem, was sich dort zwischen ihnen zugetragen hatte, war das wohl auch gut so. Clarinda war immer noch verstört, dass nur ein einziger Kuss nötig gewesen war, um all die Verteidigungswälle, die sie in den vergangenen neun Jahren um ihr Herz aufgerichtet hatte, zum Einsturz zu bringen. Ein sehr langer, sehr feuchter und sehr hitziger …

Sie schüttelte den Kopf und zwang sich, nicht länger daran zu denken. Ihre Leidenschaft hatte sie schon einmal in die Irre geführt, und das hatte schwerwiegende Folgen nach sich gezogen. Sie hatte nicht die Absicht, diese Tortur noch einmal durchzumachen. »Ich fürchte, unsere Zeit läuft ab, Poppy. Wir haben nur noch ein paar Tage, bis Farouk mich zu seiner Frau machen will.« Ein verzweifeltes kleines Lachen entwich ihr. »Oder besser zu einer von ihnen.«

Poppy sah ehrlich bestürzt aus. Clarinda hätte es besser wissen müssen, als ihre Ängste Poppy gegenüber einzugestehen. Poppy war schon immer zartfühlender gewesen als andere. Sie war vermutlich außer sich vor Sorge um Clarinda.

»Lass nicht alle Hoffnung fahren, Liebes.« Clarinda streckte eine Hand aus und drückte Poppys Finger tröstend. »Unabhängig von meinen persönlichen Gefühlen ihm gegenüber ist Captain Burke ein Mann von erstaunlichem Erfindungsreichtum. Er wird nicht aufgeben, bis er einen Weg gefunden hat, uns zu retten. Dann werden wir von hier fortgehen und nie wieder einen Gedanken an diesen Ort verschwenden.«

Und Ash würde sie zu Maximillian zurückbringen, um sich zu holen, was ihm dafür zustand, um dann wieder in die Nebel ihrer Vergangenheit zu verschwinden, und ihr bliebe nur eine bittersüße Erinnerung an alles, was hätte sein können.

Poppy schien durch Clarindas Worte nicht mehr getröstet als Clarinda selbst. Ohne Brille, die ihre Augen verbarg, war es ihr unmöglich, den plötzlichen Tränenschimmer in ihnen zu verheimlichen.

Bevor Clarinda sie fragen konnte, was nicht stimmte, kam Solomon mit einem großen geflochtenen Korb an seinem gewaltigen Arm ins Zimmer. Ein köstlicher Duft, bei dem einem das Wasser im Mund zusammenlief, stieg daraus auf.

Er stellte den Korb auf den Tisch, nahm ein zusammengerolltes Blatt Papier, das auf dem roten Tuch lag, und reichte es Clarinda, dabei verbeugte er sich.

Die Nachricht war mit der Schrift eines Mannes geschrieben, der das lateinische Alphabet zusammen mit der Fremdsprache erst spät gelernt hatte. »Farouk dachte, wir würden uns über eine kleine Stärkung am Nachmittag freuen, weswegen er uns etwas frisch gebackenen *Ktefa* direkt aus der Küche schickt.« Verwundert über die beachtliche Größe des Korbes schüttelte Clarinda den Kopf. »Es ist kein Wunder, dass der Mann ein Dutzend Ehefrauen und doppelt so viele Konkubinen hat. Sein Herz mag vielleicht nie nur einer Frau allein gehören, aber er weiß auf jeden Fall, wie man das Herz einer Frau erobert.«

Farouks Gabe spendete den Trost, den Clarinda vergeblich gesucht hatte. Sie hätte wissen müssen, dass alles, was nötig wäre, um Poppys Sorgentränen zum Versiegen zu bringen und ein Lächeln auf ihr Gesicht zu zaubern, ein Korb mit Gebäck war.

Ash lehnte gegen einen Pfeiler im äußeren Hof des Palastes und wartete darauf, dass sein Gastgeber erschien. Farouk hatte ihm einen Rundgang durch seine Stallungen versprochen, und Ash freute sich über jede Zerstreuung, die nicht den Wunsch in ihm weckte, den Sultan mit seinem eigenen *Kaffiyeh* zu strangulieren. Besonders wenn diese Zerstreuung dazu beitrug, einen Plan zu ersinnen, wie er am besten Pferde stehlen konnte, damit sie die Wüste durchqueren konnten, wenn sich der rechte Moment zur Flucht bot.

Ashs lässige Haltung verriet durch nichts die gefährliche Spannung, die ihn im Griff hielt. Er begann sich zu wünschen, er hätte zugelassen, dass die Attentäter Farouk in der Wüste aus dem Weg räumten. Wenn er einen weiteren endlosen Abend damit verbringen musste zuzusehen, wie der Sultan Clarinda begrapschte, dann würde er den Kerl noch mit bloßen Händen erwürgen.

Erst letzte Nacht war er gezwungen gewesen, äußerlich ungerührt von seinem Wein zu trinken, während der Sultan Clarinda auf seinen Schoß zog und sie mit saftigen Trauben fütterte, ihr jede davon mit so zärtlicher Fürsorge in den sinnlichen Mund steckte, dass sich Ash die Nackenhaare aufstellten. Als sie nur gekichert und Farouk neckend mit ihren kleinen weißen Zähnen in den Finger gebissen hatte, hatte sich Ash, ohne es zu merken, schon halb erhoben, doch gerade noch rechtzeitig zog Luca ihn an seinen Kleidern auf den Platz zurück.

»Hab Acht, mein Freund«, hatte Luca geflüstert. »Es steht viel mehr auf dem Spiel als nur dein Stolz.«

Farouks Aufmerksamkeiten Clarinda gegenüber wären vielleicht leichter zu ertragen gewesen, wenn sie selbst nicht so eine begnadete Schauspielerin gewesen wäre. So geschickt wie sie mit den Wimpern klimperte und geistesabwesend mit ihren Haaren spielte, während sie atemlos an den Lippen des Sultans hing und jedes seiner Worte in sich aufzusaugen schien, hätte selbst der schärfste Beobachter geschworen, dass sie eine verliebte Frau war, hoffnungslos dem Mann ergeben, der bald ihr Ehemann würde.

Während er zuschaute, wie sie Farouk um ihren kleinen Finger wickelte, konnte Ash nicht anders, als sich zu fragen, ob er sich am Ende ebenso leichtgläubig von ihr hatte umgarnen lassen. Trotz seines großspurigen Gehabes, das alle jungen Männer an den Tag legten, die verzweifelt ein Mädchen beeindrucken wollten, war er doch vor dem Morgen mit Clarinda auf der Wiese kaum mehr als ein ungeschickter grüner Junge gewesen. War seine Leidenschaft für sie so umfassend gewesen, dass er sich hatte verleiten lassen zu glauben, sie empfände dasselbe für ihn? Vielleicht war das der Grund, weswegen sie so rasch bereit gewesen war, Darbys Antrag anzunehmen, nachdem er selbst gegangen war.

Das Wissen, dass er weder ein Recht darauf hatte, eifersüchtig zu sein, noch auf Clarindas Kuss heute Morgen im Hammam, besänftigte seine stille Wut nicht wirklich. Er hatte nicht das geringste Anrecht auf sie. Sie gehörte jetzt zu Max, er selbst war nicht mehr als ein gedungener Söldner, dessen Auftrag es war, sie von hier fort und zurück in die Arme seines Bruders zu bringen, damit sie die Countess werden konnte, zu der sie geboren war. Je eher sie beide aus diesem Palast voll sinnlicher Genüsse und den Versuchungen entkamen, die hier lockten, desto besser wären sie beraten.

Ashs grimmige Überlegungen wurden unterbrochen, als Farouk den Hof betrat. Der Sultan war immer in aufgeräumter Stimmung, aber heute an diesem drückend heißen Nachmittag schienen seine Schritte besonders beschwingt. Eine Drahtbrille saß irgendwie unpassend auf seiner klassisch geformten Nase.

Ash betrachtete sie aus zusammengekniffenen Augen. »Ist das nicht …«

»Nein!« Farouk nahm sie rasch ab und steckte sie sich in die Tasche seiner weiten Hose. »Auf gar keinen Fall.«

Verwundert über das seltsame Betragen des anderen begab sich Ash an seine Seite und hielt mühelos mit ihm Schritt. Es wäre viel einfacher, Farouk zu verabscheuen, wenn er nicht so verdammt liebenswürdig wäre. Rein äußerlich erinnerte nichts mehr an den dicklichen unbeholfen wirkenden Jungen, den er aus Eton kannte, aber innerlich war er ganz der Alte – freundlich, großzügig und liebenswert. Wenn Farouk irgendeiner anderen Frau als Clarinda den Hof gemacht hätte, Ash hätte dem Sultan bereitwillig seinen Segen gegeben. Nachdem sie mit einem so brutalen Kerl wie Mustafa verheiratet gewesen war, hätte die arme misshandelte Fatima sich vermutlich als vom Schicksal gesegnet betrachtet, wenn sie die Chance erhielte, sich zu den Frauen eines solchen Mannes zählen zu dürfen.

Ash musste nicht vorgeben, dass er von ihrer Tour durch die herrschaftlichen Stallungen beeindruckt war. Er war es wirklich. Das Stallgebäude selbst war prächtiger als das Stadthaus seiner Familie am Belgrave Square, und Farouks Pferdeverstand war ebenso beeindruckend wie sein Geschmack bei der Auswahl seiner Frauen. Ein Vermögen befand sich in beinahe jeder der geräumigen Stallboxen. Während manche Männer ihr Geburtsrecht dafür gegeben hätten, nur um sich an einem Sonntagnachmittag auf Rotten Row im Hyde Park auf einer dieser Pferdeschönheiten sehen zu lassen, hätte Ash jeden Penny, den er besaß auf sie verwettet, wenn er eine davon bei einem Rennen in Newmarket gesehen hätte.

Indem er sich als pferdebegeistert zu erkennen gegeben hatte, war Ash imstande gewesen, eine Reihe nützlicher Informationen über die Stärken und Schwächen der verschiedenen Tiere zu erfahren, den Grundriss der Stallungen und die Gewohnheiten und die Dienstverteilung der zahlreichen Stallknechte des Sultans.

Ihr Besuch gipfelte in einem Halt bei dem herrlichen schwarzen Hengst, den Farouk geritten hatte, als Ash und Luca ihn in der Wüste getroffen hatten. Während

Ash zuschaute, wie Farouk dem Tier zärtlich über den Hals strich, während er ihm arabische Koseworte zuraunte, war alles, was er vor seinem geistigen Auge sah, wie Farouk dieselben Worte Clarinda ins Ohr flüsterte und seine Hände über ihren schlanken Körper wandern ließ.

»Verzeihen Sie, Majestät, aber ich muss Sie um Erlaubnis bitten, zum Palast zurückzukehren.« Obwohl jeder Tropfen Schweiß bereits von der trockenen Hitze aufgesaugt worden war, holte Ash umständlich sein Taschentuch hervor und betupfte sich die Stirn. »Ich fürchte, ich bin nicht so unempfindlich gegen die Nachmittagshitze wie Sie.«

»Nur noch eine Sache, dann begeben wir uns zurück in den Palast, wo ein paar kühle Erfrischungen auf uns warten«, versprach Farouk. »Als ehemaliger Soldat dachte ich, du würdest vielleicht gerne einen Blick auf die Verbesserungen werfen, die wir an den Befestigungsanlagen vornehmen.«

Obwohl die letzten Worte, die Ash aus Farouks Mund hören wollte, *Verbesserungen* der *Befestigungsanlagen* waren, konnte er es sich nicht leisten, eine Chance auszuschlagen, nach einer Lücke in den Verteidigungsanlagen Ausschau zu halten. Nicht angesichts der Tatsache, dass es bis zu Clarindas Hochzeitstag – und der Hochzeitsnacht – nur noch wenige Tage waren.

»Es wäre mir eine Ehre«, erklärte er mit einer leichten Verbeugung.

Die Palastmauern waren bereits mehr als drei Fuß dick, sodass vor allem an der Höhe gearbeitet wurde. Vier Steinreihen wurden darauf gesetzt, damit sie am Ende mehr als fünfzehn Fuß maßen. Dutzende Arbeiter mit nacktem Oberkörper liefen geschäftig auf den Mauerwällen umher, ihre bloße Haut mit einer Schicht aus rötlichem Staub und Schweiß bedeckt. Farouk beschattete seine Augen gegen die Sonne und erläuterte das komplizierte System aus Seilzügen, das dazu benutzt wurde, die gewaltigen Steine an der richtigen Stelle zu positionieren.

»Beeindruckend«, murmelte Ash, obwohl alles, was er sehen konnte, eine Mauer mehr war, die sie überwinden müssten, um Clarinda hier herauszuholen.

Sobald er sie erblickte, kam ein dürrer Aufseher zu ihnen geeilt, er verneigte sich so tief, dass der obere Teil seines schneeweißen Turbans beinahe den Boden streifte. Farouk begrüßte ihn herzlich, bevor er mit kräftiger Stimme, laut genug, dass er über den Lärm der Arbeiter hinweg verstanden werden konnte, auf Arabisch sagte: »Sorg dafür, dass die Männer unverzüglich eine Extraportion Wasser und eine Stärkung erhalten. Sie haben wie Hunde geschuftet, um den Ruhm dieses Palastes zu mehren und den Namen Zin al-Farouk zu ehren. Ich will nicht, dass sie zum Lohn hungern müssen oder misshandelt werden.«

Die Arbeiter brachen in lauten Beifall und Jubelrufe aus, während der Aufseher sich erneut verbeugte und dann davoneilte, um den Befehl seines Herrn auszuführen. Ash seufzte. Wenn Farouk sich eine Peitsche geholt hätte und den Arbeitern die Haut vom Rücken gezogen hätte, hätte Ash endlich einen guten Grund gehabt, seine Pistole zu ziehen und auf ihn zu schießen.

Die Männer stiegen die grob gezimmerten Leitern hinab, die an der Mauer lehnten, sie versammelten sich um den Aufseher, um sich ihre Extraration abzuholen, sodass die Mauerkrone verlassen lag. Ash und Farouk setzten sich wieder in Bewegung, sie nutzten den schmalen Schattenstreifen der Mauer für ihren weiteren Spaziergang.

»Die Verbesserungen an den Verteidigungsanlagen waren Tariks Idee«, gestand Farouk, der die Hände hinter dem Rücken verschränkte. »Dank des Verhandlungsgeschicks meines Vaters genießen wir eine Zeitspanne nie dagewesenen Friedens und Wohlstands in El Jadida. Aber ich fürchte, mein Onkel sieht immer noch Feinde hinter jeder Palme und Sanddüne.«

»Es ist ein weiser Mann, der seine Widersacher nicht unterschätzt«, erwiderte Ash und fühlte sich klein und gemein wie der übelste Verräter.

»Aber kommt denn niemals eine Zeit, in der ein Widersacher die Waffen sinken lässt und ein Freund wird?«, fragte Farouk, und in seinen dunklen Augen stand echte Sorge. »Müssen wir, bloß weil unsere Vorfahren die Waffen gegeneinander erhoben haben, denn ewig Feinde bleiben? Wenn wir beide uns auf einem Schlachtfeld begegnet wären, hätten wir vermutlich nie miteinander gespeist, und wir beide wären um eine gute Erfahrung ärmer.«

Jetzt war Ash fast versucht, seine Pistole zu ziehen und sich selbst zu erschießen. Unfähig, Farouk in die ernsten Augen zu sehen, betrachtete er seine Stiefelspitzen, während sie weitergingen. »Unseligerweise gibt es mehr Dinge auf dieser Welt, die zwischen Männern Unfrieden stiften können, als solche, die zur Versöhnung führen. Unterschiedliche Ansichten zur Religion und Streit um Land, Wasser, Reichtum … Frauen«, fügte er mit einem Seitenblick auf Farouk hinzu.

Farouk warf den Kopf in den Nacken und lachte. »Es gibt nur sehr wenige Frauen auf der Welt, die es wert sind, ihretwegen einen Krieg anzuzetteln, mein Freund.« Sein Lächeln verblasste langsam. »Obwohl es vielleicht ein oder zwei gibt, für die es sich zu sterben lohnt.«

Während er darauf wartete, dass Farouk Clarindas Namen als Beispiel für so eine Frau nannte, verlangsamte Ash seine Schritte und verdrehte die Augen himmelwärts, flehte um einem Blitz aus dem wolkenlosen strahlend blauen Himmel, dass er ihn aus seinem Elend erlösen möge. Ein anderer Mann hätte vielleicht gezögert, aber Ashs Instinkte waren über die Jahre im Krieg geschärft, wo das geringste Zögern den Unterschied ausmachen konnte zwischen einem Weiterleben als unversehrter und gesunder Mann oder als Krüppel ohne Beine, der dazu gezwungen war, sich den Lebensunterhalt an Straßenecken zu erbetteln. Er warf sich nach vorn und stieß Farouk zur Seite, genau in dem Moment, als über ihnen ein gewaltiger Steinblock von der Mauer stürzte.

Kapitel sechzehn

Ashs Schwung warf ihn und Farouk zu Boden. Einen Moment lagen sie benommen und atemlos da, ehe sie gleichzeitig die Köpfe hoben und zu dem Geröllhaufen blickten, der genau die Stelle bedeckte, an der nur Sekunden zuvor noch Farouk gestanden hatte.

Einen Moment lang herrschte absolute Stille auf dem Hof. Ash blickte von den Steinbrocken hoch zu dem ausgefransten Ende eines Seiles, das von einem Flaschenzug weit über ihnen baumelte. Das Seil schwang im heißen Wind hin und her wie die Schlinge an einem Galgen.

Während die Arbeiter verblüfft dastanden und zu ihnen schauten, kam der Aufseher angerannt, rang die Hände und redete in schnellem Arabisch auf sie ein. Ash verstand jede Silbe dessen, was der Mann sagte, aber selbst der unaufmerksamste Beobachter hätte anhand der panisch blickenden Augen des Mannes und seines hysterischen Tonfalles erraten, dass er Angst hatte, sowohl seine Stellung als auch seinen Kopf zu verlieren.

Farouk kam auf die Füße, klopfte sich den Staub von der Hose und tat die verzweifelten Entschuldigungen und Erklärungsversuche des Mannes mit einem Winken seiner Hand ab. »Du musst die Schuld nicht auf dich nehmen. Ich war es, der die Arbeiter aufgefordert hat, ihre Posten zu verlassen, bevor die Steine gesichert waren.«

Während der Aufseher rückwärtsgehend zu seinen Männern zurückkehrte und sich dabei immer wieder verneigte, erhob sich Ash langsam. Er betrachtete aus schmalen Augen die Mauerkrone. Er war nicht restlos überzeugt, dass der Zwischenfall als Ergebnis der Achtlosigkeit eines Arbeiters abgetan werden konnte. In dem Sekundenbruchteil, bevor sein Verstand die Bedrohung erkannt hatte, hätte er fast schwören können, er habe einen Sonnenstrahl auf etwas aus Metall aufblitzen gesehen.

Etwas wie eine Dolchklinge.

In ihm wuchs der Verdacht, dass Farouks Feinde nicht außerhalb des Palastes lauerten, sondern darinnen.

Ehe er den Gedanken weiterspinnen konnte, legte Farouk ihm eine Hand auf die Schulter. Zögernd drehte er sich zu dem Sultan um und verkniff sich ein Stöhnen, als er begriff, was genau er da getan hatte.

Wenn er zugelassen hätte, dass der Steinblock Farouk traf, hätte Ash nie wieder mitansehen müssen, wie Farouk Clarindas Nacken auf diese widerlich besitzergreifende Weise streichelte, während Ash sein Essen durch eine vor Wut zugeschnürte Kehle zwängen musste und schier daran zu ersticken drohte.

»Dank der unermesslichen Gnade Allahs, hast du mir heute zum zweiten Mal das Leben gerettet.« Farouk drückte Ash mit seiner riesigen Hand die Schulter so fest, dass es nahezu schmerzte, und das freundschaftliche Funkeln in seinen Augen war irgendwie Furcht einflößender als jeder Attentäter. »Von diesem Tag an, Burke der Jüngere, bist du nicht länger mein Freund, sondern mein Bruder!«

»Oh Clarinda, es ist etwas Furchtbares passiert! Hast du schon gehört …?

Poppy brach ihren aufgeregten Bericht jäh ab, als sie in eines der abgetrennten Zimmer des Harems stürzte und die Wasserfarbenillustration auf der Staffelei in der Ecke erblickte.

Clarinda ruhte auf einer weich gepolsterten Liege, ihr Gesicht war mit einer hellgrünen Maske bestrichen, die roch, als sei sie aus Rosenkohl und Molchaugen zusammengemischt. Sie ließ das Blatt sinken, das sie betrachtet hatte, als Poppy weiter ins Zimmer kam und die detailgetreue Zeichnung studierte.

»Gütiger Himmel, was ist das?«

»Was glaubst du denn, könnte es sein?«

Poppy wandte ihren Kopf erst in die eine Richtung, dann in die andere, es fehlte nur noch, dass sie sich auf den Kopf stellte. »Ich bin mir nicht sicher. Vielleicht eine Art Gemüse? Eine Steckrübe?«

Clarinda verdrehte die Augen, dann sah sie ihre Freundin verschmitzt an. »Nun, ich habe nie zuvor gehört, dass jemand es als Steckrübe bezeichnet, aber die Frauen, die mir alles über seine vielfältigen Wonnen beigebracht haben, nennen es gelegentlich«, sie senkte die Stimme zu einem verschwörerischen Flüstern, »Manneswurzel.«

Poppy wirkte noch verwirrter. »Eine Mannes… oh! Oje!« Sie hielt sich mit einer Hand die Augen zu, um gleich drauf zwischen den Fingern hindurchzulinsen. »Wenn solche Sachen, wie sie einem hier beigebracht werden, auch in England gelehrt würden, würden die Wiegen bald platzen, fürchte ich. Jede vornehme Familie hätte einen Erben und wenigstens ein Dutzend als Ersatz.«

Dankenswerterweise spähte Poppy immer noch auf die Darstellung statt zu ihr, sodass sie den Schatten der Trauer nicht in Clarindas Augen sehen konnte. Clarinda erklärte leise: »Die Frauen kennen auch Mittel und Wege, das zu verhindern.«

»Nun, alles, was ich über das Thema weiß, ist dass unser Zeichenlehrer bei Miss Throckmorton uns sicherlich nie so etwas malen lassen würde.«

»Miss Throckmorton ist ja sogar rot geworden, wenn der Samenfaden einer Aquarelllilie zu dick geraten ist. Das hier hätte die prüde alte Jungfer glatt tot umfallen lassen.«

»Das wäre mir auch fast passiert«, sagte Poppy und wagte es, die Hand vor den Augen sinken zu lassen.

»Was wolltest du sagen, bevor dich die … äh … Steckrübe abgelenkt hat?«

Poppy riss ihren Blick von der Staffelei los und ließ sich auf das Fußende der Liege fallen, ihre Augen funkelten wie immer, wenn sie einen besonders köstlichen Happen Klatsch aufgeschnappt hatte. »Hast du schon gehört, was Captain Burke getan hat?«

»Das hängt davon ab«, antwortete Clarinda und blies sich eine Haarsträhne aus dem Gesicht. »Sprichst du davon, dass er einen ausgewachsenen Löwen niedergerungen hat oder dass er eine Horde schwarz verhüllter Meuchelmörder, die die Palastmauern erklommen und den Hof gestürmt haben, allein abgewehrt hat oder meinetwegen auch, dass er ein wütendes Krokodil mit bloßen Händen unschädlich gemacht hat? Den Gerüchten im Harem nach hat er im Laufe eines einzigen Nachmittags all das und mehr vollbracht.«

Clarinda hasste es, das zugeben zu müssen, aber es war noch unangenehmer, wenn alle Frauen im Harem sich bewundernd über Ashs jüngste Heldentaten ausließen, als über sie in einem albernen Klatschblättchen zu lesen.

Auf Poppys Gesicht malte sich Enttäuschung. »Also hast du es schon gehört?«

»Oh Poppy, du glaubst doch bestimmt nicht an einen solchen Unsinn, oder? Himmel, es ist absurd zu glauben …« Clarinda brach mitten im Satz ab, da ihr jetzt erst aufgefallen war, dass Poppys Brille wieder wie gewohnt auf ihrer Nase saß. »Wo hast du denn deine Brille gefunden?«

»Genau da, wo ich sie verloren hatte.« Nervös schob Poppy die Brille zurück und wich dabei Clarindas Blick aus. »Du kannst so viel spotten, wie du willst, aber ich habe gehört, Captain Burke hat Leib und Leben riskiert, um den Sultan davor zu bewahren, von einem Stein so groß wie ein Kamel erschlagen zu werden.«

»Wenn man bedenkt, wie sehr die Schilderungen seiner Taten in der Regel übertrieben werden, kann man getrost davon ausgehen, dass er vermutlich einen Stein aus dem Stiefel des Sultans entfernt hat, ehe er davon eine Blase an der Ferse bekommen konnte.«

»Ich habe diese Geschichte aus erster Quelle. Einer der Arbeiter hat seinen Stein nicht gesichert, als er auf der Leiter von der Mauer heruntergestiegen ist. Wenn ich daran denke, was mit dem Sultan geschehen wäre, wenn Captain Burke nicht dort gewesen wäre …« Poppy erschauerte, und alle Farbe wich ihr aus den sonst immer rosigen Wangen.

»Ich bin froh, dass Farouk nichts geschehen ist«, gestand Clarinda. »Ich möchte vielleicht nicht den Rest meines Lebens in diesem Harem eingesperrt verbringen, aber ich wünsche ihm auch kein Leid. Und ich bin sicher, der Captain war nur zu erpicht auf eine weitere Chance, den Helden zu spielen.«

Ash schien immer in der Nähe zu sein, wenn jemand ihn brauchte, überlegte Clarinda. Es sei denn, der Hilfesuchende war zufällig sie.

Sowohl die Farbe als auch das Lächeln erschien wieder in Poppys Gesicht. »Heute Abend wird Farouk – ich meine, *Seine Majestät* – ein großartiges Fest zu Ehren des Captains feiern. Es wird Tänzerinnen geben, Jongleure, Akrobaten, Schlangenbeschwörer, Zauberer ... sogar einen ausgewachsenen Tiger!«

»Den Captain Burke zweifellos vor allen Gästen überwältigen wird. Natürlich nur, wenn er nicht zu sehr damit beschäftigt ist, mit den Tänzerinnen zu ringen«, fügte Clarinda halblaut hinzu.

Es war ihr nicht entgangen, dass Ashs Bemühungen, den mannigfaltigen Reizen der Frauen des Sultans zu widerstehen, ihn in deren Augen nur noch begehrenswerter gemacht hatten. Jede Nacht beim Supper umschwärmten ihn Tänzerinnen, wanden ihre Schals um seinen Hals wie seidene Schlingen, schoben ihm ihre wackelnden Brüste ins Gesicht, während Clarinda gezwungen war, äußerlich ruhig von ihrem Wein zu trinken und Interesse an dem zu heucheln, was Farouk sagte.

Erst gestern war sie durch die Halle im Harem gegangen und hatte mehrere der Konkubinen dabei gesehen, wie sie ihren Lieblingsschmuck und ihre schönsten Haarkämme darauf wetteten, wer von ihnen die Erste wäre, die den gut aussehenden Engländer in ihr Bett würde locken können. Im Augenblick schien Yasmin zu führen.

»Ich habe gar nicht gemerkt, wie spät es ist!«, rief Poppy mit einem Blick auf die schräg durch das Holzgitter des Fensters fallenden Strahlen der untergehenden Sonne. »Ich muss etwas suchen, was ich zur Feier anziehen kann.«

»Farouk hat *dich* eingeladen?«, entfuhr es Clarinda, ehe sie erkannte, wie unhöflich das klingen musste.

Gewöhnlich mied Farouk Poppys Gesellschaft wie die sprichwörtliche Pest. Clarinda hatte ihn immer wieder gebeten, ihre Freundin am Abendessen teilnehmen zu lassen, aber diese eine Bitte hatte er ihr stets ausgeschlagen.

Frische Röte verfärbte Poppys Wangen. »Vielleicht ist der Sultan großmütig gestimmt, nachdem er dem Tod so knapp entronnen ist.«

»Vielleicht«, murmelte Clarinda und betrachtete ihre Freundin nachdenklich. Poppy war gewöhnlich so leicht zu durchschauen wie eine Glasscheibe, aber sie benahm sich seit letzter Woche zunehmend seltsam.

Clarinda wandte sich wieder ihrer Malerei zu, um ihre Miene zu verbergen. Sie war angesichts der Aussicht, einen weiteren endlosen Abend mitanzusehen, wie der schneidige, wagemutige und charmante Captain Burke als Held gefeiert wurde, wenig begeistert.

Kapitel siebzehn

Poppy hatte zwar einen Hang zu ausschweifender Fantasie, aber ihre Beschreibung des Festes zu Ehren Captain Burkes wurde der Wirklichkeit dennoch nicht gerecht.

Die Feierlichkeiten fanden in einem Saal statt, der doppelt so groß war wie der, in dem das Fest am ersten Tag gehalten worden war, nachdem Ash und Luca in den Palast eingeladen worden waren. Hoch aufragende Marmorsäulen stützten die hohe Decke des langgestreckten rechteckigen Raumes. Die Wände waren mit wehenden silber- und golddurchschossenen Stoffbahnen in Karmesinrot und Lila drapiert. Jasmin- und Jacarandablüten waren auf dem farbig gefliesten Boden verstreut und verströmten einen betörenden Duft. Weiche Kissen und Sitzpolster waren als Sitzplätze für die Gäste des Sultans kunstvoll in einem kleineren Rechteck arrangiert worden. In der Mitte war Platz als Bühne für die Unterhaltungen nach dem Festmahl frei gelassen worden.

Und was für herrliche Unterhaltung geboten wurde! Akrobaten wirbelten über den Boden, flogen durch die Luft, während Schlangenmenschen ihre biegsamen Glieder in eigentlich dem menschlichen Körper unmögliche Stellungen verrenkten. Ein Mann mit silberner Halbmaske entlockte der Menge ein Keuchen, als er ein Schwert in Öl tunkte, es anzündete und die Klinge danach im Ganzen zu schlucken schien. Die Gäste verfolgten atemlos gespannt, wie ein Zauberer mit hohem Turban eine riesige bunt bemalte Kiste hereinzog, eine der Tänzerinnen darin einschloss und dann Dolche durch die Mitte steckte. Mehrere Gäste schrien vor Schreck, aber ihr Entsetzen wich rasch erleichtertem Beifall, als die Frau unversehrt auf der anderen Seite der Kiste auftauchte, um sich mit dem Zauberer zusammen zu verneigen.

Vier Soldaten aus Farouks Leibwache standen zu beiden Seiten der massiven Bronzetüren an den gegenüberliegenden Wänden des Saales, weitere Wachen waren entlang der Wände stationiert. Sogar deren unbewegliche Züge wurden weicher, obwohl sie sich darum bemühten, ihr Lächeln zu verbergen.

Das einzige Gesicht mit saurer Miene gehörte Farouks Onkel. Tarik erklärte jedem, der ihm zuzuhören geneigt war, dass sein Neffe drauf und dran sei, die Schatzkammer des Sultanats für extravagante Feste zu plündern und dem Thron von El Jadida Schande zu bereiten – und das alles zu Ehren eines Ungläubigen.

Poppy war lediglich in einem Punkt nicht ganz richtig unterrichtet gewesen. Farouks tierischer Gast war kein ausgewachsener Tiger, sondern ein Wurf Tigerjunge. Jede der niedlichen kleinen Raubkatzen trug ein Goldhalsband mit einem wahren Vermögen an kostbaren Edelsteinen, Saphire, Rubine und Smaragde, um das markante Muster ihres Fells zu betonen. Sie tollten unter den Gästen herum, entlockten allen Ausrufe des Entzückens, wenn sie spielerisch miteinander rauften und wild fauchten, sich auf die Hinterbeine stellten und ihre scharfen kleinen Klauen zeigten.

Clarinda saß neben Farouk, sie hatte das kleinste der Tigerjungen auf dem Schoß. Der winzige Kerl verriet keine Neigung, sich an den Raufereien seiner Geschwister zu beteiligen, sondern schien vollauf zufrieden, sich auf ihren Beinen zu räkeln, während sie ihm das dichte Fell kraulte.

Sie im Nacken streichelnd, als sei sie ebenfalls eine Wildkatze, die er zähmen musste, beugte sich Farouk zu ihr vor, seine Stimme klang wie ein tiefes Brummen an ihrem Ohr. »Wenn er dir gefällt, kannst du ihn gerne behalten.«

»Wie stets sind Sie zu großzügig, Majestät.« Clarindas freundliches Lächeln fühlte sich allmählich wie eine Maske an, die nicht auf ihr Gesicht passte.

Sie warf einen Blick quer durch den Saal zu Ash, um zu entdecken, dass seine Maske ihm gänzlich entglitten war. Durch zu schmalen Schlitzen zusammengekniffene Augen musterte er Farouk auf eine Weise, die sich zutreffend nur mit mörderisch beschreiben ließ. Glücklicherweise war der Sultan bereits wieder von dem Zauberer gefesselt, der soeben eines der Tigerjungen in einer Rauchwolke hatte verschwinden lassen. Der Zauberer zog sich schwungvoll den gewaltigen Turban vom Kopf, steckte die Hand hinein und fischte darin, bis er am Ende den sich windenden Tiger herauszog. Farouks dröhnendes Gelächter übertönte fast die erstaunten Ohs und Ahs seiner Gäste.

Als Clarinda schließlich wieder einen Blick zu Ash wagte, lehnte er sich gerade vor und unterhielt sich mit Luca, angesichts seines aufblitzenden Lächelns fragte sie sich, ob sie sich das eben nur eingebildet hatte. Er schien sich in der landesüblichen Kleidung El Jadidas wohl zu fühlen und sah aus wie der Anführer eines kriegerischen Nomadenstammes. Die strahlend weißen Falten der Robe betonten den Bronzeton seiner Haut und das Goldglitzern in seinen bernsteinfarbenen Augen. Ein Anflug von Bartschatten lag auf Kinn und Wangen, etwas dunkler als das Haar auf seinem Kopf. Clarinda fragte sich unwillkürlich, wie es sich wohl unter ihren Lippen anfühlen würde.

»Oh Clarinda, ist es nicht das Wunderbarste, was du je gesehen hast?« Poppy, die auf der anderen Seite neben ihr saß, brach in heftigen Applaus aus, als der Zauberkünstler ein scheinbar endloses Band aus farbigen Schals aus seinem Ohr zog, ehe er sich erneut verneigte.

»Allerdings, Poppy«, antwortete Clarinda geistesabwesend, ohne den Blick von Ash zu wenden.

»Mein ganzes Leben lang habe ich über solche Wunder gelesen, aber ich hätte mir nie träumen lassen, dass es sie in Wahrheit gibt. Himmel, Lady Ellerbee wäre grün vor Neid! Ich bezweifle, dass sie jemals eine Hausgesellschaft gegeben hat, die sich mit *dem* hier messen ließe.«

Poppys blaue Augen funkelten hinter ihren dicken Brillengläsern, und ihre vollen Wangen glühten förmlich vor Begeisterung. Clarinda war nie aufgefallen, wie hübsch Poppy sein konnte, wenn sie nicht versuchte, ihre üppige Figur in so enge Korsetts oder Oberteile zu quetschen, dass sie ganz blass wurde. Die weiten Gewänder, die die Frauen hier im Palast trugen, standen ihr wirklich gut. Statt ihre ungebärdigen Korkenzieherlocken fest über ihren Ohren aufzustecken, hatte sie sich die Haare von einer der Frauen im Harem zu losen Locken frisieren lassen, die sich in schimmernden Wellen über ihren Rücken ergossen.

»Deine Freundin schmeichelt mir, Clarinda«, bemerkte Farouk und lehnte sich an ihr vorbei zu Poppy, der er einen neckenden Blick zuwarf. »Vielleicht will sie sogar andeuten, dass es Leute gibt, die meinen Palast als ein ›Lustschloss, stolz und kuppelschwer‹ beschreiben würden.«

Poppy kicherte. »Ich ziehe es vor, es als ›Landschaft so wild, verwunschen wie keine‹ zu bezeichnen. Und was ist die nächste Unterhaltung, die Sie für uns geplant haben, Majestät? Etwa ein ›Mädchen hold mit Saitenspiel‹?«

Farouk zuckte heftig mit seinen Augenbrauen, schaute sie streng an. »Unterlasse dein Gejammer, Weib, sonst lasse ich einen ›Dämon-Liebsten‹ kommen.«

Sie brachen beide in lautes Gelächter aus. Clarinda roch verstohlen an ihrem Wein, sie fragte sich, ob jemand ihn vielleicht mit Drogen versetzt hatte und sie zu halluzinieren begann. Sie hatte Poppy noch nie so lebhaft gesehen, noch nicht einmal in der Gesellschaft dieses furchtbaren Windbeutels Mr. Huntingdon-Smythe. Und sie hatte auch ganz gewiss Farouk nie vorher Coleridge zitieren hören oder erlebt, dass er Poppy direkt ansprach, ohne dazu gezwungen zu sein.

Nachdem der Zauberer die restlichen Tigerjungen eingesammelt hatte, auch das auf Clarindas Schoß, begannen die Musiker in der Ecke zwischen zwei Säulen auf Flöte, Lyra und Trommel einen eingängigen Rhythmus zu spielen. Das war der Augenblick, den Clarinda insgeheim gefürchtet hatte. Der Augenblick, in dem Farouk in die Hände klatschen würde, um die Tänzerinnen zu rufen.

Aber heute Nacht schien Farouk andere Pläne zu haben.

Er erhob sich und gebot den Musikern und seinen Gästen mit nicht mehr als einer herrischen Handbewegung Schweigen. Seine weiten Gewänder waren noch reicher verziert als gewohnt. »Wie die Meisten von Ihnen bereits wissen, habe ich Sie heute Abend hergebeten, um einen Mann mit der Seele eines Kriegers und dem Herzen eines Tigers zu ehren. Nicht einmal, sondern zweimal hat er sein Leben riskiert, um meines zu erhalten.« Farouk lächelte Ash zu, dann hob er seinen goldenen Kelch. »Auf Burke, den Jüngeren. Du kamst als Fremder in diesen Palast, aber heute Nacht habe ich die Ehre, dich beides zu nennen, Freund und Bruder.«

Die anderen Gäste hoben ihre goldenen Kelche gleichzeitig, während Tarik viele Umstände darum machte, dass er seinen stehen ließ.

Ash nahm den Tribut mit einem fast müden Lächeln und einem gütigen Nicken entgegen, während Luca den Inhalt seines Kelches mit einem einzigen Schluck leerte.

Farouk ließ seinen Kelch wieder sinken und sagte: »Es liegt nicht in meinem Wesen, solche Tapferkeit unbelohnt zu lassen. Jeder große Krieger verdient eine Waffe, die seines Könnens würdig ist, sodass ich dir heute Abend einen Dolch überreichen möchte, den früher mein Vater verwendet hat, der Löwe von El Jadida, um einen seiner größten Gegner zu besiegen.«

Eine von Farouks Leibwachen trat vor. Er trug ein Kissen mit einem Dolch darauf vor sich her. Die Rubine und Smaragde, mit denen der Goldgriff besetzt war, glitzerten im warmen Schein der Lampen.

Luca pfiff leise anerkennend, Clarinda staunte verwundert. Das Ding musste ein kleines Vermögen wert sein.

Die Wache blieb kurz in der Mitte der freien Fläche stehen, damit die faszinierten Gäste des Sultans das Geschenk bewundern konnten, ehe sie auf Ash zuging. Der Mann hielt ihm das Kissen hin, und Ash nahm den Dolch, er hielt ihn mit der Ehrfurcht, die ein so erlesenes Kunstwerk verdiente.

»Sie sind viel zu großzügig, Majestät«, sagte Ash und neigte bescheiden den Kopf.

Luca streckte eine Hand vorsichtig in Richtung des Dolches aus, aber Ash steckte die Waffe auf der anderen Seite in seinen Gürtel, bevor Luca sie berühren konnte, er beachtete die beleidigte Miene seines Freundes nicht weiter.

»Es gibt noch ein Geschenk, das ich dir gerne machen würde«, erklärte Farouk. »Ich bin sicher, es ist dir nicht entgangen, dass ich ein Mann bin, der viele unbezahlbare Schätze sein Eigen nennt.«

Luca richtete sich auf, und in seine dunklen Augen trat ein habgieriges Funkeln.

»Aber ich habe entdeckt, dass es einen Schatz gibt, der viel mehr wert ist als Silber oder Gold.«

Luca verdrehte die Augen und lehnte sich wieder in die Kissen zurück.

»Heute Abend ist es mir eine große Ehre, diesen Schatz mit dir zu teilen.«

Farouk klatschte in die Hände, so wie er es jeden Abend tat, um die Tänzerinnen kommen zu lassen.

Die Bronzetüren in der Westwand des Saales schwangen auf. Während die Gäste ihre Hälse reckten, um zu sehen, welche neuen Wunder erscheinen würden, lief Clarinda ein Schauer unguter Vorahnung über den Rücken. Sie warf einen Blick zu Ash, der ebenso zweifelnd aussah.

Aber es war nur Solomons hünenhafte Gestalt, die in der Türöffnung erschien.

Clarinda runzelte die Stirn, sie fragte sich, warum der Eunuch wohl von seinen Pflichten im Harem hierher abberufen worden war.

Diese Frage beantwortete sich einen Moment später von selbst, als der Eunuch zur Seite trat und Frauen in einer langen Reihe an ihm vorbei hintereinander zum anderen Ende des Saales gingen, stehen blieben und sich dann zu den Gästen umdrehten. Auch wenn die Frauen alle Seidenschleier trugen, die ihre Nasen und Münder verdeckten, sorgten die tief ausgeschnittenen Oberteile und die eng anliegenden türkischen Beinkleider dafür, dass ihre körperlichen Reize mühelos zu erkennen waren.

Farouks Stimme schien mehr als sonst zu hallen. »Aus Dankbarkeit für deine Tapferkeit, Burke der Jüngere, habe ich hier für dich ein Dutzend meiner schönsten Konkubinen holen lassen. Wenn ein Mann eine Nacht in den Armen einer solchen Frau verbringt, dann wird daraus eine Erinnerung, die ihn auf ewig wärmen wird. Heute Nacht biete ich dir eine Frau deiner Wahl, die dir hilft, solch eine Erinnerung zu erschaffen.«

Farouk strahlte Ash an, und seine weißen Zähne schimmerten in seinem dunklen Gesicht. Clarindas blutleere Finger erstarrten um den Stiel ihres Kelches.

Sie merkte gar nicht, dass sie den Atem angehalten hatte, bis Ash den Kopf schüttelte, bedauernd lächelte. »Es besteht keine Notwendigkeit für eine derart großzügige Belohnung, Majestät. Während ich Ihre Großzügigkeit mehr, als Sie je ahnen können, schätze, kann ich Ihnen versichern, dass Ihre Gastfreundschaft und Ihr Wohlwollen für einen Geringen wie mich mehr als genug Lohn sind.«

Während Clarinda erleichtert aufatmete, was sie lieber nicht genauer zu ergründen suchte, riss Luca seine Hand hoch, als melde er sich wie in der Schule. »Verzeihung, Majestät, aber wenn der Captain nicht …«

Ash fasste Luca am Ärmel seines Gewandes und zerrte seine Hand nach unten.

Farouks Lächeln verblasste langsam. Verblüfftes Schweigen legte sich über den Saal.

»Was hast du dir erwartet, du einfältiger Narr?« Die Gelegenheit und die Bühne nutzend sprang Tarik auf die Füße und warf Ash einen verächtlichen Blick zu. »Der Mann ist ein ungläubiger Hund. Er hat keine Manieren, keine Bildung und keinen Respekt für die Traditionen unserer Vorväter. Er ist kaum mehr als ein Wilder.«

Von Tariks wüst hervorgestoßenen Worten aus ihrer Starre gerissen, begannen die anderen Gäste untereinander zu reden, und die Blicke, die sie Ash und Luca zuwarfen, wurden zunehmend feindseliger.

»Ruhe!«, verlangte Farouk mit lauter Stimme, worauf selbst die Kühnsten seiner Gäste kuschten. Als er sich wieder zu Ash umdrehte, sprach er leise, aber die Warnung in seinem Tonfall war so scharf wie die Klinge des juwelenbesetzten Dolches. »Burke ist mit unseren Bräuchen und Sitten nicht vertraut, aber er ist kein Wilder. Ich bin sicher, er ist sich nicht bewusst, dass solch ein Geschenk auszuschlagen, als ungeheure Beleidigung betrachtet wird, sowohl für mich als auch für meine Vorfahren.«

Farouks Worte ließen keinen Zweifel daran, dass wenn er nicht nachgab und seine Meinung änderte, Ashs Beleidigung nicht nur ungeheuer wäre, sondern sogar tödlich.

Ash duckte sich unter dem herausfordernden Blick des Sultans nicht. »Majestät, ich bitte untertänigst um Verzeihung. Ihr Onkel hat in seiner Weisheit recht«, er nickte respektvoll zu dem immer noch wütenden Tarik. »Ich verdiene eine solch außergewöhnliche Belohnung nicht, was der Grund ist, weswegen ich sie so unangemessen abgelehnt habe. Ich schwöre beim Grab meiner Ahnen, dass ich keinesfalls dem ehrenwerten Namen Ihrer Majestät Schande bereiten will. Oder dem Ihrer Vorfahren.« Ash stand auf und breitete die Arme aus, er zeigte das spitzbübische Grübchen, dem Clarinda noch nie hatte widerstehen können. »Ich kann Ihnen versichern, dass ich nur zu gerne bereit bin, Ihr Geschenk anzunehmen.«

Unfähig, Ashs neckendem Grinsen etwas entgegenzusetzen, entspannten die Gäste sich wieder; hie und da war leises Lachen zu hören. Seine Zähne in hilfloser Wut zusammenbeißend, ließ sich Tarik wieder auf seinen Platz sinken.

»Komm, mein Bruder«, befahl Farouk Ash, und seine Erleichterung war nicht zu übersehen. »Du kannst dir eine von meinen Frauen aussuchen.«

Ash machte eine Verneigung, die eher in einen Londoner Ballsaal gepasst hätte. »Es wird mir ein Vergnügen sein.«

Als die beiden Männer sich der Reihe wartender Frauen näherten, ließ das schamlose Posieren der Konkubinen keinen Zweifel daran, dass als diejenige erwählt zu werden, die dem Engländer eine Nacht lang das Bett wärmen durfte, nicht als etwas angesehen würde, das man fürchtete oder ablehnte, sondern als ein begehrter Preis.

»Sie sind alle so wunderschön«, flüsterte Poppy Clarinda ins Ohr, und der wehmütige Unterton in ihrer Stimme war ein Spiegel des Schmerzes in Clarindas Herz.

Clarinda sagte sich, dass sie keinen Grund hatte, eifersüchtig zu sein. Sie hatte einen Mann, der auf sie wartete, wenn sie erst einmal von hier entkommen war. Einen ehrlichen Mann, einen Mann, auf den man sich verlassen konnte. Einen Mann, der fast zehn Jahre lang geduldig auf sie gewartet hatte. Einen Mann, der ihr nie den Rücken kehren und einfach gehen würde, wenn sie ihn am meisten brauchte.

Ash durfte ihretwegen gerne die Nacht in den Armen der Frau seiner Wahl verbringen. Er gehörte Clarinda nicht.

Ash ließ sich Zeit, an der Reihe Frauen entlangzuschlendern, mit jeder ein paar Worte und ein Lächeln zu wechseln.

Währenddessen wiederholte Clarinda die Litanei in ihrem Kopf, immer wieder unterbrochen von lebhaften Bildern, wie eine der Frauen ihn auf sich zog. Eine andere fuhr ihm mit den Fingernägeln über die glatte muskulöse Haut auf dem Rücken, und eine dritte leckte sich die vollen Lippen, warf ihm einen neckischen Blick unter gesenkten Wimpern zu, ehe sie sich vor ihm auf die Knie niederließ.

Farouk ging hinter ihm, die Hände auf dem Rücken verschränkt. Er sah so stolz wie ein gütiger Papa aus, wann immer Ash stehen blieb und sich anerkennend über das schimmernde Haar der einen Frau äußerte oder den anmutigen Schwung der Hüften einer anderen, den unwiderstehlichen Reiz eines makellosen Bauchnabels auf einem schlanken Bauch der nächsten. Die Gäste verfolgten die Musterung gebannt, bis er zu der letzten Frau in der Reihe kam.

Leuchtende dunkle Augen glitzerten oberhalb des tief lilafarbenen Schleiers, sie versprachen ungeahnte Genüsse, denen kein Mann widerstehen konnte. Ein stolzes Zurückwerfen des Kopfes ließ ihr mitternachtsschwarzes Haar in weichen Wellen über den Rücken fallen, bis die Spitzen ihren wohlgeformten Po streiften. Ihre rot geschminkten Brustwarzen zeichneten sich als feste Knospen unter dem absichtlich angefeuchteten Stoff ihres Oberteiles bis in jedes Detail ab, als wollte sie jeden Mann im Saal dazu verleiten, sich vorzubeugen und daran zu lecken.

Yasmin.

Er würde Yasmin wählen.

Warum auch nicht? Mit ihrer exotischen Schönheit und der königlichen Haltung war Yasmin bei Weitem die schönste Frau im Harem. Vermutlich war sie auch die schönste Frau in ganz El Jadida. Wie die anderen Frauen sich erzählten, verfügte sie über Fähigkeiten, die jeden Mann wild vor Lust machen konnten, bis er ihren Namen schrie und seinen eigenen vergaß.

Clarinda schloss die Augen, sie würde es nicht ertragen, den triumphierenden Ausdruck auf dem Gesicht der anderen Frau zu sehen, wenn Ash ihre Hand ergriff und sie aus dem Saal führte.

Aber nein, dachte Clarinda. Sie war es leid, die Augen zu verschließen. Neun Jahre lang hatte sie still gelitten, und was hatte sie als Lohn dafür erhalten? Nichts als ein betäubtes Herz und ein kaltes einsames Bett. Wenn Ash Yasmin jetzt auswählte, dann würde sie sich zwingen, jede Sekunde davon mitanzusehen. Wenn sie sah, wie er den Raum mit Yasmin am Arm verließ. Wenn sie sich ausmalte, wie er mit Yasmin das tat, was er einmal mit ihr mit solch unendlicher Zärtlichkeit und ungezügelter Leidenschaft gemacht hatte, dann könnte sie mit seinem Bruder vor den Altar treten und wäre vielleicht endlich in der Lage, Max ihr Herz ohne Vorbehalte oder Reue zu schenken.

Sie öffnete die Augen gerade noch rechtzeitig, um zu sehen, wie Ash eine Hand hob und Yasmin zart mit dem Fingerrücken über die olivfarbene Wange strich. Einmal hatte er *ihre* Wange mit der gleichen Zärtlichkeit berührt. Hatte einmal *sie* angeschaut, und in seinen Augen hatte der gleiche verführerische Charme geschimmert. Ihre Entschlossenheit ließ sie fast im Stich, aber sie zwang sich hinzusehen, auch wenn ihre Augen sich so trocken und heiß anfühlten wie die Wüstenluft.

Beinahe als spürte er ihren Blick, wandte Ash sich von Yasmin und den anderen Frauen ab und geradewegs ihr zu. Ihre Blicke trafen sich, seiner so kühl und berechnend wie der eines beliebigen Fremden.

Mit der absoluten Sicherheit Salomes, die das Haupt Johannes' des Täufers auf einem Teller verlangte, deutete er geradewegs auf Clarinda und sagte: »Ich will sie!«

Kapitel achtzehn

Im Saal brach Chaos aus.

Im einen Moment stand Ash noch neben Farouk, im nächsten wurde er gegen eine der Marmorsäulen gepresst und von Farouk mit der Klinge des juwelenbesetzten Dolches bedroht, den Farouk ihm eben erst geschenkt hatte. Farouk hatte die Waffe mit einer schnellen Bewegung aus dem Gürtel um Ashs Gewänder gezogen, sein Gesicht war zu einer wütenden Fratze verzerrt. Seine breite Brust hob sich heftig vor Zorn.

Die Gäste waren aufgesprungen, alle beeilten sich, aus dem Weg zu laufen, beunruhigte Schreie der erschrockenen Konkubinen hallten durch den Saal. Farouks Wachen stürmten vor, sie bildeten mit gezückten Säbeln einen Kreis um die beiden Männer. Ihr Sultan schien die Lage zu beherrschen, aber sie waren offensichtlich darauf trainiert worden, nichts dem Zufall zu überlassen.

»Zurück!«, brüllte Farouk durch zusammengebissene Zähne. Wenn Ashton Burke heute Nacht durch irgendjemandes Hand starb, dann wäre das ganz sicher seine.

Die Wachen zogen sich widerstrebend zurück, während Farouks Onkel sich näherte, den diese unerwartete Wendung des Geschehens sichtlich entzückte. Tarik deutete mit einer Kopfbewegung auf Luca. Zwei der Wachen packten Luca grob an den Armen und zerrten ihn auf die

Füße, offenkundig waren sie erleichtert, agieren zu können.

Clarinda hatte den Saal schon zur Hälfte durchquert, bevor sie merkte, dass sie sich in Bewegung gesetzt hatte. Solomon fing sie ab, bevor sie bei den beiden Männern ankam, schlang einen seiner mächtigen ebenholzschwarzen Arme um ihre Mitte und hob sie einfach hoch.

»Lass mich los, verdammt nochmal!« Sie wand sich in seinem Griff, grub ihre Fingernägel in seinen Arm, von dem verzweifelten Wunsch beherrscht, Farouk davon abzuhalten, vor ihren Augen Ash die Kehle durchzuschneiden.

»Fasse dich, Frau. Wenn der Sultan in genau diesem Augenblick dein Gesicht sehen könnte, würden du und dein Captain seine Klinge spüren, noch bevor die Nacht zu Ende ist.«

Als diese wohlklingende Stimme dicht an ihrem Ohr erklang, rührte Clarinda sich nicht mehr, sie war vollkommen verblüfft, dass der Eunuch nicht stumm war und ein ausgezeichnetes Englisch spach. Solomon ließ sie vorsichtig wieder zu Boden gleiten, er erwiderte ihren Blick aus alarmiert aufgerissenen Augen mit einem ermutigenden Nicken. Er zog seinen Arm von ihrer Taille, aber sie konnte seine Gegenwart noch hinter sich spüren, so solide und unverrückbar wie ein Fels.

Poppy stellte sich zu ihnen. Alle Farbe war ihr aus den vollen Wangen gewichen, sodass sie so bleich wie eine Porzellanfigur war.

»Ich erkenne nicht, worin das Problem besteht«, sagte Ash kühl, als liefe ihm nicht ein dünnes Blutrinnsal die Kehle hinunter, wo Farouks Klinge seine Haut berührte.

»Du hast gesagt, ich könne eine Frau meiner Wahl haben. Ich wähle Miss Cardew.«

»Miss Cardew zu vergeben steht nicht in meiner Macht. Sie ist mein Gast.«

»Nein, das ist sie nicht. Das ist nur eine hübsche Lüge, die ihr euch gegenseitig in den vergangenen drei Monaten erzählt habt. Sie gehört dir genauso wie jede deiner Konkubinen. Du hast sie von einem Sklavenhändler gekauft. Du hast für sie mit deinem Gold bezahlt. Und du bist auch entschlossen, den Gegenwert einer jeden Münze zurückzubekommen, wenn du sie erst einmal in dein Bett holst. Du kannst sie als deinen ›Gast‹ oder auch deine ›Ehefrau‹ bezeichnen, wenn du das willst, aber wir beide wissen, sie wird nie etwas anderes sein als deine Hure.«

Als die zerbrechliche Illusion, die Farouk und Clarinda so sorgsam aufgebaut hatten, unter Ashs gnadenlosen Worten zu Staub zerfiel, sah Farouk ihn bestürzt und verständnislos an. »Warum?«, fragte er heiser, und sein gequälter Blick suchte Ashs leidenschaftsloses Gesicht. »Warum tust du das hier? Ich dachte, du seist mein Freund, mein Bruder …«

»Und ich dachte, du seist ein Ehrenmann. Du hast mir eine Nacht mit einer deiner Frauen versprochen. Der Frau, die *ich* mir erwähle. Willst du etwa das Ansehen deiner Vorfahren beschmutzen, indem du dein Wort zurücknimmst? Indem du dein Versprechen vor all diesen Zeugen und Allah selbst brichst?«

Gütiger Himmel, dachte Clarinda und presste die Finger in einem vergeblichen Versuch, ihr Zittern zu verhindern, an ihre Lippen. Was hatte der Narr vor? Farouk so lange zu reizen, bis der ihn tötete? Selbst Luca, der hilflos im Griff von Farouks Wachen hing, war unter seiner olivfarbenen Haut blass wie Pergament geworden.

Tarik umkreiste die beiden Männer wie ein tollwütiger Schakal. »Begreifst du es endlich? Das passiert, wenn man so dumm ist, einen hungrigen Hund in seinem Heim willkommen zu heißen. Er wartet, bis der rechte Zeitpunkt gekommen ist, sich das zu nehmen, was rechtmäßig dir gehört.« Direkt in Farouks Sichtfeld blieb er stehen und zuckte die Achseln. »Aber der Ungläubige hat recht. Du musst dein Versprechen halten. Die Frau ist sein. Wenigstens für diese Nacht.«

Farouk wandte langsam den Kopf und schaute Clarinda an, ohne die Umklammerung des Dolchgriffes zu lockern. »Sag ein Wort«, stieß er mühsam hervor. »Ein Wort und ich werde ihm die Kehle aufschlitzen.«

Die Klinge an seinem Hals ignorierend, die sich bei der Bewegung fester in seine Haut drückte, wandte Ash den Kopf und sah sie an. Wenn er sich Sorgen darüber machte, dass sein Leben an einem seidenen Faden hing, den sie in den zarten Fingern hielt, so ließ er sich das durch nichts anmerken. Sein Gesicht war das Gesicht eines Mannes, der seine Finger um den Abzug einer Pistole gekrümmt hatte und absolut keine Skrupel kannte, ihn zu betätigen. Die stählerne Entschlossenheit in seinen Augen war vermutlich das Letzte gewesen, was viele seiner Gegner auf dem Schlachtfeld gesehen hatten.

Du musst mir vertrauen, hatte er ihr an dem Tag gesagt, als er sich in den Harem geschlichen hatte.

Du hattest immer schon die Angewohnheit, das Unmögliche zu verlangen, hatte sie geantwortet, ohne zu ahnen, wie unmöglich es wäre.

Sie richtete ihren besorgten Blick wieder auf Farouk, dann erklärte sie leise: »Ich kann nicht von dir verlangen, unehrenhaft zu handeln. Du bist ein Ehrenmann, der mich stets mit aller Höflichkeit behandelt hat. Ich werde deinem Namen keine Schande bereiten, indem ich verlange, dass du dein Versprechen nicht hälst oder einen Mann kaltblütig ermordest.«

Langsam ließ Farouk seinen Arm sinken. Der Dolch glitt aus seinen schlaff gewordenen Fingern und landete mit einem Klappern auf dem Steinboden. Seinen Kopf senkend, als könne er es nicht länger ertragen, sie anzusehen, sagte er: »Nimm sie mit, Solomon. Lass sie von den Frauen vorbereiten.«

Als der Eunuch von hinten seine Hände um Clarindas Oberarme schloss, legte Tarik seinem Neffen eine Hand auf die Schulter, ein versöhnliches Lächeln spielte auf den schmalen Lippen. »Vielleicht ist diese Entwicklung zu deinem Besten, mein Sohn. Jungfrauen können so ermüdend sein. Nachdem sie von dem Straßenköter bestiegen worden ist, wird die englische Hündin gewiss nach den erleseneren Aufmerksamkeiten eines echten Mannes hecheln.«

Beide, Farouk und Ash stürzten sich auf ihn, aber es war Farouks mächtige Faust, die zuerst das Kinn seines Onkels traf, sodass der Mann bewusstlos zu Boden fiel.

Als Solomon sie sacht an der bleichen Poppy vorbei in Richtung Tür schob, wagte Clarinda einen letzten Blick über ihre Schulter zu Ash. Sie wusste nicht, was sie zu sehen erwartet hatte, aber was sie in seinen Augen las, war nicht die Erleichterung eines Mannes, der ein sorgsam geplantes Täuschungsmanöver erfolgreich beendet hatte, sondern der Triumph eines Mannes, der nun endlich das in Besitz nehmen würde, was ihm rechtmäßig zustand.

Poppy schlüpfte hinter der Marmorsäule hervor und sah Farouk ganz allein in den kläglichen Überresten seines Festes stehen. Die Gäste waren verschwunden, die Wachen fortgeschickt, und die Konkubinen waren in den Harem zurückgeschafft worden.

Der geflieste Boden war mit herumliegenden Kissen und zerdrückten Blüten übersät, deren zarte Ränder sich bereits wellten und braun verfärbten. Die erlöschenden Öllampen in den Wandhaltern sandten tanzende Schatten über den Boden, die jeden Lichtrest in ihrem Weg zu schlucken schienen.

Poppy trat vorsichtig näher zu Farouk. Wenn sie ein Attentäter gewesen wäre, wäre es für sie leicht gewesen, ihm einen Dolch zwischen die Rippen zu stoßen. Er sah aus wie ein Mann, dessen Herz bereits durchbohrt worden war.

Von dem schmerzlichen Wunsch beseelt, ihn irgendwie zu trösten, trat sie nah genug heran, um die Hand auszustrecken und ihn am Ärmel seines Gewandes zu berühren. »Es tut mir so leid«, flüsterte sie. »Ich weiß, Sie haben sie geliebt.«

Er zuckte vor ihrer Berührung heftig zurück, drehte sich zu ihr um, und in seinen dunklen Augen loderte Wut. »Was wissen Sie denn von Liebe? Sie sind doch nichts als eine dumme Jungfrau, die sich hinter ihren Brillengläsern und den Röcken ihrer Freundin vor der Welt versteckt. Das Einzige, was Sie je über die Liebe wissen werden, wird aus der Handlung eines albernen Gedichts stammen, in dem ein Mann die eine Frau findet, die auf immer die Sehnsucht seines Herzens zu stillen vermag.«

Obwohl seine grausamen Worte ihrem Herzen einen schmerzlichen Schlag versetzten, ließ sie sich nicht unterkriegen. »Ich glaube lieber an solche Geschichten, als mein Leben damit zu vergeuden, Liebe in den Armen eines Liebhabers nach dem anderen zu suchen, sie aber nie zu finden.«

Er packte sie bei den Schultern und zog sie zu sich, bis ihre Gesichter nur noch ein paar Zoll voneinander entfernt waren. »Zwischen den Seiten eines Buches gibt es vielleicht nur eine Frau für jeden Mann, aber in den Laken eines Bettes kann jede Frau die Lust eines Mannes befriedigen.«

»Jede Frau?«, fragte sie flüsternd. »Sogar eine Frau wie ich?«

Sein Blick senkte sich einen gefährlichen Moment lang auf ihre bebenden Lippen, dann stieß er einen kehligen arabischen Fluch aus und schob sie von sich. Er machte auf dem Absatz kehrt und stürmte mit wehenden Gewändern und ausholenden wütenden Schritten aus dem Saal.

Während Poppy ihm nachschaute, beschlugen ihre Brillengläser unter frischen Tränen. Sie hob die Hand, um sie abzunehmen, wieder einmal dachte sie, dass die Welt freundlicher war, wenn man sie nicht so klar sehen konnte.

Kapitel neunzehn

Zum ersten Mal, seit sie im Palast des Sultans eingetroffen war, fühlte sich Clarinda als Gefangene. Solomon führte sie an den ausdruckslos blickenden Wachen vorbei in den Harem. Sein Griff um ihren Oberarm war sanft, aber unnachgiebig wie eine Eisenhandschelle. Die Türen schwangen hinter ihnen mit einem hohlen Geräusch kalter Endgültigkeit zu.

Seit sie die Halle verlassen hatten, brannte Clarinda darauf, den Eunuchen mit Fragen zu bombardieren. Aber da sie genau wusste, dass in dem Palast die Wände Ohren sowie zahllose versteckte Gucklöcher und Geheimgänge hatten, hatte sie sich nicht getraut, mehr zu tun, als ihn fragend anzusehen.

Mit seinen traurigen klugen Augen hatte er stur geradeaus geschaut, sein breites, milde wirkendes Gesicht verriet nichts, sodass sie sich allmählich zu fragen begann, ob ihre Sinne sie am Ende getrogen hatten.

Als Solomon sie durch den Hauptsaal des Harems geleitete, standen die anderen Frauen zu beiden Seiten Spalier, als würde eine verurteilte Verbrecherin an ihnen vorbeigeführt. Die Konkubinen, die Ash vorgeführt worden waren, waren noch nicht wieder zurück, aber wie stets in diesem Palast war die Nachricht von dem, was geschehen war, bereits wie auf geheimnisvollen Schwingen getragen bis zu den Haremsdamen gelangt. Clarinda konnte ihre wissenden Blicke spüren, manche waren neidisch, manche mitleidig, andere schadenfroh. Zweifellos gab es unter ihnen welche, die fanden, dass sie genau das bekam, was sie dafür verdiente, dass sie ihnen die Aufmerksamkeit ihres Herrn gestohlen hatte.

Wir wissen beide, sie wird nie etwas anderes als deine Hure sein.

Ashs herzlose Worte schienen das wiederzugeben, was alle denken mussten – dass die heutige Nacht ihre besondere Stellung im Harem beenden würde. Nachdem sie von dem Engländer genommen worden war, wäre sie auf immer beschmutzt und nicht länger würdig, die Ehefrau des Sultans zu werden. Sie wäre nicht besser dran als Yasmin oder eine andere Konkubine, die bei dem Fest den Gästen vorgeführt und zur Schau gestellt worden waren wie preisgekrönte Fohlen. Das nächste Mal, wenn Farouk einen Ehrengast im Palast bewirtete, konnte sie diejenige sein, die ihm angeboten wurde, sei es, ihm beim Bad zu helfen oder das Bett zu wärmen.

Clarinda warf den Stufen, die zu ihrem Zufluchtsort im Alkoven führten, einen sehnsüchtigen Blick zu, als sie an ihnen vorbeikamen. Aber Solomons entschlossene Schritte wurden nicht langsamer.

Er hatte heute Nacht offenkundig andere Pläne für sie.

Er führte sie über einen langen schmalen Flur, den sie nie zuvor entlanggegangen war. Als sie sich der Tür am Ende näherten, öffnete sie sich wie von unsichtbaren Händen bedient. Zwei in Schwarz gekleidete Frauen standen in dem flackernden Lampenschein des Raumes und erwarteten sie. Wenn Ash Yasmin erwählt hätte, hätten sie dann auf sie gewartet?

Solomon verneigte sich ernst vor ihr, dann zog er sich in den dunklen Gang zurück, und seine schwarzen Augen waren so unergründlich wie Stückchen polierten Obsidians. Eine der Frauen streckte eine Hand aus und schloss die Tür sanft, aber bestimmt.

Obwohl Farouk Solomon befohlen hatte, sie von den Frauen vorbereiten zu lassen, wusste Clarinda, dass nichts in der Welt sie darauf vorbereiten konnte, eine ganze Nacht in Ash Burkes Gesellschaft zu verbringen.

Sie stand still wie eine Marmorstatue, als die Frauen sich an ihr zu schaffen machten, ihr die Kleider auszogen, bis sie nackt vor ihnen stand. Sie reckte ihr Kinn, starrte stur geradeaus und weigerte sich, Furcht oder Scham zu zeigen. Ihr blieb nichts anderes übrig, als bei dieser Scharade ihre Rolle zu spielen, wenn sie keinen Verdacht erregen wollte.

Eine der Frauen entfernte den dünnen Goldreif von ihrer Stirn und fuhr ihr mit einer perlmuttverzierten Bürste mit langsamen Strichen durchs Haar, während die andere angewärmtes Sandelholzöl über ihre Haut rinnen ließ und es ihr dann in die angespannten Muskeln massierte. Ihre Berührung war freundlich, aber unpersönlich, als bereiteten sie ein Opfer für den Altar eines heidnischen Gottes vor.

Clarinda versuchte, nicht zurückzuzucken, als eine der beiden einen tönernen Krug holte und ihre Brustwarzen mit roter Farbe bestrich. Es war ihr bis zu diesem Augenblick gar nicht in den Sinn gekommen, dass das Rouge, das Yasmin so großzügig verwendete, aus einem grob gemahlenen Pflanzenstoff hergestellt wurde. Clarindas Brustspitzen prickelten und verhärteten sich unter der Wirkung, das Gefühl war befremdlich, aber nicht wirklich unangenehm.

Sie musste die Augen schließen, als eine der Frauen sich vor sie kniete und ihr mit einem silbernen Kamm durch die Haare im Schritt fuhr. Sie schlug sie wieder auf und sah, wie die Frau den Kamm in eine Flasche mit Öl eintauschte. Die alte Frau goss etwas von dem Öl in ihre faltige Hand und verrieb es dann auf ihren Fingern.

Als sie die Hand ausstreckte, um mit der Hand zwischen Clarindas Schenkel zu fahren, fasste Clarinda sie am Handgelenk.

»Nein«, sagte sie fest. Manche Entwürdigungen würde sie nicht hinnehmen, gleichgültig um welchen Preis.

Das zerfurchte Gesicht der Frau zeigte Sorge. »Wir haben gehört, die Engländer können sehr grob mit ihren Aufmerksamkeiten sein. Das Öl wird es für dich leichter machen.«

Ihre Gefährtin hielt ihr den Rougetopf hin. »Und das hier wird ihm zeigen, wo genau er dich berühren muss, damit es für dich am angenehmsten ist.«

Clarinda durchlief ein Schauer, während sie sich an das Brennen der Paste auf ihrer empfindlichen Haut erinnerte. Als sie in die hoffnungsvollen Augen der Frauen blickte, musste sie den absurden Drang bekämpfen, in Gelächter auszubrechen. Sie bezweifelte ernsthaft, dass ein Mann mit Ashs Erfahrung Hinweise benötigte, um sich auf dem Körper einer Frau zurechtzufinden. Wenn die Hälfte von dem stimmte, was die Skandalblättchen behaupteten, konnte er diesen Frauen hier noch etwas beibringen.

Als sie weiter den Kopf schüttelte und die öligen Hände entschieden wegschob, seufzten die beiden und schnalzten missbilligend mit der Zunge. Schließlich widmeten sie sich dem nächsten Schritt und kleideten Clarinda in ein Hemd, das so durchscheinend war, dass das Fähnchen, das Yasmin gewöhnlich trug, wenn sie im Harem herumlief, dagegen wie ein Gewand wirkte, das Miss Throckmorton für eine Beerdigung als angemessen betrachtet hätte.

Clarindas Gefasstheit geriet erst ins Wanken, als die Frauen je eine ihrer eiskalten Hände nahmen und sie zu dem Möbelstück brachten, das den Raum beherrschte. Der üppig gepolsterte Schlafdiwan mit den seidenen Laken und den unzähligen Kissen und Polstern in allen möglichen Farben und Formen war so dekadent und üppig, dass er einzig einem Zweck dienen konnte.

Und dieser Zweck war nicht schlafen.

Clarinda zögerte, und ihre Knie wurden weich. Als sie sich vorstellte, was alle erwarteten, das auf diesem Sofa stattfinden sollte. Sie durfte nicht vergessen, dass alles nur Schau war, der erste Akt in Ashs gewagtem Plan, sie zu retten.

Oder nicht?

Bevor Solomon sie aus dem Saal gebracht hatte, kam Ashs Gesicht ihr wie das eines Fremden vor, seine Züge wirkten so erbarmungslos, dass sie ihn kaum wiedererkannte. Wie gut kannte sie eigentlich den Mann, der er geworden war? Was, wenn er sich in all den Jahren mehr verändert hatte, als sie annahm? Er und sein Bruder waren schon lange entzweit. Wie sehr hasste er Maximillian? Oder gar sie?

Wenn er auch nur die leiseste Absicht hatte, die Situation auszunutzen, in der sie sich nun wiederfanden, dann könnte ihn niemand aufhalten. Hier an diesem Ort, an dem Frauen nur zu dem Zweck lebten, die Bedürfnisse und den Hunger von Männern zu befriedigen, war sie so sehr seiner Gnade ausgeliefert wie vorher Farouks.

Ein Schauer erfasste sie, eine Mischung aus Angst und Sehnsucht.

Die Frauen zogen an ihr, sodass sie einen Schritt nach vorn machte, sich umdrehte und sich auf die Kante des Diwans setzte. Als eine der beiden eine Flüssigkeit aus einer tönernen Flasche in einen goldenen Kelch goss, den sie ihr dann an die Lippen hielt, wehrte sie sich nicht. Vielleicht würde ein Schluck Wein ihre Nerven beruhigen und sie weniger empfänglich für irgendwelche Spinnereien machen.

Aber in dem Augenblick, da sie den Inhalt des Kelches auf der Zunge spürte, erkannte sie, dass sie einen schweren Fehler begangen hatte. Die dickliche Flüssigkeit war zugleich süß, bitter und scharf. Sie versuchte, den Kelch wegzustoßen, aber eine der Frauen fasste sie am Handgelenk und hielt sie mit erstaunlicher Kraft fest. Die andere drehte den Kelch um und zwang sie zu trinken.

Als es ihr schließlich doch gelang, den Kelch wegzustoßen, sodass er der Frau aus der Hand flog und über den Boden rollte, war er fast leer. Sie starrte sie an. »Was soll das? Versucht ihr etwa, mich umzubringen? Was, zur Hölle, ist das für ein widerliches Gebräu?« Dem wenig damenhaften Drang widerstehend, den letzten Rest auszuspucken, fuhr sie mit dem Handrücken über den Mund; ihre Kehle brannte, und die Augen tränten ihr.

Sie blinzelte die Tränen fort, aber die vier Frauen waren nur noch verschwommen zu erkennen. Das ist komisch, dachte sie. Vor einer Minute noch hätte sie schwören können, dass sie nur zu zweit waren. Oder waren es drei?

Eine der Frauen strich ihr zärtlich übers Haar. »Wehr dich nicht gegen die Wirkung des Trankes, mein Kind. Es ist ein uraltes Rezept, das uns von unseren Müttern und davor von deren Müttern weitergegeben wurde. Es wird jeden Schmerz, den du empfindest, betäuben.« Die Stimme der Frau hallte, als käme sie vom Grund eines tiefen Brunnens, und Clarinda musste sich anstrengen, um sich einen Reim darauf zu machen, was sie sagte.

Eine der anderen Frauen lächelte verschwörerisch. »Er sorgt auch dafür, dass du dich nach seiner Berührung sehnen wirst. Du wirst ein zügelloses Geschöpf sein, das ihn anfleht zu tun, was immer er mit dir tun will. Du wirst ihn anflehen zu tun, was immer ihm gefällt.«

»Nein«, wisperte Clarinda entsetzt. Wussten sie denn nicht, dass kein Trank der Welt stark genug war, den Schmerz zu betäuben, den Ash ihr zufügen konnte? Sie brauchte auf keinen Fall irgendein uraltes Elixier, um seine Berührung zu ersehnen.

»Es ist ein sehr seltener und kostbarer Trank. Darum heben wir ihn für die Jungfrauen auf«, flüsterte eine von ihnen.

Clarinda öffnete den Mund, um ihnen zu sagen, dass sie keine Jungfrau mehr war, war aber entsetzt, als nur ein schrilles Kichern herauskam. Sie versuchte, sich mit einer Hand den Mund zuzuhalten, um es zu unterdrücken, aber ihre Hand fühlte sich so schwer an wie ein Amboss. Sie schaffte es nur bis zur Taille, ehe sie nutzlos wieder in ihren Schoß fiel, als sei sie nicht länger mit ihrem Arm verbunden, was sie nur noch heftiger kichern ließ.

Mit einem wissenden Blick drückten die Frauen – alle sechs – sie auf den Diwan in die Kissen, als sei sie eine leblose Puppe, die zu ihrer Unterhaltung gemacht war. Sie dachte daran, gegen ihr anmaßendes Tun zu protestieren, aber es war so viel angenehmer, in träumerischer Zufriedenheit dazuliegen und die erotischen Deckenmalereien über ihr zu betrachten.

Auf dem Gemälde genau über Clarindas Kopf war es keine Frau, die vor einem Mann kniete, sondern ein Mann vor einer Frau, eine dunkeläugige Schönheit mit einer wilden Mähne schwarzer Haare lag ausgestreckt vor einem Krieger mit Turban. Ihre Hüften ruhten auf einem roten Kissenstapel, die Beine hatte sie weit gespreizt. Ihre Augen waren geschlossen, und ihr rundes Gesicht war eine Studie sinnlicher Hingabe, als konzentriere sich ihr ganzes Wesen allein auf die Gefühle, die er ihr in diesem Augenblick bereitete. Das zweite Gemälde zeigte einen weiteren Mann, der den beiden Liebenden zuschaute und sein erregtes Glied in einer Hand hielt, während er geduldig darauf wartete, an die Reihe zu kommen.

»Meine Güte«, murmelte Clarinda und blinzelte fasziniert zu den skandalösen Darstellungen empor, die dennoch eine seltsame Wirkung auf sie ausübten. »Glauben Sie, sie weiß, dass er zusieht?«

»Oh sicher weiß sie das, mein Lämmchen«, sagte eine der Frauen mit einem kehligen Lachen. »Das weiß sie.«

Der dünne Stoff von Clarindas Hemd bot kaum Schutz gegen die Nachtluft, die durch das offene Fenster ins Zimmer drang. Ihre Haut war so empfindlich, dass sie sich unwillkürlich auf den Seidenlaken zu winden begann, als werde sie von einer Hand gestreichelt und nicht von einem Lufthauch.

»Ruh dich aus, mein Kind«, flüsterte die andere Frau. »Du wirst deine ganze Kraft heute Nacht brauchen.«

Diese weisen Worte nahm sich Clarinda zu Herzen, sie seufzte und wandte sich wieder der Betrachtung der Bilder zu, bis ihr eigenes Gesicht allmählich die selige Miene der Frau auf dem Gemälde annahm.

Das letzte Mal, als Ash die Augen verbunden worden waren, hatte er einem Erschießungskommando gegenübergestanden.

Es hätte mich nicht überraschen dürfen, dass bei deiner letzten Klemme eine Frau im Spiel war.

Ist das nicht immer so?

Max' verächtliche Worte und seine eigene Antwort darauf gingen ihm durch den Kopf, ein schwaches Lächeln zuckte um seine Lippen. Vielleicht würde sein Bruder ihn nicht mehr so vorschnell verurteilen, wenn es nicht um irgendeine Frau ging, sondern um Max' eigene Braut.

Während die hünenhaften Haremswachen des Sultans ihn immer tiefer in den Palast führten, ihre Hände ihn unpersönlich an den Armen gleich oberhalb des Ellbogens hielten, hoffte er, dass sein Gastgeber wirklich ein Mann war, der zu seinem Wort stand, und dass nicht ein Henker mit schwarzer Kapuze am Ende dieses Weges auf ihn wartete.

Wenn er auf Farouks Thron gesessen hätte, wäre er am Ende versucht gewesen, genau so eine hässliche kleine Überraschung zu arrangieren. Clarinda so kühn für sich zu fordern war ein sorgsam kalkuliertes Wagnis gewesen, gefährlicher als jedes, das er je am Faro-Tisch oder in der Schlacht eingegangen war. Er hätte ebenso den Kopf und damit sein Leben verlieren können.

Der Ausdruck, den er kurz in Farouks Augen gesehen hatte, den abgrundtiefen Schmerz, als der Sultan feststellen musste, dass er grausam betrogen worden war, zudem von einem Mann, den er für seinen Freund gehalten hatte, ließ ihn nicht los. Er hoffte nur, dass Clarinda den Preis wert war, den er damit für sie gezahlt hatte.

Jeder Schritt brachte ihn näher zu seinem Schicksal, woraus auch immer das bestand. Er hätte versucht, sich gegen die Augenbinde zu wehren, aber er wusste, dass es keinem Mann mit Ausnahme des Sultans und seiner Eunuchen gestattet war, den Harem zu betreten und am Leben zu bleiben. Selbst mit der Augenbinde vor den Augen war es ihm nur gestattet, sich dieser geheiligten Festung weiblicher Reize über eine Reihe komplizierter Umwege und Geheimgänge zu nähern. Weder Farouk noch seine Wachen hatten Grund zu der Vermutung, dass er diesen Ort bereits einmal besucht hatte.

Die Eunuchen konnten ebenso wenig wissen, dass er im Geiste jeden Schritt, den sie ihn führten, zählte und sich jedes Abbiegen genau einprägte. Diese Gabe hatte ihm schon oft gute Dienste geleistet. Mit ein wenig Glück würden er und Clarinda später, noch bevor die Nacht vorüber wäre, seine Schritte zurückverfolgen können.

Der erstickende Geruch nach Weihrauch wurde mit jedem Atemzug, den er machte, stärker, was sein Gefühl von Desorientierung noch verstärkte. Ash wusste nicht, ob er erleichtert oder beunruhigt sein sollte, als die Eunuchen schließlich mit ihm stehen blieben und seine Arme losließen. Die Augenbinde wurde ihm abgenommen. Er blinzelte mehrmals rasch, und seine Augen gewöhnten sich erstaunlich schnell an das fahle Licht.

Sie standen am Ende eines Korridors, der in einer einzelnen bronzebeschlagenen Tür mündete. Eine flackernde Öllampe hoch oben an der Wand warf unstete Schatten.

Statt eines Henkers mit schwarzer Kapuze, der einen frisch geschärften Säbel schwang, warteten ein paar buckelige alte Frauen auf ihn, die ihn grüßten. Ash betrachtete sie argwöhnisch, aber sie lächelten ihn freundlich an und entblößten dabei ihren zahnlosen Gaumen. Ihre Blicke maßen ihn vom Kopf bis zu den Füßen, ihre schwarzen kleinen Knopfaugen musterten ihn mit unverhohlener Billigung, was ihn bereuen ließ, die landesüblichen Kleider gegen seine eigene Reithose und sein Leinenhemd eingetauscht zu haben.

Er sah verstohlen hinter sich, nur um zu entdecken, dass seine Eskorte mit den Schatten verschmolzen war.

Vielleicht war Farouk doch teuflischer, als er ihm zugetraut hatte. Vielleicht plante der Sultan, sich zu rächen, indem er ihn diesen lüsternen Greisinnen überließ, statt ihm zu erlauben, die Nacht in Clarindas Bett zu verbringen. Ein leiser Schauer durchlief ihn, als er sich vorstellte, was sie mit ihm anstellen könnten.

Eine der Frauen griff nach seiner Hand, zog ihn zur Tür. »Kommen Sie, guter Herr. Sie wartet schon auf Sie.«

Ash atmete insgeheim erleichtert auf. Offenbar waren die Frauen nur hier, um ihn zu Clarinda zu bringen.

Ihn kokett betrachtend, tätschelte ihm ihre Begleiterin begütigend den Arm. »Seien Sie behutsam. Sie ist eine zarte Blüte.«

Ash unterdrückte mit Mühe ein Lachen. Clarinda war nie eine zarte Blüte gewesen, sondern immer eine Rose in voller Blüte, und ihre weichen samtigen Blütenblätter verbargen gefährliche Dornen. Der Himmel wusste, sein Herz war oft genug von ihnen gestochen worden.

Er drückte eine geöffnete Hand auf sein Herz. »Ich verspreche, der perfekte Ehrenmann zu sein«, schwor er und hörte dabei im Geiste das skeptische Gelächter seines Bruders.

Einen Blick untereinander wechselnd, nickten beide Frauen zufrieden, dann öffneten sie die Tür und drängten ihn einzutreten.

Ohne ihm Zeit zu lassen, sich umzusehen und in Ruhe zu erfassen, was ihn in der Kammer erwartete, packte ihn die faltigere der beiden Alten mit einer klauenartigen Hand am Unterarm. Sie zog ihn zu sich hinab, bis sein Kopf in Höhe ihres Mundes war, dann krächzte sie: »Hab keine Angst, Sie wird sich nicht wehren. Dafür haben wir gesorgt.«

Ehe er sie fragen konnte, was diese rätselhafte Bemerkung bedeuten sollte, zogen sich beide Frauen zurück und schlossen vorsichtig die Tür hinter sich. Er hörte ein leises Klicken, als ein Schlüssel ins Schloss gesteckt und umgedreht wurde, sein Schicksal war besiegelt.

»Verdammt!«, fluchte er, wirbelte zur Tür herum.

Er wartete, bis er die Frauen davonschlurfen hörte, ehe

er nach dem Griff fasste und die Festigkeit des Schlosses prüfte.

Er hatte nicht damit gerechnet, eingeschlossen zu werden, selbst ein Gefangener zu sein. Da jedes einzelne Fenster im Harem mit einem kunstvollen Eisengitter versehen war, hätten er und Clarinda genauso gut in den tiefsten Kerker der Festung eingesperrt sein können. Er legte seine geballte Faust auf das dicke Holz der Tür und senkte schwer atmend den Kopf.

Ein kleines kehliges Stöhnen kam aus den Schatten hinter ihm. Sein Nacken prickelte in unguter Vorahnung.

Langsam drehte er sich um. Die Ecken des Raumes waren geheimnisvoll in Schatten gehüllt, wodurch das Mondlicht, das durch das Gitter vor dem Fenster hereindrang, dramatischer wirkte. Der sanfte Lichtschein fiel auf den Diwan in der Mitte des Zimmers und malte ein Muster so fein und erlesen wie Brüsseler Spitze auf die makellose Alabasterhaut der Frau, die sich auf den Laken räkelte.

Nein, keine Frau, sondern eine Göttin der Nacht – silbern, ätherisch und unwiderstehlich –, die Verkörperung der immerwährenden Faszination des Menschen vom Mond. Sie lag quer auf dem Diwan, und ihr offenes Haar ergoss sich in silbernen Wellen über den Rand. Ein Diwan, der genauso gut eine verzauberte Laube sein könnte.

»Clarinda?«, flüsterte er, und seine vor Leidenschaft raue Stimme klang so fremd, dass er sie selbst kaum erkannte.

Als sie nicht antwortete, machte er einen Schritt auf sie zu, dann noch einen. Wenn er auch nur mit einem

Jota der Vorsicht seines Bruders geboren wäre, würde er mit beiden Fäusten gegen die Tür trommeln und verlangen, dass man ihn hinausließe. Aber dafür war es jetzt zu spät.

Vielleicht war es immer schon zu spät gewesen.

Als er näher an den Diwan trat, sah er, dass Clarinda nichts als ein durchsichtiges Seidenhemd trug, das sich an jede Kurve und Höhlung ihres Körpers schmiegte und nur wenig der Vorstellung überließ. Besonders der Vorstellung eines Mannes, der jeden Zoll von ihr in den vergangenen Jahren seines Lebens in seinen Träumen erkundet hatte.

Irgendein kurzsichtiger Narr hatte entschieden, dass ihre kecken Brustspitzen nicht verlockend genug waren, sodass sie mit Rouge karmesinrot gefärbt waren und sich kühn gegen die hauchdünne Seide drückten. Als reichte das nicht, um einem Mann das Wasser im Mund vor ungezügeltem Hunger zusammenlaufen zu lassen, hatte sie auch noch eines ihrer Beine angewinkelt, sodass dem Beobachter ein neckischer Blick auf die silberblonden Locken in ihrem Schritt vergönnt war. Jedes entblößte Stück Haut war mit Öl eingerieben, bis sie überall sanft schimmerte, sodass er nicht umhin konnte, sich auszumalen, wie leicht seine Hände darüber gleiten würden … und in sie.

Ashs brennender Blick kehrte zu ihrem Gesicht zurück. Ihre vollen Lippen waren feucht und leicht geteilt, perfekt zum Küssen und für andere verbotene Genüsse. Sie blickte zur Decke, und in ihren Augen stand ein verträumter Ausdruck; die Arme hatte sie ausgebreitet, als wolle sie einen unsichtbaren Liebhaber umarmen.

Als spürte sie seine Gegenwart mit einem Instinkt, der tiefer reichte als Hören oder Sehen, schaute sie ihn direkt an. Sie hatte den verhangenen Schlafzimmerblick einer Verführerin, die genau wusste, was sie wollte und tun würde, was nötig war, damit sie es bekam. Sie war Delilah, Bathsheba und Eva in einem. Sie war eine Frau, auf die grundlegenden Elemente reduziert, die Männer anzogen wie eine Flamme die Motten.

Ash überwand den Abstand zwischen ihnen mit zwei langen Schritten. Er stützte sich neben sie auf ein Knie, fasste sie an den Schultern und zog sie daran zu sich hoch. Ihr Kopf rollte haltlos zur Seite, und eine reizende kleine Falte bildete sich zwischen ihren Brauen, als sie versuchte, ihn anzusehen.

»Oh Liebes«, flüsterte er heiser und schaute gebannt auf ihre winzigen Pupillen in den kleegrünen Augen, »was, in des Teufels Namen, haben sie mit dir gemacht?«

Sie beugte sich vor, presste ihre weichen Lippen auf seinen Hals, und ihr heiseres Kichern sandte eine Welle der Lust durch ihn. »Kümmere dich nicht darum. Die Frage, Ashton Burke, lautet vielmehr, was wirst du mit mir machen?«

Kapitel zwanzig

Während seiner Militärkarriere und in den folgenden Jahren war Ash zweimal mit dem Bajonett die Schulter durchbohrt, dreimal von einer Kugel getroffen und von einem angriffslustigen wilden Eber das Bein aufgeschlitzt worden. Er hatte ein Tropenfieber bekommen, das so hoch gestiegen war, dass er sich zwei Wochen lang nicht mehr an seinen eigenen Namen erinnern konnte, und war knapp dem Schicksal entronnen, im Kochtopf eines Pygmäenstammes zu landen. Aber all diese Gefahren waren nicht mehr als ein Spaziergang durch den Hyde Park an einem schönen Sonntagnachmittag, verglichen mit der Hölle, in die ihn Clarinda mit ihrem heißen kleinen Mund stürzte, während sie an seinem Hals knabberte.

Er stöhnte, als sie mit der Zunge seine Haut berührte.

»Mmm ...« Sie schnurrte zufrieden. »Du schmeckst so gut. Salzig und süß, einfach würzig.« Sie glitt mit ihrem Mund tiefer, bis zu dem drahtigen Haar im Ausschnitt seines Hemdes. »Himmel, ich könnte dich einfach so vernaschen!«

Ash blickte hilflos auf ihren Scheitel, wie gelähmt von einem erschütternd detailgetreuen Bild, wie sie ihr Vorhaben in die Tat umsetzte. Seine Bewegungsunfähigkeit ausnutzend, zog sie das dünne Leinenhemd so hemmungslos auseinander, dass er die Nähte reißen hörte. Als sie den

Kopf senkte, um die goldene Haut zu kosten, die sie damit entblößt hatte, stieß er einen leisen Fluch aus, der genau das besagte, was er am liebsten mit ihr tun würde.

Er packte sie an den Schultern und zog sie hoch, dabei schüttelte er sie leicht. »Sieh mich an, Clarinda. Du musst dich auf das konzentrieren, was ich dir sage.«

Unglückseligerweise versuchte sie, sich zu konzentrieren, indem sie ihren hungrigen Blick auf seinen Mund senkte. Was es ihm nahezu unmöglich machte, klare Worte zu finden.

»Als Farouk mir eine seiner Frauen für die Nacht angeboten hat, blieb mir keine andere Wahl, als die Gelegenheit zu ergreifen. Ich dachte, wenn ich eine ganze Nacht im Harem zur Verfügung hätte, dann könnte ich einen Weg finden, dich und Poppy hinauszuschmuggeln. Aber ich fürchte, ich habe mich verrechnet. Sie haben uns hier zusammen eingeschlossen.« Einen Arm um ihre Schultern legend, um ihr Gewicht besser halten zu können, hielt er ihr Kinn mit der anderen Hand und bog ihren Kopf sanft nach hinten, sodass sie ihm in die Augen sehen musste. »Ich versuche, es dir zu erklären. Du bist im Moment nicht du selbst.«

Sie blinzelte zu ihm auf, ehrlich verwirrt. »Wer bin ich denn?«

Die Frau, die mir das Herz gebrochen hat.

Ash seufzte. »Die Frauen, die vor mir hier waren, haben dir irgendeine Droge verabreicht. Nach dem Zustand deiner Pupillen zu schließen, vermute ich, dass Opium und irgendeine Art Aphrodisiakum darin waren.«

Ash hatte von der gefährlichen Wirkung solcher Tränke tief im afrikanischen Dschungel schon gehört. Ihm waren Geschichten von anständigen, moralisch gefestigten Frauen erzählt worden, denen alle Hemmungen genommen worden waren, die sich wie läufige Hündinnen aufführten, ihre Röcke lüfteten und sich jedem Mann anboten, der des Wegs kam.

Clarinda schien nicht im Geringsten beunruhigt. »Ah, ja!«, rief sie, und ihre Augen leuchteten auf. »Das muss das widerliche Gebräu gewesen sein, das sie mich gezwungen haben zu trinken. Sie haben gesagt, es werde dafür sorgen, dass ich mich nach deiner Berührung verzehre. Dass es mich in ein zügelloses Geschöpf verwandeln werde, das dich darum anfleht, was auch immer dir gefällt, mit mir anzustellen. Und dass ich darum betteln würde, das zu tun, was dir am meisten Lust bereitet. Stimmt das alles?«

Ash musste sich zweimal räuspern, bevor er ihr antworten konnte. »Ja, Süße, es stimmt. Die Droge, die sie dir gegeben haben, sorgt dafür, dass du Dinge fühlst ... dich nach Sachen sehnst ... die dir gewöhnlich nicht einfallen würden.«

Ihre Augen wurden groß. »Meinst du, dass du ...«

Er nickte grimmig.

»Und ich würde ...«

Wieder nickte er.

Sie wirkte fasziniert statt entsetzt. »Also könntest du mit mir alles anstellen, was du willst?«

»Auf jeden Fall.« Trotz seiner Bemühungen, sich zu beherrschen, zuckte sein Blick nach unten, blieb an ihren unter dem dünnen Stoff keck aufgerichteten Brustspitzen hängen, wanderte weiter zu dem dreieckigen Schatten in ihrem Schritt. Er richtete seinen Blick wieder auf ihr Gesicht, und die Andeutung eines Knurrens ließ seine Stimme tiefer klingen. »*Alles.*«

»Würde ich mich an irgendetwas davon am nächsten Morgen erinnern?«

»Das weiß ich nicht. Das hängt davon ab, was genau und in welcher Dosierung es dir verabreicht wurde.«

Sie dachte über seine Worte eine Weile nach, dann hob sie eine Schulter zu einem unbekümmerten Zucken. »Was hält dich dann davon ab, endlich loszulegen?«

Ehe Ash Zeit hatte, sich genau diese Frage selbst zu stellen oder nach Luft zu schnappen, machte sie sich wieder an ihm zu schaffen, sie zerrte an seinem Hemd und rieb ihr Gesicht wie ein liebebedürftiges Kätzchen an seinem Hals, übersäte sein störrisch gerecktes Kinn mit zarten Küssen.

Er schloss die Augen, seine Brust hob und senkte sich heftig, während er sich einen Moment gönnte, das Wunder einer voll erblühten Clarinda ohne einen Dorn weit und breit zu genießen.

In seinem Leben hatte er zahllosen Versuchungen nachgegeben und das selten bereut. Die Versuchung in Form dieser willigen Clarinda war jedoch bei Weitem die verführerischste, selbst unter dem Aspekt, dass er als Strafe womöglich seine unsterbliche Seele einbüßte.

Clarindas harte Brustspitzen streiften seinen Brustkasten durch das dünne Leinen seines Hemdes, ein Schauer der Lust durchlief ihn. Hier in diesem Palast, so weit entfernt von jeglicher Zivilisation, die sie kannten, wäre es für ihn nur zu leicht, die Ketten der Konventionen abzuwerfen. Jahrhunderte der Zurückhaltung aufgeben und zu dem Zustand zurückkehren, der es einem Mann erlaubte, eine Frau zu nehmen, einfach weil er den Willen und die körperliche Kraft besaß, das zu tun.

Er wusste genau, was Max von ihm unter diesen Umständen erwartete. Fast konnte er den angewiderten Ausdruck im Gesicht seines Bruders sehen, die Verachtung in seinen kühlen grauen Augen.

Clarinda schlang ihre schlanken Arme um seinen Hals, und ihre wunderbaren Küsse reizten seinen Mundwinkel. Wenn er es zuließ, dass ihre suchenden Lippen seine fanden, gäbe es für sie beide keine Rettung.

Jede Unze der spärlichen Selbstbeherrschung aufbringend, die der Herrgott ihm zugeteilt hatte, zog Ash Clarindas Arme von seinem Hals. Er bemühte sich, seine Bewegungen knapp und sachlich zu halten – keine leichte Übung, da er bereits so hart war wie ein Felsen. Er drückte sie in die Kissen und hielt ihre Hände über ihrem Kopf fest, in der schwachen Hoffnung, dass das Blut wieder in sein Gehirn gelangte, wenn sie ihn nicht mehr streicheln konnte.

Sichtlich entzückt, auf dem Rücken zu liegen, während er über ihr aufragte, bewegte sie sinnlich ihre Hüften, biss sich in einer zügellosen Einladung auf die Lippen, und ihre Augen funkelten übermütig.

Es war für Ash nicht schwierig, seine Miene streng werden zu lassen. »Du erinnerst dich morgen vielleicht an nichts mehr, aber ich. Und sobald du wieder Herrin deiner Sinne bist, würdest du mich hassen. Und ich mich selbst noch mehr.«

»Sei nicht albern! Ich könnte dich niemals hassen!«

»Was du gerade jetzt empfindest, hat überhaupt nichts mit mir zu tun. Vertrau mir. Wenn es darum geht, den

Hunger zu stillen, unter dem du im Moment leidest, wäre dir jeder Mann recht.«

Ihr Lächeln verblasste. Ihre Unterlippe begann ganz leicht zu zittern, sodass er sich wie der schlimmste Unhold auf der Welt vorkam. »Glaubst du das? Dass mir jeder Mann recht wäre? Das stimmt einfach nicht. Ich wollte immer nur dich, Ash. Dich allein.«

Ash hatte sich bereits damit abgefunden, alle körperlichen Qualen tapfer zu ertragen, die sie ihm heute bereiten würde, aber er war wehrlos gegen die uneingeschränkte Bewunderung in ihren großen grünen Augen. Er müsste eigentlich beeindruckt davon sein, dass sie selbst unter dem Einfluss von Opium und weiß der Himmel was sonst immer noch so überzeugend lügen konnte.

»Was ist mit Max?«, fragte er grimmig.

Sie schaute ihn verständnislos an.

»Du hast doch Max nicht vergessen, oder? *Meinen* Bruder? *Deinen* Verlobten?«

»Oh Maximillian!« Ein liebevolles Lächeln ließ ihr Gesicht aufleuchten. »Dein Bruder ist so lieb. Habe ich dir je erzählt, wie lieb er war?«

»Nein«, brummte Ash. »Und es wäre mir lieber, du würdest darauf verzichten.«

Da er wusste, dass er seine strenge Miene nicht mehr lange beibehalten konnte, während sie auf dem Rücken unter ihm lag, zog er sie in eine sitzende Stellung. »Ich möchte, dass du dich morgen früh an all das erinnerst, was ich nicht mit dir getan habe, damit du es meinem Bruder in allen Einzelheiten erzählen kannst.«

»Was tun wir sonst heute Nacht, um uns die Zeit zu vertreiben?« Sie erhob sich auf die Knie und schaute ihn voller Eifer und mit großen feuchten Augen im Mondschein an.

»Darauf warten, dass die Wirkung von dem, was man dir gegeben hat, nachlässt.«

»Wie lange wird das dauern?«

»Eine Ewigkeit«, stieß er hervor und lehnte sich mit dem Rücken gegen ein weiches lilafarbenes Polster. Er hatte genug Erfahrung mit stärkeren Aphrodisiaka, um zu wissen, dass es vermutlich noch schlimmer werden würde, bevor die Wirkung nachließ.

Für sie beide.

Trotz seiner konzentrierten Bemühungen, Clarinda auf Abstand zu halten, schien sie ihre Hände nicht von ihm lassen zu können. Als er seine Arme vor der Brust verschränkte und sie mit finster zusammengezogenen Brauen fernzuhalten versuchte, begann sie seinen Oberkörper zu tätscheln, als sei er ein treuer Hund. Selbst diese unschuldige Berührung reichte aus, eine Hitzewallung nach der anderen in seinen Schritt zu senden.

Sie beugte sich vor und wiegte sich leicht auf den Knien, dann flüsterte sie ihm laut ins Ohr: »Weißt du, dass eine Frau sich selbst Lust bereiten kann?«

Seine Mundwinkel hoben sich zu einem zögernden Lächeln. »Ich habe diesbezügliche Gerüchte gehört.«

Clarinda setzte sich auf ihre Fersen und warf einen Blick über die Schulter, als wollte sie sichergehen, dass niemand sie belauschen konnte. »Sie haben mir beigebracht, wie das geht. Möchtest du es sehen?«

»Himmel, ja«, keuchte er. Sie hob eine Hand, aber er packte sie, bevor sie ihr Ziel erreichen konnte. »Ich meine, Hölle, nein!«

Wenn sie sich vor seinen Augen selbst berührte, würde er an Ort und Stelle explodieren.

Seine Ablehnung trug ihm ein Schmollen ein, aber Clarindas Enttäuschung währte nicht lange. »Als die Frauen im Harem mich darin unterwiesen haben, auf welche Weisen eine Frau einem Mann Lust schenken kann«, sagte sie leise und senkte den Kopf, sodass ihre Haare wie ein seidener Vorhang ihre geröteten Wangen verbargen, »habe ich versucht, dabei an Max zu denken, ehrlich, aber ich habe immer nur dich vor meinem geistigen Auge gesehen. Wie wir all das tun, wozu wir früher keine Zeit hatten. Wie ich dich berühre, dich küsse.« Sie hob den Kopf und sah Ash voller Wehmut an, und ihre eigensinnige Hand glitt über seine verschränkten Arme zu den verkrampften Muskeln auf seinem Bauch. »Dich mit dem Mund berühre.«

Ash blieb die Luft zum Atmen weg, er war gebannt von ihrem Geständnis. Er unternahm den aufrichtigen Versuch, nicht auf ihre einladend geöffneten rosa Lippen zu schauen, nicht daran zu denken, wie sie aussehen würden, sich anfühlen würden, wenn …

»Wenn es die Sache für dich … erträglicher machen würde, könnte ich dir zeigen, was sie uns beigebracht haben«, schlug sie ernsthaft vor. »Kannst du dir vorstellen, dass sie mit Gurken geübt haben?« Wieder einer dieser anbetungswürdigen Blicke über die Schulter. »Ich habe so getan, als interessiere es mich nicht, aber als niemand hinsah, habe ich einmal eine in meinen Alkoven geschmuggelt, damit ich es ausprobieren kann. Ich bin vielleicht nicht so geschickt darin wie Yasmin, aber ich bin sicher, wenn du mir Anweisungen gibst, kann ich es schaffen.

Schließlich heißt es doch immer, Übung macht den Meister, oder?« Ein heiseres kleines Lachen entschlüpfte ihr. »Ich habe so viele Stunden damit verbracht, am Klavier Tonleitern zu üben, um Papa eine Freude zu machen. Es spricht doch nichts dagegen, jetzt zu üben, damit du eine Freude hast.«

»Ja. Nein. Ja«, stieß er hervor, riss seinen Blick von ihren Lippen los. Ihren weichen, sinnlichen und ach so verführerischen Lippen. »Es gibt eine ganze Reihe von Gründen, warum du nicht an mir üben kannst.« Seltsamerweise fiel ihm, noch während er diese Worte sprach, kein einziger ein. Er konnte überhaupt nicht denken.

Als spürte sie seine wachsende Bedrängnis, streckte sie eine Hand aus und streichelte sein Gesicht, blickte ihn zärtlich und zugleich mitleidig an. »Das hier ist alles so unfair. Ich kann mir gut vorstellen, dass die Situation für dich sehr schwierig ist.« Er merkte gar nicht, dass ihre andere Hand aus seinem Griff geschlüpft war, erst als sie mit den Fingerspitzen über das Körperteil fuhr, das bereits aus seiner Hose zu entkommen suchte.

Ash war es gelungen, sie davon abzuhalten, sich selbst zu berühren, aber keine Macht des Himmels oder der Erde hätte ihm die Disziplin verleihen können, sie davon abzubringen, ihn anzufassen. Er hätte sich auch dann nicht rühren können, wenn in diesem Augenblick ein Steinblock über ihm aus dem Himmel gefallen wäre, um ihn zu erschlagen. Doch es bedurfte gar keines Steinblockes. Als Clarinda ihre Finger um ihn schloss, ihn durch den enganliegenden Stoff seiner Hose streichelte und das mit betörender Kühnheit tat, dachte er, er würde gleich an Ort und Stelle sterben.

»Bitte, Ash«, flüsterte sie, und der wilde Ausdruck in ihren Augen warnte ihn, dass die Wirkung des Aphrodisiakums sich gerade zu voller Stärke entfaltete. »Ich kann nicht länger warten. Es ist so lange her … zu lange. Ich will dich … ich brauche dich …«

Wie viele Nächte hatte er wach gelegen und davon geträumt, dass sie genau diese Worte flüsterte? Es war so schwer, ihr irgendetwas zu verwehren, wenn sie ihn so anschaute. Er hatte es erst einmal getan und bitter bereut.

Er saß still wie eine Marmorstatue, während sie sich rittlings auf seinen Schoß setzte. Jetzt drückte sich nicht länger ihre Hand, sondern ihr verlockend warmer Schritt gegen ihn. Unter dem Hemd trug sie keinerlei Unterwäsche, sodass er ihr Verlangen riechen konnte. Es war machtvoller und betörender als jedes exotische Parfümöl – Clarinda-Moschus, dessen einziger Zweck darin bestand, einen Mann vor Wollust wild zu machen. Ihn in ein wildes Tier zu verwandeln, das nur eines im Sinn hatte. Wenn Ash einen Weg wüsste, es in Flaschen abzufüllen, hätte er damit ein Vermögen machen können.

Sie zog mit ihrer anderen Hand sein Hemd hoch, rieb sich an ihm und stieß kleine hilflose Laute aus. »Es ist so furchtbar heiß hier. Ist dir nicht heiß?«

Während sie sich mit ihren köstlich vollen Brüsten an ihm rieb, wurde Ash so heiß wie nie zuvor, selbst ein Tropenfieber erzeugte nicht solche Hitze, konnte ihn seiner Sinne nicht dermaßen berauben.

»Ich weiß, du machst dir nichts mehr aus mir, aber du musst auch nicht grausam sein. Oh bitte, Ash … kannst du mir nicht helfen? Ich stehe in Flammen … brenne … brenne …« Clarinda zitterte und weinte, war vor Verlangen fast von Sinnen. »Ich will … ich brauche …« Ein kehliges Stöhnen entwich ihr, und der mitleiderregende Laut bohrte sich wie ein Pfeil in sein Herz.

Mit bebenden Händen fasste sie zwischen ihre Körper, machte sich ungeschickt am Verschluss seiner Hose zu schaffen. Alles, was er tun musste, war sich zurücklehnen und ihr ihren Willen lassen.

In diesem Zustand gab es nichts, was sie ihn nicht tun lassen würde, nichts, was sie nicht mit ihm anstellen würde. Er wäre in der Lage, ihren sinnlichen Körper zu benutzen, um seine düstersten und erotischsten Fantasien zu erfüllen, die sie in seinen Träumen bereits unzählige Male erfüllt hatte.

Es war ihm nicht länger möglich, sich einzureden, sie werde nachher nicht wissen, was er mit ihr gemacht hatte. Wenn er zuließ, dass sein Verlangen entfesselt wurde, wäre kein Muskel in ihrem Körper, der nachher nicht wüsste, dass sie geliebt worden war … auf jede Weise, auf die ein Mann eine Frau lieben konnte.

Ash konnte sich noch daran erinnern, wie er sie an einem schönen Frühlingstag über eine Wiese gejagt hatte, als sie ihn aufgezogen hatte und um einen Kuss betteln lassen wollte. Jetzt war er an der Reihe. Er konnte sie aufziehen, sie betteln lassen und ihren Stolz brechen. Er konnte die hochmütige Miss Clarinda Cardew in die Knie zwingen, sie mit Lust für jedes Vergehen strafen, das sie sich je ihm gegenüber hatte zuschulden kommen lassen.

Als Clarinda ihren verführerischen Mund auf seinen senkte, fiel es Ash unendlich schwer, seinen Kopf zur Seite zu drehen.

»Sch«, murmelte er und schlang seine Arme fest um sie, wiegte sie wie ein kleines Kind. »Es ist alles in Ordnung, mein Engel. Alles wird gut.«

Er wusste, es gab nur ein Mittel, um die Schärfe ihres Verlangens zu lindern. Selbst wenn es ihn umbrachte.

Vielleicht, wenn er es als eine Art wissenschaftliches Experiment betrachtete, etwas, das er mit klinischer Präzision für einen Vortrag vor der Geographischen Gesellschaft in London untersuchte, könnte er es überleben. Vielleicht, wenn es ihm gelang, seine Gefühle abzukoppeln, seine Begierde, sich tief in ihren weichen Schoß zu stoßen, den sie an ihm rieb, aus der Gleichung zu streichen.

Ihren gewimmerten Widerspruch ignorierend, drehte er sie um, sodass sie zwischen seinen gespreizten Beinen saß, den Rücken an seine Brust gepresst. Er schlang einen Arm um ihre Mitte, hielt sie sanft, aber unnachgiebig fest.

Sie grub ihre Fingernägel in seine Oberarme, ihr Atem stockte, und ein Schluchzer entrang sich ihr. »Was tust du?«

Als eine ihrer hilflosen Tränen auf seinen Arm fiel, wusste er ohne jeden Zweifel, dass er die richtige Entscheidung getroffen hatte. Für sie. Für sich. Vielleicht auch für Max. »Ich kümmere mich um dich«, flüsterte er, strich ihr mondscheinfarbenes Haar zur Seite und küsste sie auf den Hals. Er versagte sich ihre Lippen, aber ihre süß duftende Haut musste er kosten.

Sie lehnte sich gegen ihn, und ihr unausgesprochenes Vertrauen zu ihm war anrührender als jedes erotische Versprechen.

Er zwang sich, das verlockende Gewicht ihrer Brüste auf seinem Unterarm zu ignorieren, und fuhr mit seiner Hand zwischen ihre Schenkel. Er musste sie nicht überreden, ihre Beine zu spreizen, das tat sie von ganz allein, als sie sich mit einem halblauten Schrei gegen seine Handfläche presste. Er drückte behutsam zu, rieb den dünnen Stoff ihres Hemdes über ihre feuchte Haut, gewöhnte sie an seine Berührung.

Sie fühlte sich fiebrig an, heiß genug, sich daran zu verbrennen. Er wagte es nicht, seine Hand unter die Seide zu schieben, er verlangte zu heftig danach, irgendeinen Teil von sich in sie zu stoßen, und wenn es nur ein Finger war … oder mehr als einer. Sie war bereits so feucht, dass der dünne Seidenstoff an ihrer Haut klebte.

Selbst der ungeschickteste grüne Junge hätte mühelos die Stelle gefunden, an der ihre Empfindungen zusammenliefen. Und Ash war kein ungeschickter grüner Junge.

Er strich mit einem Finger darüber; sie war ganz fest und leicht geschwollen. Er hatte gehofft, die Feuer, die sie bei lebendigem Leibe verbrannten, unter Kontrolle bringen zu können, aber als er sie dort streichelte, war es eher, als hielte er Zunder an eine Flamme und entfesselte eine Feuersbrunst, die sie beide zu verzehren drohte.

Clarinda bäumte sich auf wie ein wildes Tier, sie rang keuchend nach Atem. Er legte seinen Arm um ihre Taille, um sie festzuhalten, biss die Zähne zusammen, um ein Stöhnen zu unterdrücken; auch sein Atem ging schwer. Er spürte, wie das straff gespannte Seil seiner Selbstbeherrschung auszufransen begann.

»Entspann dich, Süße«, stieß er durch die zusammengebissenen Zähne hervor und wünschte, er könne das auch. »Überlass dich der Lust.«

Entschlossen, alles in seiner Macht Stehende zu tun, um ihr das möglich zu machen, begann er, die Knospe in ihrem Schritt mit kleinen Kreisen zu reiben. Ihre Hüften hoben sich vom Diwan, begannen in einem sinnlichen Gegenrhythmus zu kreisen, während ihr Köper unwillkürlich auf die unhörbare, aber wunderbare Musik dieses uralten Tanzes reagierte.

Ash streichelte und massierte sie durch die Seide, bis sie vor Verlangen nach mehr schier verging. Sein ganzes Wesen war auf eines konzentriert, sie zum Gipfel der Lust zu bringen, sie zu den Sternen zu tragen. Er konnte sie zwar nicht begleiten, aber er würde mit ausgebreiteten Armen warten, sie wieder aufzufangen, wenn sie auf die Erde zurückstürzte.

»Oh Ash …«, stöhnte sie und ließ ihren Kopf gegen seine Schulter rollen, dann drehte sie ihn zu ihm um und schaute ihn trotz ihrer vor Leidenschaft glasigen Augen eindringlich an. »Versprich mir …«

»Ja?« In dem Augenblick hätte er ihr alles versprochen.

»Versprich mir …« Ihr Stöhnen wurde zu einem Keuchen, als er seinen Finger auf und ab bewegte, die Tätigkeit nachahmend, der er sich jetzt am liebsten hingegeben hätte. »Versprich mir … dass du nicht aufhören wirst.«

Sie hatte ihn schon immer unter den unmöglichsten Umständen zum Lachen bringen können. Ash drückte seine Lippen und sein leises Lachen in ihr wirres Haar. »Ich verspreche dir hoch und heilig, nicht aufzuhören. Ich werde nie aufhören.«

Das Zucken ihrer Hüften und das Erbeben der seidigen Haut unter seinen Fingern warnten ihn, dass sie ihn bald genug einen Lügner strafen würde. Schließlich war er doch mit einer Versuchung konfrontiert, der er einfach nicht widerstehen konnte. Er spähte über ihre Schulter. Der Anblick seiner starken Männerhand auf all dieser köstlich weiblichen Weichheit weckte in ihm den Drang, wie ein Wilder zu knurren.

Mit Daumen und Zeigefinger verstärkte er die Reibung. Clarinda wandte den Kopf heftig hin und her, sodass einzelne Strähnen ihres Haares an seinen feuchten Lippen hängen blieben. »Oh Ash … oh … gütiger Himmel!«

Ihre Hand schnellte vor, bedeckte seine so viel größere. Sie hielt sie mit erstaunlicher Kraft fest, ritt auf ihm zu ihrem Höhepunkt, schrie dabei leise auf.

Ash war darauf vorbereitet, aber nicht darauf, wie dicht er davor stand, ihr in diesen gefährlichen Abgrund zu folgen. Er hatte seinen Samen nicht mehr ungewollt außerhalb einer Frau vergossen, seit er ein liebeskranker junger Bursche gewesen war und in seine Laken verheddert aus seinen Träumen von einer gewissen frechen grünäugigen kleinen Hexe erwacht war. Es bedurfte seiner gesamten Willenskraft, die Ekstase zurückzudrängen, die ihn wie eine gewaltige Welle zu erfassen und alles in ihrem Weg mit sich zu reißen drohte.

Die immer noch bebende Clarinda sicher im Arm haltend, ließ er sich gegen das Polster sinken, und sein Atem ging so schwer, als sei er meilenweit gerannt. Und vielleicht war er das auch, er war vor der Frau in seinen Armen weggelaufen, obwohl er sich in diesem Augenblick nicht daran erinnern konnte, warum er das getan hatte.

Ungeachtet der Verzweiflung, die sie in ihm auslöste, indem sie ihren Po an ihm rieb, seufzte Clarinda zufrieden und drehte sich um, bis sie die Arme um seinen Hals schlingen und ihre Wange an seine Brust schmiegen konnte. Ihre Augen schlossen sich flatternd. Sie gähnte wie ein schläfriger kleiner Löwe, und die unbewusste Geste ließ sie genau wie das kleine Mädchen aussehen, das ihm die Kleider gestohlen hatte, während er und Max in einem der Teiche auf dem Anwesen ihres Vaters schwimmen gewesen waren.

Jetzt, da sie nicht länger mit dem Einfluss des Aphrodisiakums zu kämpfen hatte, stand es ihr frei, sich den angenehmeren Wirkungen des Opiums hinzugeben. Mit etwas Glück würde sie bis zum Morgen schlafen, ihre Träume ungestört von Reue über die Vergangenheit oder Angst vor der Zukunft.

Ash war solcher Luxus nicht vergönnt.

Er war gekommen, um mit ihr zu fliehen, stattdessen hatte er sich in einem Netz verheddert, das er selbst geknüpft hatte. Er schlang seine Arme noch fester um sie, hauchte einen Kuss auf ihre schweißfeuchte Stirn und wappnete sich für eine Nacht, die, wie er gut wusste, die längste seines Lebens sein würde.

Kapitel einundzwanzig

Clarinda erwachte mit einem Lächeln auf den Lippen aus dem erholsamsten und befriedigendsten Schlaf ihres Lebens, als die Morgensonne ihr ins Gesicht schien. Noch zu wunderbar schlaftrunken, um ihre Augenlider auseinander zu zwingen, ballte sie die Hände zu Fäusten und reckte und streckte ihre prickelnden Muskeln. Sie gähnte so herzhaft, dass sie in Versuchung geführt war, sich auf die andere Seite zu rollen und wieder einzuschlafen.

Widerstrebend öffnete sie schließlich die Augen und entdeckte Ash ausgestreckt auf einem Stuhl, wenige Schritte von ihr entfernt, der sie mit kaum verhohlener Feindseligkeit musterte. Seine karamellfarbenen Locken waren zerzaust, sein Gesicht unrasiert, und der Kragen seines Hemdes stand offen. Clarinda runzelte verwirrt die Stirn. Genau genommen war es bis zur Mitte seiner Brust aufgeknöpft und gab den Blick auf wohlgeformte Muskeln und feine goldbraune Härchen frei.

Er sah nicht halb so ausgeruht aus, wie sie sich fühlte. Aus den dunklen Schatten unter seinen Augen zu schließen, hatte er diese Nacht keinen Moment geschlafen. Trotz seiner verknitterten Erscheinung – oder vielleicht auch deswegen – sah er restlos unwiderstehlich aus.

Und mehr als ein bisschen gefährlich.

Sie blickte ihn fragend an und wunderte sich, was um

alles in der Welt er zu dieser frühen Morgenstunde in ihrem Schlafzimmer zu suchen hatte.

Er nickte in Richtung ihres Körpers, seine Augen unter schweren Lidern halb geschlossen und das Kinn fest gereckt. »Vielleicht willst du dich zudecken.«

Noch verwirrter sah Clarinda an sich herab und entdeckte, dass sie in ein durchsichtiges Hemdchen gekleidet war. Sie entdeckte rote Flecken auf der Vorderseite und verspürte kurz Panik. Aber eine nähere Betrachtung enthüllte, dass es nur Rouge war.

Sie sah wieder zu Ash und bemerkte, dass sein sengender Blick immer noch unterhalb ihres Halses hing, weswegen sie ans Fußende des Diwans rutschte, den sie nie zuvor gesehen hatte, und das Seidenlaken, das sie dort fand, bis zu ihrem Kinn hochzerrte.

Aus weit aufgerissenen Augen schaute sie ihn an, und ihr Herz begann wie wild zu klopfen. »Hast du … haben wir …?« Sein Gesicht war so finster, dass sie sich nicht dazu überwinden konnte, zu Ende zu sprechen.

Sein unfrohes Lachen enthielt keinen Humor. »Wenn wir das hätten, würdest du dich daran erinnern. Dafür hätte ich verdammt noch einmal gesorgt.«

Von diesem Schwur weiter beunruhigt, fasste sie sich mit einer Hand an die Stirn und kämpfte darum, die wabernden Nebelschwaden in ihrem Kopf zu durchdringen. Trotz ihrer unzüchtigen Bekleidung und einem leichten Pochen in den Schläfen schien sie keinen ernsthaften Schaden genommen zu haben. Das Letzte, woran sie sich mit perfekter Klarheit erinnerte, war, wie die beiden alten Frauen sie nötigten, sich auf den Diwan zu setzen, damit sie ihr irgendein bitteres Gebräu einflößen konnten.

Danach war alles verworren. Sie erinnerte sich an die sinnliche Liebkosung der Nachtbrise auf ihrer Haut, an ihre Faszination von den erotischen Deckengemälden über dem Diwan, und dass eine der Frauen sie gedrängt hatte, sich auszuruhen für das, was sie erwartete. Dann war Ash da gewesen, sein gut geschnittenes Gesicht im Mondschein über ihrem.

Andere weit beunruhigendere Bilder fielen ihr wieder ein – ihre Hände, mit denen sie verzweifelt an seinem Hemd zerrte, ihre Fingerspitzen, mit denen sie durch seine Hose die beeindruckenden Umrisse seines erregten Gliedes kühn nachfuhr, ihr Mund, mit dem sie ihn küsste, kostete … bettelte.

Als sie sich in allen Einzelheiten an diese Bilder erinnerte, zog sich Clarinda das Laken über den Kopf. Sie fragte sich, ob man eigentlich tatsächlich vor Scham sterben konnte. »Gütiger Himmel, was habe ich mir nur gedacht? Ich kann nicht glauben, dass ich dir von den Gurken erzählt habe und dich angefleht habe, dich in den Mund nehmen zu dürfen.«

»Und ich kann nicht glauben, dass ich so ein Narr war, dir die Bitte abzuschlagen.«

Sie hörte die Absätze seiner Stiefel auf den Fliesen, als er den Raum durchquerte.

Er nahm ihr das Laken aus den verkrampften Fingern und zog es von ihrem Gesicht, dann betrachtete er ihre brennenden Wangen. »Es besteht keine Notwendigkeit, sich zu schämen. Ich habe dich gewarnt, dass das Elixier, das die Frauen dir verabreicht haben, dich dazu bringt, Dinge zu tun, die du unter gewöhnlichen Umständen nie tun würdest.«

Sie konnte ihm kaum sagen, dass das nicht der Grund war, weswegen sie verlegen war. Sie war verlegen, weil sie sich diese Sachen gewünscht hatte. Weil sie sie immer noch wollte.

Ihr wurde klar, dass sie keine Chance hatte, ihre Würde zurückzugewinnen, während sie auf dem Rücken lag und sich unter einem Laken versteckte, also setzte sie sich auf. »Warum haben die Frauen mir das Gebräu eingeflößt?«

Ash hockte sich auf die Kante des Diwans, er achtete sorgsam darauf, genug Abstand zu ihr zu wahren. »Manchmal haben an einem Ort wie diesem, an dem die Männer alle Macht zu haben scheinen, die Frauen über Jahrhunderte kluge kleine Geheimnisse gehütet, von denen die Männer hier nichts ahnen. Ich bin sicher, diese Frauen haben ehrlich geglaubt, dass sie dir damit helfen, dass sie das, was dir bevorstand, für dich erträglicher machen.«

Clarinda war entsetzt, als sie begriff, dass sie ihr vermutlich dasselbe Gebräu verabreicht hätten, wenn es Farouk gewesen wäre, den sie erwartete. Oder irgendein anderer Mann. Und wie viele Männer, egal wie edelmütig, wären in der Lage gewesen, sich zu beherrschen, wenn sie mit einer solch überwältigenden Versuchung wie einer Frau, die halb verrückt vor Verlangen war und darum flehte, sie zu nehmen, konfrontiert wären?

»Nun, es hat jedenfalls mich *erträglicher* gemacht«, murmelte sie. »Wäre ich noch *erträglicher* gewesen, hättest du mich mit einem Stock abwehren müssen.«

»Denk nicht, ich hätte nicht daran gedacht.« Plötzlich war Ash es, der Schwierigkeiten hatte, ihr in die Augen zu sehen. »An wie viel genau erinnerst du dich?«

Clarinda verspürte den verzweifelten Wunsch zu lügen, ihm zu sagen, dass sie sich an nichts erinnerte als ihre pathetischen Bitten, sie zu lieben und ihr zu erlauben, jede Menge köstliche Dinge mit ihm anzustellen. Aber sie hatte schon vor langer Zeit gelernt, wie schwierig es war, Geheimnisse vor ihm zu haben.

»An alles«, flüsterte sie und schob sich die wirren Haare aus den Augen, um seinen Blick zu erwidern. »Ich erinnere mich an alles.«

Sie erinnerte sich an das köstliche Streicheln seiner Fingerspitzen, an jedes kehlige Stöhnen, das er ihr entlockt hatte, an jeden Wonneschauer, der sie durchlaufen hatte, bis hin zu dem fantastischen Augenblick, als ihre ganze Welt in unbeschreiblicher Seligkeit unter der geschickten Berührung seiner Hände zerborsten war.

Die einzige Erinnerung, die keinen Sinn ergab, war ein verschwommenes Bild, wie er sie zärtlich in seine Arme zog, mit seinen Lippen über ihr Haar strich, in der hilflosen Zärtlichkeit eines verliebten Mannes, der er, wie sie wusste, schon lange nicht mehr war. Wenn er es überhaupt jemals gewesen war.

»Du musst dich fragen, warum ich deinen Zustand so schamlos ausgenutzt habe«, sagte er.

Clarinda erinnerte sich auch daran, dass ihr Stolz in Scherben gelegen hatte, wie ihre Haut gebrannt hatte, als würde sie von innen verbrennen, bis er ihr mit seiner Berührung geholfen und ihr süße Erleichterung geschenkt hatte. Und die ganze Zeit über hatte er sich selbst jeder Erfüllung versagt.

»Du hast nichts ausgenutzt. Du hast dich um mich gekümmert, so wie du es versprochen hast.« Da sie nicht länger einen Vorwand hatte, sich um ihn zu schlingen wie eine Kletterranke, musste Clarinda sich damit begnügen, ihn vorsichtig an der Hand zu berühren. »Danke. Ich kann mir vorstellen, was dich das gekostet haben muss.«

Der Blick, den er ihr zuwarf, verriet ihr, dass es ihn immer noch etwas kostete.

Sie zog rasch ihre Hand zurück, und erneute Hitzewellen fluteten ihre Wangen. »Du wirst mir verzeihen müssen«, bemerkte sie mit einem unbeholfenen Lachen, »aber ich bin mir nicht sicher, wie unter diesen Umständen die richtige Antwort lautet. Wäre es besser, wenn ich mich mit einem Briefchen bedanke? Oder vielleicht mit einem Blumenstrauß?«

»Ich habe seit jeher eine Schwäche für Maiglöckchen«, erwiderte er rätselhaft, und seine Stimme war ganz rau, seine Hand hingegen sanft, als er sie ausstreckte, um ihr eine Haarsträhne hinters Ohr zu stecken.

Seine Fingerspitzen verweilten auf dieser Hautstelle, weckten die Erinnerung daran, welche Überredungskraft sie besaßen, wie viel Lust sie ihr bereiten konnten.

Wäre er jetzt imstande, ihr zu widerstehen, da sie ganz Herrin ihrer Sinne war? Soweit das möglich war, solange er ihr mit seinen herrlich geformten Lippen und seinen wunderschönen goldfarbenen Augen so verführerisch nahe war.

Ein Schlüssel rasselte im Schloss, aber offenbar war derjenige auf der anderen Seite der Tür klug genug, nicht einfach ohne Vorwarnung hereinzuplatzen, und klopfte leise an.

Ash fluchte, aber Clarinda konnte nicht sagen, ob es aus Enttäuschung oder Erleichterung war, dass ihn die

Störung im rechten Augenblick davon abgehalten hatte, einen schrecklichen Fehler zu begehen, den sie beide allerdings nicht bereut hätten.

»Einen Augenblick bitte«, rief er und berührte warnend mit einem Finger seine Lippen.

Er griff in seinen Stiefel und holte einen Dolch heraus. Es war nicht die reichverzierte Waffe, die Farouk ihm gegeben hatte, sondern ein kleines elegantes Stilett, das perfekt dafür geschaffen war, einem Feind auf dem Schlachtfeld den Gnadenstoß zu geben.

»Das wird nicht nötig sein«, flüsterte sie und hob beide Hände in die Höhe. »Ich habe meine Lektion gelernt. Ich verspreche dir, ich werde nicht noch einmal versuchen, dich zu verführen.«

Mit einem finsteren Blick unter halb gesenkten Lidern in ihre Richtung schob er den Ärmel seines Hemdes zurück. »Du solltest doch Jungfrau sein, schon vergessen? Man rechnet damit, Blut zu sehen.«

Clarinda zuckte zusammen, als er eine Faust machte und sich mit der Klinge kurz über die Innenseite seines Unterarmes fuhr. Er schlug eines der Laken an ihrer Hüfte zurück und presste mehrere Tropfen Blut aus der flachen Wunde auf den Diwan, ließ sie in einem überzeugenden Muster auf die lavendelfarbenen Laken fallen.

»Wir wollen nicht, dass es wie der Schauplatz eines Mordes aussieht«, erklärte er. »Wir wollen nur Farouk davon überzeugen, dass du ihm von Anfang an die Wahrheit gesagt hast.«

»Sodass er mich, wenn er mich in sein Bett holt, nicht erdrosselt?«, erkundigte sie sich düster.

Ash zog seinen Ärmel zurück, um den Schnitt zu verbergen, und schob den Dolch wieder in seinen Stiefelschaft. »Ich habe nicht vor, ihn irgendetwas davon tun zu lassen. Dass er uns hat einsperren lassen, mag meinen ursprünglichen Plan ruiniert haben, aber wenn ich in den vergangenen Jahren etwas gelernt habe, dann dass man immer auf alles gefasst sein sollte. Nachdem du jetzt entjungfert worden bist und damit *verdorben* – wenigstens in Farouks Augen –, wird er vielleicht eher geneigt sein, dich gehen zu lassen. Besonders wenn ich großmütig anbiete, dich ihm abzukaufen.«

»Womit denn?«, fragte sie ungläubig.

»Mit dem Geld, das Max mir gezahlt hat, um dich zu retten. Ich werde Luca wegschicken müssen, den Scheck einzulösen. Es ist beileibe nicht so, als brauche Farouk noch mehr Geld, aber es ist als Geste vielleicht ausreichend, um seinen verletzten Stolz zu besänftigen. Besonders, wenn ich ihm erkläre, dass ich mich rettungslos in dich verliebt habe, was mir den Verstand geraubt hat und mein Urteilsvermögen vorübergehend zerstört hat.«

Trotz seines spöttischen Tonfalles schlug bei diesen Worten Clarindas dummes Herz schneller. »Ich habe wohl diese Wirkung auf Männer«, erklärte sie selbstironisch. »Das ist der Fluch, der auf mir liegt. Aber warum willst du deine kostbare Belohnung verschwenden? Trotz deines noblen Aktes der Selbstaufopferung letzte Nacht hätte ich nicht gedacht, dass du auf einmal etwas für Gotteslohn tust.«

Ash stand auf, hob eine Augenbraue und schaute sie an. »Ich bin sicher, Max wird mich entschädigen. Wie wir beide wissen, ist mein Bruder ein Mann, der seine Versprechen immer hält und seine Schulden zahlt.«

Damit drehte er sich um, ging zur Tür und ließ sie so betäubt zurück, als habe er ihrem Herzen den Gnadenstoß mit seinem Dolch gegeben. Einem Herzen, das ihm gegenüber noch schutzloser war als zuvor, nach der Nacht, die sie in seinen Armen verbracht hatte.

Er schwang die Tür auf; davor warteten zwei Haremswachen auf dem Flur. Einer von ihnen war Solomon, dessen freundliches Gesicht und ebenholzschwarze Augen so unergründlich wie immer waren; der andere war ein streng blickender älterer Eunuch, den Clarinda nicht kannte.

»Der Sultan hat befohlen, dass Sie ihm beim Morgenmahl Gesellschaft leisten«, unterrichtete der ältere Mann Ash. Er sah an Ash vorbei zu Clarinda, die noch zusammengekauert auf dem Diwan saß, und seine Nasenflügel bebten verächtlich. »Und die Frau auch.«

Obwohl Poppy fand, dass sie sich genauso gut noch einmal umdrehen und liegen bleiben konnte, stand sie auf. Pflichtschuldig begab sie sich in die Palastküche und holte sich den Korb mit *Ktefa*, trug ihn in den Garten zu der Stelle, von wo aus man den schönsten Ausblick aufs Meer hatte und wo sie und Farouk sich die ganze letzte Woche jeden Morgen getroffen hatten.

Die sanfte Brise war einem heißen trockenen Wind gewichen, der ihr in den von der durchwachten Nacht geschwollenen Augen brannte, das sonst so glatte Meer peitschte und versah die Wellen mit weißen Schaumkronen, die so unruhig und aufgewühlt wie ihre Gedanken waren.

Sie ließ sich auf die Bank sinken und stellte tief seufzend den Korb neben sich. Obwohl sie noch nichts gefrühstückt hatte, vermochte selbst der köstliche Duft der frisch gebackenen *Ktefa* sie heute Morgen nicht zu verlocken. War es erst gestern gewesen, dass Farouk ihren gekicherten Protest ignoriert und darauf bestanden hatte, Stücke von dem Zuckergebäck abzubrechen und sie mit den Leckerbissen zu füttern?

Sie wollte verzweifelt glauben, dass er gleich den Gartenpfad entlanggeschlendert kam, seine Gewänder um seine Knöchel wehten und in seinem Bart sein wunderbares Lächeln erschien. Aber Hoffnung war immer schon eine Schwäche gewesen, die sich eine Frau wie sie kaum leisten konnte. Der Realität ins Auge zu sehen, machte es einfacher weiterzuleben und weiterzulächeln.

Offenbar war Farouk nicht anders als alle anderen Männer auf der Welt. Er verschwendete lieber seine Zeit damit, sich nach einer Frau zu sehnen, die ihn niemals lieben würde, statt der Frau einen zweiten Blick zu gönnen, die das bereits mit ganzem Herzen tat. Sie war mehr als einmal in ihrem Leben als dummes Ding abgetan worden, aber erst jetzt fühlte sie sich auch so.

Sie holte den ledergebundenen Gedichtband von Coleridge heraus, den sie in ihren Korb gesteckt hatte, und öffnete ihn. Vor ein paar Tagen hatten Farouk und sie *Kubla Khan* zu Ende besprochen, um sich daran anschließend dem himmlischen Genuss von *Christabel* zu widmen. Sie hatten ihre Brille abwechselnd aufgesetzt und einander die Strophen vorgelesen.

Als Poppys Blick zu den letzten Zeilen von Coleridges unvollendetem Meisterwerk wanderte, war es nicht ihre eigene, sondern Farouks tiefe faszinierende Stimme, die sie im Geiste die Strophe lesen und der zeitlosen Schönheit der Vision des Dichters neuen Sinn verleihen hörte.

Und es flutet so reich und voll die Freude
sein Herz, dass er am Ende nicht anders kann,
als auszudrücken seiner Liebe Übermaß
mit Worten ungewollter Bitterkeit.
Vielleicht ist's nett zueinander zu zwingen
sich so vollkommen ungleiche Gedanken;
einen gebroch'nen Zauber zu verspotten
mit Falsch zu tändeln, das niemandem schadet.
Vielleicht ist es dienlich und nett,
bei jedem wilden Wort tief innen zu fühlen
ein süßes Zurückschnellen von Lieb' und Mitleid.

Eine einzelne Träne tropfte auf die Seite und ließ die Worte verschwimmen. Poppy schloss sacht das Buch und legte es beiseite, sie würde es niemals wieder aufschlagen. Sie zog das Seidentuch zurück, das die *Ktefa* bedeckte und suchte in dem verlässlichsten Trostspender, den sie kannte, Zuflucht. Sie stopfte sich ein großes Stück Gebäck in den Mund, aber es schien auf ihrer Zunge zu Sägemehl zu zerfallen, und statt honigsüß schmeckte es wie Bittermandel. Sie musste sich beherrschen, nicht zu würgen, sondern es herunterzuschlucken.

Sie stand von der Bank auf und ging den Gartenweg zurück, kehrte dem Meer den Rücken, ließ Buch, Korb und alle ihre lächerlichen Träume zurück.

Seit ihrer Ankunft im Palast von El Jadida war Clarinda eingeladen, überredet, umworben und umschmeichelt, verlockt und überzeugt worden. Farouk hatte sie höflich um den Genuss ihrer Gesellschaft ersucht, aber noch nie zuvor hatte er sie seine Macht spüren lassen, nie zuvor war sie von ihm zu sich bestellt worden. Sein herrischer Befehl, mit ihm zu frühstücken, war das erste Zeichen ihrer gesunkenen Stellung. Sie fürchtete, wenn Ash mit seinem Versuch, sie freizukaufen, keinen Erfolg hätte, würden sich diese Zeichen häufen.

Nachdem ein anderer Eunuch Ash, dem erneut die Augen verbunden worden waren, fortgebracht hatte, offenkundig mit der Absicht, ihn für sein Erscheinen vor dem Sultan vorzubereiten, hatte Solomon geduldig draußen vor der Tür zu der Kammer gewartet, wo sie und Ash die Nacht verbracht hatten, während sie ein Bad nahm und die Kleider anlegte, die er ihr gebracht hatte.

Sie sah an sich hinab auf die vielen Lagen verschiedenfarbiger Seide, die sie in weiten Falten einhüllten, während Solomon sie aus dem Zimmer brachte, und fragte sich, ob das ihr Totenhemd wäre.

Sie konnte die neugierigen Blicke von Farouks Frauen und Konkubinen spüren, als Solomon sie durch den Hauptraum des Harems führte. War es nur ihre Einbildung, oder stand sogar in Yasmins schmalen Augen ein Anflug von wissendem Mitleid? Von der Sehnsucht getrieben, ein ehrlich mitfühlendes Gesicht zu sehen, schaute sie sich nach Poppy um, aber ihre Freundin war nicht da. Sie konnte nur hoffen, dass dies nicht ihre letzte Gelegenheit war, sich zu verabschieden. Wenn sie sich in eine tödliche Falle begab, dann würde sie am meisten bedauern, dass die weichherzige Poppy auf sich allein gestellt an diesem gnadenlosen Ort zurechtkommen musste.

Farouk hatte sein Wort gehalten, indem er gestattet hatte, dass Ash eine Nacht mit ihr das Bett teilte. Aber was, wenn er den entsetzlichen Schlag, den Ash seinem Stolz versetzt hatte, nun rächen wollte? Sie zuckte zusammen, als die Türen des Harems sich hörbar und mit erschütternder Endgültigkeit hinter ihr und Solomon schlossen.

Ein langer leerer Gang erstreckte sich vor ihnen. Jetzt, da sie den undurchschaubaren Eunuchen für sich allein hatte, war sie fest entschlossen, ihm ein paar Antworten zu entlocken.

»Weißt du, was der Sultan mit uns vorhat?«, fragte sie.

Er ging unbeirrt weiter ein Stück vor ihr, als sei jeder seiner Schritte von einem unhörbaren Trommelschlag geleitet.

Sie seufzte. »Ich weiß, dass du mich hören kannst, Solomon. Es besteht kein Grund, etwas anderes vorzutäuschen.«

Sie hätte ebenso gut an eine Wand reden können. Ihr Entsetzen und ihre Erbitterung wuchsen mit jedem Schritt. Die Tür am anderen Ende des Korridors ragte drohend vor ihnen auf. Wenn sie erst einmal hindurchgegangen waren, wären sie zurück in dem öffentlichen Teil des Palastes, wo man nicht einmal die Illusion von Ungestörtheit aufrechterhalten konnte.

»Verdammt, Solomon. Ich bin es leid, ignoriert zu werden!« Mit zwei großen Schritten war sie bei ihm, fasste ihn von hinten an seiner Weste und hielt ihn fest, sie weigerte sich loszulassen, bevor er sie nicht zur Kenntnis nahm.

Es schien, als habe sie endlich seine Aufmerksamkeit errungen. Er drehte sich langsam um, und seine Miene war so finster, dass sie seine Weste losließ und langsam rückwärts wich. Da er stets im Schatten zu stehen schien, so unverrückbar und verlässlich wie ein alter Schrank, hatte sie vergessen, wie hünenhaft er war. Er näherte sich ihr Schritt für Schritt, bis sie mit den Schulterblättern gegen die Wand stieß, was ein weiteres Entkommen unmöglich machte.

Vielleicht wird Farouk mich doch nicht töten, dachte sie und bekämpfte den irren Drang zu kichern. Vielleicht hatte er Solomon damit beauftragt. Der Eunuch konnte ihr vermutlich mit einem Schlag seiner Pranke das Genick brechen, ohne dass es ihn in irgendeiner Weise anstrengte.

Als vertraute er nicht darauf, dass sie wirklich allein waren, warf Solomon einen Blick über seine Schulter, ehe er sich vorbeugte und streng erklärte: »Ich habe gelernt, meine Zunge zu hüten, viele andere hier können das nicht.«

Clarinda hatte diese Lektion nur zu gut selbst gelernt, als sie bei der Massage Ash für Solomon gehalten hatte und all diese peinlichen Geständnisse aus ihr herausgesprudelt waren.

»Ist das der Grund, warum alle glauben, du seist stumm?«

»Die Leute glauben, was sie glauben wollen«, antwortete er, und seine Stimme klang so melodisch wie beim ersten Mal, als sie sie gehört hatte. »Sie sehen, was sie sehen wollen, und hören, was sie hören wollen.«

»Hast du zufällig gehört, was der Sultan mit uns vorhat?«

»Nein. Aber ich weiß, dass es klug wäre, sehr vorsichtig zu sein. Selbst das sanfteste Tier kann nach einem schnappen, wenn es verletzt ist.«

Clarinda berührte ihn am Arm. »Das ist nicht das erste Mal, dass du mir einen weisen Ratschlag gibst … oder mir Freundlichkeit erweist. Warum tust du das?«

»Sie erinnern mich an jemanden, den ich kannte, als ich noch sehr jung war.«

Sie betrachtete forschend seine ausdruckslose Miene, aber der rasierte Kopf und das faltenlose Gesicht machten es ihr unmöglich, sein Alter zu bestimmen. Er konnte zwischen dreißig und sechzig sein.

Er hob eine Strähne ihres Haares von ihrer Schulter, ließ es durch seine ebenholzfarbenen Finger gleiten. »Sie war dunkel, wo Sie überall hell sind. Aber sie hielt ihre Schultern genauso stolz gereckt und hatte den gleichen unbeirrbaren Geist.«

»Hast du sie geliebt?«, erkundigte sich Clarinda leise.

Er richtete sich auf und verschränkte seine Arme vor seiner Brust. »In der Nacht, bevor wir heiraten sollten, kamen die Sklavenhändler in unser Dorf und haben mich verschleppt. Ich war jung und kräftig, und mein einziger Gedanke galt der Flucht, um zu ihr zurückzukehren. Daher habe ich mehr als einmal versucht zu entkommen, aber sie haben mich jedes Mal erwischt. Schließlich haben sie beschlossen, dass es nur einen Weg gäbe, mich von der Flucht abzubringen. Nachdem sie mit ihren Messern fertig waren, wusste ich, es gab keinen Grund, jemals zu ihr zurückzukehren.«

Bei den schlichten Worten des Eunuchen zog sich Clarindas Herz vor Mitgefühl zusammen. »Du hast sie nie wiedergesehen?«

»Sie war jung und schön. Ich hoffe, dass sie einen anderen Mann aus unserem Dorf geheiratet und viele wunderbare Kinder bekommen hat.«

Kinder, die seine hätten sein sollen.

»Wie du sie hassen musst«, erklärte sie mit leiser leidenschaftlicher Stimme. »Wie du sie alle hassen musst! Diejenigen, die dich versklavt haben, und die, die dich als Sklaven halten.«

»Von allen Herren, die ich je hatte, ist Farouk der beste. Er schafft nicht selbst Eunuchen für seine Dienste, sondern nutzt die, die von seinem Vater und dessen Vater davor dazu gemacht wurden. Er war es, der mir Arabisch und Englisch beigebracht hat, damit ich im Palast und im Harem für ihn Augen und Ohren offen halten kann. Sie sind das einzige Geheimnis, das ich je vor ihm gehabt habe.«

»Ich?«, flüsterte sie und schaute ihn verwundert an.

»Sie und Ihr Engländer.«

Clarinda spürte, wie ihr alle Farbe aus dem Gesicht wich. »Ich weiß nicht, wovon du sprichst.«

»Sie haben vielleicht geglaubt, ich sei stumm, aber ich habe nie so getan, als sei ich blind. Ich habe den Großteil meines Lebens seit meiner Gefangennahme in der Gesellschaft von Frauen verbracht. Es ist nicht leicht für sie, ihre Herzen vor mir zu verbergen.«

»Ich habe keine Ahnung, was du gesehen zu haben meinst«, erwiderte Clarinda steif, um zu verbergen, wie verlegen sie war, »aber ich kann dir versichern, dass Captain Burke nicht *mein* Engländer ist. Wir hatten früher einmal eine kurze Affäre, aber was auch immer zwischen uns war, ist seit vielen, *vielen* Jahren vorbei. Sobald ich frei bin und von hier fort, plane ich, seinen Bruder zu heiraten.«

Obwohl in Solomons Gesicht kein einziger Muskel zuckte, hätte sie schwören können, dass er sie auslachte.

Sie blickte erbost zu ihm auf. »Weißt du, ich denke, ich mochte dich besser leiden, als du noch vorgabst, stumm zu sein.«

»Kommen Sie.« Seine massige Hand schloss sich um ihren Ellbogen. »Es wäre heute nicht klug, den Sultan warten zu lassen.«

Der Raum, in dem Farouk sie erwartete, wäre in England als Wintergarten bezeichnet worden. Eine Wand bestand aus einer Reihe bodenlanger Fenster, die auf einen großen Hof hinausgingen. Sie waren geöffnet worden, um die Morgenbrise hereinzulassen. Die Wände wurden von bunten Tontöpfen gesäumt, in denen üppige grüne Blattpflanzen und Farne wuchsen, sodass es aussah, als ob ein Teil seiner Gärten nach drinnen geholt worden sei. Farbtupfer in Rot, Orange und Gelb standen dazwischen, und den exotischen Blüten entströmte ein betörender Duft. Goldene Sonnenstrahlen fielen durch die großzügigen Oberlichter in der Decke.

Der teppichlose Boden war mit Terrakotta gefliest. Der rostrote Farbton wäre perfekt dazu geeignet, unansehnliche Blutflecke zu verdecken, musste Clarinda unwillkürlich mit einem Anflug von Hysterie denken.

Als sie und Solomon angekommen waren, hatten Farouk und Ash nicht auf Kissen auf dem Boden gesessen und gemeinsam gefrühstückt, sondern sie saßen nach europäischer Sitte auf Stühlen an gegenüberliegenden Seiten eines langen Teakholztisches. Gewöhnlich hätte Clarinda neben Farouk gesessen, von wo aus er ganz leicht die Hand ausstrecken und ihr übers Haar streichen oder sie mit einer besonders saftigen Dattel oder einem zarten Bissen Lammfleisch füttern konnte. Heute jedoch stand nur ein anderer Stuhl im Raum, mit strategischer Präzision genau in der Mitte zwischen den beiden Männern. Von Farouks Wache war auffälligerweise nichts zu sehen, als wolle Farouk keinen Zeugen bei dieser Zusammenkunft.

Als Solomon sie um den Tisch herum begleitete, musste Clarinda zweimal hinschauen. Während Ash einen einzelnen goldenen Teller vor sich stehen hatte, drängten sich vor Farouk Teller und Schüsseln, von denen viele bereits halbleer waren. Eine enthielt etwas, das wie der zerpflückte Kadaver einer kompletten Ziege aussah.

Der einzige Teller, der noch unberührt war, enthielt einen hoch aufragenden Berg *Ktefa* mit goldenem Honig beträufelt. Während sie zuschaute, tunkte Farouk ein Stück flaches Fladenbrot in eine Schüssel mit Hammeleintopf, um auch noch den letzten Tropfen der würzigen Soße aufzusammeln, ehe er sich den Bissen in den Mund steckte und genüsslich kaute.

Clarinda blieb vor Staunen der Mund offen stehen. In den drei Monaten, die sie an seiner Seite gespeist hatte, hatte sie nie gesehen, dass Farouk sich einer Mahlzeit mit solch hemmungsloser Begeisterung widmete. Etwas an seiner unbeirrbaren Konzentration bewirkte, dass sich die Härchen in ihrem Nacken aufstellten. Als Solomon ihr den Stuhl zurechtgerückt hatte und sich zum Gehen wandte, kostete es sie ihre ganze Selbstbeherrschung, sich nicht an sein Bein zu klammern und ihn anzuflehen, doch zu bleiben.

Nachdem sich der Eunuch unter Verbeugungen zurückgezogen hatte, vertiefte sich das unbehagliche Schweigen, bis Farouk aufblickte, nachdem er die letzte Handvoll Datteln aus einer Holzschüssel genommen hatte, und Clarinda ein freundliches Lächeln schenkte. »Guten Morgen, meine kleine Butterblume. Ich hoffe, du hattest eine angenehme Nacht?«

Ash verschluckte sich an seinem Getränk.

Sich ungerührt eine weitere Dattel in den Mund steckend, warf Farouk ihm einen verwunderten Blick zu.

Ash betupfte sich mit seiner Serviette die Lippen und erklärte mit belegter Stimme: »Verzeihung, Majestät. Ich bin es nicht gewohnt, derart hochprozentige Getränke so früh am Morgen zu trinken.«

Clarinda betrachtete ihren Kelch mit Rotwein und fragte sich, ob er wohl vergiftet war.

Sie senkte den Kelch und entdeckte, dass Farouks fragender Blick wieder zu ihr zurückgekehrt war. »Ich hatte tatsächlich eine … äh … angenehme Nacht, Majestät.«

Sie musste nur flüchtig unter gesenkten Wimpern in Ashs beherrschtes Gesicht sehen, und schon erinnerte sie sich lebhaft, wie angenehm sie tatsächlich gewesen war. Als ihr Hitze in die Wangen stieg, hob sie ihren Kelch an die Lippen und leerte ihn fast in einem Zug.

Wenn man bedachte, dass sie und Ash sich einmal auf einem Umhang unter einem Baum mitten auf einer Wiese geliebt hatten, war es albern, dass sie jetzt verlegen war. Vielleicht war es Farouks wissendes Lächeln, das sie derart aus der Fassung brachte.

Der Sultan nahm sein Messer und stach damit in eine Scheibe Lamm, was, wie sie fand, der Vorstellung vorzuziehen war, dass er es Ash oder ihr in den Hals bohrte. Als ein Sonnenstrahl den runden Smaragd im Griff der Waffe aufleuchten ließ, erkannte Clarinda, dass es nicht einfach irgendein Messer war, sondern der Dolch, den er letzte Nacht Ash als Belohnung für dessen Tapferkeit und als Beweis seiner Freundschaft geschenkt hatte.

Nachdem er mit dem Lamm kurzen Prozess gemacht hatte, winkte er mit dem Messer in ihre Richtung. »Du musst nicht so kleidsam erröten, meine kleine Gazelle. Wie ich dir schon zuvor erklärt habe, sind wir hier nicht so provinziell wie in deinem Heimatland. Wir glauben nicht, dass es für eine Frau beschämend ist, wenn sie lernt, was es über die Vergnügen im Bett eines Mannes zu lernen gibt.«

Während Clarinda kurz erwog, sich unter den Tisch zu verkriechen, bemerkte Ash vorsichtig: »Sie werden unsere Verwirrung verzeihen müssen, Majestät. Nach meinem unüberlegten Handeln im Saal gestern Nacht hatte ich den Eindruck gewonnen, Sie seien … verstimmt.«

Clarinda hob ihren leeren Kelch in einem stummen Toast auf das, was sicherlich die Untertreibung des Jahrhunderts sein musste.

Farouk schmunzelte. »Ich werde dir die Verwirrung verzeihen, wenn du mir meinen Ausbruch nachsiehst. Trotz meiner Anstrengungen, stets die Beherrschung zu wahren und der Vernunft zu gehorchen, bin ich dennoch der Sohn meines Vaters, und manchmal gewinnt mein Temperament die Oberhand. Aber nach einer Nacht, die ich im Gebet und mit Nachdenken verbrachte, habe ich erkannt, dass ich dir vielmehr zu Dankbarkeit verpflichtet bin.« Er hob die Schultern in einem gespielten Schauder. »Schließlich ist das Letzte, was ich brauchen kann, eine weitere Ehefrau.«

Clarinda wechselte einen überraschten Blick mit Ash. Sie konnte aus seiner argwöhnischen Miene lesen, dass er genau wie sie kaum glauben konnte, dass sich alles so erfreulich rasch zu ihren Gunsten entwickelte.

»Majestät, aus Ihnen spricht wie immer die Stimme der Vernunft und Selbstbeschränkung«, erwiderte Ash und erwärmte sich sichtlich für das Thema. »Was genau der Grund ist, weswegen ich zu hoffen wage, dass Sie mir erlauben ...«

»Ich habe entschieden, dass Miss Cardew eine wesentlich entzückendere Konkubine abgeben wird als eine Ehefrau«, erklärte Farouk und fiel Ash damit ins Wort, als habe der nicht einmal den Mund geöffnet. »Mit einem so seltenen und exotischen Juwel in meinem Harem werde ich von jedem Stammesführer des Landes beneidet werden. Und jetzt, da ich mein Versprechen dir gegenüber, Burke der Jüngere, gehalten habe und sie keine Jungfrau mehr ist, gibt es für mich auch keinen Grund, es weiter aufzuschieben, sie in mein Bett zu holen.« Farouk richtete seine dunklen Augen auf Clarinda, und ihr besitzergreifendes Glitzern war nicht misszuverstehen. »Schon heute Nacht werde ich sie zu der Meinen machen.«

Kapitel zweiundzwanzig

Da Clarinda vor Schreck wie gelähmt war, erwartete sie, dass Ash etwas sagte oder etwas unternahm. Irgendetwas. Aber er saß versteinert schweigend da, während Farouk seinen berechnenden Blick auf ihn richtete.

»Da es keine Hochzeit geben wird«, fuhr der Sultan fort, »gibt es keinen Grund, dass du und Mr. D'Arcangelo eure Weiterreise länger aufschiebt. Ich werde euch vor Einbruch der Nacht Lebewohl sagen.«

Damit schnappte Farouks Falle zu, so raffiniert und präzise wie eine französische Guillotine. Clarinda war so dumm gewesen zu vergessen, dass ein Mann, der solche Macht besaß, es nicht nötig hatte, seine Feinde mit Gift oder einer Waffe zu vernichten. Sein Lächeln war so scharf und tödlich wie eine Klinge, jedes seiner honigtriefenden Worte war mit Gift versetzt.

Ashs wilden Blick und sein verzweifeltes Kopfschütteln ignorierend, erhob sich Clarinda halb von ihrem Stuhl, entschlossen, dem übergroßen Tyrann zu erzählen, was genau er mit seinem juwelenbesetzten Dolch und all seinen anmaßenden Plänen für sie ihrer Ansicht nach tun konnte.

Es wäre klug von Ihnen, überaus vorsichtig zu sein. Selbst das sanfteste Tier kann nach einem schnappen, wenn es verletzt ist.

Solomons milder, aber weiser Rat hallte ihr durch den Kopf. Wenn sie es wagte, sich Farouk zu widersetzen, wäre es Ash, der den Preis dafür zahlen müsste. Sie war vielleicht verdammt, aber er hatte noch eine Chance, diesen Palast mit dem Kopf auf den Schultern zu verlassen.

Sie schluckte also ihren Zorn hinunter, was sie so viel Mühe kostete, dass sie sich fast daran verschluckt hätte, stand auf und breitete die Röcke ihres Gewandes zu einem steifen Knicks aus. »Sie ehren mich mit Ihrer Aufmerksamkeit, Majestät. Ich freue mich darauf, meiner Dankbarkeit für die Freundlichkeit und Großzügigkeit, die Sie mir erwiesen haben, Ausdruck zu verleihen.«

Farouk maß sie mit seinen Augen, und das nachdenkliche Funkeln in ihnen vertiefte sich. »Ich freue mich noch mehr darauf.« Sie zuckte zusammen, als er mit der Faust auf den Tisch hieb und dabei die Klinge des Dolches tief in den Tisch trieb.

Er verließ sie erneut.

Clarinda stand oben auf dem höchsten Turm des Palastes, der heiße trockene Wind peitschte ihr das Haar ins Gesicht und trocknete die Tränen in ihren Augen, bevor sie ihr über die Wangen rinnen konnten. Das kühle blaue Meer hinter ihr hätte genauso gut Millionen Meilen weit entfernt sein können, weil sich vor ihr, so weit das Auge reichte, nichts als Wüste erstreckte.

Sie fragte sich, ob Farouk Solomon erlaubt hatte, sie hierherzubringen, wo sie sehen konnte, wie Ash und Luca den Palast verließen und aufbrachen, um sie zu belohnen oder um sie zu bestrafen. Sie wusste nur, sie hasste ihn dafür noch mehr.

Bis sie gesehen hatte, wie die Männer durch das äußerste Tor der Festung ritten, hatte sie sich erlaubt zu glauben, dass Ash nie ohne sie gehen würde. Sie hatte sich an die steinerne Brüstung geklammert, die den Turm hier oben umgab, und den Atem angehalten, hatte darauf gewartet, dass er seine Pistolen zog und irgendeine dramatische Rettungsaktion in Gang setzte, dass er eine neue Legende erschuf, die auf ewig zwischen den Seiten der Skandalblättchen leben würde.

Aber der Wind, der das entfernte Klirren ihres Zaumzeugs bis zu ihr hochtrug, hatte diese Träume zerstreut.

Ash war wieder mit demselben Rock und demselben mitgenommenen Hut bekleidet, wie an dem Tag, als sie auf den Hof in Farouks Palast gelaufen war und ihn dort wie ein Gespenst aus ihrer Vergangenheit hatte stehen sehen. Selbst aus der Entfernung und von hinten, hätte sie die lässige Haltung seiner Schultern, die träge Eleganz seiner Bewegungen wiedererkannt, mit der er auf seinem Pferd saß. Er war nicht mit irgendeinem anderen Mann auf der Welt zu verwechseln.

Clarinda fragte sich, wie viele andere Frauen über die Jahrhunderte auf diesem Turm gestanden und zugesehen hatten, wie ihre Männer fortritten. In fremde Länder. In den Krieg. Vielleicht sogar in die Arme einer anderen Frau. Aber immerhin war ihnen die Hoffnung gestattet worden, dass ihre Männer irgendwann zurückkehrten.

Wenigstens war Ash dieses Mal gegangen, ohne sich zu verabschieden. Ihr waren seine zärtlichen Liebkosungen, seine hübschen Versprechen und die Lügen erspart worden, die er mit jedem Kuss und jedem Atemzug erzählte. Dieses Mal hatte er noch nicht einmal zurückgeblickt.

Was wird er jetzt tun, frage sie sich. Wohin wird er gehen? Wird er zu Max zurückkehren und seinem Bruder berichten, dass er versagt hatte und seine Verlobte für ihn verloren war? Oder würde er das Geld nehmen, das Max ihm bezahlt hatte, und zu fremden Gestaden aufbrechen? Vielleicht träumte er bereits von neuen Ländern, neuen Abenteuern, neuen Lippen zum Küssen und Herzen zum Stehlen.

Sie schaute zu, wie die beiden Männer immer kleiner wurden, und ihr Herz wurde dabei so schwer, dass sie fürchtete, es könnte sie umbringen.

Wenigstens wäre sie dann frei. Frei, sich auf den Schwingen des Windes von hier forttragen zu lassen.

Sie trat noch näher an die Brüstung und beugte sich darüber. Ash und Luca waren fast nicht mehr zu sehen. Ein paar Meilen noch, und sie wären restlos von dem Meer aus Sand verschluckt. Der klagende Ruf des Muezzins, der die Gläubigen zum Gebet rief, drang an ihr Ohr wie ein Echo aus ihrem Herzen. Sie breitete weit die Arme aus und schloss die Augen, sie kämpfte nicht länger gegen den Wind, sondern umarmte ihn.

Sie schlug die Augen auf. Nein. Sie würde nicht zulassen, dass Ashs Verrat sie zerstörte. Sie hatte sein Fortgehen und das verheerende Nachspiel bereits einmal überstanden, und sie würde es auch jetzt überleben. Wenn ihn zu lieben, sie eines gelehrt hatte, dann dass ihr Herz stark genug war, selbst den grausamsten Schlag zu ertragen. Sie würde keinem Mann, egal, ob es nun Ash oder Farouk war, die Macht geben, sie zu vernichten. Wenn niemand willens war, sie zu retten, dann musste sie sich eben selbst retten, auch wenn das hieß, dass sie monatelang oder gar

Jahre warten musste, bis sich eine Gelegenheit zur Flucht ergab.

Sie wandte sich von der Brüstung ab und sah, dass Solomon die ganze Zeit nur eine Armeslänge entfernt hinter ihr gestanden hatte, sie erkannte, dass er damit gerechnet hatte, sie vom Abgrund zurückziehen zu müssen.

Clarinda saß auf der Kante ihres Schlafdiwans in dem dunklen Alkoven und wartete, dass die Frauen kamen, um sie ins Bett des Sultans zu bringen. Die zartlilafarbenen Schatten der Dämmerung hatten sich schon vor mehr als einer Stunde über den Garten gelegt, aber sie hatte sich nicht die Mühe gemacht, ihre Lampe anzuzünden. Im Palast gab es nichts mehr und niemanden, den sie gerne gesehen hätte.

Heute Nacht würde sie die Frauen um einen weiteren Becher von dem Zaubertrank bitten. Vielleicht könnte sie, wenn sie sich widerstandslos seinem dunklen Zauber ergab, einfach die Augen schließen und sich einreden, es seien Ashs Lippen, die sie küssten, Ashs Hände, die ihre nackte Haut streichelten, Ashs Körper auf ihrem. Ihre Lippen wurden schmal. Sie würde jedes Gift trinken, um das bärtige Gesicht des Mannes auszublenden, den sie einmal für ihren Freund gehalten hatte.

Ein Luftzug strich über ihre Haut, warnte sie, dass sie nicht länger allein war. Während sie hier gesessen und über ihr Schicksal gebrütet hatte, war jemand lautlos durch den Vorhang geschlüpft, hinter dem sich die Türöffnung verbarg.

Die Frau, die sie ihr geschickt hatten, war eine Furcht einflößende Gestalt, die vom Kopf bis zu den Füßen in eine lange schwarze Robe gehüllt war. Langsam erhob Clarinda sich. Nachdem sie zum letzten Mal Ash aus ihrem Leben hatte reiten sehen, hatte sie geglaubt, sie werde nie wieder irgendetwas empfinden, außer dem verzweifelten Drang zu überleben. Dennoch scheute sie jetzt vor dem grimmigen Gespenst ihrer Zukunft zurück.

Aus Angst davor, was sich unter all dem Stoff befand, holte Clarinda bebend Luft, als die Frau einen Arm hob, um sich die Kapuze von ihrem Kopf zu ziehen.

Dann stockte ihr der Atem ganz. Sie musste bereits unter den Bann eines machtvollen Trankes geraten sein, denn es war keine von Farouks Dienerinnen, die vor ihr stand, sondern Ash, und seine goldfarbenen Augen glühten in der Dunkelheit wie die eines Tigers.

Kapitel dreiundzwanzig

Um sicherzugehen, dass Ash nicht nur das Produkt eines Fiebertraums oder eines Deliriums war, trat Clarinda näher zu ihm.

Sein Haar war windzerzaust, und die Bartstoppeln auf seinem Kinn waren fast schon zu einem Bart gewachsen. Eine feine Schicht Sand bedeckte seine Haut, sodass es aussah, als sei er in Goldpuder getaucht. Sie hob eine Hand und fuhr mit zitternden Fingern über die dünne diagonal verlaufende Narbe auf seinem sonst makellosen Kinn. Diese Narbe überzeugte sie, dass er echt war.

Ihr Stolz löste sich unter der Wucht ihrer Erleichterung auf, sie warf ihm mit einem erstickten Schrei die Arme um den Hals. Er zog sie an sich, drückte sie so fest, dass sie kaum Luft bekam.

»Dem Himmel sei Dank, dass du unversehrt bist.« Er rieb sein Gesicht in ihrem Haar, und seine Stimme war heiser von unterdrückten Gefühlen. »Ich hatte Angst, zu spät zu kommen.«

»Ich dachte, du seist für immer fort«, murmelte sie an seinem Hals, genoss seinen warmen männlichen Duft.

Er lehnte sich zurück und grinste sie an, sein Grübchen ließ ihn genau wie der Schurke aussehen, der er war. »Liest du keine Skandalblättchen? Captain Sir Ashton Burke lässt niemals eine Mission unerfüllt.«

Sie hielt sich krampfhaft an seinen Schultern fest, damit er sich nicht einfach in Luft auflösen konnte. »Aber wie kommst du hierher? Ich habe dich mit eigenen Augen wegreiten gesehen.«

»Sobald wir außer Sichtweite der Festung waren, haben wir kehrtgemacht und haben uns von der Seeseite her zum Palast angeschlichen.«

»Und wie bist du in die Festung gelangt? An den Haremswachen vorbei?«

Er wackelte mit den Augenbrauen. »Ich war immer schon stolz darauf, an ungewöhnlichen Stellen Freunde zu haben.«

»Solomon«, flüsterte sie und wusste die Antwort auf ihre Frage, noch bevor sie sie gestellt hatte.

»Wir haben keine Minute zu verlieren«, erklärte er und holte einen zweiten Umhang unter seinem eigenen hervor, den er ihr um die Schultern legte. »Unser Freund kann die Wachen nur eine begrenzte Zeit von den äußeren Toren fernhalten, bevor jemand Verdacht schöpft. Weißt du noch, dass ich dir gesagt habe, du musst eines Tages bereit sein, unverzüglich aufzubrechen und schnell zu reisen? Nun, dieser Tag ist hiermit offiziell gekommen.«

Obwohl sie ihm tausend andere Fragen stellen wollte, von denen sie sich manche über ein Jahrzehnt verkniffen hatte, wusste sie, dass jetzt nicht der rechte Zeitpunkt war. Er zog sich seine Kapuze wieder über den Kopf, um sein Gesicht zu verbergen, und sie tat es ihm nach. Einen Arm um ihre Mitte legend, drängte er sie durch den Vorhang und die Treppe hinab.

Als sie unten ankamen, blieb er kurz im Schatten der

Wand stehen und legte sich einen Finger warnend auf die Lippen.

Sie konnte die gedämpften Stimmen und das leise Gelächter von Farouks Ehefrauen und Konkubinen hören, das aus der Halle im Harem zu ihnen drang. Wenigstens würde ihr geheimnisvolles Verschwinden ihnen neuen Stoff zum Klatschen liefern.

Nachdem sie in beide Richtungen geschaut hatten, um sich zu vergewissern, dass niemand zuschaute, betätigte Ash einen verborgenen Hebel und schob ein Stück der Wandverkleidung zur Seite, hinter dem sich ein Geheimgang befand, den eine einzelne Fackel beleuchtete. Er drängte Clarinda hinein und schloss die Verkleidung hinter ihnen wieder. Sie hatten die Hälfte des Ganges hinter sich gebracht, als Clarinda ein unverkennbares Stöhnen hinter einer unscheinbaren Zedernholztür, die in die Wand eingelassen war, hörte. Sie verlangsamte ihre Schritte, sandte Ash einen fragenden Blick.

Er öffnete die Tür, gewährte ihr einen Blick auf die beiden alten Frauen, die sie letzte Nacht für ihn vorbereitet hatten und die sich jetzt mit geschlossenen Augen auf dem Boden wanden.

»Sie waren schon unterwegs, um dich in das Bett des Sultans zu bringen«, erklärte er ihr. »Mir blieb keine andere Wahl, als sie aufzuhalten.«

Clarinda musterte die sich windenden, stöhnenden Frauen, sie konnte sich keinen Reim auf ihr seltsames Verhalten machen. »Was hast du ihnen angetan?«

Er nickte in Richtung des leeren Steinkruges auf dem Boden zwischen ihnen. »Ich habe ihnen eine Kostprobe ihrer eigenen Arznei verabreicht.«

Vom seligen Lächeln auf den Gesichtern der beiden Alten zu schließen, genossen sie gewagte Träume von Liebhabern aus längst vergangenen Tagen.

Ash zog die Tür lautlos wieder zu und seufzte bedauernd. »Ich war in Versuchung, Luca mit den beiden dort einzusperren, aber wir mussten unsere Pferde zurücklassen, daher habe ich ihn in die Ställe geschickt, uns neue Tiere zu besorgen. Ihm macht so etwas Spaß. Wir sollten uns am besten sputen, bevor er versucht, mit der Hälfte der Pferde aus Farouks Ställen zu entkommen.«

Sie hatten gerade einmal zwei Schritte gemacht, als Clarinda erneut abrupt stehen blieb, sich entsetzt eine Hand vor den Mund schlug.

»Gütiger Himmel, was ist jetzt?«, verlangte Ash ungeduldig zu wissen.

»Poppy! Ich hätte sie fast vergessen.«

Ash drehte sich um, fasste sie an den Ellbogen. »Der Sultan hat kein Interesse an Miss Montmorency. Können wir sie nicht später nachkommen lassen?«

»Sie ist ganz in der Nähe, gleich vor dem Hauptraum. Es dauert keine Minute, sie zu holen. Du hast gesagt, dass wir sie mitnehmen. Du hast es versprochen!«, erinnerte sie ihn streng, auch wenn sie schon vor Jahren gelernt hatte, nicht auf seine Versprechen zu bauen.

Mit einem leisen, aber nachdrücklichen Fluch bückte er sich und zog aus seinem Stiefelschaft denselben schmalen Dolch, mit dem er sich heute Morgen in den Arm geschnitten hatte. Er drückte ihr die Waffe in die Hand und schloss ihre Finger um den Griff. »Zögere nicht, ihn zu benutzen, wenn du musst.« Sie drehte sich bereits um, als er sie wieder in seine Arme riss, einen kurzen, aber heftigen Kuss auf ihre Lippen presste, so wie er es vor langer Zeit in den Ställen seines Vaters schon einmal getan hatte. »Und lass dich bloß nicht erwischen, dass ich dich wieder retten muss. Das kostet dich dann viel mehr als einen Kuss.«

Mit dem Dolch in der Innentasche ihres Umhanges und der Kapuze über dem Kopf, um ihr helles Haar zu verdecken, schlich sich Clarinda lautlos wie ein Geist durch den Harem. Sie war dankbar, dass die Eunuchen schon die Lampen heruntergedreht hatten, sodass sich die Frauen zum Schlafen vorbereiten konnten. Sie hatte Ash in dem Geheimgang zurückgelassen, wo er auf und ab lief, sich die Haare raufte und halblaut irgendetwas über die Sinnlosigkeit vor sich hinmurmelte, mit einer Frau vernünftig zu reden. Sie konnte seinen Kuss noch auf ihren Lippen spüren.

Sie schlüpfte durch den Vorhang, der Poppys Nische von der Halle abtrennte, und seufzte erleichtert, dass ihre Freundin in Kissen gestützt mit ihrer Drahtgestellbrille auf der Nase auf dem Diwan lag. Einer Nase, die in die vergilbten Seiten eines Skandalblättchens gesteckt war.

Der Anblick war ihr so wunderbar vertraut und so teuer, dass es Clarinda Tränen in die Augen trieb. Sie konnte immer noch nicht glauben, dass sie so mit ihrem eigenen Elend über Ashs vermeintliche Abreise und dann mit der überschwänglichen Freude über seine Rückkehr beschäftigt gewesen war, dass sie ihre Freundin völlig vergessen hatte. Von dem Wunsch beseelt, das wieder gutzumachen, trat Clarinda lautlos an den Diwan und ließ sich auf der Kante nieder.

Poppy blickte kurz auf, sah sie an, dann wandte sie sich wieder ihrer Lektüre zu. Wenn man bedachte, wie unersättlich neugierig Poppy gewöhnlich war, war es schon verwunderlich, dass sie über Clarindas seltsame Aufmachung nicht im Geringsten erstaunt wirkte.

»Wir müssen los, Poppy«, unterrichtete sie ihre Freundin und schaute immer wieder nervös zum Vorhang. »Captain Burke ist zurückgekommen, um uns zu retten. Wir haben aber nur ein paar Minuten, bis die Wachen des Sultans Alarm schlagen.«

Poppy blätterte um, ohne den Blick von der Zeitschrift zu nehmen. »Dann geh nur, Liebes. Ich hatte den ganzen Tag Zeit nachzudenken, und ich habe beschlossen, nicht mitzukommen.«

Clarinda lehnte sich zurück, sie war von der Antwort ihrer Freundin vollkommen verblüfft. »Wie bitte?«

Poppy schaute endlich doch von der Seite auf und betrachtete Clarinda über den Rand ihrer Brille hinweg. »Du hast mich richtig verstanden. Ich komme nicht mit.«

»Hast du den Verstand verloren? Du kannst unmöglich hierbleiben. Farouk wird noch wütender sein, als er es bereits ist, wenn er herausfindet, dass ich mit dem Captain durchgebrannt bin. Was, wenn er beschließt, sich an dir dafür zu rächen?«

Poppy warf Clarinda einen empörten Blick zu, den ihr Clarinda vermutlich während ihrer langen Freundschaft im Gegenzug hunderte Male zugeworfen hatte. »Sei nicht so eine alberne Gans. Farouk wird mir nichts tun. Er würde mir nie etwas antun. Und nur damit du es weißt, dir hätte er auch nie etwas angetan. Er ist nicht so ein Mann.«

»Wenn du gesehen hättest, wie er heute Morgen beim Frühstück mit seinem scharfen Dolch herumgefuchtelt hat, würdest du ihn wohl kaum verteidigen. Woher weißt du eigentlich, was für ein Mann er ist?«

Poppy legte ihre Zeitschrift beiseite, und ihre Nasenflügel bebten, als sie überlegen die Nase rümpfte. »Glaub mir, ich weiß das.«

Clarinda starrte die beherrschte Fremde an, die den Platz ihrer Freundin eingenommen hatte, und langsam dämmerte ihr, was los war. »Oh gütiger Himmel, es ist wieder das Gleiche wie bei Mr. Huntingdon-Smythe! Du bildest dir ein, in den Mann verliebt zu sein, richtig?« Sie nahm Poppys Hände in ihre und drückte sie sanft. »Hör mir gut zu, Liebes. Ich weiß, es fällt dir schwer, das zu akzeptieren, da du und Farouk kaum mehr als zwei Worte miteinander gewechselt habt, aber er ist nicht einer deiner schneidigen romantischen Helden aus deinen Klatschblättchen oder Schauerromanen. Er ist ein sehr gefährlicher und mächtiger Mann, je eher wir uns aus seinem Einfluss befreien, desto besser. Was, denkst du, wird er mit dir anstellen, wenn du bleibst? Dich fragen, ob du seine Frau werden willst?«

»Du hast mich doch auf diese Reise mitgenommen, damit ich einen Ehemann finden kann, oder etwa nicht?«

»Doch. Vorzugsweise einen, der nicht bereits einen ganzen Stall voller Frauen besitzt. Und Konkubinen.«

Ein schlimmes kleines Lächeln spielte um Poppys Lippen. »Vielleicht könnte ich ihn überreden, mich statt zu seiner Ehefrau zu seiner Konkubine zu machen. Dann kannst du nach England zurückgehen und allen unseren ehemaligen Mitschülerinnen von Miss Throckmorton und auch diesem grässlichen Mr. Huntingdon-Smythe erzählen, dass die dicke kleine Penelope Montmorency die verwöhnte Lieblingskonkubine eines gut aussehenden, mächtigen Sultans in Marokko geworden ist. Da müssten sie doch grün vor Neid werden, oder?«

Clarinda blieb fast der Mund offen stehen, während in ihr der Drang wuchs, sich vor Verzweiflung die Haare auszureißen. Sie wusste aus Erfahrung, wie stur Poppy sein konnte, wenn sie sich erst einmal eine Idee in den Kopf gesetzt hatte.

Sie warf einen weiteren verzweifelten Blick über ihre Schulter. Jede Sekunde, die sie sich länger hier aufhielt, brachte Ash in größere Gefahr, von den Wachen entdeckt zu werden.

Nun drückte Poppy Clarinda die Hände. Sie lächelte voller Zuneigung, und ihre Brillengläser ließen ihre schönen lavendelfarbenen Augen größer erscheinen und den Tränenschimmer in ihnen heller. »Es ist sinnlos, mit mir zu streiten. Ich habe mich entschieden. Ich komme nicht mit. Und jetzt geh!«, drängte sie sie. »Ich fürchte, du wirst Captain Burke für uns beide mit einem Kuss entschädigen müssen.«

Ein hilfloser Schluchzer entrang sich Clarinda, als sie ihre Freundin in die Arme schloss, ihre verlässliche solide Wärme zum vielleicht letzten Mal spürte. »Es ist mir egal, was du sagst. Ich komme zurück, um dich zu holen«, gelobte sie leidenschaftlich. »Selbst wenn ich ein Regiment Soldaten der Ostindien-Kompanie höchstpersönlich anführen muss. Und wenn Farouk dir in der Zwischenzeit auch nur ein Haar krümmt – oder dir gar das Herz bricht –, werde ich ihn umbringen. Das schwöre ich dir.«

Poppy erwiderte den Druck ihrer Arme. »Mach dir keine Sorgen um mich, Clarinda Cardew. Ich glaube, ich bin endlich bereit, mich in das große Abenteuer zu stürzen, das du mir versprochen hast.«

Als Clarinda sich zögernd von ihr löste und sich aufrichtete, gab Poppy ihr die Zeitschrift. »Hier. Vielleicht brauchst du was zu lesen auf der Reise.«

Clarinda steckte sich das Klatschblatt in die Tasche ihres Umhanges und ging zur Tür. Unter dem Türbogen blieb sie stehen und drehte sich um. »Die Wüstensonne brennt stark. Vergiss nicht, immer deinen Hut zu tragen oder einen Schleier, wenn du nach draußen gehst. Du weißt ja, wie hell deine Haut ist.« Sie wandte sich zum Gehen, sah aber noch einmal zu ihr. »Pass auf deine Brille auf, dass du sie nicht irgendwo hinlegst, wo du dich am Ende draufsetzen könntest. Und lass dich nicht von diesen Frauen einschüchtern. Wehr dich und zeig ihnen, dass Penelope Montmorency niemand ist, den man nach Belieben schikanieren kann.«

Poppy machte mit den Händen eine scheuchende Bewegung. »Geh! Captain Burke wird nicht ewig warten.«

Während sie sich hastig eine Träne wegwischte, sagte Clarinda: »Du bist die beste Freundin, die ich je hatte.«

Poppy lächelte strahlend. »Ich weiß.«

Unter Tränen lächelnd, berührte Clarinda mit zwei Fingern ihre Lippen, dann hielt sie sie in stummem Abschiedsgruß hoch, bevor sie sich aus dem Alkoven schlich.

Mehrere der Frauen hatten sich bereits auf ihren Diwanen zusammengerollt und schliefen, sodass Clarinda ohne

Zwischenfall auf Zehenspitzen durch den Raum huschen konnte. Als sie in dem von Fackeln erhellten Flur angekommen war, der sie zu Ash bringen würde, begann sie zu laufen.

Ihr war schon schwindelig vor Erleichterung bei dem Gedanken daran, ihn wiederzusehen, als sie um eine dunkle Ecke bog und ihr plötzlich der Weg von einer schwarzhaarigen Schönheit versperrt war, die kaum mehr am Leib trug als ein durchsichtiges Hemd und ein triumphierendes Lächeln.

Kapitel vierundzwanzig

Ein Schrei von Yasmins wunderschönen vollen Lippen, und alles wäre verloren.

Als ihr die Kapuze von ihrem Haar rutschte, unternahm Clarinda keinen Versuch, sie festzuhalten. Es wäre sinnlos gewesen. »Guten Abend, Yasmin«, sagte sie freundlich. »Ich bin gerade auf dem Weg zum Hammam, um ein Bad zu nehmen.«

Yasmin warf ihren Kopf in den Nacken, wodurch ihr die prächtige Mähne in Wellen über den Rücken fiel. »Spar dir deinen Atem und verschwende ihn nicht für alberne Lügen, Eisprinzessin. Ich weiß, dass du mit deinem Liebhaber fliehen willst.«

»Captain Burke ist nicht mein Liebhaber«, entgegnete Clarinda scharf und bemerkte ihren Fehler erst, als sich Yasmins Lächeln vertiefte.

»Jetzt vielleicht nicht, aber er ist es früher gewesen und wird es auch wieder sein.«

Diese Worte reichten, dass Clarindas Herz in der Brust einen hoffnungsfrohen Satz machte. Was völlig absurd war, da sie nie wieder die Geliebte irgendeines Mannes wäre, wenn Yasmin die Haremswachen rief. Weder sie noch Ash würden diesen Palast dann lebend verlassen.

Sie fuhr mit einer Hand unter ihren Umhang und tastete mit den Fingern nach der Tasche mit dem Dolch. »Du bist schon zu lange hier in diesem Sündenpfuhl voller Intrigen eingesperrt, Yasmin. Du siehst geheime Stelldicheins und Verschwörungen, wo es keine gibt.«

»Es bedarf keiner besonderen Fantasie zu sehen, was hier passiert.«

Clarinda legte ihre Finger um den kühlen Griff des Dolches, und ihre Hand wurde sofort ruhig, wenn sie sich vorstellte, wie Ash mit verbundenen Augen zum Schafott geführt wurde, wo ein Henker mit einer schwarzen Stoffhaube über dem Kopf und einem Krummsäbel in der Hand ihn erwartete. Sie war schon einer Meute Korsaren nur mit einer Hutnadel bewaffnet entgegengetreten. Wenn eine dämliche kleine Konkubine sich einbildete, sie könne diese englische Eisprinzessin übertrumpfen, dann sollte sie besser noch einmal nachdenken.

»Tu nichts Unüberlegtes«, sagte Yasmin, sichtlich beunruhigt von dem Ausdruck in Clarindas Augen. »Ich werde die Wachen nicht alarmieren.«

Clarinda legte den Kopf schief, doch sie blieb weiterhin wachsam. Sie hatte diese berechnende Miene schon oft auf dem Gesicht dieser Frau gesehen. Yasmin gewährte keinen Gefallen, ohne einen Preis dafür zu verlangen. Es blieb nur abzuwarten, ob der Preis zu hoch wäre.

»Ich werde die Wachen nicht alarmieren«, wiederholte Yasmin und zog sie nah genug heran, um zu flüstern: »*Wenn* ihr mich mitnehmt.«

Clarinda starrte Yasmin mit offenem Mund an, während der Dolchgriff ihren vor Überraschung erschlafften Fingern entglitt und wieder in sein Versteck rutschte. »Du willst mit uns kommen? Warum denn? Ich dachte, du seist rettungslos in den Sultan verliebt?«

»Das bin ich auch. Aber ich werde nie seine Ehefrau werden. Solang ich hierbleibe, werde ich nie die Ehefrau irgendeines Mannes sein. Kein Mann wird mich je so ansehen wie dein Captain dich anschaut.«

»Er ist nicht mein …« Als Yasmin nur unverhohlen skeptisch eine rabenschwarze Braue hochzog, brach Clarinda ab. Sie versuchte noch, den Schreck über die unerwartete Forderung der Konkubine zu verarbeiten. »Warum sollte ich auch nur in Erwägung ziehen, dich mitzunehmen? Du hast seit dem Tag, als wir hier angekommen sind, nichts anderes getan, als Poppy und mich zu quälen. Statt uns dauernd lächerlich zu machen und uns bei jeder Gelegenheit in die Quere zu kommen, hättest du uns deine Freundschaft anbieten können, was andere Frauen im Harem ermutigt hätte, das Gleiche zu tun. Nenn mir nur einen guten Grund, warum ich dir jetzt helfen sollte.«

»Weil ich, wenn du das nicht tust, so laut schreien werde, wie ich kann. Dann sterben alle, die du liebst.«

»Das ist allerdings ein ausgezeichneter Grund.« Dennoch zögerte Clarinda weiter, hin und her gerissen zwischen dem verzweifelten Wunsch, zu Ash zurückzukehren, und ihrem Hass auf diese Frau.

»Bitte.« Yasmin presste das Wort hervor, als sei es Gift. Sie starrte auf einen Punkt direkt über Clarindas rechter Schulter. »Ich flehe dich an.«

Wenn man bedachte, dass die Konkubine noch stolzer war als Clarinda selbst, wusste sie, was genau diese Worte Yasmin gekostet haben mussten.

Clarinda hatte die Macht, diese Frau vor einem Leben zu retten, das auch sie um Haaresbreite hätte führen müssen. Sie könnte diejenige sein, die jeden Tag älter und weniger begehrenswert wurde, während sie zusehen musste, wie Jüngere und Schönere ihren Platz im Herzen und im Bett des Sultans einnahmen. Sie hätte als zahnlose Alte enden können, die schreckensstarre Jungfrauen für den Sultan vorbereiten und ihnen Opium und Aphrodisiakum verabreichen musste, damit sie ertragen konnten, was sie sich selbst einmal mehr gewünscht hatte als das Leben selbst.

Clarinda stieß einen erbitterten Seufzer aus. »Oh, um Himmels willen, jetzt erniedrige dich aber nicht. Hör auf zu betteln und komm mit!« Sie fasste die erstaunte Yasmin an der Hand und eilte mit ihr den Flur entlang. »Wir können den Captain nicht noch länger warten lassen!«

»Das ist aber *nicht* Poppy«, wandte Ash ein, als Clarinda und Yasmin in den Geheimgang kamen, wo er wartete.

Trotz bester Absichten konnte er nicht verhindern, dass sein Blick flüchtig über Yasmins prächtigen und zudem kaum verhüllten Busen wanderte, der sich unter ihren keuchenden Atemzügen beeindruckend hob und senkte. Man musste schon Eunuch sein, um diesen Anblick ignorieren zu können, und Clarinda wusste nur zu gut, dass Ash kein Eunuch war.

Sie verdrehte die Augen. »Poppy hat sich geweigert mitzukommen, weil sie glaubt, in Farouk verliebt zu sein, und Yasmin hat darauf bestanden mitzukommen, weil Farouk sie niemals lieben wird. Wenn ich nicht einverstanden gewesen wäre, sie mitzunehmen, hätte sie den gesamten Harem mit ihren Schreien aufgeweckt.«

»Ich könnte sie einfach mit einem Kinnhaken vorübergehend ausschalten«, bot Ash mit einem gnadenlosen Funkeln in seinen Augen an, was ihr einen Eindruck davon vermittelte, was für ein gefährlicher Gegner er auf dem Schlachtfeld sein musste.

Clarinda zur Seite schiebend, drängte sich Yasmin an ihn und bot ihm ihre geteilten Lippen an, als seien sie reife saftige Granatäpfel, allein zu seinem Genuss gepflückt. »Sie könnten mich auch einfach küssen, bis ich ohnmächtig werde.«

Clarinda packte Yasmin von hinten an ihrem Hemd und riss sie von Ash weg. »Versuch das noch einmal, und ich versetze dir höchstpersönlich den Kinnhaken.«

Ohne sich weiter um Yasmins Schmollmund zu kümmern, sah Ash Clarinda unter hochgezogenen Brauen an. »Für eine Frau mit zwei Verlobten haben Sie aber einen befremdlichen Hang zur Eifersucht, Miss Cardew.«

»Haben Sie es noch nicht gehört, Captain?«, fragte sie. »Inzwischen bin ich wieder bei nur einem Verlobten.«

Ash presste seine Lippen zu einer schmalen grimmigen Linie zusammen. »Wenn einer von uns die Hoffnung wahren möchte, ihn je wiederzusehen, sollten wir besser zu Luca stoßen, bevor er ohne uns aufbricht. Es sei denn, es gibt zufällig noch jemanden, den du dringend retten willst, während ich ohnehin gerade hier bin. Zwei oder drei weitere Konkubinen? Oder ein Tigerjunges vielleicht?«

»Du hast mir nicht gesagt, dass ich ein Tigerjunges mitnehmen könnte!« Clarinda tat so, als wolle sie zum Harem zurückgehen, sodass Ash sie am Ellbogen fassen und in seine Arme ziehen musste.

Trotz der ernsten Umstände sah er dem Jungen, der sie dabei ertappt hatte, ein Igeljunges in seinen Lieblingsbiberhut zu schmuggeln, so ähnlich, dass sie nicht widerstehen konnte, ihn anzulachen.

»Hüte deine Zunge, du unverbesserliche kleine Göre«, warnte er sie, »bevor ich gezwungen bin, mich selbst um sie zu kümmern.«

Nachdem sie für Yasmin einen Umhang aus dem Harem besorgt hatten, schlichen Ash, Clarinda und die Konkubine durch den mondhellen Garten. Sie achteten darauf, sich immer im Schatten der sich im Wind wiegenden Palmen zu halten. Jeder Schritt von ihnen, egal wie leise und verstohlen, schien wie ein Gewehrschuss zu hallen. Clarinda merkte, dass sie unwillkürlich den Atem anhielt und darauf wartete, dass jemand Alarm schlug, was ihr Verderben bedeuten würde.

Aber die friedliche Stille der Nacht wurde nur von dem Plätschern der Wellen vor der Festung und dem Wispern des Windes durch die Palmwedel unterbrochen. Nach einer Ewigkeit, die tatsächlich nur ein paar Minuten dauerte, erreichten sie schließlich das unbewachte Tor, an dem Ash sich mit Luca verabredet hatte.

Erst war nichts von Luca zu sehen, aber dann kam er hinter einem üppigen Hibiskusstrauch hervor, grinste wie ein Springteufel und jagte damit allen einen furchtbaren Schreck ein. »Warum hast du so lange gebraucht?«, wollte er wissen. »Ich bin fast eingeschlafen.«

»Wir mussten noch Poppy holen«, erklärte Clarinda.

Yasmin hatte natürlich den Umhang, den Clarinda für sie gestohlen hatte, vorn von oben bis unten aufgelassen, sodass ihre weiblichen Formen im Mondschein für Luca deutlich zu erkennen waren.

Luca stieß einen leise anerkennenden Pfiff aus. »Das ist jedenfalls *nicht* Poppy.«

»Das haben wir bereits festgestellt«, erklärte Ash und rieb sich müde mit einer Hand übers Kinn.

Obwohl sie sich nicht davon abhalten konnte, unter Lucas billigendem Blick zu posieren, sandte Yasmin ihm einen verächtlichen Blick, und ihre dunklen Augen sprühten Feuer. »Behalte deine Augen in deinem Kopf, du englischer Hund, sonst kratze ich sie dir aus.«

»Ich hasse es, Sie zu enttäuschen, werte Dame, aber ich bin ein italienischer Hund. Nun ja, genau genommen halb Zigeuner, halb Italiener.«

Yasmins Oberlippe verzog sich gehässig. »Ein widerlicher Schurke durch und durch, egal, wie er sich nennt.«

Luca grinste Ash an. »Hast du das gehört? Sie hasst mich bereits. Ich habe das bei Frauen schon immer unwiderstehlich gefunden.«

»Habe ich schon erwähnt, dass sie auf der Suche nach einem Ehemann ist?«, erkundigte sich Clarinda süßlich.

Luca erbleichte unter seiner gebräunten Haut. »Einem Ehemann?«

»Wenn Clarinda nicht alle Verlobten für sich beanspruchen würde, hätte sie vielleicht sogar schon einen gefunden. Hast du die Tiere?«, fragte Ash Luca und betonte jedes Wort so überdeutlich, als spräche er mit dem Dorfdeppen.

Luca warf ihm einen tadelnden Blick zu. »Was für ein Zigeuner wäre ich, wenn ich keinen Stall ausrauben könnte?«

Er winkte ihnen, mit ihm zu kommen, und sie folgten

ihm durch das Tor auf die schmale Gasse, die auf der anderen Seite der Gartenmauer lag.

»Das kann nicht Ihr Ernst sein«, erklärte Clarinda, als sie sah, was sie dort erwartete.

»Das ist kein Pferd«, fügte Yasmin überflüssigerweise hinzu.

»Selbstverständlich ist es kein Pferd. Es ist ein Kamel. Und was für eine Schönheit er ist.« Luca rieb mit einer Hand über die Flanken des Tieres, er lächelte stolz. »Oder sie. Angesichts der Länge der Wimpern bin ich mir nicht sicher.«

Das Vieh hob den Kopf, schaute sie gelassen an und verzehrte mit seinen beweglichen Lippen ungerührt eine saftige Bougainvillea-Blüte. Es sah jedenfalls nicht wie ein Tier aus, das man auf einer wilden Flucht ritt, die in den Seiten einer Klatschzeitschrift verewigt werden würde.

»Wir sind zu dritt«, bemerkte Ash mit übertriebener Geduld.

»Zu viert«, verbesserte Clarinda ihn mit einem vorwurfsvollen Blick zu Yasmin.

»Und haben nur ein Kamel«, sagte Ash.

Einen Finger als Bitte um etwas Geduld hochhaltend, verschwand Luca in den Büschen auf der anderen Seite der Gasse. Es raschelte heftig, dann erschien er wieder mit Lederzügeln in der Hand, die mit Rubinen und Smaragden besetzt waren. »Glücklicherweise bin ich, während ich nach einem zweiten Kamel gesucht habe, auf ihn hier gestoßen.«

Sie standen alle mit vor Schreck offenem Mund da, als Farouks prächtiger schwarzer Hengst hinter Luca auf die Gasse tänzelte. Mondlicht ergoss sich über die kräftigen

Muskeln des Tieres, sodass sie wie poliertes Ebenholz schimmerten. Als Luca dem Tier befahl, stehen zu bleiben, warf der Hengst seinen Kopf, wie Yasmin es gerne tat, wie um seine wehende schwarze Mähne möglichst vorteilhaft zur Geltung zu bringen.

»Das da«, schnurrte Yasmin, »ist jedenfalls kein Kamel.«

»Oh, das ist einfach wunderbar!« Ash war entsetzt. »Wir verschwinden nicht nur mit den schönsten Frauen des Sultans, wir nehmen auch noch sein kostbarstes Pferd mit. Wenn du in Marokko eine Frau stiehlst, schlagen sie dir nur den Kopf ab. Weißt du, was sie mit dir machen, wenn du ein Pferd stiehlst?«

Trotz der Dringlichkeit ihrer Lage musste sich Clarinda ein Lächeln verkneifen. Sie hatte vergessen, wie anbetungswürdig Ash war, wenn er einen Wutanfall bekam. Es hatte schließlich einen Grund, weshalb sie so viel Zeit in ihrer Jugend darauf verwendet hatte, ihn bis zur Weißglut zu reizen.

»*Sie schlagen dir den Kopf ab und pissen dir in den Hals!* Es ist eine Schande, dass wir keine Zeit haben, in die Schatzkammer des Sultans einzubrechen und uns die Taschen mit einem Vermögen in Gold und Edelsteinen vollzustopfen, bevor wir gehen.«

Lucas Gesicht leuchtete bei dieser Idee hoffnungsvoll auf.

»Oh nein, warte. Das wird nicht nötig sein.« Ash schnappte sich die Zügel des Hengstes und hielt sie Luca unter die Nase. »Ich bin sicher, dass auf diesem Zaumzeug und dem Sattel mehr als genug Edelsteine sind, um sicherzustellen, dass der Sultan und seine Wachen uns bis ans Ende der Welt nachsetzen!«

»Das Pferd allein ist vermutlich in Farouks Augen hundert Mal mehr wert als ich«, warf Clarinda ein. »Besonders nach letzter Nacht.«

»Dann ist er ein verdammter Idiot«, erklärte Ash grimmig. »Sobald du in Sicherheit bist, werde ich dafür sorgen, dass das Pferd zu ihm zurückgebracht wird – zusammen mit Lucas Haupt und einem Brief, in dem ich mich für seine Großzügigkeit bedanke.«

Immer noch halblaut vor sich hin schimpfend, schwang sich Ash in den Sattel und hielt Clarinda die Hand hin. Sie ergriff sie ohne Zögern und zog sich hinter ihm auf den Rücken des Hengstes.

Luca schaute entgeistert zu. »He, das ist nicht fair. Da ich es war, der seinen Hals riskiert hat, ihn zu stehlen, dachte ich, ich würde ihn reit…«

»Falsch gedacht«, unterrichtete ihn Ash ungerührt. »Wir werden an der Küste entlangreiten, bis wir sicher sein können, dass uns niemand folgt, dann nehmen wir den Weg durch die Wüste.«

Er zog einmal kurz, aber bestimmt an den Zügeln und wendete das Pferd, sodass das Meer vor ihnen lag. Clarinda schaute über ihre Schulter und sah, wie sowohl Yasmin als auch das Kamel Luca unzufrieden anschauten.

»Achte nicht weiter auf Yasmin«, rief Clarinda Luca halblaut zu. »Sie ist nur eifersüchtig, weil das Kamel längere Wimpern hat als sie.«

In dem Augenblick erschallte ein Schreckensschrei – nicht im Palast, sondern in den Ställen. Fackeln flammten in der Dunkelheit auf, gefolgt von dem Geräusch rennender Füße.

Während Luca und Yasmin sich beeilten, auf den Rücken des Kamels zu klettern, griff Ash mit einer Hand hinter sich, um sich zu vergewissern, dass Clarinda bei ihm war. »Halt dich gut an mir fest«, befahl er mit leiser, drängender Stimme. »Und lass bloß nicht los, egal, was geschieht.«

Damit drückte er dem Hengst die Fersen in die Flanken, sodass er sich mit einem Satz in Bewegung setzte und mit ihnen in die Nacht preschte. Clarinda schlang die Arme um seine Mitte und presste ihre Wange an seinen Rücken, sie verspürte nicht den geringsten Wunsch, sich dieser Anweisung zu widersetzen.

Farouk saß ganz allein im dunklen Thronzimmer.

Er hatte seine Leibwachen fortgeschickt, wobei er sich in letzter Zeit immer häufiger ertappte, weil er das Alleinsein mit seinen Gedanken vorzog. Aber heute Nacht waren seine Gedanken so schwarz wie die Schatten, die sich um den Thron drängten, der vor ihm seinem Vater und davor dessen Vater gehört hatte. Warum sollte er sich wegen der Klinge eines anonymen Attentäters Sorgen machen, wo er doch bereits von Feinden umgeben war?

Mittlerweile wartete gewiss schon eine davon auf seinem Diwan, und ihr silberblondes Haar ergoss sich im Mondschein in schimmernden Wellen über die Kissen. Er hatte sich so lange nach diesem Augenblick gesehnt. Alles, was er tun musste, war zu ihr zu gehen und sich zu nehmen, was rechtmäßig ihm gehörte, wofür er auf dem Sklavenmarkt ein Vermögen in Gold bezahlt hatte.

Dennoch saß er hier und brütete allein im Dunkeln.

Er konnte im Geiste klar und deutlich den Zorn auf ihrem Gesicht sehen, als sie heute Morgen vom Tisch aufgestanden war, nachdem er sie davon unterrichtet hatte, dass sie noch in dieser Nacht sein Bett teilen würde. Er hatte sich nach einer Auseinandersetzung gesehnt und hatte halb gehofft, dass sie sich darauf einlassen würde. Aber stattdessen hatte sie ihren Stolz heruntergeschluckt und spöttisch vor ihm geknickst.

Das war der Moment gewesen, in dem er endlich begriffen hatte, was die ganze Zeit genau vor seiner Nase gespielt worden war. Es gab nur einen Grund für ihr widerstrebendes Nachgeben – sie war willens, sich zu opfern, um den Mann zu retten, den sie liebte.

Und dieser Mann war nicht er.

Sie hatte ihn niemals wirklich geliebt. Sie konnte ihr Herz nicht länger verschenken, weil es bereits einem anderen gehörte. Es gehörte dem Mann, den Farouk mit offenen Armen in seinem Haus willkommen geheißen hatte, dem Mann, der ihm nicht einmal, sondern zweimal das Leben gerettet hatte, dem Mann, der sich als sein Freund ausgegeben hatte, während er die ganze Zeit über Pläne geschmiedet hatte, wie er ihm Clarinda direkt unter seiner ahnungslosen Nase stehlen konnte.

Die beiden hatten ihn zum Narren gehalten. Hatten ihm das Gefühl gegeben, wieder der dicke unbeholfene Junge zu sein, den die Engländer Frankie genannt hatten, der Junge, der sich auf der Erde zusammengekauert hatte, während seine Klassenkameraden mit ihren Fäusten auf ihn einprügelten und mit den Spitzen ihrer harten polierten Stiefel nach ihm traten.

Als er aus England zurückgekehrt war, um den Thron seines Vaters zu besteigen, hatte er sich geschworen, dass er nie wieder dieser Junge sein würde.

Wenn er jetzt nicht zeigte, dass er der Herr im Hause war, wenn er es versäumte, Clarinda für ihre Lügen und ihren Verrat zu bestrafen, würde er damit belegen, dass er genau das war, was sein Onkel von ihm glaubte: schwach, leichtgläubig und unfähig, über ein so herrliches Land wie El Jadida zu herrschen.

Er hatte einen Harem voller Frauen, die sich um das Vorrecht stritten, in sein Bett bestellt zu werden, Frauen, die alles tun würden, es ihm angenehm zu machen und ihm Lust zu bereiten. Dennoch würde er sich heute einer Frau aufzwingen, die die Sekunden zählte, bis er mit ihr fertig war. Natürlich würde sie sich ihm fügen. Welche Wahl blieb ihr schon? Ihr Retter war geflohen und hatte sie seiner Gnade ausgeliefert. Aber während er ihr nur mehr Gründe lieferte, ihn zu verabscheuen, würde sie ihr Gesicht abwenden, ihre Augen fest zusammenkneifen und von dem Mann träumen, von dem sie wünschte, dass er sie berührte, sie nähme.

Farouk konnte von ihrem Körper Besitz ergreifen, aber er würde niemals ihr Herz oder ihre Seele besitzen.

Als er müde die Augen schloss, war es nicht Clarinda, die er sah, sondern eine andere Frau, mit gütigem Herzen und aufrichtiger Zuneigung. Ihr Lachen war ein fröhlicher Laut, der sich weder über ihn lustig machte noch ihn verspottete, sondern seiner rastlosen Seele Linderung brachte. Ihr Lächeln hieß ihn immer willkommen, ihre Augen warteten immer hungrig, ihn zu erblicken. Sie schaute ihn nicht nur deshalb so an, weil er Zin al-Farouk war, der Erhabene Sultan von El Jadida, sondern einfach weil sie seine Gesellschaft genoss. Er hatte das seltsame Gefühl, als hätte sie auch Frankie gemocht.

Dass sie ihm geholfen hätte, sich in Eton in die Küche zu schleichen, um Kuchen zu stibitzen, die sie dann gemeinsam im blassen Licht des englischen Mondes genüsslich verzehrten.

Jemand räusperte sich laut und störte seine Überlegungen.

Er öffnete die Augen und rechnete damit, Solomon auf dem von Fackeln erleuchteten Flur zu sehen, um ihn zu seiner neuen Konkubine zu geleiten.

Es war jedoch nicht der hünenhafte Eunuch, der dort in der Türöffnung stand, sondern Tarik. Die schadenfrohe Befriedigung in der Miene seines Onkels war nicht zu übersehen. Nicht einmal der übel aussehende blaue Fleck auf seinem Kinn milderte sein schadenfrohes Wolfsgrinsen.

»Du hättest den englischen Ungläubigen niemals mit dem Leben davonkommen lassen dürfen«, eröffnete ihm sein Onkel mit einem triumphierend höhnischen Grinsen auf den Lippen. »Weil er jetzt zurückgekommen ist, um sich zu holen, was dir gehört.«

»Der Sultan! Der Sultan kommt!« Das aufgeregte Flüstern verbreitete sich im Harem und weckte Hoffnung und Furcht in dem Herz der Frauen, die es hörten.

Manche sprangen sofort auf die Füße und schnappten sich rasch ihre Kleider, während andere sich noch halb im Schlaf von ihren Lagern rollten, stöhnten und blindlings nach Bürsten und Kämmen tasteten. Nachdem sie tagein tagaus mit so vielen Frauen zusammengelebt hatten, konnte kaum etwas die Eunuchen aus der Ruhe bringen, die sie bewachten, aber selbst sie stolperten jetzt übereinander, als sie eilig liefen, um die Lampen anzuzünden und die Frauen aufzuscheuchen, die noch auf ihren Diwanen lagen.

Als eine der Konkubinen sich tiefer unter die Decke kuschelte und sich ein buntes Kissen über den Kopf zog, gab ihr die Ehefrau neben ihr einen Klaps auf den Po. »Steh auf! Willst du etwa, dass Seine Majestät dich als die faule Kuh sieht, die du bist?«

Die Konkubine kam unter dem Kissen gerade lang genug hervor, um ihr einen Fluch zuzuzischen. Die Ehefrau winkte eine jüngere Frau zu sich, und gemeinsam zogen sie die Decken und die Laken von dem Diwan, sodass die schimpfende Konkubine auf dem Boden landete.

Es war in der Tat ein seltenes Ereignis, dass der Sultan im Harem erschien. Meist ließ er einfach eine seiner Konkubinen oder Ehefrauen in seine Schlafgemächer kommen oder überließ es gar einem der Eunuchen, ihm eine Bettgefährtin auszusuchen. Aber heute Nacht war es anders. Heute Nacht hatte er beschlossen, sich selbst jemanden auszusuchen.

Die Frauen stellten sich am Fußende ihrer Diwane auf, fuhren sich noch rasch mit den Fingern durch die Haare, befeuchteten sich die Lippen und bemühten sich,trotz ihrer vom Schlaf verquollenen Augen verführerisch auszusehen.

Als die hoch aufragende Gestalt des Sultans in der Türöffnung erschien, senkten sie die Köpfe und verneigten sich. Farouk marschierte an ihnen vorbei, als ob sie gar nicht da wären, und die langen Gewänder schlugen bei jedem energischen Schritt gegen seine Knöchel. Die Frauen wechselten besorgte Blicke, als er an ihnen vorbeiging, und die, die es wagten, flüchtig in sein einer Gewitterwolke gleich verfinstertes Gesicht zu schauen, wünschten, sie hätten das nicht getan.

Es war kein romantischer Grund, aus dem der Sultan den Harem aufgesucht hatte, sondern er schien sich viel eher mit Mordgedanken zu befassen.

Kapitel fünfundzwanzig

Als Farouk in Poppys Alkoven gestürmt kam und dabei den Vorhang mit einer einzigen Handbewegung aus den Haken riss, befürchtete sie angesichts seiner unbeherrschten Miene, dass sie sich entsetzlich verschätzt, vielleicht sogar einen tödlichen Fehler begangen hatte.

Das Buch mit Sonetten, das sie gerade las, glitt ihr aus den tauben Fingern, als er schwer atmend im Durchgang stehen blieb und sie mit einer seltsamen Mischung aus Zorn und Erleichterung anstarrte. Es war fast so, als habe er damit gerechnet, ihren Alkoven leer vorzufinden.

Sobald er sich wieder bewegte, krabbelte sie auf die andere Seite vom Diwan, denn der Instinkt riet ihr, so rasch wie möglich großen Abstand zwischen sich und diesen Mann zu bringen, wenn ihr auch nur ein Jota an ihrem Überleben lag.

Aber es war ein sehr schmaler Alkoven.

Und er war ein sehr großer Mann.

Er stieg einfach über den Diwan und hinterließ dabei einen beeindruckenden Stiefelabdruck auf den Seidenlaken. Er fasste sie mit den Händen an den Schultern, drängte sie rückwärts gegen die Wand und hielt sie dort fest, wie ein Sammler einen interessanten Schmetterling. Poppy war sich neben Clarinda immer wie ein großer und unbeholfener Ochse vorgekommen, aber wenn sie so behandelt wurde, fühlte sie sich ganz zierlich … und ein wenig schwindelig. An all die schlimmen Sachen zu denken, die er ihr vielleicht antun würde, sorgte dafür, dass sich alles noch schneller um sie drehte.

»Wo sind sie?«, verlangte er zu wissen.

Sie blinzelte ihn durch ihre Brillengläser unschuldig an. »Wer?«

Er senkte den Blick und schaute sie tadelnd an.

»Oh! Sie müssen Clarinda und Captain Burke meinen. Wenn ich mich nicht irre, sind sie auf dem Rückweg nach England.«

Obwohl sie es nicht für möglich gehalten hätte, erboste ihn ihre Antwort noch weiter. Er stieß einen Schwall heiserer arabischer Flüche aus, ehe er wieder ins Englische zurückkehrte. »Was, in Allahs Namen, tun Sie dann noch hier? Warum haben die Idioten Sie nicht mitgenommen?«

Poppy reckte ihr Kinn. Hielt denn niemand auf dieser Welt sie für fähig, selbst über ihr Schicksal zu entscheiden? »Weil ich nicht mitgehen wollte. Mir gefällt es hier. Ich kann so viel und so lange lesen, wie ich Lust habe, ich muss kein Korsett tragen oder Schuhe, die mich an den Zehen drücken.« Ihr Mut ließ sie wieder im Stich, als sein Blick unter schweren Lidern über die Vorderseite ihres Seidenmorgenmantels glitt, als könne er hindurchsehen. »Und außerdem habe ich eine Schwäche für *Ktefa* entwickelt. Ich bezweifle ernsthaft, dass man in irgendeinem Kaffeehaus oder einer Bäckerei in London ein anständiges *Ktefa* bekommen kann.«

Farouk schüttelte sie leicht, und seine entblößten Zähne wirkten inmitten des dunklen Bartes auffällig weiß. »Ist

Ihnen nie der Gedanke gekommen, dass Sie ein großes Risiko damit eingegangen sind? Was, wenn ich beschlossen hätte, mich für das Vergehen Ihrer Freunde an Ihnen zu rächen, zum Beispiel, indem ich Sie in den Kerker werfe oder meinen Wachen überlasse, damit sie sich mit Ihnen ein wenig vergnügen können?«

Poppy wusste, es wurde von ihr erwartet, dass sie in jungfräulichem Entsetzen vor solch schlimmen Drohungen zurückwich. Aber ehe sie es verhindern konnte, entwich ihr ein Lachen. »Ich habe mir mehr Sorgen gemacht, dass Sie mir heiße Nägel unter die Fingernägel stecken lassen oder mich mit einem Ihrer langen Schwerter in kleine Stücke schneiden und an die Krokodile verfüttern.« Sie lachte so heftig, dass einzig seine Hände auf ihren Schultern verhinderten, dass sie vornüber klappte. »Sie haben doch Krokodile, nicht wahr? Wenn nicht, könnten Sie mich auch an die Tigerjungen verfüttern, obwohl ich mir vorstellen kann, dass es eine ganz schöne Weile dauern wird, bis sie mit mir fertig sind, da ich doch ziemlich solide gebaut bin und sie bislang nur große Kätzchen sind.«

Farouk starrte sie unter finster zusammengezogenen Brauen an, er sah aus, als stünde er kurz davor, sie selbst zu verschlingen. Stattdessen fasste er sie schließlich an der Hand und zog sie mit sich.

»Wohin gehen wir?«, fragte sie atemlos und überlegte, ob sie voreilig gesprochen hatte und er ging, sein Schwert zu holen, um sie persönlich zu zerstückeln und zu verfüttern.

»Ihre verräterische kleine Freundin und ihren Liebhaber suchen.«

»Aber Captain Burke ist nicht …«

»Und wenn wir sie gefunden haben, werde ich ihnen gehörig Bescheid geben, weil sie so närrisch waren, eine Frau wie Sie bei einem Mann wie mir zu lassen.« Farouk zerrte sie einfach über das Bett, er ließ keinen Zweifel daran, dass jeglicher Protest auf taube Ohren stoßen würde.

Als er durch den Harem ging und eine stolpernde Poppy hinter sich herzog, unterbrachen die Frauen ihr Geflüster und starrten die beiden mit vor Staunen offenen Mündern an.

Von ihren ungläubigen Mienen belustigt, die sie sehr an die Gesichter der Mädchen bei Miss Throckmorton erinnerten, konnte Poppy der Versuchung nicht widerstehen, langsamer zu werden, den Frauen ein selbstzufriedenes Lächeln zuzuwerfen und ihnen mit den Fingern zu winken, ehe Farouk sie mit sich durch die Tür zog.

Der Hengst preschte über den felsigen Weg, der zum Meer führte, Farouks Festung lag wie ein großer Schatten hinter ihnen. Clarinda wusste, sie hätte furchtbare Angst haben müssen, aber alles, was sie empfand, war Freude. Sie wäre liebend gern für immer so durch die Nacht geritten, die Arme um Ashs Mitte geschlungen, ihre vollen Brüste gegen seinen warmen Rücken gepresst.

Sie fühlte sich endlich befreit. Diese Freiheit hatte nichts damit zu tun, dass sie aus Farouks goldenem Käfig entkommen war. Sie hatte sich immer frei gefühlt, wenn Ash in ihren Armen war. Er hatte nie von ihr erwartet, dass sie mehr war, als sie sein konnte und wollte. Sie konnte übermütig, spitzbübisch oder charmant sein und auch schlecht gelaunt wie eine nasse Katze und sich dabei immer darauf verlassen, dass er sie liebte. Wenigstens hatte sie das geglaubt, bis zu dem Augenblick, an dem er aus ihrem Leben verschwunden war.

Sie verschränkte die Hände über seinen Bauchmuskeln und hielt ihr Gesicht in den Wind. Sie wusste, dass dieser Moment irgendwann hinter ihr läge, so wie Farouks Festung, und deshalb beschloss sie, ihn einfach zu genießen. Sie hatte mittlerweile genug Erfahrung, um zu wissen, dass es der letzte sein konnte, den sie gemeinsam erlebten. Der Wind riss ihr die Kapuze des Umhanges vom Kopf, sodass ihr Haar ungebunden wie eine Silberfahne hinter ihr wehte.

Als sie den Weg verließen, lenkte Ash den Hengst in einem weiten Bogen zur Küste. Mondlicht schimmerte auf den Wellen, die auf den Sand schwappten. Der Hengst galoppierte über den Strand, und unter seinen Hufen spritzten feiner Sand und Gischt auf. Der Geruch des Meeres stieg Clarinda in die Nase, und sie füllte ihre Lunge mit der klaren, leicht salzig schmeckenden Luft, die die letzten Reste von Jasmin und Sandelholz vertrieb.

Sie würden es schaffen. Sie würden frei sein.

Wenigstens redete sie sich das ein, bis der erste Schuss ertönte. Das Herz schlug ihr bis zum Hals. Sie drehte sich im Sattel um, aber alles, was sie hinter sich erkennen konnte, waren Luca und Yasmin auf ihrem Kamel, das sich größte Mühe gab, mit dem Hengst mitzuhalten.

Eine zweite Pistolenkugel zischte dicht an ihrem Ohr vorbei und sandte eine Sandwolke ein paar Fuß vor ihnen in die Luft.

Zu Clarindas Schreck parierte Ash den Hengst vom gestreckten Galopp in einen langsamen Trab.

»Sie schießen auf uns!«, rief sie. »Du musst schneller werden, nicht langsamer!«

»Das waren nur Warnschüsse«, antwortete er. »Wenn sie uns hätten treffen wollen, wären wir jetzt tot.«

»Wie lautet dein Plan? Willst du dich als Zielscheibe aufstellen?«

Als sie weiter langsamer wurden, lenkte Luca das Kamel neben sie, während sich Yasmin missmutig an ihm festhielt, als hinge ihr Leben davon ab. »Was, um alles in der Welt, tust du, Captain?«, schrie er. Sie konnten das Donnern von Hufen hinter ihnen hören, das mit jeder Sekunde, die sie vergeudeten, lauter wurde. »In diesem Tempo können wir ihnen nie entkommen.«

Ash wandte sich zu seinem Freund um, und sein Profil war so grimmig, wie Clarinda es noch nie gesehen hatte. »Ich kann nicht riskieren, dass sie auf sie schießen. Wenn sie uns erwischen, bleibt sie wenigstens am Leben.«

»Aber für wie lange?« Luca sprach damit Clarindas finsterste Gedanken aus.

Sichtlich nicht in der Stimmung zu streiten zerrte Ash an den Zügeln und wirbelte den Hengst herum, sodass sie ihren Verfolgern entgegensahen. Das temperamentvolle Tier stellte sich auf die Hinterbeine und trat mit den Vorderhufen in die Luft, sodass Clarinda sich noch fester an Ash klammern musste, wenn sie nicht riskieren wollte, im Sand zu landen. Ash brachte das Tier mühelos wieder unter Kontrolle, dazu benötigte er nicht mehr als einen herrischen Druck seiner Schenkel.

Auf Italienisch und Roma fluchend, folgte Luca Ashs

Beispiel, er wendete das Kamel in einer unbeholfenen Kurve. Yasmin wurde beinahe aus dem Sattel geworfen, worauf sie bewies, dass sie nur eine Sprache benötigte, um ausgiebig zu fluchen.

Dann konnten sie nur noch darauf warten, dass Farouk und seine Reiter sich auf sie stürzten.

Kapitel sechsundzwanzig

Farouk hatte nur ein Dutzend Soldaten aus seiner Leibwache bei sich. Clarinda konnte nicht entscheiden, ob das ein Zeichen seiner Selbstsicherheit war oder eines der Verachtung für seine Gegner.

Als die Reiter sich näherten, überraschte Ash sie erneut, indem er absaß, sich umdrehte und die Arme ausstreckte, um sie aus dem Sattel zu heben. »Ich stelle mich einem Feind lieber, wenn ich auf meinen Füßen stehe, statt zu riskieren, dass das Pferd unter mir weggeschossen wird«, erklärte er ihr leise. »Obwohl ich vermute, dass Farouk eher mich erschießt als dieses besondere Tier.«

Ash hatte recht, überlegte Clarinda. Es war ein besseres Gefühl, einem Feind auf den eigenen Beinen gegenüberzustehen. Wenigstens war das so, bis Ash sie hinter seinen Rücken schob und dadurch zwang, den Hals zu recken, um noch etwas zu sehen.

Die Reiter kamen über sie wie Raubtiere; ihre schwarzen Umhänge flatterten im Wind hinter ihnen. Unter den *Kaffiyehs*, die sie um ihre Stirnen gewunden hatten, waren ihre Brauen finster zusammengezogen. Als Clarinda sah, dass Farouks Onkel Tarik unter ihnen war, verließ sie jeder Mut.

Farouk ritt einen hochbeinigen Kastanienbraunen, der sich in jedem Rennen in Newmarket würde behaupten können. Doch erst als er sein Pferd zum Stehen brachte, bemerkte Clarinda das in einen Umhang gehüllte Bündel in seinen Armen. Eine blasse Hand erschien, um die Kapuze zurückzuschieben, und dann tauchte eine Brille aus den Stofffalten auf, auf deren Drahtgestell sich das Mondlicht spiegelte.

»Poppy?«, flüsterte Clarinda ungläubig. Sie machte unwillkürlich einen Schritt nach vorn, um sich zu vergewissern, dass ihre Freundin unversehrt war. Ashs Arm schoss vor, um ihr den Weg zu versperren.

Ehe irgendwer etwas sagen konnte, seufzte Yasmin theatralisch. »Ich war eine Närrin, dass ich fortgelaufen bin. Ich hätte wissen müssen, dass er mich niemals gehen lassen würde.«

Farouk spähte zu ihr. »Yasmin, bist du das? Was tust du hier?«

Yasmin starrte ihn an, und ihre tragische Resignation wich heller Empörung. »Sie haben noch nicht einmal bemerkt, dass ich fort war?«

»Verzeih mir«, erwiderte Farouk mit unverhohlenem Sarkasmus, »aber ich hatte keine Zeit, meine Konkubinen durchzuzählen, bevor ich losgeritten bin. Mein Stall war gerade ausgeraubt worden, und ich war damit beschäftigt nachzusehen, wie viele meiner Pferde noch da sind.«

»Das ist der Grund, weshalb ich nicht länger die Konkubine dieses Mannes sein kann. Ihm liegt mehr an seinen Pferden als an seinen Frauen!« Yasmin schlang ihre Arme um Lucas Mitte, sie rieb sich an ihm wie eine hungrige Katze. »Heute ist ein guter Tag für dich, Zigeuner. Ich habe beschlossen, dass ich dich heirate.«

»Das ist aber komisch«, erwiderte Luca, »ich kann mich

nicht entsinnen, dich darum gebeten zu haben. Wenn du dich allerdings weiter an meinen Rücken schmiegst, könnte ich es mir noch einmal überlegen.«

Farouk ließ sich aus seinem Sattel gleiten, sodass er wie Ash und Clarinda auf dem Boden stand, während Poppy auf dem Pferderücken sitzen blieb. Sein verächtlicher Blick glitt über Clarinda und den Hengst, ehe er an Ash hängen blieb. »Schließlich habe ich doch erkannt, was für ein Schuft du bist, Burke, allerdings hätte ich dich nicht für einen Dieb gehalten.«

»Hast du mir nicht einmal gesagt, wenn ich gerne irgendetwas hätte, was dir gehört, dann müsse ich nur fragen?«

Farouks Augen wurden noch schmaler, und der Schimmer darin warnte alle, wie gefährlich er sein konnte. »Du hast aber nicht gefragt.«

Tarik schwang sich aus dem Sattel seines Pferdes und kam zu ihnen. »Du verschwendest deinen Atem, wenn du mit diesen Ungläubigen diskutierst. Warum tötest du sie nicht einfach und hast deine Ruhe?«

»Schweig!«, brüllte Farouk. »Wenn ich deinen Rat benötige, werde ich danach fragen! Bis ich das tue, wäre es klug von dir, *deinen* Atem nicht zu verschwenden.«

Obwohl er praktisch vor Wut schnaubte, war Tarik nicht so dumm, die Warnung seines Neffen zu ignorieren.

Farouk nickte zu Clarinda. »Du hast für diese Frau alles riskiert. Glaubst du, sie ist das wert?«

Ash hob eine Schulter zu einem achtlosen Zucken. »Sie ist für mich weit mehr wert, als du ahnst. Wenn ich sie nicht zu dem Mann zurückbringe, der mir den Auftrag gegeben hat, sie zu holen, erhalte ich nicht den Rest der Summe, die er mir als Lohn dafür versprochen hat.«

Auch wenn Clarinda glaubte, dass Ash nur bluffte, verletzten seine Worte sie doch.

»Also bist du ein Schuft, ein Dieb *und* ein Lügner«, erklärte Farouk.

»Captain Burke sagt die Wahrheit.« Clarinda trat hinter Ash vor. »Er ist nicht mein Liebhaber. Ich bin mit seinem Bruder verlobt – Maximillian Burke, dem Earl of Dravenwood.«

»Sie war auf dem Weg zu ihm, um ihn zu heiraten, als diese schrecklichen Korsaren unser Schiff überfallen haben«, warf Poppy hilfreich ein.

Da Poppys Worte ihre Behauptung stützten, schien Farouk geneigt, ihnen zu glauben. Leider vermochte das seine Laune nicht zu bessern. »Du hättest vielleicht schon erwähnen können, dass du einem anderen gehörst, als ich dich gebeten habe, meine Braut zu werden«, teilte er Clarinda mit.

»Wenn ich mich recht erinnere«, antwortete sie erbittert, »hast du mich nicht gebeten. Du hast mich davon in Kenntnis gesetzt. Und da ich wusste, die einzig andere Möglichkeit, die mir zu dem Zeitpunkt offenstand, war eine deiner Konkubinen zu werden, habe ich beschlossen mitzuspielen. Wenn ich dir gesagt hätte, dass ich bereits verlobt war, hättest du mich dann gehen lassen?«

Farouk dachte eine Weile über diese Frage nach, aber letztlich war sein Schweigen Antwort genug. Er betrachtete sie beide, und das berechnende Glitzern in seinen Augen vertiefte sich.

»Nun gut, Burke«, sagte er schließlich. »Wenn die Frau

dir nichts bedeutet, dann sollte es dich auch nicht weiter stören, wenn ich sie wieder mit in den Palast nehme. Ich werde dir das Doppelte dessen in Gold zahlen, was ihr Verlobter dir schuldet, und es wird dir frei stehen zu gehen, wohin du willst. Da ich in großzügiger Stimmung bin, lasse ich dir sogar das Pferd.«

»Was ist mit dem Kamel?«, fragte Luca. »Kann ich es behalten?« Yasmin kniff ihn, worauf er mit einem schmerzlichen Zischen hinzufügte: »Und die Konkubine?«

Ihn nicht weiter beachtend, wandte sich Farouk an seine Wachen. »Ergreift sie!«

Zwei der Männer saßen ab, aber bevor sie mehr als einen Schritt auf Clarinda zu machen konnten, schlang Ash einen Arm um ihre Mitte und zog sie an sich. Wie von Zauberhand erschien eine Pistole in seiner Hand, mit der er geradewegs auf Farouks Herz zielte. »Wenn sie auch nur einen Finger an sie legen, bist du ein toter Mann.«

Mehrere Waffen tauchten unverzüglich in den Händen von Farouks Wachen auf, darunter Pistolen, Krummsäbel und sogar eine Streitaxt mit kurzem Stiel. Die beiden Männer maßen einander kühl mit Blicken. Sie wussten beide, dass Ash hoffnungslos in der Unterzahl war. Wenn er auf Farouk schoss, würde Clarinda sterben.

»Nehmt mich«, erklärte Ash grimmig. »Wenn du mein Blut willst, dann kannst du mich auspeitschen. Oder mir den Kopf abschlagen. Es ist mir gleich, was du mir antust. Aber lass sie gehen.«

»Nein!«, rief Clarinda und versuchte, sich aus Ashs Armen zu winden. »Ich gehe mit dir zurück! Ich tue, was immer du willst! Nur tu ihm nichts an!«

Das Letzte, was einer von ihnen erwartet hätte, war, dass Farouk als Reaktion darauf den Kopf in den Nacken warf und aus vollem Halse lachte. »Ich kann mich gar nicht entscheiden, welcher von euch beiden der größere Narr ist. Sie ist willens, ihren Körper für dich zu opfern, während du dein Leben für ihres bietest. Was für eine rührende – und fast übelkeitserregende – Szene.« Er schüttelte verächtlich den Kopf, dann sah er zu Clarinda. »Möge dein Gott diesem armen Verlobten von dir beistehen, wenn er dich so liebt, wie ich es getan habe.«

»Du hast mich nie geliebt!« Nicht länger bereit, sich hinter irgendeinem Mann zu verstecken, gelang es Clarinda endlich, sich aus Ashs Armen zu befreien. »Oh, du hast mich begehrt, keine Frage, und mochtest mich vielleicht sogar. Aber du hast mich nie geliebt!«

Farouks Nasenflügel blähten sich vor Zorn, fast wie bei seinem Hengst. »Wie kannst du – eine schlichte Frau – es wagen, zu behaupten, du wüsstest, was ich – der Erhabene Sultan von El Jadida – fühle?«

»Was fühlst du denn genau jetzt, Farouk?« Clarinda machte einen Schritt auf ihn zu, sie zwang Ash dadurch, seine Pistole zu senken. »Fühlst du dich, als habe jemand dir einen dieser großen Dolche, für die du so eine Vorliebe zu haben scheinst, mitten ins Herz gestoßen? Weinst du in dein Kissen, bis du schließlich vor Erschöpfung einschläfst, um am nächsten Tag aufzuwachen und gleich wieder mit dem Weinen zu beginnen?« Sie machte noch einen Schritt vor, sie wusste genau, dass Ash auf jedes ihrer Worte lauschte, während sie die dunkelsten Stunden ihres Lebens beschrieb. »Träumst du von einem Tag, an dem du wieder in der Lage bist einzuatmen, ohne das

Gefühl zu haben, als habest du einen Beutel voll Glassplitter verschluckt?« Sie blieb direkt vor Farouk stehen und bohrte ihm ihren Zeigefinger in die Brust. »Das nämlich ist Liebe. So fühlt es sich an, wenn das, was du am meisten liebst, dir entrissen wird.« Sie schüttelte den Kopf und blickte ihn mit aufrichtigem Bedauern an, als ihr wieder einfiel, welche Freundlichkeit er ihr gegenüber gezeigt hatte. »Ich habe dir nicht das Herz gebrochen, Farouk. Ich habe nur deinen Stolz verletzt.«

Farouk starrte sie einen Moment lang finster an, dann warf er verzweifelt die Hände in die Luft. »Was soll ich nur mit euch beiden machen? Soll ich etwa zulassen, dass die Kränkung meines Stolzes und die Beleidigung der Ehre meiner Vorfahren ungesühnt bleiben? Wenn ich euch jetzt ziehen lasse, kann ich nie mehr hoch erhobenen Hauptes durch mein Reich gehen.«

Niemand hatte gemerkt, dass Poppy aus dem Sattel des Kastanienbraunen geglitten war, bis sie Farouk am Ärmel zupfte. »Ich glaube, ich habe eine Lösung für Ihr Problem, Majestät. Sie können mich statt ihrer behalten.«

»Poppy, nein!«, rief Clarinda entsetzt, dass ihr Trotz zu dieser Situation geführt hatte.

Ohne Clarinda Beachtung zu schenken, sprach Poppy weiter zu Farouk, als seien sie die beiden einzigen Menschen am Strand. »Haben Sie mir nicht gesagt, eine Frau sei so gut wie die andere in Ihrem Bett? Und denken Sie nur, wie herrlich rachsüchtig Sie erscheinen, wenn alle Welt denkt, Sie hätten Clarinda ihre liebste Freundin entrissen und sie gezwungen, ihre Konkubine zu werden, um Clarinda dafür zu bestrafen, dass sie mit Captain Burke davongelaufen ist.« Hinter ihren Brillengläsern funkelten Poppys Augen vor Begeisterung, als sie die Stimme zu einem Bühnenflüstern senkte. »Sie können mich sogar für ein paar Tage im Kerker an die Wand ketten, wenn Sie dadurch böser wirken.«

Farouk schaute Poppy eine Weile lang ausdruckslos an, ehe er einen drohenden Schritt auf sie zu machte. »Ihr Versuch, Ihre Freundin vor meinem Zorn zu bewahren, zeugt von höchstem Edelmut, Miss Montmorency. Aber wenn Sie glauben, dass Sie so leicht davonkommen, irren Sie.«

Sichtlich beunruhigt von dem Ausdruck in seinen Augen begann Poppy, vor ihm zurückzuweichen. »Sie unterschätzen meinen Rachedurst. Ich bin nicht gewillt, Sie zu meiner Konkubine zu machen. Ich werde Sie zu meiner Ehefrau machen.« Clarinda blieb vor Schreck der Mund offen stehen, als er Poppy verfolgte. »Auf diese Weise habe ich ein Leben lang Zeit, Sie für die Missetaten Ihrer Freundin zahlen zu lassen.«

Poppy hörte auf rückwärtszugehen, sie blieb stehen und stemmte die Hände in die Hüften. »Ich habe sehr wohl meinen Stolz. Was lässt Sie glauben, ich würde mich soweit erniedrigen, einen derart romantischen und von Herzen kommenden Antrag anzunehmen?«

»Das hier.« Damit riss Farouk sie in seine Arme und küsste sie ohne eine Unze der höflichen Zurückhaltung, die er Clarinda gegenüber stets bewiesen hatte. Clarinda und Ash wechselten einen verblüfften Blick, und endlich war auch Luca einmal sprachlos.

Yasmin verdrehte die Augen. »Das klingt für mich nach einem fairen Handel. Die dumme Kuh ist groß genug, um zwei von uns zu ersetzen.«

Der Kuss zog sich derart in die Länge, dass Farouks Wachen begannen, unbehaglich mit den Füßen zu scharren und zu Boden zu starren. Farouk musste nicht befürchten, dass sie irgendetwas davon weitererzählen könnten, was sie gesehen hatten. Dazu lag ihnen zu viel an ihren Zungen.

Schließlich löste sich Farouk von Poppy und hob eine Hand, um ihr das Haar aus der Stirn zu streichen, während er ihr zärtlich in die Augen schaute. »Ich trage für die Frauen, die bereits unter meinem Schutz stehen, Verantwortung. Ich kann dich nicht zu meiner einzigen Frau machen, wie es bei deinem Volk Sitte ist. Aber ich schwöre dir beim Blut meiner Ahnen, dass du meine letzte Ehefrau sein wirst.«

Poppy krauste die Nase. »Nun, in dem Fall lautet meine Antwort ›Ja‹.«

Für Clarinda wurden plötzlich mehrere Puzzlestückchen an die richtige Stelle gerückt. »Wartet mal eine Minute«, verlangte sie.

Farouk und Poppy sahen sie an, sie wirkten wie zwei Kinder, die mit den Händen in der Keksdose erwischt worden waren.

Clarinda richtete anklagend einen Finger auf Farouk. »Als du in dem Hammam neulich morgens die ganze Zeit davon geredet hast, es gebe nur eine Frau für jeden Mann, und sie zu erwählen hieße, das eigene Schicksal anzunehmen, da ging es gar nicht um mich, oder?«

Auf Farouks Stirn bildete sich eine steile Falte. »Woher weißt du davon?«

»Das tut jetzt nichts zur Sache.« Clarinda richtete ihre Aufmerksamkeit auf Poppy. »Und dieser große Korb

Ktefa, den Farouk in den Harem geschickt hat, war auch nicht für mich, nicht wahr? Er war für dich. Er hat dir hinter meinem Rücken den Hof gemacht, oder?« Clarinda hob mahnend den Finger. »Du listiger Fuchs. Du solltest dich schämen.«

Er schaute sie nur hochmütig an.

»Aber ich sehe, dass du das nicht tust. Und Poppy, du bist eine hinterlistige kleine Betrügerin!«, erklärte Clarinda, die nicht länger in der Lage war, ihr Entzücken über diese unerwartete Entwicklung zu verbergen. »Du hast schließlich doch noch ein Geheimnis gefunden, das du bewahren kannst!«

Poppy antwortete mit einer Geste: Sie tat so, als verschlösse sie sich den Mund und werfe den Schlüssel dann über ihre Schulter.

Der strahlenden Poppy einen Arm um die Schultern legend, als gehöre er schon immer dorthin, ließ Farouk seinen strengen Blick über Clarinda und Ash gleiten. »Da Miss Montmorency sich so edelmütig bereit erklärt hat, deine Schuld zu bezahlen, steht es euch frei zu gehen. Aber ich will mein Pferd zurück.« Er gab einer seiner Wachen ein Zeichen. »Du kannst stattdessen den Kastanienbraunen nehmen.«

»Bist du verrückt geworden?« Tarik eilte vor Wut schnaubend nach vorn. »Ich kann nicht glauben, dass du ihn einfach gehen lassen willst. Himmel, vielleicht steckt am Ende er selbst hinter den Anschlägen auf dein Leben! Ist er nicht an genau dem Tag aufgetaucht, als du zum ersten Mal angegriffen worden bist? Und war er nicht auch bei dir an dem Tag im Hof, als der Stein dich fast erschlagen hätte?«

»Er war derjenige, der mir das Leben gerettet hat«, erwiderte Farouk geduldig.

Tarik wirbelte herum und deutete anklagend auf Luca. »Was ist mit ihm? Wo war der Zigeuner, als der Stein fiel? Weiß das irgendjemand?«

»Es gibt da eine gewisse Sklavin, die Angaben zu meinem Aufenthalt an diesem Nachmittag machen könnte«, bot Luca an.

Ash trat vor und erklärte ruhig: »Vielleicht solltest du deinen Onkel fragen, wo er an diesem Tag war.«

Tarik starrte Ash eine volle Minute lang an, ehe er hervorstieß: »Hör nicht auf ihn! Warum solltest du diesem Ungläubigen und seiner Hure auch nur ein Wort glauben? Sie haben doch bereits bewiesen, dass nichts als Gift und Lügen über ihre Lippen kommt.«

Farouk blickte misstrauisch zu Ash. »Was willst du damit sagen?«

Ash zuckte die Achseln. »Manchmal muss ein Mann gar nicht außerhalb der Mauern seines Hauses nach Feinden suchen.«

Langsam drehte Farouk sich um, um seinen Onkel zu mustern, und der Unglauben auf seinem Gesicht wich langsam angewiderter Wut. »Du? Du versuchst, den einzigen Sohn deines eigenen Bruders umzubringen? Dein eigenes Fleisch und Blut?«

Tarik hob eine Hand, wie um einen Schlag abzuwehren. »Die Attentäter sollten dich nicht umbringen.« Zu spät erkannte er seinen Fehler. Alle Farbe wich ihm aus den zornroten Wangen. »Sie sollten dich nur verwunden. Um dich wütend zu machen.«

Nach dem mörderischen Funkeln in Farouks obsidianschwarzen Augen zu schließen, hatte Tarik seinen Neffen wütender gemacht, als der es sich je hätte träumen lassen.

»Und was ist mit dem Steinblock? Sollte der mich auch nur *verletzen*?«

»Eine kleine Fehlberechnung. Du warst dichter an der Wand als mir klar war. Begreifst du nicht?«, fragte Tarik und entfernte sich einen Schritt weit von seinem Neffen. »Ich habe es nur zu deinem Besten getan. Zum Wohl von El Jadida. Ich musste dich doch aufwecken, auf die Gefahren aufmerksam machen, die uns von allen Seiten drohen. Du musst begreifen, dass du es dir nicht leisten kannst, in deiner Wachsamkeit nachzulassen oder mit denen zu verhandeln, die dir schaden wollen und sich nehmen, was rechtmäßig dir gehört. Der einzige Weg für einen Mann, sich als der wahre Löwe von El Jadida zu beweisen, besteht nicht aus Verträgen oder einer Einladung an seine Feinde, gemeinsam das Brot zu brechen, sondern ihm auf einem Schlachtfeld mit einem Schwert in der Hand und dem Schlachtruf auf den Lippen gegenüberzutreten.«

»Also möchtest du, dass ich unsere unschuldigen Nachbarn überfalle, während mein wahrer Feind an meinem Tisch sitzt und mit mir das Brot bricht?« Sacht schob er Poppy zur Seite, dann nahm er einer seiner Wachen den Säbel aus der Hand und ging damit auf seinen Onkel zu.

Tarik wich ängstlich zurück, aber er konnte nirgendwohin fliehen, um dem drohend nahenden Schatten seines Neffen zu entkommen. »Bitte, mein Sohn. Ich flehe dich an … Gnade …«

»Ich bin nicht dein Sohn!«

Farouk holte mit der Waffe aus, und die Klinge glänzte im Mondschein. Ash zog Clarinda in seine Arme und drückte ihr Gesicht an seine Brust. Sie klammerte sich an sein Gewand und kniff die Augen zu, sie wünschte, sie könnte auch ihre Ohren verschließen, um das Geräusch nicht hören zu müssen, das kommen musste.

Stattdessen jedoch hörte sie Poppys fröhliche Stimme. »Mir kommt gerade der Gedanke, Majestät, wenn ich nun doch nicht im Kerker an die Wand gekettet werden soll, wäre da ja jetzt Platz. Und welch besseren Weg kann es geben, El Jadida in eine neue Ära zu geleiten, als Ihren Untertanen zu zeigen, dass Gnade und Erbarmen nicht Zeichen von Schwäche, sondern ein Maßstab für die Stärke eines Herrschers sind.«

Clarinda wagte es, einen Blick auf Farouk zu werfen, sie rechnete damit, dass er Poppy, die schließlich nur eine Frau war, zurechtweisen würde, weil sie es gewagt hatte, sich in Männerangelegenheiten einzumischen.

Doch Farouk ließ langsam den Säbel sinken, und die Wut auf seinem Gesicht wich einer verächtlichen Miene. »Schafft mir den Verräter aus den Augen.«

Tarik brach auf dem Sand zusammen und stammelte Unverständliches auf Arabisch. Während ihn zwei der Wachen auf die Füße zerrten und zu ihren Pferden schleppten, wandte Farouk sich wieder an Ash und Clarinda.

»Bevor ihr geht«, sagte er zu Ash, »möchte ich mit Miss Cardew sprechen. Unter vier Augen.«

Ashs Arm um Clarinda versteifte sich, aber sie antwortete: »Das ist in Ordnung, gerne.« Sie löste sich sacht aus Ashs Griff.

Ash verschränkte die Arme vor der Brust und schaute zu, wie sie mit dem Sultan zum Wasser ging, ohne sie auch nur eine Sekunde aus den Augen zu lassen.

Farouk legte ihr behutsam die Hände auf die Schultern, er blickte ihr mit einer bittersüßen Mischung aus Zärtlichkeit und Bedauern ins Gesicht. »Ich wollte dir nur sagen, dass du recht hattest. Ich habe dich nie geliebt. Aber ich hatte dich sehr, sehr gerne. Bis du kamst, bin ich nie auf den Gedanken gekommen, dass eine Frau mehr sein könnte als ein warmer Körper neben mir im Bett. Dass sie meine Freundin sein könnte. Denn das warst du.«

Sie lächelte ihn an. »Wenn du Poppy irgendetwas antust – ihr das Herz brechen beispielsweise –, werde ich nicht länger deine Freundin sein. Und ich kann dir versichern, ich bin eine furchtbare Feindin.«

Der Blick, den er Poppy zuwarf, bewies, dass keine Gefahr dafür bestand. »Ich werde ihr Herz wie meinen größten Schatz hüten und mit meinem Leben schützen. Das schwöre ich bei der Ehre meiner Vorfahren.«

Clarinda stellte sich auf die Zehenspitzen, warf ihm die Arme um den Hals und umarmte ihn kurz, aber fest. »Danke«, flüsterte sie, überrascht, dass ihr die Kehle ganz eng wurde. »Für alles.«

Farouk kehrte an Poppys Seite zurück, während Clarinda sich zu Ash stellte und endlich die laue Abendbrise und das Plätschern der Wellen auf dem Sandstrand genießen konnte. Eine der Wachen hatte, während sie sich von Farouk verabschiedete, den Kastanienbraunen gegen den prächtigen Hengst eingetauscht.

Ash hielt die Zügel in der Hand und schaute sie an, seine bernsteinfarbenen Augen glitzerten so unergründlich wie der Wüstensand. »Eine Minute lang dachte ich, du würdest deine Meinung ändern und Farouk bitten, dich wieder mit in seinen Harem zu nehmen.«

»Himmel, Captain Burke«, erwiderte sie und konnte der Versuchung nicht widerstehen, ihm ein spöttisches Lächeln zuzuwerfen, »für einen Mann, der nur seinen Auftrag erledigt, haben Sie aber einen befremdlichen Hang zur Eifersucht.«

Kapitel siebenundzwanzig

Clarinda saß auf einem Felsen in der Nähe der leise gurgelnden Quelle und schaute in den Himmel. Nach den Monaten in Gefangenschaft war das endlose Firmament voller Sterne fast zu viel für ihre Augen. Als sie die Oase in der Ferne im Mondschein hatten auftauchen sehen, nachdem sie sich über drei Stunden durch die sich stetig wandelnde Sandlandschaft der Wüste gekämpft hatten, hatte sie geglaubt, es sei eine Fata Morgana, ein Streich, den ihr geschwächter Körper und ihr müder Verstand ihren Sinnen spielte. Aber als sie näher kamen, war die Oase nicht verschwunden, sondern war immer größer und verlockender geworden. In der Mitte lag ein Teich, der auf einer Seite mit sich im Wind wiegenden Palmen gesäumt war, auf der anderen Seite bot er freien Blick auf den glitzernden Sand und den samtigen Himmel.

Mit Farouks Segen hatten sie der Küste den Rücken gekehrt und waren landeinwärts durch die Wüste geritten. Wenn einer von ihnen es seltsam fand, dass der Sultan sie mit seinen Wachen verfolgt hatte und dabei einen Extravorrat an Wasser und Nahrungsmitteln sowie ein kleines Zelt mitgebracht hatte, so hatten sie es nicht erwähnt. Sie hatten ihm einfach für seine Großzügigkeit gedankt und geduldig gewartet, während Clarinda und Poppy sich ein zweites Mal unter Tränen verabschiedeten.

Die Hände in die weiten Ärmel ihres Gewandes steckend, rieb sich Clarinda dic Arme, um die nächtliche Kälte zu vertreiben. Sie würde ihre treue Freundin sehr vermissen, mehr als sie sagen konnte. Poppy hatte versprochen, Farouk dazu zu überreden, so bald wie möglich zu einem Besuch nach England zu kommen. Angesichts der liebevollen Blicke, mit denen der Sultan ihre Freundin betrachtete, hatte Clarinda keinen Grund, an Poppys Überredungskunst zu zweifeln. Sie schüttelte den Kopf und wunderte sich erneut über die merkwürdigen Wege der Herzensangelegenheiten.

Ihr eigenes Herz klopfte schwer in ihrer Brust, als sie Schritte hinter sich auf dem Sand hörte. Ash legte ihr den Umhang, den er auf der Flucht aus dem Sultanspalast getragen hatte, um die Schultern und hüllte sie in seine Wärme und seinen männlichen Duft ein. »Die meisten Menschen ahnen nicht, wie kalt es nachts in der Wüste sein kann«, sagte er und stützte sich mit einem Fuß auf dem Felsen ab, auf dem sie saß.

Er legte den Kopf in den Nacken, um den Himmel zu betrachten, sein Profil war so unergründlich wie das glitzernde Firmament. Er trug nur Hose und Hemd, hatte die Ärmel aufgekrempelt, sodass seine starken Unterarme zu sehen waren, die von einem Flaum hellbrauner Härchen überzogen waren.

Das Zelt, in dem sie übernachteten, war am anderen Ende des Teiches unter den schützenden Palmwedeln aufgebaut. Dennoch durchdrang Yasmins schrille Stimme mühelos die Stille der Wüstennacht. »Du bist ein Schweinehund. Deine Mutter war ein Schwein und dein Vater ein Hund!«

»Ah! Cara mia! Wie anbetungswürdig du bist, wenn du so süße Worte zu mir sprichst.«

Lucas zärtliche Antwort entlockte Yasmin einen Schrei, gefolgt von dem Geräusch zersplitternder Tongefäße.

Dann herrschte unheilvolles Schweigen.

»Sie streiten sich, seit wir die Küste hinter uns gelassen haben. Denkst du, sie haben sich jetzt umgebracht?«, fragte Clarinda, die sich eher um Luca als um Yasmin sorgte.

»Ich wette, sie sterben in den Armen des jeweils anderen, noch ehe die Nacht um ist«, erwiderte Ash geheimnisvoll. »Oder wenigstens bevor wir Max' Lager erreichen.«

»*Max?*«, wiederholte Clarinda fast starr vor Schreck. »Maximillian ist hier? In Marokko?«

Ash nickte. »Er hat mit seinen Männern gleich außerhalb von Marrakesch ein Lager aufgeschlagen. Wir dürften nicht mehr als drei Tage benötigen, um dorthin zu kommen.«

Drei Tage, dachte Clarinda und spürte, wie ihr Herz ganz taub wurde.

Die ganze Zeit über hatte sie sich vorgestellt, dass ihr Verlobter hinter irgendeinem Schreibtisch in seinem Außenposten in Burma saß, nicht in einem Lager, das drei Tage von dem Ort entfernt lag, wo sie in Farouks Harem gefangen gehalten wurde. Sie hatte angenommen, Ash würde sie mit einem Schiff nach Burma bringen, sodass sie viele lange Tage – und Nächte – zusammen auf See verbringen würden, bevor er dieses Mal für immer aus ihrem Leben verschwand.

Drei Tage waren ein Augenzwinkern, nachdem sie fast

ein Jahrzehnt auf ihn gewartet hatte. Bis er auf dem Hof vor Farouks Palast wie ein Trugbild aufgetaucht war, hatte Clarinda gar nicht gewusst, dass sie immer noch gewartet hatte. Sie hatte wirklich geglaubt, sie habe sich der Zukunft zugewandt, einer Zukunft mit Max. Einer Zukunft ohne Ash.

Was genau das war, was sie jetzt bekommen würde.

Immer noch den Himmel studierend, sagte Ash: »Max und ich sind nicht immer perfekt miteinander ausgekommen, aber er wird dir ein guter Ehemann sein. Zuverlässig und treu.«

»Ich weiß«, sagte sie, unfähig zu widersprechen, obwohl seine Worte sie tief trafen.

»Du musst ihm nicht erst Sachen an den Kopf werfen, um seine Aufmerksamkeit zu gewinnen, oder dir Sorgen machen, dass er bis ans Ende der Welt rennt, um irgendeinem albernen Traum nachzujagen.«

»War das der Grund, weswegen du mich verlassen hast?« Sie bemühte sich um einen leichten Tonfall, um den Schmerz zu verbergen, der immer noch an ihr nagte. »Um fremde Länder zu sehen? Wundersame Orte, die du nie kennengelernt hättest, wenn wir uns in der Mansardenwohnung niedergelassen hätten?«

»Ich habe Geschöpfe im indischen Regenwald gesehen, die so wunderlich und selten sind, dass sie keinen Namen haben. Ich bin auf einem Elefanten durch die afrikanische Steppe, durch eine unendlich weite Landschaft geritten. Ich habe die Sonne über den uralten Pyramiden von Gizeh auf und wieder untergehen sehen. Ich bin durch die ganze Welt gereist und habe Sehenswürdigkeiten besichtigt, von denen die meisten Menschen nicht einmal zu träumen wagen.« Er drehte sich zu ihr um, schaute ihr in die Augen, und seine eigenen glühten wie Rauchtopaze im Sternenlicht. »Aber ich habe nirgends irgendetwas gesehen, was sich mit dir vergleichen ließe.«

Clarinda erhob sich, stellte sich vor ihn, und sein Umhang glitt ihr von den Schultern. In diesem Augenblick gab es kein Gespenst aus der Vergangenheit und kein Traumbild der Zukunft. Keine Fragen, keine Reue. Es gab nur heute Nacht, diesen Ort – eine paradiesische Oase in dem sich wandelnden Sand der Zeit.

»Stimmt es, was die Skandalblätter über dich schreiben, Captain Burke? Dass du ein Vermögen aus Gold und Edelsteinen ausgeschlagen hast, als du die Hindu-Prinzessin gerettet hattest?«

»Ja.« Sein Blick fiel auf ihre Lippen. »Und das alles für einen einzigen Kuss.«

»Wer bin ich, dir eine solche Belohnung zu verwehren?«, fragte Clarinda leise. Nach einem winzigen Zögern nahm Ash ihr Gesicht zwischen seine warmen Hände und senkte seinen Mund auf ihren. In der Sekunde, da ihre Lippen sich berührten, wusste sie, dass keiner von ihnen beiden sich mit einem Kuss zufriedengeben könnte.

Aber er bemühte sich dennoch, ein Mann zu sein, der zu seinem Wort stand. Er stahl ihr keine Küsse, die er nicht verdient hatte, sondern verwöhnte ihre Lippen. Jedes federleichte Streichen seines Mundes über ihren goss Wasser auf die verdorrte Wüste, die ihr Herz ohne ihn geworden war, und sandte Spiralen der Sehnsucht durch sie. Seine Zungenspitze glitt über den Saum ihrer Lippen, neckte sie und spielte mit ihr, machte es ihr unmöglich, zu widerstehen oder Einspruch zu erheben, als er ihre Lippen mit seinen teilte und sie mit seiner Zunge liebkoste, so wie er es einst mit seinem Körper getan hatte.

Als sie auf diese unausgesprochene Herausforderung antwortete, seinen Mund mit ihrer Zunge leidenschaftlich erkundete, schlang er seine Arme um sie, schmiegte sie an seinen Körper, als habe sie immer schon dorthin gehört.

Sie war für diese Stütze dankbar, weil ihre Knie drohten, unter ihr nachzugeben, als er seinen Kopf senkte und mit seinen warmen feuchten Lippen über ihren Hals strich, wo er den Puls suchte, der unter ihrer seidenweichen Haut wie wild zu pochen begonnen hatte. Er pochte für ihn, ihn allein, antwortete auf jede samtige Liebkosung wie eine primitive Trommel. Sie war gezwungen, sich noch enger an ihn zu klammern, als seine Lippen sich über dieser empfindsamen Stelle schlossen, sacht daran saugten, bevor er mit den Zähnen ganz behutsam daran knabberte und sie so als die Seine brandmarkte.

Sie wandte den Kopf, wollte verzweifelt so viel wie möglich von ihm schmecken. Mit ihren Lippen fuhr sie hungrig über sein Kinn und genoss das Kratzen seiner Bartstoppeln auf ihrer Haut. Aber diese Kostprobe von ihm weckte ihren Hunger nur noch weiter. Sie riss die Vorderseite seines Hemdes mit beiden Händen auf, ohne sich darum zu scheren, dass es das einzige war, das er noch besaß. Mit dem Mund erkundete sie seine breite Brust, die starken Muskeln und Sehnen, schmeckte seine salzige, leicht würzige Haut.

Er umfing ihren Po mit beiden Händen, hob sie an und presste sie so fest an sich, dass sie das volle Ausmaß seines Verlangens an ihrem Bauch spüren konnte. Sie keuchte, denn sie hatte vergessen, wie stark er war, wie herrlich.

Sein warmes Lachen strich zärtlich über ihr Ohr. »Du musst nicht so tun, als seist du beeindruckt, Liebling. Warst du es nicht, die Poppy erzählt hat, ich würde die übertriebenen Geschichten meiner Abenteuer verbreiten, um meine unzulängliche Grö…«

Dieses Mal war sie es, die seine Lippen mit zwei Fingern verschloss, ehe sie gestand: »Ich habe gelogen.«

Er schaute sie an, und in seinen Augen stand fast so etwas wie Müdigkeit, aber in ihnen glühte auch Verlangen, als sie mit ihrer Hand unter sein offen stehendes Hemd fuhr, ihm über den Oberkörper und den muskulösen Bauch strich, bis sie ihn mit ihren Fingern schließlich durch das Wildleder seiner Hose streifte.

Er warf den Kopf in den Nacken und stöhnte heiser. »Ich bin mir nicht sicher, was für ein Elixier du jetzt getrunken hast«, stieß er durch zusammengebissene Zähne hervor, »aber ich kann nur hoffen, du hast ein ganzes Fass davon auf Vorrat.«

Während Clarinda jeden harten pochenden Zoll von ihm erforschte und zusah, wie seine Gesichtsmuskeln sich verspannten, fühlte sie sich jedenfalls wie trunken. Trunken vor Sehnsucht. Trunken vor Macht. Trunken vor Begierde.

Ash rächte sich, indem er eine ihrer Brüste mit seiner Hand umschloss, sie drückte, sacht rieb und mit dem Daumen immer wieder die zarte Spitze reizte, sodass Flammenzungen durch ihr Blut rasten, die sie an Ort und Stelle zu verzehren drohten.

Dann lagen seine Hände auf ihren Schultern und zogen ihr behutsam das schwarze Gewand aus, sodass es hinter ihr in den Sand flatterte. Darunter trug sie nur die durchsichtige Seide, in der sie in Farouks Bett hätte erscheinen sollen.

»Gütiger Himmel, Frau«, brummte er, als er ihren Hinterkopf umfing und sie sacht auf den Leinenstoff des Umhangs bettete, »was ich mit dir anstellen würde, wenn ich dich je in ein anständiges Bett bekäme.«

Als er seinen Mund wieder auf ihren senkte, konnte sich Clarinda kein passenderes Lager für sie vorstellen, als dieses aus Sand neben einem leise plätschernden Teich unter einem Himmel mit zahllosen funkelnden Sternen.

Während er den Kuss vertiefte, legte sich Ash auf sie und presste vorsichtig ein Knie zwischen ihre Schenkel. Sie fuhr ihm mit den Händen durch die drahtigen Haare und hob sich ihm entgegen, rieb sich an ihm, um Erleichterung für das Sehnen zu finden, das sich in Wellen von der Stelle, an der er sie berührte, auszubreiten begann.

Als er sich nach ein paar Minuten dieser erlesenen Folter von ihr löste und zur Seite rollte, stöhnte sie gegen seine Herzlosigkeit protestierend. Sie öffnete die Augen, um ihn finster anzusehen, und entdeckte, dass er mit dem Kopf in eine Hand gestützt neben ihr lag.

»Ist dir eigentlich bewusst, dass ich dich noch nie vollkommen nackt gesehen habe? Nun, in meinen Träumen natürlich schon.«

Clarinda runzelte die Stirn, sie kehrte in Gedanken zu dem bewussten Morgen auf der Wiese zurück. Sie waren beide noch so jung und wie im Fieber gewesen, sie hatten so verzweifelt zu Ende führen wollen, was sie begonnen hatten, bevor sie den Mut verloren. Sie erinnerte sich daran, wie Ash ungeduldig ihr Nachthemd hochgezogen hatte, während sie sich unbeholfen an den Verschlüssen seiner Hose zu schaffen machte, bis er ihre beiden Hände in seine nahm und die Aufgabe für sie beendete. Sie war so in diesen Erinnerungen versunken, dass sie einen Augenblick brauchte, bis der zweite Teil von Ashs Äußerung zu ihr durchdrang.

Da verzogen sich ihre Lippen zu einem erfreuten Lächeln. »Hast du wirklich von mir geträumt?«

»Jede Nacht«, gestand er ernst. »Ohne Pause.«

»War ich in den meisten deiner Träume nackt?«

Er nickte. »Bis auf die, in denen du nichts als Strumpfbänder, Seidenstrümpfe und hochhackige rote Samtschuhe mit juwelenbesetzten Schnallen anhattest. Die waren mir allerdings fast am liebsten.«

»Ich habe auch von dir geträumt«, gestand sie und senkte die Augen.

»Ich hoffe doch, ich hatte nicht auch Strumpfbänder, Strümpfe und hochhackige Schuhe an.«

»Natürlich nicht. Allerdings hast du manchmal Handschellen getragen. Oder auch eine Henkerschlinge.«

»Rachsüchtige kleine Hexe.« Der Blick, den er ihr aus schmalen Augen zuwarf, sandte ihr einen neuen Schauer über den Rücken. »Findest du nicht, dass es Zeit wird, diese Träume zu verwirklichen?«

Sie nickte langsam und erteilte ihm die Erlaubnis, sie vorsichtig aus den seidenen Tüchern zu schälen, bis sie im Sternenschein nackt vor ihm lag, völlig bloß und restlos schutzlos.

Clarinda musste den Drang beherrschen, sich mit den Händen zu bedecken wie eine schüchterne Jungfrau, während sein Blick unter schweren Lidern über sie glitt, an den vollen Brüsten mit den rosigen Spitzen verweilte, ihrer schmalen Taille und an den silbrigen Locken über ihrem Schritt, ehe er wieder zu ihrem Gesicht zurückkehrte.

»Himmel, Clarinda«, flüsterte er heiser. »Du weckst den Wunsch in mir, ein Sultan zu sein. Damit ich dich mitnehmen und in meinen Harem einsperren kann, um dich vor den Augen anderer Männer zu verstecken. Ich wäre nicht so großzügig wie Farouk. Ich würde dich an meinen Diwan ketten und dich dort lassen, damit ich jederzeit zu dir kommen kann, Tag und Nacht, und dir Lust schenken, bis du alle Gedanken an Flucht aufgibst und mich anflehst, dich nie wieder fortzulassen.«

Clarinda holte bebend Luft, sie war durch die Macht dieser bedrohlichen Fantasie tiefer bewegt, als sie je zugegeben hätte.

Sein Blick wanderte erneut an ihr herab. »Ist es wahr, dass die Frauen im Harem dir beigebracht haben, wie du dich berühren musst, um die größte Lust zu empfinden?«

»Ja«, antwortete sie vorsichtig.

»Wo?«

Clarinda schaute ihn tadelnd an, es beschämte sie, dass er sie immer noch vor Verlegenheit erröten lassen konnte – trotz allem, was sie mittlerweile durchgemacht hatten, trotz allem, was sie getan hatten. »Du weißt sehr gut, wo.«

Sein Mund verzog sich langsam zu einem unartigen Lächeln. »Zeig es mir.«

Sie wussten beide, dass sie einer so unverhohlenen Herausforderung nicht widerstehen konnte. Sie sandte ihm einen provozierenden Blick und strich mit ihrer Hand über ihren Bauch zu ihrem Schritt. Als sie mit dem Finger in die Falten tauchte, verschwand Ashs Lächeln, und seine Züge wurden so hart und gefährlich wie die eines Wüstenkriegers.

Seine Hand schoss vor, hielt ihr Handgelenk fest, so wie er es in der Nacht im Harem getan hatte. »Es besteht keine Notwendigkeit, dass eine Dame sich selbst um ihr Vergnügen kümmert, solange ein Gentleman anwesend ist, der sich liebend gern der Aufgabe widmen würde.«

»Sie, mein Herr«, murmelte sie und presste ihre Lippen auf die entblößte Hautstelle unter seinem Ohr, »sind kein Gentleman.«

Sein verwegenes Grübchen erschien erneut. »Ich werde dafür sorgen, dass du dafür dankbar bist, noch ehe die Nacht um ist. Warte es nur ab.«

Wie um seine anmaßende Behauptung zu unterstreichen, fuhr er ihr mit den Fingern durch die seidenweichen Haare an ihrer Scham, was er sich versagt hatte, solange sie sich unter dem Einfluss des Elixiers befand. Er streichelte sie und sandte damit einen köstlichen Schauer durch ihren Körper.

Nachdem sie die herrliche Macht seiner Hände bereits kennengelernt hatte, bemerkte Clarinda erschrocken, dass ihre Lust durch die Tatsache, dass sie völlig klar im Kopf war, nicht gemindert sondern verstärkt wurde. Natürlich würde sie, wenn Ash sie weiter so berührte, nicht lange bei klarem Verstand bleiben. Er würde sie vor Verlangen wahnsinnig machen.

Jedes wissende Streicheln seiner Fingerspitze vertiefte ihre Folter, raubte ihr jeden Stolz und brachte sie der Verlockung einen Schritt näher, alle Vernunft aufzugeben und ihn darum anzubetteln, sie zu nehmen, wie in der Nacht im Harem. Dieses Mal konnte sie ihr liederliches Verhalten nicht einmal auf die Wirkung eines Tranks schieben. Seine Berührung berauschte sie, ihre Sinne taumelten vor Lust.

Ihre Schenkel spreizten sich, als seine Hand weiter glitt. Sie konnte spüren, wie sie sich ihm öffnete, wie eine exotische Blüte aus Farouks Garten überbrachte ihr Körper Ash eine Einladung, der er nicht widerstehen konnte. Sie schnappte nach Luft, als sein Finger in sie drang und behutsam gegen den Widerstand drückte, der ihm dort begegnete.

Es war so lange her. Zu lange …

Als er einen zweiten Finger zu Hilfe nahm, konnte Clarinda nur keuchen und sich in hilflosem Entzücken winden, als dann ein dritter nachkam, musste sie ihre Zähne in Ashs Schulter graben, um ein Stöhnen zu unterdrücken. Er nutzte die Feuchtigkeit aus, die er ihrem Körper entlockt hatte, um mit seinen Fingern noch tiefer in sie zu dringen, sie zu füllen und sie auf das Wunder vorzubereiten, das noch kommen würde. Während er sie liebkoste und immer neue Schauer der Lust durch ihren bebenden Leib sandte, blieb ihr nichts anderes übrig, als dazuliegen und sich unter seiner Hand zu winden, Sklavin seiner meisterlichen Berührung.

Sie war so in den beseligenden Gefühlen verloren, dass sie erst nicht bemerkte, wie Ash eine Spur aus Küssen über ihren Bauch zog. Dann aber wurde sie gewahr, was er tat.

»Was machst du da?«, verlangte sie atemlos von ihm

zu wissen, während er mit seiner Zunge ihren Bauchnabel erkundete.

Er stützte sich auf einer Hand ab und schaute ihr in die Augen; sein wilder Gesichtsausdruck verriet ihr, was ihn seine Beherrschung kostete. »Als Max mich aufgespürt hat, stand ich gerade einem Erschießungskommando gegenüber. Wenn ich an dem Tag gestorben wäre, hätte ich dich als Geist heimgesucht und dir keine Ruhe gelassen. Dazu war ich fest entschlossen.«

»Du hast mir nie meine Ruhe gelassen«, sagte sie leise und legte ihre Hand in seinen Nacken, sie zog seinen Mund wieder auf ihren und küsste ihn voller Leidenschaft.

Dieses Mal erwiderte Ash den Kuss nicht, er verschlang sie vielmehr. Es war, als könnte er sich nicht länger damit zufriedengeben, sich an ihren Lippen und an ihrem Körper zu laben, sondern müsse auch ihr Herz bekommen. Und in dem Augenblick hätte sie es ihm bereitwillig überlassen, gemeinsam mit ihrer Seele.

Als er in sie kam und sich in ihr zu bewegen begann, verschwand die züchtige englische Dame, die sie sich bemüht hatte zu werden, und das wilde Kind kam wieder zum Vorschein, das er so geliebt hatte. Sie grub ihre Fingernägel in die Muskeln auf seinem Rücken und war nicht länger imstande, sich selbst oder ihn zu belügen. Sie konnte niemals einem anderen Mann gehören, weil sie immer nur ihm gehört hatte.

Das würde sich auch nie ändern.

Sie verlangten so verzweifelt nacheinander wie vor all den Jahren. In vielerlei Hinsicht war es jetzt sogar besser als damals. Es gab keine Schüchternheit, keine Angst vor

Entdeckung, keine Ungeschicktheit, keinen Schmerz. Es gab nur das Wunder ihres sich bei jedem Keuchen und jedem Stöhnen vermischenden Atems, die schwindelerregende Verzückung ihrer im selben Takt schlagenden Herzen, dem anmutigen Tanz ihrer sich im perfekten Rhythmus bewegenden Körper.

Clarinda wollte, dass es nie aufhörte, aber sie hatte zu lange gewartet, zu viele endlose leidvolle Nächte lang von dieser Vereinigung geträumt. Als Ash sich zurückhalten wollte, um die Seligkeit hinauszuschieben, schlang sie ihre Beine um ihn und verstärkte den Druck.

»Erinnerst du dich noch, was ich dir während der Massage erzählt habe?«, flüsterte sie ihm ins Ohr. »Dass ich nicht wie eine kostbare Porzellanstatue behandelt werden will? Dass ich es fest und tief mag?«

Sie musste ihn nicht noch einmal erinnern. Er beschleunigte die Stöße seiner Hüften, war nur zu gerne bereit, ihr den Gefallen zu tun. Sie ergab sich dem unwiderstehlichen Rhythmus, bis ihr ein gebrochener Schrei über die Lippen kam, Kunde der unbeschreiblichen Ekstase, die wie Donnergrollen ihren Körper erfasste.

Als ihre inneren Muskeln sich um ihn zusammenzogen, spürte sie, wie er in ihr noch härter und dicker wurde. Er hatte wirklich dazugelernt seit ihrem letzten Zusammensein. Denn in genau dem Moment, als ihm ein kehliges Stöhnen entwich, zog er sich aus ihr zurück, sodass sich sein Samen auf ihrem weichen Bauch ergoss.

Clarinda lag nackt in Ashs warmen Armen, sie lauschte dem Wind, der flüsternd durch die Palmwedel strich, und betrachtete verwundert die glitzernden und funkelnden Sterne an dem samtig-tiefblauen Himmel. »Ich kann mich nicht erinnern, dass es in England je so viele Sterne gegeben hat. Hier sehen sie so aus, als könnte man einfach die Hand ausstrecken und sich einen vom Firmament pflücken.«

»Ich vermute, dass es genau die gleichen Sterne sind, aber hinter Wolken, Ruß und Nebel verborgen, scheinen sie nicht so nah zu sein. Mit Sicherheit kann ich das jedoch nicht sagen, weil ich nicht nach oben geschaut habe.« Ash zog sie dichter an sich, er hauchte einen Kuss auf ihr Haar. »Ich war zu sehr damit beschäftigt, dich anzusehen.«

Sie spielte selbstvergessen mit den drahtigen Haaren auf seiner Brust, legte den Kopf in den Nacken und lächelte ihn verträumt an. »Wenn ich mich recht entsinne, warst du nicht so zu Komplimenten aufgelegt, als wir noch Kinder waren. Ich erinnere mich an Namen wie ›höllischer kleiner Wildfang‹ und ›hinterhältige kleine Hexe‹, mit denen ich mehr als einmal belegt wurde.«

»Du warst ein höllischer kleiner Wildfang und eine hinterhältige kleine Hexe.« Er hob eine Augenbraue. »Ist dir nie der Gedanke gekommen, mir einfach zu sagen, dass du mich magst, statt mir all diese bösen Streiche zu spielen?«

Sie wich in gespieltem Entsetzen zurück. »Natürlich nicht. Wo denkst du hin? Wo wäre dann der Spaß geblieben? Und was, wenn du meine Gefühle nicht erwidert hättest? Ich hätte wie ein Narr ausgesehen. Außerdem, wenn du nicht so verbohrt gewesen wärst, hättest du erkennen können, dass ich dich angebetet habe. Alle anderen wussten es. Sogar Maximillian.«

Ash blinzelte sie an. »Was sagst du da?«

»Max wusste immer schon, dass ich in dich vernarrt war. Er war es, der mich heulend hinter dem Taubenschlag gefunden hat, nachdem ich herausgefunden hatte, dass du dich in dieses dumme Gänsemädchen verguckt hattest.«

Ash runzelte die Stirn, er notierte im Geiste einen weiteren Strich gegen seinen Bruder. »Er hätte es mir sagen können.«

»Vielleicht dachte er, es sei am besten, wenn du das selbst herausfindest. Außerdem habe ich ihn zum Schweigen verpflichtet.«

Ash schnaubte. »Wenn es etwas gibt, worin Max ein Meister ist, dann darin, Geheimnisse zu hüten.«

Clarinda senkte den Blick, sie hoffte, ihn mit einem verführerischen Schmollmund von diesem gefährlichen Thema abzulenken. »Ich war damals erst zwölf, und es hat mir das Herz gebrochen, weil der Busen der Gänsemagd so viel beeindruckender war als meiner.«

Ash schloss besitzergreifend eine Hand um eine ihrer Brüste und wog sie prüfend. »Das hast du eindeutig nicht länger zu befürchten.«

Sie biss sich auf die Lippe, und dabei sah sie genauso übermütig aus wie mit zwölf. »Jetzt, da ich nicht von irgendeinem Trank berauscht bin, hatte ich gehofft, du ließest zu, dass ich dir etwas von den Dingen zeige, die ich im Harem gelernt habe.«

Ash warf ihr einen misstrauischen Blick zu. »Ich fürchte, ich habe keine Gurke zur Hand.«

»Ich weiß«, flüsterte sie und schloss ihre Hand um ihn, dabei entdeckte sie, dass er bereits wieder voll erregt war.

Seine Hüften zuckten unwillkürlich, als sie mit dem Daumen leicht über die Spitze strich, um ihm einen Tropfen der Vorfreude zu entlocken.

»Clarinda«, sagte er heiser. »Ich bin nicht der Sultan. Du brauchst keine Tricks, um mir Lust zu schenken. Ich bin restlos glücklich mit …«

Sie beugte den Kopf und erschütterte seine Welt in den Grundfesten, als sie ihn ganz zart mit der Zungenspitze berührte. Alles, was er noch tun konnte, war den Kopf in den Nacken zu werfen, die Zähne zusammenzubeißen und ihr mit den Händen durch die Haare zu fahren, während sie ihm zeigte, was für ausgezeichnete Lehrerinnen die Frauen in Farouks Harem waren.

Als Ash aufwachte und Clarinda an seine Seite gekuschelt vorfand, ihren schlanken Arm vertrauensvoll um seine Mitte gelegt, beherrschte ihn nur ein Gedanke: *Gütiger Himmel, ich habe es wieder getan.*

Der Wüstenhimmel über ihnen begann sich von Rosa zu Blau zu verfärben. Die Sonne ging gerade über den gefiederten Palmwedeln am Rand der Oase auf, eine leise Warnung davor, dass sie binnen kürzester Zeit die weite Sandfläche in ein brennendes Inferno verwandeln würde.

Fast meinte er, fühlen zu können, wie die Flammen an ihm leckten; Ash löste sich behutsam aus Clarindas Armen. Rasch schlüpfte er in Hemd, Hose und Stiefel. Ihm blieb nichts anderes übrig, als das Hemd offen zu lassen, nachdem Clarinda gestern in ihrem verzweifelten Verlangen, seine Brust zu entblößen, damit sie ihn küssen konnte, mehrere Knöpfe abgerissen hatte.

Ashs Hände verharrten an dem Verschluss seiner Hose, als er daran denken musste, wie sie ihn mit ihren Lippen liebkost hatte. Clarinda war immer schon ein unerschrockenes und abenteuerlustiges Mädchen gewesen, aber letzte Nacht hatte sie ihn auf eine Reise mitgenommen, die alles überstieg, was er je erlebt oder sich vorgestellt hatte. Die Erinnerung daran reichte aus, ihn sogleich wieder zu erregen. Er war versucht, seine Hose sofort wieder auszuziehen und sich in ihrem warmen schläfrigen Körper zu versenken. Das Wissen, dass sie ihn vermutlich mit offenen Armen willkommen heißen würde, half auch nicht unbedingt. Und mit offenen Schenkeln.

Ash fuhr sich mit einer Hand durchs Haar, er versuchte, nicht daran zu denken, wie es sich angefühlt hatte, als sie ihn mit ihren Fingern gestreichelt hatte. Alles, was er gestern Nacht getan hatte, bewies nur, dass sein Vater recht behalten hatte mit dem, was er von ihm geglaubt hatte. Er war ein skrupelloser Hurensohn. Er hatte Clarinda vor Farouks Bett gerettet, nur um sie selbst zu nehmen. Er hatte seinen Bruder betrogen, ohne einen einzigen Gedanken darauf zu verwenden, was das Beste für Clarinda oder ihre Zukunft war. Er hatte nur seine eigene egoistische Lust befriedigen wollen.

So, wie er es vor all den Jahren getan hatte.

Er dachte an den Preis, den er für diesen Fehler hatte zahlen müssen, und wandte sich zum Zelt, um Luca zu holen und von ihm zu verlangen, dass er die Frauen den Rest des Weges zu Max' Lager brachte. Offensichtlich war er selbst nicht in der Lage, das Beste für Clarinda zu tun. Er musste von hier fort, von *ihr* fort, selbst wenn er den ganzen Weg zum nächsten Hafen zu Fuß zurücklegen musste. Er würde sich lieber einer giftigen Schlange, dem tödlichen Stachel eines Skorpions oder einer Bande Wüstenräuber aussetzen, als der Versuchung, eine weitere Nacht in ihrer Gesellschaft zu verbringen.

Er hatte jedoch kaum zwei Schritte gemacht, als eine Stimme so hell und klar wie eine Glocke hinter ihm erklang. »Wohin des Wegs, Captain Burke?«

Kapitel achtundzwanzig

Sobald Ash sich umgedreht hatte und Clarinda den verschlossenen Ausdruck auf seinem Gesicht gesehen hatte, wusste sie, dass er sie verließ. Schon wieder.

Dieses Mal würde er nicht zurückkehren.

Sie setzte sich auf, raffte den Umhang, den sie als Bett genutzt hatten, vor sich zusammen, um ihren Busen zu bedecken. Sie wollte nicht länger nackt – oder verwundbar – vor ihm sein.

In der Hoffnung, ungeschickte Entschuldigungen zu vereiteln, die er am Ende vielleicht aussprechen würde, erklärte sie: »Ich nehme an, es ist Zeit, dass du wieder in deine Rolle des schneidigen romantischen Captain Sir Ashton Burke schlüpfst. Schließlich gibt es für dich noch zahllose Abenteuer zu bestehen, Jungfern in Nöten, die du retten, Belohnungen, die du dir abholen musst.«

Dem Ausdruck in seinen Augen nach zu schließen, hatte ihre heisere Erklärung ihn daran erinnert, wie *lohnenswert* die letzte Nacht für sie beide gewesen war.

»Ich darf nicht erwarten, dass du es verstehst«, sagte er.

Immer noch den Stoff vor ihren Oberkörper haltend, stand sie auf und erinnerte sich an eine weitere Lektion, die er sie gelehrt hatte: Es war besser, sich dem Gegner zu stellen, während man auf seinen Füßen stand. »Was gibt es da zu verstehen? Der legendäre Schürzenjäger klettert gerade heimlich aus dem Schlafzimmerfenster seiner Geliebten und schleicht sich mit den Stiefeln in der Hand im Morgengrauen davon? Himmel, die Geschichte ist so alt und abgestanden wie die Ewigkeit.«

Ash bückte sich, hob sein Gewand von einem Felsen in der Nähe und warf es ihr zu. »Hier, das solltest du besser überziehen. Ich kann dich kaum in dieser Aufmachung deinem Verlobten bringen.«

Sie ließ den Umhang, den sie vor sich gehalten hatte, absichtlich fallen, um sein Gewand zu fangen. Einen Moment lang stand sie nackt in den Sanddünen wie die Venus in Botticellis berühmtem Gemälde, die sich aus den Wellen erhebt, bevor sie sich in den Stoff hüllte. Mit einer Geste, die sie aus Yasmins Repertoire abgeschaut hatte, warf sie ihr Haar in den Nacken, sodass es ihr einem Wasserfall aus geschmolzenem Sonnenlicht gleich über den Rücken fiel. »In welcher Aufmachung? So als hätte ich die Nacht im Bett seines Bruders verbracht?«

Er konnte nicht leugnen, dass sie genauso aussah. Ihr Haar war ein wirres Durcheinander, ihre Wangen gerötet und ihre Lippen wund von den Küssen, die sie ausgetauscht hatten. Seine Bartstoppeln hatten leicht wundgeriebene Stellen auf ihrem Hals hinterlassen … und auf der Innenseite ihrer Oberschenkel. Sie sah genau wie eine Frau aus, die restlos befriedigt worden war.

»Ich erwarte nicht, dass du im Augenblick irgendetwas anderes als das Schlimmste von mir denkst«, erklärte er, »aber Max zu heiraten ist deine einzige Hoffnung, den gesellschaftlichen Status zurückzugewinnen, den du vor deiner Entführung genossen hast.«

»Wer sagt denn, dass ich ihn genossen habe? Soweit ich mich erinnere, gab es unzählige entsetzlich langweilige und zudem steife Dinnergesellschaften, unvorstellbar einfallslose Teegesellschaften und furchtbar ermüdende Bälle. Mein einziges Amüsement bestand darin, mir vorzustellen, dass du bei einem dieser Anlässe durch die Tür geschlendert kämest und ich dich schneiden könnte.«

»Ohne den Schutz von Max' Namen wird die gesamte Gesellschaft dich schneiden. Denk darüber nach, Clarinda. Du hast drei Monate eingesperrt im Harem eines Sultans verbracht. Für alle, die je ›*Der lüsterne Türke*‹ gelesen haben – und ich kann dir versichern, das haben weitaus mehr Leute gelesen, als es je zugeben werden –, unterscheidet sich ein Harem nicht wesentlich von einem Bordell in der Fleet Street. Was glaubst du, woran jeder einzelne Gentleman denken wird, wenn er dich anschaut?«

»Vermutlich an genau dasselbe wie du, wenn du mich ansiehst.«

Ash fluchte halblaut. »Dieses Mal wird dich der Reichtum deines Vaters nicht davor schützen können, dass die Gesellschaft dich verdammt. Die Männer werden in ihren Clubs Wetten darauf abschließen, welcher von ihnen der Erste sein wird, der dich in sein Bett holt, während ihre Ehefrauen und Töchter dich öffentlich meiden. Du wirst nie wieder in ihren Häusern willkommen sein, sondern wirst gezwungen sein, den Rest deines Lebens am Rande der guten Gesellschaft zu verbringen. Du hättest bessere Chancen, deinen guten Namen zurückzugewinnen, wenn du dich von einer Klippe oder einer Brücke stürzt. Wenigstens könnten sie dann über diese schlimme Tragödie seufzen, während sie dich insgeheim dafür bewundern, dass du den ehrenhaften Weg gewählt hast, um mit deiner ›Schande‹ umzugehen.«

»Und wenn ich deinen Bruder heirate, passiert das alles nicht?«

»Max ist nicht nur Erbe eines Herzogtums, sondern sitzt auch im Rat der Direktoren der Ostindien-Kompanie. Manche der mächtigsten und einflussreichsten Männer Englands stehen in seiner Schuld. Mit dem Earl of Dravenwood als Ehemann wird sich ihre Verachtung auf geflüsterte Bemerkungen hinter geschlossenen Türen beschränken. Und wenn Max erst einmal in den Viererrat aufgestiegen ist, werden sie noch nicht einmal das wagen. Aus Angst, er könnte ihren Ruf und ihr Vermögen zerstören, werden sie sich nicht trauen, deinen Namen respektlos auszusprechen.«

»Ach so! Du lässt mich also nur zu meinem eigenen Besten gehen. Wie überaus edelmütig von dir!« Clarinda zwinkerte ihm zu. »Mach dir keine Sorgen. Ich werde es Poppy und auch den Klatschblättern nicht weitererzählen. Ich würde nur sehr ungern deinen Ruf ruinieren, wo du dich doch so darum bemühst, meinen zu wahren.«

Ash stemmte sich die Hände auf die Hüften und musterte sie finster. »Weißt du, du hast dich kein bisschen geändert. Du bist genauso unmöglich, wie du es als kleines Mädchen warst.« Er schüttelte den Kopf und wandte sich zum Gehen.

Panik wallte in Clarindas Herz auf. Sie hatte nichts mehr, was sie ihm noch bieten konnte. Nichts, was ihn dazu bewegen konnte zu bleiben. Er hatte sich bereits alles von ihr genommen.

»Es wäre vermutlich am besten, wenn wir uns bemühen, alle unsere Feindseligkeiten aus der Vergangenheit zu vergessen, ehe wir das Lager des Earls erreichen«, schlug sie vor. »Schließlich wirst du bald schon mein Schwager sein. Vielleicht kannst du sogar eines Tages eine Schwester in mir sehen.«

Ashs Schritte wurden langsamer.

»Ich hoffe nur, du weißt, dass du jederzeit in unserem Heim willkommen sein wirst. Du kannst zu Weihnachten und zu Mariä Lichtmess zu Besuch kommen. Du kannst während der Saison in unserem Stadthaus in Mayfair wohnen, zur Taufe unserer Kinder erscheinen.«

Ash wurde noch langsamer.

»Ich vermute, du wirst einen ausgezeichneten Onkel abgeben, und deine Nichten und Neffen werden dich abgöttisch lieben. Die meisten Kinder finden einen Erwachsenen mit einem Hang zur Unartigkeit unwiderstehlich. Du wirst sie sicherlich mit Geschichten über all deine gefährlichen Reisen und deine wagemutigen Abenteuer unterhalten, wobei du natürlich die übleren Teile auslässt, um ihre zarten jungen Seelen nicht zu verderben.« Als die Entfernung zwischen ihnen wuchs, sprach sie immer schneller. »Vielleicht kannst du dir sogar vorstellen, mit uns zu unserer Hochzeit nach England zu reisen. Ich bin überzeugt, es würde Maximillian mehr freuen, als du ahnst, seinen Bruder als Trauzeugen zu haben.«

Ash blieb kurz wie erstarrt stehen, dann schüttelte er den Kopf und ging weiter.

Clarinda hatte sich fest vorgenommen, sie würde dieses Mal weder betteln noch weinen, aber sie hatte keine Kontrolle über die wütenden Tränen, die ihr in die Augen schossen. »Ich nehme an, es sollte mich nicht überraschen, dass du wieder fortläufst«, rief sie ihm nach. »Schließlich ist fortzulaufen das, worin du immer schon am besten warst.«

Ash beschleunigte sein Tempo, jeder Schritt wirkte entschlossener als der davor.

Der Stolz hatte fast zehn Jahre lang einen Deckel auf Clarindas Qual und Wut gehalten, aber jetzt kochten ihre Gefühle über. Sie hatte geglaubt, sie könne nicht mehr mit der sturen Unbekümmertheit lieben, die ihr damals das Herz gebrochen hatte und sie beinahe in den Ruin gestürzt hatte. Aber dann war er wieder lässig in ihr Leben geschlendert und hatte ihr das Gegenteil bewiesen.

»Ich bin so eine Närrin«, rief sie vor Wut zitternd. »Ich hätte wissen müssen, dass ich keinem einzigen Wort – und keinem einzigen Kuss – trauen darf, die von deinen lügnerischen Lippen kommen. Nachdem du mich geliebt hattest und mir versprochen hast, du würdest zu mir zurückkommen, habe ich auf dich gewartet. Aber du besaßest nicht einmal den Anstand, mir zu schreiben und mich um die Auflösung unserer Verlobung zu bitten. Du hast mich einfach sitzen lassen, mich all diese Jahre warten lassen, während du auf und davon bist …«

»Ich bin zurückgekommen!«, brüllte Ash, wirbelte herum und schaute sie an. Sein Gesicht zeigte nicht mehr die unbekümmerte Miene, die er so gut beherrschte, sondern das Gesicht eines Mannes in den Fängen einer Leidenschaft, die stark genug war, ihn zu zerstören. Stark genug, sie beide zu zerstören. Er kam Schritt für Schritt zu ihr zurück, blieb weniger als eine Armeslänge von ihr entfernt stehen, bevor er dieses Mal leiser wiederholte: »Ich bin zurückgekommen.«

Kapitel neunundzwanzig

Clarinda schaute Ash verblüfft an, sie rang darum zu verstehen, wie der Junge, den sie zum letzten Mal unter den starken Ästen einer alten englischen Eiche gesehen hatte, plötzlich in der Mitte der marokkanischen Wüste hatte auftauchen können. »Das verstehe ich nicht. Was willst du damit sagen?«

»Ich bin zurückgekommen, etwas mehr als vier Monate danach, am Vorabend deiner Hochzeit mit einem anderen.«

»Dewey«, flüsterte sie. Egal, wie oft sie den Namen sagte, sie konnte die angenehmen, aber etwas ausdruckslosen Züge, die dazugehörten, vor ihrem geistigen Auge nicht heraufbeschwören.

»Ja, der Ehrenwerte Viscount Darby«, sagte Ash mit scharfem Sarkasmus. »Ein wesentlich passenderer Gatte für eine reiche Erbin, als ich je hoffen durfte zu sein.«

Sie schüttelte ungläubig ihren Kopf. »Wie, um alles in der Welt, hast du herausgefunden, dass ich Dewey heiraten wollte?«

»Sobald mein Schiff angelegt hatte, bin ich unverzüglich zum Anwesen deines Vaters geritten. Ich war gerade auf dem Weg durch den Wald, als ich den Waldhüter und seinen Sohn über die großartige Hochzeit habe sprechen hören, die am nächsten Tag stattfinden sollte.«

»Also hast du dein Pferd gewendet und bist wieder gegangen? Ohne ein Wort zu irgendwem?«

»Das ist genau das, was ich hätte tun sollen. Aber ich wartete am Waldrand bis zum Abend, bis du dich auf die Sitzbank vor dem Fenster deines Schlafzimmers gesetzt hast.«

Er wusste natürlich, wie gerne sie sich abends bei Anbruch der Dämmerung dorthin zurückzog, um in einem Roman von Jane Austen oder einem Gedichtband von Lord Byron zu lesen. Er war unzählige Male das Rosenspalier unter ihrem Fenster hochgestiegen, um sich einen Kuss zu stehlen.

Der harte Unterton in seiner Stimme wurde ein wenig weicher. »Du hattest einen cremefarbenen Morgenmantel an, und deine Haare waren zu einem unordentlichen Knoten aufgesteckt. Du hast dein Kinn in die Hand gestützt und mit sehnsüchtiger Miene zur Auffahrt geschaut. Ich nahm an, du wartetest auf deinen Bräutigam.«

Clarinda kniff kurz die Augen zusammen. Es war nicht ihr Bräutigam gewesen, auf den sie gewartet hatte. »Warum, um Himmels willen, bist du nicht zu mir gekommen? Warum hast du nichts gesagt? Warum hast du mich nicht daran gehindert, ihn zu heiraten?«

Ashs lässiges Achselzucken sprach Bände. »Warum sollte ich? Du standest unmittelbar davor, all das zu erreichen, was du dir je gewünscht hast.«

»Du warst das Einzige, was ich mir je gewünscht habe!«, rief sie.

»Nun, dann eben … alles, was du verdientest. Du wärst die Frau eines Viscounts geworden. Du hättest endlich einen Titel zu deinem Vermögen bekommen. Niemand hätte dich mehr verspotten können, weil du keine vornehme Dame bist, niemand hätte dich mehr zum Weinen bringen können. Und, was am wichtigsten war, du hättest einen anständigen Kerl geheiratet, wovon ich damals meilenweit entfernt war.« Leidenschaft machte seine Stimme rau, erinnerte sie daran, wie sie sich in der Nacht angehört hatte, als er sie gedrängt hatte, sich auf den Bauch zu rollen oder ihr Bein etwas anzuheben. »Wenn ich ein anständiger Kerl gewesen wäre, hätte ich dich niemals kompromittiert. Ich wäre bereit gewesen zu warten, bis ich dir mehr zu bieten hätte, als nur ein hastiges Getümmel im Gras.«

»Warum bist du dann überhaupt zurückgekommen?«

Er streckte eine Hand aus, um ihr eine Haarsträhne hinters Ohr zu stecken, allein diese zärtliche Berührung sandte ihr einen Schauer über die Haut. »Weil ich entschieden hatte, dass ich lieber in einer Mansardenwohnung leben wollte und für den Rest meines Lebens Brot und Käse essen, als eine weitere Nacht ohne dich in meinen Armen zu verbringen.« Er ließ seine Hand wieder sinken und ballte sie zu einer lockeren Faust. »Aber als ich erkannt hatte, dass du noch nicht einmal vier verdammte Monate lang auf mich warten konntest, wusste ich, dass es richtig von mir gewesen war zu gehen, das Beste, was ich tun konnte, war wegzugehen und nie wieder zurückzukommen. Also habe ich das getan. Ich bin wie der Teufel nach Portsmouth zurückgeritten und habe auf dem ersten Schiff nach Indien angeheuert.«

Clarinda schüttelte erschüttert von seiner Enthüllung den Kopf. Die verräterische Freude, die ihr Herz zum Singen brachte, wurde durch unendliches Bedauern getrübt. »Wenn du nur zu mir gekommen wärst … wenn ich nur geahnt hätte, dass du in jener Nacht vor meinem Fenster warst …«

Sie war so darin gefangen, um all die Jahre zu trauern, die sie verloren hatten, dass sie die goldene Staubwolke nicht sah, die von Osten heranrollte, bis Ash seine Augen mit einer Hand beschattete und sie genauer betrachtete.

»Was ist das?«, fragte Clarinda und stellte sich näher zu ihm, ohne es zu merken. »Ist das ein Sandsturm?«

Das bittere Zucken von Ashs Lippen hätte sie warnen müssen. »Ich glaube, meine Liebe, dass die Kavallerie eingetroffen ist. Mein Bruder hatte immer schon ein untrügliches Gespür für den rechten Zeitpunkt.«

Clarinda erkannte, dass der Sand nicht vom Wind aufgewirbelt wurde, sondern von Hunderten Hufen, die durch die Wüste galoppierten.

Sie stand wie gelähmt und beobachtete, wie die schimmernde Wolke größer wurde, während gleichzeitig die Beklemmung in ihrem Herzen zunahm.

Ihr Oasenidyll war zu Ende. Sie hatten keine drei Tage. Sie hatten noch nicht einmal mehr drei Minuten.

Ihr Bräutigam war gekommen.

Kapitel dreißig

Das Regiment Soldaten der Ostindien-Kompanie näherte sich unaufhaltsam der Oase, während die Hufe ihrer Pferde goldene Sandwolken aufwirbelten. Viele der Männer trugen über den scharlachroten Uniformröcken und den weiß-braunen Hosen die landesüblichen *Kaffiyehs*, um sich vor den sengenden Sonnenstrahlen zu schützen.

Als sie in Sichtweite kamen, duckte sich Yasmin aus der Zeltöffnung und kam um den Teich gelaufen. Luca folgte ihr mit entblößter Brust und offener Hose. Er hatte nur einen Stiefel an und hielt den anderen in der Hand.

Sobald sie bei Ash und Clarinda ankamen, fiel Ash auf, dass Lucas Brust und Rücken rote Kratzspuren aufwiesen, als habe er die Nacht mit einer wütenden Katze verbracht.

»So viele Männer«, schnurrte Yasmin und betrachtete das nahende Regiment, als sei es eines von Farouks exotischen Büfetts.

»Dem Himmel sei Dank, dass sie von Osten kommen«, sagte Luca und ließ erleichtert die Schultern sinken. »Eine Minute habe ich schon befürchtet, der Sultan habe seine Meinung geändert.«

»Ich wünschte fast, das hätte er«, murmelte Ash vor sich hin. Er wäre liebend gern zu nahezu jedem Augenblick in der Zeit zurückgekehrt, in dem er und Clarinda sich, vom Rest der Welt abgeschirmt, in Farouks Palast sinnlicher Genüsse aufgehalten hatten.

Selbst in einem ganzen Regiment fiel es Ash nicht schwer, den dunklen großgewachsenen Mann zu erkennen, der an der Spitze ritt. Max war vielleicht kein militärischer Befehlshaber, aber er trug den Mantel der Autorität mit der Eleganz und Mühelosigkeit eines Mannes, der dazu geboren war. Er trug keine Kopfbedeckung, da er zweifellos glaubte, die Sonne besäße nicht die Kühnheit, ihm zu schaden.

Ash hatte Max noch nie spontan erlebt. Doch als die Reiter bei den Palmen ankamen, sprang sein Bruder aus dem Sattel, noch bevor das Pferd richtig stand. Max kam um den Teich herumgelaufen, sein brennender Blick war auf die Frau gerichtet, die neben Ash stand und deren langes blondes Haar im Wind wehte.

Ash trat pflichtschuldig zur Seite, als Max Clarinda in die Arme schloss. Er legte eine Hand auf ihren Hinterkopf und barg seine glattrasierte Wange an ihrem weichen Haar, die Augen hatte er geschlossen, als erduldete er einen Schmerz, der zu heftig und zu süß war, um ihn zu ertragen. Ash kannte den Ausdruck auf dem Gesicht seines Bruders gut. Er vermutete, er hatte sich vor ein paar Stunden noch auf seinen eigenen Zügen widergespiegelt.

Langsam hob Clarinda die Arme und schlang sie um seine Mitte. Sie drückte ihr Gesicht an seine breite Brust, und ihre Schultern hoben sich in einem stummen Schluchzer. Ash konnte ihr kaum einen Vorwurf daraus machen, dass sie weinte, nach all dem, was sie durchgemacht hatte.

Nach all dem, was er ihr zugemutet hatte.

Als sie den Kopf wieder hob und Max unter Tränen anlächelte, bewahrheitete sich Ashs größte Angst. Er war sich nicht sicher, was er zwischen den beiden zu sehen erwartet hatte, aber die aufrichtige Zuneigung, die in ihren Augen stand, traf ihn schmerzhaft, fast wie ein Faustschlag in die Magengrube, den er nicht kommen gesehen hatte.

Eindeutig hatte Max seine Gefühle für Clarinda nicht übertrieben. Obwohl sein Bruder ihr Gesicht hungrig betrachtete, konnte Ash erkennen, dass er nicht nach den verräterischen Zeichen suchte, dass sie sich einem anderen hingegeben hatte, sondern darum rang zu glauben, dass es nicht nur ein Traum war. Dass sie wirklich am Leben war und wohlbehalten und sicher in seinen Armen lag.

Max strich ihr mit einer Hand zärtlich übers Haar, er murmelte etwas, das nur für ihre Ohren bestimmt war. Ash fürchtete, Max würde sie hier und jetzt vor allen anderen küssen, sodass Ash doch wieder vor einem Erschießungskommando landen würde – für den kaltblütigen Mord an seinem Bruder vor einem Dutzend Augenzeugen. Glücklicherweise für sie alle begnügte sich Max mit einem glühenden Kuss auf ihre Stirn. Unter Berücksichtigung von Max' Sinn für Anstand war davon auszugehen, dass er sich den ersten Kuss auf ihren Mund für später aufhob, wenn sie verheiratet waren.

Sein Bruder konnte Ash zweifellos wie kein Zweiter auf die Palme bringen, aber er war alles, was Ash niemals sein würde – ehrlich, anständig, verlässlich. Clarinda wünschte sich vielleicht Ash, aber es war Max, den sie brauchte. Ash beobachtete durch schmale Augen, wie sein Bruder sich einen makellos sitzenden Rock auszog und ihn Clarinda um die Schultern legte, um sie vor den neugierigen Blicken seiner Soldaten zu schützen, als trüge sie nicht schon ein Gewand, das sie von Kopf bis Fuß verhüllte.

Einen Arm beschützend um sie gelegt, drehte sich Max zu Ash um, und seine gestrengen Züge zeigten fast so etwas wie Glück.

Ehe er sprechen konnte, zog Ash Yasmin vor sich. »Max, das hier ist Yasmin. Sie ist auf der Suche nach einem Ehemann. Yasmin, das hier ist mein Bruder Max. Er ist nicht verheiratet, weißt du. Er ist ein Earl und wird eines Tages Herzog werden, was dort, wo du herkommst, fast so gut wie ein Sultan ist.«

»Ein Herzog, sagst du?« Yasmin trat mit wiegenden Hüften zu Max, sie musterte seine beeindruckende Erscheinung mit ihren leuchtenden dunklen Augen. »Wenn es eine Ehefrau ist, die Sie suchen, um Ihnen den Schlafdiwan zu wärmen, Mylord, müssen Sie nicht weitersuchen. Es gibt Dinge, die ich mit meiner Zunge tun kann, die ...«

Max räusperte sich laut und warf Ash einen bösen Blick zu. »Ich bin sicher, Sie werden irgendeinem Mann einmal eine ausgezeichnete Ehefrau sein, Miss, aber was mein Bruder versäumt hat, Ihnen mitzuteilen, ist, dass ich bereits mit Miss Cardew verlobt bin.«

Yasmins Lippen formten ein O ungläubiger Empörung. »Noch einer?! Gibt es eigentlich irgendeinen Mann zwischen England und Marokko, der *nicht* mit dieser habgierigen kleinen Eisprinzessin verlobt ist?«

Max warf Clarinda einen verwirrten Blick zu. »Würdest du das gerne erklären?«

»Nein«, antwortete sie und schaute stur geradeaus.

Yasmin warf die Hände in die Höhe und marschierte um den Teich zum Zelt zurück, und ein ganzer Schwall arabischer Flüche ergoss sich von ihren wunderschönen Lippen. Als sie in ihrer Eile ausrutschte und ins Wasser zu fallen drohte, führte das fast zu Ausschreitungen unter den Soldaten, die sich drängten, als Erster abzusitzen und bei ihr zu sein, um sie zu retten.

Luca verfolgte die Szene mit einem schiefen Grinsen. »Ist sie nicht herrlich? Sie wird eine wundervolle Mutter für meine Kinder abgeben.«

»Und, was tust du hier draußen?«, fragte Ash seinen Bruder, er verschränkte die Arme vor seiner Brust, während er Max musterte. »Hattest du Angst, ich würde mit deinem Geld durchbrennen? Oder mit deiner Braut?«, fügte er hinzu, dabei achtete er darauf, Clarinda nicht anzusehen.

»Als so lange keine Nachricht von dir kam, hatte ich Angst, etwas könnte furchtbar schiefgelaufen sein.«

Ash konnte seinem Bruder kaum sagen, dass alles absolut richtig gelaufen war. Er setzte zu einer Erklärung an: »Es hat länger als erwartet gedauert, den Sultan davon zu überzeugen, dass es zu seinem eigenen Besten ist, wenn er Miss Cardew freilässt.«

Max festigte mit einem grimmigen Ausdruck auf dem Gesicht seinen Griff um Clarinda. »Wenn ich daran denke, was du alles hast erdulden müssen …«

»Der Sultan hat mich nie angerührt«, erklärte Clarinda schlicht. »Captain Burke ist gerade noch rechtzeitig gekommen.«

Max schaute seinen Bruder scharf an, und die unausgesprochene Frage lag zwischen ihnen in der Luft. Nach einem winzigen Zögern griff Max in seine Weste und zog einen Scheck hervor.

»Das hier kann meine Dankbarkeit dir gegenüber nicht annähernd zum Ausdruck bringen.«

Irgendwie war die aufrichtige Dankbarkeit seines Bruders für Ash unerträglicher als seine Verachtung oder sein Misstrauen. Ash wollte nichts lieber tun, als den Scheck in tausend Stücke zu reißen und sie Max in das ernste Gesicht zu schleudern.

Stattdessen nahm er ihn entgegen, betrachtete abgebrüht die beeindruckende Anzahl Nullen. »Ich will dich nicht mit leeren Protesten langweilen, weil ich dir versichern kann, dass ich jeden Penny davon verdient habe.«

»Wohin wirst du jetzt gehen?«, fragte Max, wobei Ash erkannte, dass er das mehr aus Höflichkeit als aus echtem Interesse tat.

»Oh, das weiß ich noch nicht sicher.« Ash legte seine Stirn nachdenklich in Falten. Jetzt, da er endlich die perfekte Gelegenheit erhalten hatte, endgültig aus Clarindas Leben zu verschwinden, konnte er sich nicht dazu überwinden, es auch zu tun. »Luca und ich sind von einem Ende der Welt zum anderen gereist, haben dabei ständig in Schlachten gekämpft, die nicht unsere waren. Ich spiele daher mit dem Gedanken, dass es an der Zeit ist, dem guten alten England einen Besuch abzustatten.

»England?«, krächzte Luca und ließ seinen Stiefel fallen.

»*England?*«, wiederholte Max und wurde fast ein wenig grün um die Nase. »Warum, um alles in der Welt, solltest du nach England kommen?«

Dankbar, dass es ihm endlich doch gelungen war, Max' berühmte Fassung zu erschüttern, sandte Ash ihm denselben unschuldigen Blick, mit dem er ihre Mutter immer angesehen hatte, wenn sie entdeckt hatte, dass jemand die Zuckerwürfel aus der Zuckerdose stibitzt hatte. »Hast du es noch nicht gehört? Mein einziger Bruder will heiraten. Sicherlich erwartest du nicht, dass ich ein solch wichtiges Ereignis in seinem Leben versäume, oder?«

Ein vertrautes Aufflackern von Ärger glitt über Max' Züge. »Und wer hat dich eingeladen?«

Jetzt erst erlaubte sich Ash zum ersten Mal, seit Max hier eingetroffen war, um sie ihm zu entreißen, Clarinda anzusehen. »Nun, wer schon? Deine bezaubernde Braut natürlich.«

»Er konnte immer schon seinen Charme einschalten, wenn es seinen Zwecken diente.« Clarinda musste sich nicht umdrehen, um Maximillians Gesicht zu sehen. Sie kannte diese Mischung aus Verachtung und Bewunderung in der Stimme ihres Verlobten nur zu gut.

»Es ist eine Gabe, die ihm am Hof des Sultans sehr nützlich war«, räumte sie ein und hielt ihr Gesicht von Max abgewandt, damit er nicht sehen konnte, wie sehnsüchtig sie sich an das Zusammensein mit Ash erinnerte.

Sie war aufs Achterdeck gegangen, um mit ihren Gedanken allein zu sein, hatte sich aber bald schon dabei ertappt, wie sie die Männer belauschte, die sich unter ihr an Deck zu einem Würfelspiel eingefunden hatten. Als Max sich zu ihr an die Reling stellte, küsste Ash gerade seine Faust, die die Würfel hielt, ehe er sie warf. Die Würfel rollten über das verwitterte Holzdeck. Ein allgemeines

Stöhnen war von den Seeleuten um ihn herum zu hören. Ash schob mit einem Arm seinen Gewinn zusammen, dann tröstete er sie über ihre Enttäuschung hinweg, indem er sie freundlich angrinste und ihnen einen Schluck aus der Flasche Rum anbot, die er in seiner Rocktasche stecken hatte.

Sie konnte immer noch nicht glauben, dass er sie beim Wort genommen hatte und mit ihnen nach England reiste, um an der Hochzeit teilzunehmen. Wollte er etwa auch an Weihnachten und Lichtmess kommen und zu den Taufen ihrer Kinder? Würde er immer wieder unerwartet bei ihnen hereinschneien, um seine Nichten und Neffen auf den Schultern reiten zu lassen und sie mit der Geschichte zu fesseln, wie er einmal ihre Mutter aus den Klauen eines räuberischen Sultans gerettet hatte? Bei der Vorstellung drohte sie leicht hysterisch zu werden.

»Wenn sie nicht vorsichtig sind, nimmt er ihnen mit einem einzigen Wurf den gesamten Wochenlohn ab«, bemerkte Max. »Ich hoffe nur, sie sind gewieft genug, ihn nicht seine eigenen Würfel benutzen zu lassen.«

Clarinda warf Max einen spöttisch vorwurfsvollen Blick zu. »Sicherlich willst du damit nicht andeuten, dass dein kleiner Bruder so tief sinken würde, beim Glücksspiel zu betrügen?«

Max schnaubte. »Wenn wir als Kinder Landabschneiden gespielt haben, hat er immer gesagt, dass man gar nicht wirklich gewinnen will, wenn man nicht schummelt.« Ash wesentlich leichter wieder aus seinen Gedanken streichend, als Clarinda es je gekonnt hatte, sagte er: »Ich habe dir deinen Schal gebracht. Du hattest keine Zeit, dich an den Klimawechsel zu gewöhnen. Ich habe mir Sorgen gemacht, du könntest am Ende krank werden.«

Als Max ihr den Kaschmirstoff um die Schultern legte, musste Clarinda den Drang unterdrücken, ihn wieder abzuschütteln. Zwar war die kühle Luft auf See nach all den Monaten in der sengenden Wüstensonne ein Schock für ihren Körper, aber sie war es von Herzen leid, wie ein Invalide behandelt zu werden. Jedes Mal, wenn sie sich an Bord des Schiffes umdrehte, war Max da – drückte ihr eine Tasse warmen Tee in die Hand, bot an, ihr einen Pelzmuff zu holen oder ein Paar dicker Handschuhe, redete ihr gut zu, sich für ein Nachmittagsnickerchen in ihre Kabine zurückzuziehen. Sie begann sich zu fühlen, als sei sie aus einem Krankenhaus und nicht aus einem Harem gerettet worden.

»Du bist zu freundlich«, sagte sie und rang sich ein schwaches Lächeln ab. Sie konnte ihn schwerlich mit ihrem Schal erwürgen, nur weil er sich so fürsorglich um sie kümmerte. »Ich kann nicht glauben, dass es tatsächlich schon der erste November ist. In El Jadida schien die Zeit stillzustehen. Manchmal fiel es mir sogar schwer, mich zu erinnern, in welchem Jahrhundert ich lebe.«

Die Zeit mochte in Farouks Harem stillgestanden haben, aber jetzt zog sie in Windeseile vorbei – so rasch, wie der schlanke Bug des Schoners durch die Wellen schnitt. England und ihr Zuhause lagen jenseits des diesigen grauen Bands am Horizont. Während ihr die feuchte Kälte tiefer in die Knochen drang, hüllte sich Clarinda fester in den warmen Schal, mit einem Mal war sie doch dankbar für die wärmende Kaschmirwolle.

Max blickte aufs Meer hinaus und erklärte steif: »Ich

hoffe, du verstehst, warum ich nicht selbst gekommen bin, um dich zu befreien.«

Clarinda musste sich Mühe geben, dass sie sich ihre Überraschung nicht anmerken ließ. Trotz der langen Tage und Nächte, die sie auf dem Meer verbracht hatten, war es das erste Mal, dass Max dieses Thema ansprach. Es war fast so, als hätten sie die stillschweigende Übereinkunft getroffen, ihre Zeit im Harem nicht anzusprechen, was nicht schwer war, da sie beide ihre Gründe hatten, nicht darüber zu reden.

»Natürlich verstehe ich das«, versicherte sie ihm. »Du bist den Anteilseignern der Kompanie verpflichtet. Du musstest ihre Interessen in der Gegend schützen.«

Er zog sie zu sich herum, dass sie ihn anschauen musste; er sah ihr forschend und unerwartet eindringlich in die Augen. »Du bist meine einzige Verpflichtung, mein einziges Interesse. Ich konnte schwerlich den Sultanspalast mit gezückten Waffen stürmen, ohne dein Leben damit zu riskieren. Wenn ich irgendeine andere Chance gehabt hätte – irgendeine – denkst du, ich hätte dann ausgerechnet *ihn* geschickt?«

Clarinda blickte ihm ins Gesicht, sie konnte die Qual in seinem Innern nur zu gut erkennen. Es war das lieb gewordene Gesicht eines Mannes, auf den sich zu verlassen sie schon vor Jahren gelernt hatte. Es war auch ein unglaublich gut aussehendes Gesicht, dessen Besitzer zu lieben sich viele Frauen glücklich schätzen würden.

Sie berührte ihn leicht mit der behandschuhten Hand an der Wange. »Du hast immer getan, was nötig war, um die Aufgaben zu erledigen, die anstehen. Natürlich musst du auch Rücksicht darauf nehmen, wer du bist.«

Er senkte kurz den Blick und verbarg den Ausdruck in seinen Augen unter den dichten Wimpern. »Wo wir gerade davon sprechen zu tun, was nötig ist – ich denke, es ist am besten, wenn wir heiraten, sobald wir den Landsitz deines Vaters erreichen.«

»So rasch?«, fragte sie schwach. Irgendwie hatte sie gedacht, es bliebe ihr mehr Zeit.

»Wenn du bereits meine Frau bist, wenn wir nach London zurückkehren, werden die Gerüchte um deine Monate in Gefangenschaft gar nicht erst aufkommen.«

Die sofortige Heirat würde ganz England beweisen, dass er sie immer noch als würdig erachtete, seine Ehefrau zu sein.

Als spürte er ihre Unsicherheit, hob er ihr Kinn sacht mit einem Finger an. »Vergiss nicht, wie lange ich bereits warte.« Er bot ihr ein seltenes Lächeln, bei dem sich um seine Augenwinkel winzige, durchaus kleidsame Fältchen bildeten. »Bleib nicht zu lange hier in der Kälte stehen. Bald wird die Glocke zum Abendessen ertönen.«

Clarinda seufzte, während sie seinen verhallenden Schritten auf den Holzplanken des Decks lauschte. Max war schon lange ihr bester Freund und unerschütterlicher Ratgeber. Wenn er nicht gewesen wäre, hätte sie Ashs erstes Fortgehen nicht überlebt. Aber wenn er sie anfasste, verspürte sie nicht den Anflug der Sehnsucht, die sie jedes Mal empfand, wenn sein Bruder sie mit seinen Tigeraugen anschaute.

Seit Max mit seinen Männern in die Oase gekommen war, um sie zu holen, hatte Ash sie mit der kühlen Höflichkeit des zukünftigen Schwagers behandelt. Aber seine leidenschaftlichen Worte in der Oase ließen ihr keine Ruhe.

Er hatte sie vor all diesen Jahren nicht wirklich verlassen. Er hatte sie aufrichtig geliebt. Genug, um seinen Stolz und seinen ganzen Ehrgeiz zu schlucken und zu ihr zurückzukommen.

Aber er hatte sie in den vergangenen Jahren für ebenso treulos gehalten wie sie ihn. Er hatte geglaubt, all ihre zärtlichen Worte und leidenschaftlichen Versprechen seien nichts als das bedeutungslose Geschwätz eines wankelmütigen Mädchens in den Fängen ihrer ersten Verliebtheit gewesen.

Wenn sie ihn nun aus ihrem Leben gehen ließ, ohne ihren eigenen Stolz zu opfern und ohne ihm die Wahrheit zu sagen, würde er niemals erfahren, wie sehr er sich irrte.

Sie beugte sich vor und warf einen weiteren verstohlenen Blick über die Reling. Das Würfelspiel war vorüber, aber ein einzelner Mann stand dort unten noch an Deck und schaute zu ihr empor, während die Spitze seiner schlanken Zigarre rötlich in den Schatten glühte.

Kapitel einunddreißig

Instinktiv wusste Ash, wo er Clarinda am Morgen ihres Hochzeitstages finden würde.

Das letzte Mal, als er die Wiese gesehen hatte, war sie vom frischen Frühlingsgras grün gefärbt gewesen, und zarte Nebelschleier hatten darüber gelegen. Das Gezwitscher der erwachenden Vögel hatte die Luft erfüllt. Als er und Clarinda in die Falten ihres Umhanges gesunken waren, hatten die knospenden Blätter der alten Eiche einen schützenden Himmel über ihnen gebildet, und unter sich hatten sie den jungen Klee zerdrückt, sodass süßer berauschender Duft davon aufgestiegen war.

Jetzt jedoch fiel der erste Schnee des Jahres aus einem bleiernen Himmel. Der Boden war hart und die Grashalme, die aus dem Schnee ragten, braun und welk. Der Herbstwind hatte die Eiche ihrer Blätter beraubt, sodass nur die nackten Zweige übrig waren, und statt Vogelgesang war das einzige Geräusch, das Ashs Schritte begleitete, das leise Rieseln der aus dem Himmel fallenden Schneeflocken.

Clarinda kniete unter dem Baum, und die Kapuze ihres burgunderroten hermelingefütterten Umhangs war mit Schneekristallen übersät. Der Umhang glich dem, den sie sich damals hastig über ihr Nachthemd geworfen hatte, als sie zur Wiese gerannt war, um ihn davon abzuhalten zu gehen. Selbst als Ash lächelte, schnürte sich seine Kehle zu. Es passte gut zu ihr, dass sie an den Umhang dachte, aber ihre Schuhe vergaß.

Heute kam er, um ihr Lebewohl zu sagen. Er hatte gedacht, er könne daneben stehen und zuschauen, wie sie die Frau eines anderen wurde, aber er hatte sich geirrt. Er konnte keine Glückwünsche murmeln, seinen Bruder herzlich umarmen und keinen Segen geben.

Heute war er ein viel weiserer Mann als damals, als er auf dieser Wiese gestanden hatte. Jetzt wusste er, es gab keinen Ort auf der Welt, an den er vor ihr fliehen konnte. Sie würde ihn in jedem seiner Gedanken verfolgen, in jedem seiner Träume, bis er ihren Namen mit seinem letzten Atemhauch flüsterte.

Auch wenn sie weiter zu Boden schaute, als er näher kam, wusste er, sie war sich seiner Gegenwart so bewusst wie er sich ihrer. Er musste sie weder sehen noch hören, um zu wissen, wenn sie auf ein Dutzend Meilen in seine Nähe kam. Sie war einfach … da.

Er lehnte sich mit einer Schulter gegen den Baumstamm und schlug die Füße übereinander. Als Clarinda den Kopf in den Nacken legte, um ihn anzusehen, waren ihre Augen trocken, aber ihr blasses Gesicht sah bleich wie der Schnee aus. Nur in ihren Augen stand ein Frühlingsversprechen.

Yasmin hatte sie Eisprinzessin genannt, aber Ash wusste genau, was für ein warmes, mitfühlendes Herz unter dem kühlen Äußeren schlug, er wusste, wie sie unter seiner liebenden Berührung in Flammen aufgehen konnte.

»Wenn du beschlossen hast zu gehen, werde ich nicht meinen Atem verschwenden, dich zum Bleiben zu überreden«, erklärte sie leise. »Aber bevor du gehst, gibt es da etwas, was du wissen musst. Es hat zu viele Geheimnisse und Lügen zwischen uns gegeben, und nicht alle stammen von dir.« Sie stand auf, stützte sich mit einer Hand an der anderen Seite des Baumes ab. Als sie über die Wiese schaute, blieben Schneeflocken wie gefrorene Tränen in ihren Wimpern hängen. »Weniger als zwei Monate, nachdem du gegangen warst, habe ich entdeckt, dass ich schwanger war.«

Ash spürte, dass sein Gesicht so blutleer wurde wie ihres.

Sie senkte die Augen, als durchlebte sie die vergangene Scham erneut. »Mein Vater war am Boden zerstört, nicht so sehr seinetwegen, sondern meinetwegen. Wenn das herauskäme, sagte er, würden die Leute sagen, dass aller Reichtum der Welt an der Tatsache nichts ändern konnte, dass seine Tochter nicht mehr als eine ganz gewöhnliche Dirne war, die sich von dem Sohn eines Adligen hatte verführen lassen.«

Ashs Hände ballten sich zu Fäusten. Er wollte in der Zeit zurückgehen und jeden, der es wagte, sie so zu schmähen, verprügeln. Dann fiel ihm wieder ein, dass er selbst der Grund dafür gewesen war. Er hatte sich genommen, was er wollte, und sie im Stich gelassen, sodass sie die Folgen seines Tuns allein ausbaden musste.

»Warum hast du mir keine Nachricht geschickt?«, fragte er heiser. »Ich war die meiste Zeit auf See, aber irgendjemand hätte mich gefunden … mein Vater … mein Bruder … *irgendwer*!«

Sie sah ihn an, und ihre Finger in den Handschuhen umklammerten den Baumstamm, als sei er ihre Rettungsleine. »Was sollte ich tun? Verlangen, dass du zurückkommst? Dich zwingen, mich zu heiraten, weil ich dein Kind erwartete? Und mich dann den Rest meines Lebens fragen müssen, ob du mich wirklich liebst oder mich nur aus einem fehlgeleiteten Ehrgefühl heraus geheiratet hast?«

Ash schloss die Augen, als eine Welle der Reue und des Bedauerns ihn erfasste. Natürlich hatte sie nichts von all diesen Dingen getan. Sie war viel zu stolz.

Als er seine Augen wieder öffnete, blickte sie erneut auf die schneebedeckte Wiese. »Papa wollte mich für ein paar Monate fortschicken, auf Besuch zu einer Tante, die einsam in einem abgelegenen Haus in der Nähe von Yarmouth am Meer lebte. Sein Plan sah vor, dass mir das Kind genommen würde, sobald es geboren war, damit es von einer netten Familie auf dem Land aufgezogen wurde, einer Familie, die großzügig für ihre Mühen entschädigt werden würde … und für ihr Schweigen. Ich sollte dann zurückkehren und mein früheres Leben wieder aufnehmen, als sei nichts geschehen.«

Ashs Stimme klang in seinen eigenen Ohren wie die eines Fremden. »Dein Vater war meinem Bruder in vielem sehr ähnlich. Er glaubte, die beste Lösung für jedes Problem bestünde darin, einen Scheck auszustellen.«

»Genau. Aber ich wollte nichts von alledem wissen. Es war mein Kind – dein Kind –, und niemand würde es mir je wegnehmen. Du weißt sicher noch genau, wie stur ich damals sein konnte.«

»Damals?«, entfuhr es ihm unwillkürlich.

Clarinda sandte ihm einen tadelnden Blick. »Dann kam Maximillian ins Spiel.«

»*Max?*« Ash begann sich zu fragen, ob sein Herz noch mehr Schläge dieser Art ertragen konnte. Wenn nicht der kräftige Baumstamm in seinem Rücken gewesen wäre, war er nicht sicher, ob er hätte aufrecht stehen bleiben können.

»Ich konnte mich ja schließlich keiner von meinen Freundinnen aus der Schule anvertrauen und ganz bestimmt nicht Poppy. Ihr Vater ist vielleicht nur ein einfacher Landedelmann, aber er hätte nie zugelassen, dass seine Tochter Umgang mit einer Frau mit lockerer Moral hat.«

Wieder wallte Ärger in Ash auf.

»Max wusste ja, was ich für dich empfand, daher war es nicht schwer, ihm den Rest zu erzählen. Er hat sogleich angeboten, mich selbst zu heiraten und das Kind als seines anzunehmen.«

»Das ist mein Bruder, wie er leibt und lebt«, sage Ash und konnte die Bitterkeit in seiner Stimme nicht verbergen. »Ein Held bis ins Mark. Warum also bist du nicht längst die Countess of Dravenwood?«

Sie schob sich die Kapuze vom Kopf und erwiderte unerschrocken seinen Blick. »Weil ich ihn abgewiesen habe. Ich hätte fast alles getan, um das Baby zu behalten, aber wozu ich mich nicht überwinden konnte, war deinen Bruder zu heiraten. Max hat alles getan, was ihm nur einfiel, um mich umzustimmen, aber als er erkannte, dass mein Entschluss feststand, kamen er und mein Vater auf die Idee, meinen Ruf zu retten, indem sie mich so rasch wie möglich mit Viscount Darby verheiraten. Dewey hatte ja schon mindestens ein halbes Dutzend Mal um meine Hand angehalten. Er war so süß, aber nicht besonders helle im Kopf, und Max dachte, es wäre leicht, ihn davon zu überzeugen, dass das Kind in unserer Hochzeitsnacht gezeugt und zu früh geboren sei.« Sie seufzte. »Wenn ich jetzt zurückblicke, klingt es wie ein grausamer Streich, aber wir waren alle so verzweifelt. Und Dewey hat mich angebetet, sodass ich mir eingeredet habe, ich könnte es wieder gutmachen, indem ich ihm eine mustergültige Ehefrau werde.« Sie schüttelte reuevoll den Kopf. »Schon die Vorstellung von mir als mustergültiger Ehefrau muss dir lachhaft erscheinen.«

Das Letzte, wonach Ash im Augenblick zumute war, war Lachen.

»Ich habe den ganzen endlosen Tag vor der Hochzeit damit verbracht, mir immer wieder zu sagen, dass es nicht zu spät sei, dass du immer noch die Auffahrt entlanggeritten kommen könntest, um den Tag zu retten.«

Ash konnte kaum glauben, dass er dicht davor gestanden hatte, genau das zu tun. Stattdessen hatte er sie neuerlich verlassen in dem Glauben, sie habe ihn für einen anderen Mann fallen lassen.

»Nachdem die Sonne untergegangen war, wurde mir klar, dass ich nicht zu Dewey ins Bett steigen konnte und mich von ihm anfassen lassen, während ich von dir träumte. Ich entschied, lieber alle Ansprüche auf das Vermögen meines Vaters aufzugeben und auf die gute Meinung der Gesellschaft zu verzichten, um in einem bescheidenen kleinen Häuschen zu leben und unser Kind großzuziehen, statt den Rest meiner Tage eine Lüge zu leben.«

Ashs Herz begann bei dem Gedanken daran, dass sein Kind vielleicht wirklich irgendwo lebte, schneller zu klopfen.

»Also habe ich einen Lakaien mit der Nachricht, dass es mir leid täte, ich ihn aber nicht heiraten könne, zu dem Gasthof geschickt, wo Dewey untergebracht war. Er war so aufgewühlt, dass er in der Hoffnung, mich umstimmen zu können, auf sein Pferd gestiegen und zum Anwesen meines Vaters galoppiert ist. Statt auf der Straße zu bleiben, hat er die Abkürzung durch den Wald genommen. Es war eine mondlose Nacht und für ihn unbekanntes Gelände, zudem war er nicht ein halb so guter Reiter wie du oder Max. Er hat versucht, ein Hindernis zu überspringen, das zu hoch war, und das Pferd hat gescheut. Bei dem Sturz hat er sich das Genick gebrochen.« Tränen traten ihr in die Augen und schmolzen die Schneeflocken in ihren Wimpern, als sie sich zu ihm umwandte und ihn ansah. »Ich habe ihn umgebracht. Er war ein anständiger, freundlicher Mann, und ich habe ihm das Herz gebrochen und ihn dann umgebracht.«

»Du hast ihn nicht getötet«, erklärte Ash grimmig. »*Ich* war es.«

»Als Max mir die Nachricht überbrachte, war ich todunglücklich vor Trauer und Schuld. Ich spürte einen furchtbaren Schmerz in meinem Bauch, noch schlimmer als der in meinem Herzen. Ich habe aufgeschrien und bin in der Halle unten zusammengebrochen. Max hat mich die Treppe hochgetragen und nach einem Arzt gerufen.«

Ash hätte alles in seiner Macht stehende getan, dass sie nicht weitersprach. Er hätte sie liebend gern in seine Arme gerissen und sie bis in alle Ewigkeit geküsst, wenn er nur hätte verhindern können, dass sie die nächsten Worte aussprach.

»Dewey war nicht der Einzige, der in jener Nacht gestorben ist«, sagte sie leise. »Ich musste wochenlang danach das Bett hüten. Alle dachten, ich trauerte um den Verlust meines Verlobten, und ich denke fast, das habe ich auch getan, weil ich schließlich wusste, dass er für nichts gestorben war. Nur mein Vater, Maximillian und eine Handvoll treuer Diener kannten die ganze Wahrheit. Max hat sich geweigert, meine Seite zu verlassen. Er war immer da, hat mir Brühe eingeflößt und mich in eine Decke gewickelt, mich zum Fenster getragen und mich genötigt weiterzuleben, obwohl ich nur eines wollte: sterben.«

Zum ersten Mal begriff Ash, wie tief ergeben Clarinda seinem Bruder war. In dieses Verständnis mischte sich das wilde Aufwallen von Reue. Es war, als rettete Farouk sie erneut vom Sklavenmarkt. Warum konnte er nie im rechten Moment kommen? Warum konnten es nicht seine Hände sein, die ihr über das wirre feuchte Haar strichen oder ihr die Tränen trockneten, wenn sie weinte?

Er hätte vielleicht genau das getan, wenn sie sich nicht selbst die Tränen fortgewischt hätte. »Als Max mich die Treppe hochtrug, war ich ein Mädchen. Als ich sie fast zwei Monate später selbst wieder hinunterstieg, war ich eine Frau. Max wollte immer noch, dass ich ihn heirate, aber nachdem du und das Baby nicht mehr da wart, sah ich keinen Grund mehr, überhaupt zu heiraten. Ich war damit zufrieden, allein zu sein.«

»Das Kind?«, fragte Ash, unfähig, mehr durch seine wunde Kehle zu zwängen.

Clarinda kniete sich wieder hin. Erst da merkte Ash, dass sie vor einem kleinen Stein kniete, der das letzte Mal, als er die Wiese besucht hatte, noch nicht da gewesen war. Er war mit einer dünnen Schneeschicht bedeckt.

»Mein Vater wollte das Baby wegwerfen, als sei es Müll, damit er so tun konnte, als habe es nie existiert. Als ich weinte und schrie und ihn anflehte, es mir nicht zu nehmen, hat er versucht, das als hysterischen Anfall eines trauernden jungen Mädchens abzutun. Es war Max, der eingeschritten ist und darauf bestanden hat, dass meine Wünsche beachtet werden. Er hat angeboten, für das Kind einen Platz in der Familiengruft der Burkes zu finden.« Ein trauriges kleines Lächeln spielte um ihre Lippen. »Aber ich wusste, wo er hingehörte.«

Mit ihren behandschuhten Fingern strich sie behutsam den Schnee von dem schlichten Stein, sodass die darauf eingravierten Buchstaben zum Vorschein kamen.

CHARLIE.

Nicht CHARLES, auch nicht CHARLES CLARENCE BURKE oder auch nur ein Datum, um sein Ableben zu kennzeichnen, sondern einfach nur CHARLIE.

Ihr Sohn ruhte an genau der Stelle, an der er gezeugt worden war, in einem Augenblick wilder leichtsinniger Leidenschaft zwischen zwei jungen Liebenden, die zugelassen hatten, dass ihr Herz ihren gesunden Menschenverstand ausschaltete.

Wenn Charlie gelebt hätte, würde er jetzt vielleicht über die Wiese tollen, vor Freude jauchzen und versuchen, mit der Zunge Schneeflocken aufzufangen. Stattdessen ruhte er jedoch auf ewig unter den schützenden Armen der mächtigen Eiche, und sein Wiegenlied waren die sich ändernden Jahreszeiten und das Wispern des Windes in den Zweigen des Baumes.

Clarinda stand auf und zog sich die Kapuze ihres Umhanges wieder über ihr Haar.

»Bevor du gehst, will ich, dass du weißt, wenn ich auch nur ein Wort von dir gehört hätte, nachdem Charlie gestorben war – ein Brief, eine Nachricht, ein Zeichen deiner Zuneigung, irgendetwas –, dann hätte ich für immer auf dich gewartet.«

Ash stand wie erstarrt, während sie ihm einen Kuss auf die Wange hauchte; ihre Lippen waren so warm wie ein Sommertag. Dann drehte sie sich um und ging über die Wiese.

Er wartete, bis sie über die schneebedeckte Anhöhe verschwunden war, dann ließ er sich an genau der Stelle auf ein Knie nieder, wo sie gekniet hatte. Behutsam strich er mit seiner Hand über den kleinen Stein, und seine eigenen Tränen schmolzen dort, wo sie hinfielen, Löcher in den Schnee.

Ash hätte nicht sagen können, wie lange er dort an dem kleinen Grab verweilt hatte und von seinem Sohn, den er nie kennen würde, Abschied nahm. Einem Sohn, der vielleicht silberblondes Haar und Augen in der Farbe grünen Klees gehabt hätte.

Als er sich endlich erhob, hatte der Schnee aufgehört zu fallen. Eine blasse Sonne gab sich redlich Mühe, durch die tief hängenden Wolken zu dringen, und ihre schrägen Strahlen verwandelten die schneebedeckte Wiese in eine glitzernde Winterwunderwelt.

Wenn Ash die Augen zusammenkniff, konnte er fast die grelle Scheibe ausmachen, die auf einen Streifen goldenen Sand schien; Clarinda auf dem Hof in Farouks Palast, die aussah, als sei sie geradewegs aus einem seiner gewagteren Träume getreten; Clarinda, die auf einem Bett aus scharlachroter Seide lag und einladend lächelte, während ihre Augen verlangend funkelten.

Wenn der heutige Tag irgendetwas bewiesen hatte, dann dass sie seinetwegen bereits genug gelitten hatte. Wenn er auch nur einen Funken Anstand besäße, würde er ihren Kuss als das annehmen, was er war – ein endgültiges Lebewohl – und für immer von hier fortgehen.

Sie hatte in den Armen seines Bruders etwas gefunden, was sie in seinen nie finden konnte: Frieden, Sicherheit, Stabilität. Max war nie so dumm gewesen, einem Traum nachzujagen, während die einzige Frau, die ihn je glücklich machen konnte, direkt vor ihm stand.

Die Leidenschaft zwischen ihm und Clarinda hatte von Beginn an zu hell gelodert. Wenn sie zusammen wären, wäre die Zukunft nie sicher. Ihr Temperament würde ständig aufflammen und aufeinanderprallen. Schlimme Wortgefechte, die nur im Schlafzimmer ausgetragen werden konnten, nicht im Empfangssalon. Keiner von ihnen hätte je wieder Ruhe.

Es klang einfach wunderbar, Ashs Idealvorstellung vom Himmel.

Langsam breitete sich auf seinem Gesicht ein Grinsen aus.

Ihr trotziger Stolz hatte ihnen bereits so viele kostbare Jahre geraubt, die sie in den Armen des anderen hätte verbringen können. Er wollte verdammt sein, wenn er zuließ, dass dieser Stolz sie auch nur eine Sekunde länger kostete.

Er schaute ein letztes Mal auf den kleinen Grabstein,

ehe er über die Wiese ging und hoffte, sein Sohn billigte, was er tun wollte.

Clarinda stand vor dem großen Spiegel in der Ecke ihres Schlafzimmers.

Da keine Zeit gewesen war, eine Schneiderin aufzusuchen und ein modisches Hochzeitskleid zu bestellen, hatte sie beschlossen, ein Kleid aus bronzefarbenem Seidentaft zu tragen, das ihre grünen Augen besonders zum Strahlen brachte. Es hatte auch in ihren Träumen immer eine herausragende Rolle gespielt, wenn sie sich ausgemalt hatte, wie sie Ash in Gesellschaft schneiden würde, sollte er es wagen, ihr jemals wieder unter die Augen zu kommen.

Sie betrachtete das Gesicht der Frau in dem Spiegel, als sei es das einer Fremden, wie intensiv sie auch suchte, sie konnte kein Anzeichen von dem leidenschaftlichen, sturen Mädchen finden, das Ashton Burke mit jeder Faser ihres Herzens geliebt hatte.

Das Geschöpf, das nun mit ordentlich frisiertem Haar und einem heiter-gelassenen Gesichtsausdruck vor ihr stand, war die kühle, beherrschte Frau, die das Mädchen in seiner Abwesenheit geworden war. Die Frau, die in die Fußstapfen ihrer Mutter treten würde, die Dutzende Abend- und Dinnergesellschaften für einflussreiche Freunde ihres Mannes geben würde. Die Frau, die eingewilligt hatte, die Braut eines Earls und seine zukünftige Herzogin zu werden.

Es klopfte an der Tür. »Miss?«, erklang die leise Stimme ihrer Zofe. »Es ist Zeit.«

Clarinda reckte ihr Kinn. Die Zofe hatte recht. Es war

an der Zeit, sich von dem anderen Mädchen und ihren Träumen für immer zu verabschieden.

Maximillian wartete auf sie an dem behelfsmäßigen Altar, der vor dem Marmorkamin in dem eleganten Empfangssalon im Anwesen ihres Vaters aufgebaut worden war. Irgendwie sah es so aus, als ob Max schon immer auf sie gewartet habe, so zuverlässig und unerschütterlich wie die alte Eiche auf der Wiese.

Sein dichtes dunkles Haar war ordentlich geschnitten, sodass die Spitzen kaum den Kragen berührten. Sein kurzer grauer Frack und die gestreifte Weste waren so konservativ wie er selbst. Das Kinn und die Wangen waren glattrasiert, ohne irgendeinen Anflug von Bartstoppeln. Während er beobachtete, wie sie zum Altar schritt, hätte der Ausdruck in seinen grauen Augen jeder anderen Braut sicher den Atem geraubt. Es war immer so leicht gewesen, sein gutes Aussehen als selbstverständlich zu nehmen, wenn man von Ashs ungewöhnlicherer männlicher Schönheit abgelenkt war.

Ein halbes Dutzend Stühle waren für die anwesenden Gäste aufgestellt worden. Clarindas Vater umklammerte seinen Gehstock mit dem Löwenkopfknauf aus Messing. Bei ihrer Heimkehr hatte er offen geweint, aber jetzt zeigte sein gerötetes Gesicht ein strahlendes Lächeln. Er hatte immer gehofft, dass sein kleines Mädchen einmal einen Mann wie Maximillian heiraten würde.

Die Eltern ihres Bräutigams saßen nebeneinander auf der anderen Seite, sie wirkten alles andere als außer sich vor Freude über die Entwicklung. Clarinda vermutete sehr, dass die Tränen, die ihre zukünftige Schwiegermutter in ihr mit ihrem Monogramm besticktes Taschentuch vergoss, *keine* Freudentränen waren. Der Herzog und die Herzogin hatten sich immer gewünscht, dass ihr geliebter ältester Sohn jemanden seines Standes ehelichen würde und keine gewöhnliche neureiche Erbin, deren Vater sein Geld im Handel erworben hatte. Wenn der Herzog seiner Gattin nicht tröstend die Schulter tätschelte, sah er immer wieder nach seiner goldenen Taschenuhr, als wolle er sich vergewissern, dass Luca sie ihm nicht entwendet hatte.

Für einen Zigeuner und eine ehemalige Konkubine hatten sich Luca und Yasmin ganz passabel herausgeputzt. Clarinda war gezwungen gewesen, Yasmin ihren Kleiderschrank zu öffnen, damit sie nicht in wehenden durchsichtigen Schleiern und Sandalen auf der Hochzeit erschien. Natürlich hatte sich Yasmin ein tief ausgeschnittenes Abendkleid ausgesucht, das absolut unpassend für den Vormittag war und das zudem wenigstens drei Größen zu klein war. Sie zog immer wieder den Ausschnitt nach unten, bis Clarinda fürchtete, dass ihr Busen herausquellen würde, noch bevor die Feier beginnen konnte. Diese Sorge teilte offensichtlich der Vikar, der am Rande eines Schlaganfalles zu stehen schien.

Clarinda hatte Yasmin bereits dabei erwischt, wie sie ihrem Vater schöne Augen machte. Ein leiser Schauer durchlief sie, wenn sie sich vorstellte, wie es wäre, diese Frau als Stiefmutter zu haben. Wenn Yasmins durchsichtige Versuche, sich einen reichen Ehemann zu angeln, Luca in irgendeiner Weise beunruhigten, so ließ sich das jedenfalls nicht an seinem Zwinkern in Richtung des Zimmermädchens in der Ecke ablesen. Sein schamloses

Flirten trieb dem jungen Mädchen die Röte in die sommersprossigen Wangen.

Nur ein Stuhl im Raum war leer.

Clarinda vermochte nicht zu sagen, ob das Funkeln in Maximillians Augen der Freude zuzuschreiben war, dass ihre Hochzeit endlich stattfand, oder der Erleichterung darüber, dass sein unberechenbarer Bruder sich passenderweise entschieden hatte, sich zu benehmen, wie es seinem Wesen entsprach, und die Bühne zu verlassen, noch bevor die Hochzeit begann.

Clarinda holte tief Luft, was in dem enggeschnürten Korsett beileibe nicht leicht war. Da das Wetter so früh im Winter schon sehr kalt geworden war, gab es keine frischen Blumen für einen Brautstrauß. Einer der Gärtner hatte ein paar lila Stiefmütterchen aufgetrieben, die sie zu einem Sträußchen zusammengebunden in den Händen hielt. Es erstaunte sie, dass ihre Hände so ruhig waren. Sie begann sich zu fragen, ob sie diese Leere den Rest ihres Lebens fühlen würde.

Sie mochte Max wirklich gern und war dankbar für alles, was er für sie getan hatte. Aber sie war nicht in ihn verliebt. Vielleicht hätte sie, wenn sie Ash niemals begegnet wäre, den Unterschied gar nicht gekannt. Sie hätte ihr Leben in ruhiger Zufriedenheit gelebt wie so viele Frauen ihrer Bekanntschaft. Sie kannte nicht eine, die für ihren Ehemann große Leidenschaft empfand.

Aus irgendeinem Grund erschien Poppys überglückliches Gesicht vor ihrem geistigen Auge, was ihr einen schmerzlichen Stich versetzte.

Vielleicht sollte sie die Taubheit begrüßen, die sie umfangen hielt, seit sie Ash am Grab ihres Sohnes zurückgelassen hatte. War das nicht deutlich besser als das wilde Pochen ihres Herzens, wenn er zu ihr ins Zimmer kam, die verzweifelte Sehnsucht nach etwas, was sie kurz gekostet hatte, aber niemals wieder hätte? War es nicht besser, nichts zu empfinden, als alles zu riskieren, nur um es am Ende zu verlieren?

Endlich war sie am Altar angekommen. Als sie ihren Platz an Max' Seite einnahm, ergriff er ihre Hand und lächelte ernst.

Der Vikar öffnete sein Gebetbuch und räusperte sich. Er hatte eben auch den Mund geöffnet, als die beiden Flügel der Tür am Ende des Salons aufgestoßen wurden und Ashton Burke hereinmarschiert kam.

Kapitel zweiunddreißig

Während sich Max' Finger schmerzhaft um ihre Hand krampften, verschwand Clarindas angenehme Taubheit blitzartig. Das Herz in ihrer Brust machte einen Satz, dann verfiel es in einen donnernden Rhythmus. Sie drückte die Hand mit den Stiefmütterchen unter ihrem Busen gegen die Rippen und wünschte sich, sie hätte ihrer Zofe nicht aufgetragen, das Korsett so eng zu schnüren, damit sie noch in das bronzefarbene Seidentaftkleid passte. Punkte begannen vor ihren Augen zu tanzen, und einen Moment lang dachte sie, sie könnte am Ende wirklich ohnmächtig werden.

Ashs Rock war nicht zugeknöpft, sein Hemd stand am Kragen offen und gab den Blick auf seinen gebräunten muskulösen Hals frei. Er brauchte dringend einen Haarschnitt und eine Rasur. Er hätte nicht verrufener aussehen können, wenn er über die Gangway eines Piratenschiffes gelaufen wäre.

Clarindas Vater erhob sich, er fuchtelte mit seinem Gehstock herum. »Was, zum Teufel, hat er hier zu suchen?«

»Das wüsste ich auch gerne«, sagte Max ruhig, als Ash auf halbem Weg zum Altar in der Mitte des Zimmers stehen blieb.

»Ich kann Ihnen keinen Vorwurf daraus machen, dass

Sie empört sind, Sir«, erklärte Ash an Clarindas Vater gewandt und hob beschwichtigend eine Hand. »Nach all dem Kummer, den ich Ihrer Tochter bereitet habe, bin ich sicher, dass Sie am liebsten Ihren Wildhüter kommen ließen, damit er mich erschießt. Ich an Ihrer Stelle würde genau das Gleiche empfinden. Himmel, vermutlich würde ich jeden Mann erschießen, der es wagt, auch nur mit einem Finger meine Charlotte zu berühren, bevor sie fünfundzwanzig ist … oder nein, sagen wir besser fünfunddreißig.«

»Wer ist Charlotte?«, wollte Luca wissen und runzelte verwirrt die Stirn.

»Meine Tochter«, erwiderte Ash. »*Unsere* Tochter. Die Tochter, die Clarinda und ich bekommen werden, nachdem wir geheiratet haben.«

»Sie heiratet dich aber nicht«, warf Max ein und sah so aus, als wäre ihm nichts lieber, als Ash selbst zu erschießen. »Sie heiratet mich.«

»Das stimmt«, bemerkte Clarinda und richtete sich zu ihrer vollen Größe auf, sie sandte Ash einen hochmütigen Blick. »Ich heirate nicht dich, ich heirate ihn.«

»Ich war ein verdammter Narr, dass ich nicht schon deine letzte Hochzeit zu verhindern versucht habe. Wenn du denkst, ich werde einfach tatenlos danebenstehen, während du meinen Bruder heiratest, dann bist du ein noch größerer Narr, als ich es war.«

Jetzt war der Herzog an der Reihe aufzuspringen. »Hör augenblicklich mit dem Unsinn auf, Ashton. Du blamierst dich. Und deine ganze Familie.« Er schüttelte angewidert den Kopf. »Nicht dass das etwas Neues wäre.«

Ash sah seinen Vater an. »Es tut mir leid, Ihre Gnaden. Ich weiß, das wird ein Schock für Sie sein, aber ich versuche endlich, ehrenwert zu sein. Ich fürchte, Miss Cardew hat keine Wahl in der Angelegenheit. Ich habe sie bereits kompromittiert. Zweimal sogar. Nun, genau betrachtet, waren es vier Mal, wenn man die Nacht in der Wüste mitzählt.« Er drehte sich zu Clarinda um und schenkte ihr ein träge sinnliches Lächeln, bei dem ihr gleichzeitig heiß und kalt wurde. »Oder sollte ich lieber viereinhalb Mal sagen?«

Die Herzogin schnappte nach Luft.

»Mutter«, sagte Ash liebevoll. »Du siehst in deinem Feststaat ausgezeichnet aus.«

»Du … du …« Max machte mit einem drohenden Laut einen Schritt auf Ash zu.

Clarinda packte ihn am Arm und hielt ihn mit aller Kraft zurück, sie zwang ihn, entweder stehen zu bleiben oder sie durch den Salon hinter sich herzuziehen.

Sie erkannte diesen Max kaum wieder. Sein gut geschnittenes Gesicht war zu einer wilden Maske verzerrt, seine Oberlippe wie zu einem Knurren hochgezogen. »Ich habe neun lange Jahre gebraucht, sie zu umwerben. Sie zu überzeugen, dass sie Besseres verdient als dich, ein Heim, einen Ehemann und eigene Kinder. Glaubst du, du kannst hier einfach hereinmarschieren und das alles zerstören? So wie du sie fast schon einmal zerstört hast?«

»Es tut mir aufrichtig leid, Max«, antwortete Ash, und jeder Anflug von Belustigung oder Spott verschwand aus seiner Miene. »Es war nie meine Absicht, ihr wehzutun. Oder dir. Glaube es oder nicht, ich habe euch beide geliebt.«

Max fuhr sich mit einer Hand durchs Haar, und ein

wildes Lachen entwich ihm. »Ich nehme an, ich habe mir allein die Schuld für das hier zuzuschreiben. Ich war verzweifelt und gutgläubig genug zu denken, ich könnte dich in ihr Leben zurückholen, ohne dass du es in tausend Stücke zerschlägst. Manchmal wünschte ich wirklich, dein Schiff wäre gesunken, nachdem du das erste Mal zurückgekommen bist.«

Während Ash gefährlich reglos wurde, spürte Clarinda, wie ihr Herz einmal mehr ganz taub wurde. Ihre Hände glitten von Max' Arm.

Wenn es etwas gibt, worin Max ein Meister ist, dann darin, Geheimnisse zu hüten.

Geheimnisse und Lügen. Clarinda hatte Ash gesagt, dass es zu viele gegeben hatte. Sie hatte nur nicht erkannt, wie viele.

»Hast du mich an dem Tag gesehen? An dem Tag, bevor Clarinda Darby heiraten sollte? Du wusstest, dass ich ihretwegen zurückgekommen war, aber du hast nichts gesagt?« Ash schüttelte verblüfft und ungläubig den Kopf. »Du kaltherziger Sohn einer …« Er stürzte sich mit geballten Fäusten auf Max.

Aber ehe er seinen Bruder erreichen konnte, holte Clarinda mit dem Arm aus und versetzte Max eine schallende Ohrfeige. Der Knall hallte wie ein Schuss durch den totenstillen Salon.

Langsam hob Max seine Hand und berührte mit den Fingern den leuchtend roten Abdruck ihrer Hand auf seiner Wange, den sie dort hinterlassen hatte.

»Wie konntest du nur?«, flüsterte sie vor Wut und Schmerz bebend, als sie all die vergeudeten Jahre im Geiste wie in einem Blitz noch einmal erlebte. »Du wusstest, was er mir bedeutet. Du warst der Einzige, der es je *wirklich* gewusst hat.«

Max streckte eine Hand aus, wie um ihr Haar zu berühren, dann ließ er sie wieder sinken. Seine grauen Augen waren überschattet von Schmerzen, die nichts mit ihrem Schlag zu tun hatten. »Ich habe es getan, weil ich dich liebte. Weil ich dich schon lange vor ihm liebte. Wenn er dich verdient hätte, hätte er dich erst zur Frau genommen, bevor er dich in sein Bett geholt hat. Das ist das, was ich getan hätte. Selbst als du mich nicht heiraten wolltest, weil ich für dich nie mehr gewesen wäre als eine Erinnerung an ihn, war ich überzeugt, dass du mit Darby besser dran wärst als mit ihm.«

»Das hattest nicht du zu entscheiden!«, schrie sie ihn an. »Das war allein meine Entscheidung.«

»Das weiß ich jetzt. Das wusste ich sogar damals schon. Aber als ich wieder zu Sinnen kam, war es zu spät. Ash war fort, und Dewey und das Baby waren tot. Ich wusste, ich könnte dir nie sagen, was ich getan hatte, sonst hättest du mich für immer verabscheut. Ich habe mein ganzes Leben lang versucht, immer das Richtige zu tun, aber in einem Anfall blinder Eifersucht habe ich etwas ganz Falsches getan, das mich seitdem nicht wieder losgelassen hat.«

»Ist das der Grund, warum du dich gegen mich gewandt hast, als ich aus Eton zurückkam?«, wollte Ash immer noch schwer atmend wissen. »Weil du *eifersüchtig* warst?«

Max' Lächeln enthielt nur wenig Belustigung. »Ironisch, nicht wahr? Ich besaß den Titel und die Gunst unseres Vaters, aber nachdem ich euch beide zusammen gesehen hatte, wusste ich, du hättest immer das Eine, was ich mir am meisten im Leben wünschte – Clarindas Liebe.« Max blickte auf sie hinab, dann wandte er sich langsam ab, und jede seiner Bewegungen wirkte bleischwer vor Bedauern. Obwohl er offensichtlich geschlagen war, konnte er es sich nicht versagen, seinem Bruder einen aufbegehrenden Blick zuzuwerfen. »Du solltest dir mehr Mühe geben, sie auch zu verdienen.«

»Der Herrgott gibt einem nicht immer, was man verdient«, erklärte Ash ruhig. »Manchmal gibt er dir etwas, weil du ohne das nicht leben kannst.«

Ashs Worte klangen durch Clarindas Herz wie Vogelgesang im Frühling, und sie hob eine Hand, um sich eine Träne von der Wange zu wischen.

Ein Gentleman bis zum bitteren Ende verneigte sich Max kurz steif, ehe er sich umdrehte und den Salon verließ. Obwohl er vermutlich nichts lieber getan hätte, als die Salontür mit einem lauten Knall zuzuwerfen, zog er sie leise hinter sich ins Schloss. Nach einer kurzen Pause erhob sich Yasmin und schlüpfte hinter ihm aus dem Zimmer, zweifellos in der Hoffnung, er brauche nun eine Schulter – oder besser einen üppigen Busen, an dem er sich ausweinen konnte.

Ash sah sich im Zimmer um. »Nun, es scheint, wir haben einen Vikar, Gäste und eine Braut. Was fehlt, ist ein Bräutigam.«

»Wollen Sie sich am Ende freiwillig melden, Captain Burke?«, erkundigte Clarinda sich geziert. »Ich habe gerüchteweise gehört, Sie hätten vor Kurzem Ihre Stellung verloren.«

Ash trat näher zu ihr und zuckte lässig mit der Achsel.

»Das hier ist vermutlich meine einzige Chance, dich zwischen zwei Verlobten zu erwischen.«

Clarinda reckte ihr Kinn. Sie standen vor mehreren Zeugen. Sie trug ihr schönstes Kleid aus bronzefarbener Seide, das ihre Augen wie Smaragde leuchten ließ. Das hier war die perfekte Gelegenheit, ihn in aller Öffentlichkeit zu schneiden. Ihm zu sagen, er solle sich zur Hölle scheren.

Stattdessen erklärte sie: »Falls ich dich heirate, werde ich nie eine feine Dame sein, weißt du?«

»Glücklicherweise habe ich zufällig eine Vorliebe für bürgerliche kleine Wildfänge.«

Mit dieser zärtlichen Erklärung seiner unsterblichen Liebe zog Ash sie in seine Arme und küsste sie, als wäre es ihr erster und ihr letzter Kuss zugleich. Während der Kuss sich in die Länge zog, räusperte sich der Vikar nervös, er fürchtete offenkundig, Ash würde am Ende die Braut zum fünften Mal hier vor aller Augen kompromittieren.

Wenn man den Skandalblättchen Glauben schenken durfte, heiratete der berühmt-berüchtigte Abenteurer Captain Sir Ashton Burke die reiche Reeder-Erbin Clarinda Cardew, nachdem er sie aus dem Sündenpfuhl eines marokkanischen Harems gerettet hatte. Das mehr als stattliche Vermögen, das ihr Vater ihm dafür angeboten hatte, schlug er aus, denn er bestand darauf, die einzige Belohnung, die er annehmen werde, sei ihre Hand zur Ehe. Sie heirateten nicht im Salon im Herrenhaus ihres Vaters, sondern auf einer schneebedeckten Wiese unter den ausladenden Ästen einer alten Eiche. Die zukünftige

Mrs. Burke trug ein Kleid aus bronzefarbenem Seidentaft unter einem hermelingefütterten Umhang, während der Captain das breiteste Grinsen seines Lebens auf dem Gesicht hatte.

Und ihre erste Tochter tauften sie Charlotte.

– ENDE –

Danksagung

Mein von Herzen kommender Dank gilt Lauren McKenna, Louisa Burke und Andrea Cirillo, weil ihr mir kreative Flügel verleiht und mich dazu ermutigt, sie auch zu benutzen. Danke an das ganze wunderbare Team bei Pocket Books – ihr seid einfach die Besten!

Danke an alle meine lieben Kaffeeverkäuferinnen im Starbucks hier vor Ort. Wenn ich sage, ohne euch hätte ich es nicht geschafft, dann meine ich das auch so! Und ein besonderer Dank gilt Ashley Wickham, die mir meinen Kaffee immer mit einem Lächeln serviert und mich fragt, wann sie für das Cover meines nächsten Buches Modell sitzen darf.